The Woman
In The
Library

THE WOMAN IN THE LIBRARY

Copyright ©2022 by Sulari Gentill
All rights reserved
Korean translation copyright ©2025 by Wisdom House, Inc.
Korean translation rights arranged with Sandra Dijkstra Literary Agency
through EYA Co.,Ltd

이 책의 한국어판 저작권은 EYA Co.,LTD를 통해
Sandra Dijkstra Literary Agency와 독점 계약한 ㈜위즈덤하우스가 소유합니다.
저작권법에 의하여 한국 내에서 보호를 받는 저작물이므로
무단 전재 및 복제를 금합니다.

살인 편지

설라리 젠틸 장편소설

최주원 옮김

위즈덤하우스

나를 조심히 열어봐주세요…….

_에밀리 디킨슨,《친밀한 편지》

차례

살인 편지

9

✉

해나에게,

요즘 뭐 쓰고 있어요?

지금쯤이면 해나가 새 작품을 시작했겠죠. 아직 안 했다면, 팬이 지금 해나 등을 떠미는 거라 생각해줘요. 내 친구 해나에게는 작가 해나 타이곤의 다음 책을 오매불망 기다리는 팬들이 있잖아요. 스파이더맨의 대사를 조금 바꾸자면, 높은 독자 수에는 큰 책임이 따르는 법이니까요.

어제 집 근처 서점에서 《믿을 수 없는 나라》를 봤어요. 더 룩 The Rook이라고 힙스터들이 찾는 곳 중 하나로 책을 읽으며 일반 커피와 디카페인 커피를 반씩 섞은 강황 소이라테, 밀싹과 견과류로 만든 과자를 즐길 수 있는 곳이에요. 그나저나 미국판의 표지가 수많은 책 중에서도 눈에 확 띄던데, 혹시 해나가 궁금했으려나요. 신간 코너에 있는 책 사진을 첨부했으니 한번 봐요. 해나 책을 한 권 더 사야 했어요. 그래야 서점 직원에게 내가 저자를 안다고 자랑할 수 있잖아요! 직원은 감명을 받은 것 같았어요. "책 담을 봉투 필요하세요?"라고 나한테 묻는 말투에 존경이 살짝 묻어났거든요.

지난가을 해나가 투어할 때 내가 뉴욕에 가지 못했던 건 지금도 안타까워요. 동료이자 펜팔로 오랜 시간을 알고 지낸 우리가 드디어 만날 수 있었을 텐데요. 그걸 만회하고자 머지않은 시일에 바다 위를 날아 해나에게 가야겠어요. 물론 해나가 미국으로 오지 않을 경우에요. 혹시 해나가 책의 배경을 미국으로 한다면 조사를 위해 여행할 수도 있지 않을까요? 어쨌거나 이야기를 좋아하는 우리가 이야기를 주고받으며 우정을 쌓아왔으니 서로에게 잘 들어맞는 방법이 있겠죠.

내 책은 어떻게 되어가느냐는 해나의 물음에 답을 하자면, 음, 금요일에 도서관에 갔어요. 그리고 1000 단어 정도 썼다가 절반가량 지웠고요. 사실 보스턴공공도서관은 멋진 곳이라 영감의 여신에게 바람맞기 딱 좋은 곳이에요. 아무래도 여신이 내게 까탈스럽게 굴었던 것 같아요. 장소가 어떤 영감을 자유롭게 떠올리게 할 거라 생각했거든요. 도서관이 아주 장관이에요. 특히 열람실 천장은 눈을 뗄 수 없을 정도죠. 솔직히 말해 천장을 쳐다보며 시간을 한참 보냈어요. 나보다 앞서 얼마나 많은 작가가 좌절한 채 천장의 장식용 돌림띠를 세어봤을까요……. 어쩌면 랄프 왈도 에머슨이나 루이자 메이 올컷도 저 똑같은 천장 장식을 하염없이 바라봤겠죠. 아니면 도서관이 보일스턴 스트리트에 예전 모습으로 있을 때라도 비슷한 일은 있었겠죠. 대가들이 그랬을 수도 있다 생각하니 왠지 모르게 위로가 돼요.

해나가 요즘 쓰는 작품에 관한 이야기를 듣고 싶어요. 그리고 해나가 필요로 하면, 언제나처럼 기꺼이 가제본 서평단이 되겠어요. 해나가 쓰는 대로 매 장을 읽고, 또 피드백을 바로 해주고요. 내가 글쓰기 슬럼프에 빠져 있는 동안 다른 일거리가 생기겠네요. 혹시 해나의 생산적인 기운이 내 슬럼프를 날려버릴 수도 있고요! 그러면 언젠가는 해나가 날 위해 글을 읽고 의견을 말해줄 거리가 내게도 생기겠죠.

앞으로 계속될 우리의 우정을 위해,

리오로부터

1

보스턴공공도서관에서 글을 써보겠다는 생각은 실수였다. 도서관이 너무나 아름다웠다. 누구라도 시간이 얼마큼 지났는지도 모른 채 열람실 천장을 쳐다보게끔 만들었다. 작가의 눈이 위를 향한 상태로 쓰인 책은 지금까지 없다. 저 천장은 나를 판단하고 모든 방면에서 업신여겼다. 글의 구조가 형태를 갖출 때까지 단어 하나하나를 배치하는 방식으로는 얻을 수 없는 건축학적 완벽함으로 나를 조롱했다. 천장은 나로 하여금 거대한 궁형부터 시작해 뼈대를 아름답게 세우고, 그 위에 예술가의 세부적 감각을 드러내보고 싶게 했다. 상상과 대칭과 결합 같은 것을 통해서 말이다. 하지만 안타깝게도 그것은 내가 글 쓰는 방식이 아니다.

나는 도면 없이 일하는 벽돌공으로, 단어를 늘어놓으며 문장을 만들고 문장을 다시 문단으로 만들면서 내가 세운 벽들이 즉흥적으로 방향을 틀거나 돌아가게 한다. 아무런 뼈대 없이 맞물린 벽돌들이 오직 서로를 지지하며 하나의 글을 만든다. 내가 실제로 무엇을 만들어내는지, 내가 만든 건물이 제대로 설지는 나도 모른다.

어쩌면 나는 버스에서 글을 써야 할 것 같다. 내 작업 과정이 대단하지는 않지만 그게 더 잘 맞을 것 같다. 방향성이 전혀 없는 것은 아니라…… 노선이라고 부를 만한 건 분명히 있다. 하지만 버스를 타고 내리는 사람은 습관과 기회와 우연이 만들어내는 균형으로 결정된다. 버스 노선은 기상 상태나 교통사고 때문에, 혹은 퍼레이드나 마라톤 때문에 마지막 순간에 언제든지 변경될 수 있다. 거기에는 대칭도 없고 설계도 없고, 다만 무질서하고 무계획적으로 바삐 움직이는 인생의 모습이 있을 뿐이다.

그렇지만 천장은 버스에 없는 아주 멋지고 높은 시각을 가진다. 그리고 예전부터 작가들을 내려다봐왔다. 지금은 작가를 보고 있을까? 아니면 도서관에서 백지를 펴놓고 앉아 있는 여자가 보일까?

이제 정말 천장은 그만 보고 뭐라도 써야 한다.

나는 내 시선이 높은 각도로 올라가지 않도록 붙잡는다. 초록색 갓이 달린 독서등의 부드러운 불빛이 타원형으로 비치며 공용 열람실 책상에서 자리의 경계를 정해준다. 최대한 넓게 펼쳐도 되지만 내 램프의 불빛 안에 머문다. 나는 흐트러짐 없이 줄 맞춰 놓인 책상 중 하나의 끝자리에 앉아 있다. 내가 앉은 책상은 열람실 가운데쯤 있어서 초록색 독서등과 책 위로 숙인 머리들이 모든 방향에서 보인다. 옆자리에 앉은 젊은 여자가 재킷을 벗었는데 양팔 어깨부터 손목까지 문신이 가득하다. 나는 한 번도 문신을 해본 적 없지만 그녀에게서 매력을 느낀다. 살아온 이야기가 피부에 새겨졌으니…… 그녀는 걸어 다니는 책인 셈이다. 무늬와 인물과 단어, 또 사랑과 힘에 관한 구절이 보인다. 그중 얼마큼이 상상으로 지어낸 이야기일지 궁금하다. 내 몸에 이야기를 담아야 한다면 나는 뭐라고 했을까? 젊은 여자는 프로이트를 읽고 있다. 문득 심리학을 공부하는 학생은 스릴러 소설에서 주인공으로 쓰기에 아주 좋겠다는 생각이 든다. 심리 전문가가 아니라 학생이어야 한다. 전문가는 그들이 가진 지위 때문에 독자와 거리가 멀어져 공감대가 적게 형성된다. 나는 노트의 깨끗한 면에 '심리학과 학생'이라 쓰고 그 주위로 네모를 둘러 그린다. 이렇게 나는 버스에 올라탄다. 처음 온 버스를 일단 잡아탔으니 앞으로 어느 방향으로 갈지는 하느님만 알겠지.

나는 그녀의 문신을 읽고 있는 걸 들키지 않도록 조심하면서 네모 아래에 메모를 남긴다.

내 맞은편 젊은 남자는 하버드 로스쿨 스웨트 셔츠를 입고 있다. 고전적인 외모로 어깨가 넓고 턱이 각지고 턱 한가운데가 갈라져서 옛날 만화에 등장하는 남자 주인공 같다. 젊은 남자는 두꺼운 책의 같은 페이지를 펼쳐놓고 10분 넘게 뚫어져라 쳐다보고 있다. 내용을 머리에 새기는 중이거나…… 아니면 눈을 아래로 깔고 내 왼쪽의 젊은 여자에게 시선이 가지 않도록 애쓰는 중인지 모른다. 나는 이 두 명이 어떤 관계일지 궁금하다. 한때 연인이었지만 지금은 멀어졌거나, 혹은 남자는 여자에게 목을 매고 여자는 남자에게 냉담한 관계인 건 아닐까? 아니면 반대로, 여자가 남자를 스토킹하는 걸까? 프로이트 책 너머로 남자를 지켜보는 중인가? 여자가 남자한테서 의심스러운 부분을 발견한 걸까? 남자는 확실히 고통스러워 보이는데……. 혹시 죄책감? 젊은 남자가 시선을 손목으로 떨어뜨려 시간을 확인한다. 롤렉스, 아니면 롤렉스 짝퉁이다.

만화 주인공 턱의 왼쪽으로 또 다른 남자가 있다. 젊지만 더 이상 소년다운 느낌은 없다. 칼라 셔츠와 점퍼 위에 캐주얼한 재킷을 입고 있다. 나는 앞서 두 사람을 볼 때보다 더 주의를 기울여 남자를 본다. 왜냐면 남자가 말도 안 되게 잘생겼기 때문이다. 검은 머리에 검은 눈, 위로 올라간 짙은 눈썹. 남자가 내 시선을 눈치챈다면 외모 때문이라고 생각할 것이다. 그건 아닌데…… 조금은 맞는 것도 같다. 하지만 그보다 나는 남자가 내 이야기에 무엇을 가져올지를 더 생각한다.

남자는 노트북으로 일을 하면서 종종 손을 멈추고 화면을 뚫어지게 보다가 다시 빠르게 키보드를 두드린다. 맙소사, 설마 이 사람 작가인 걸까?

열람실에는 당연한 말이지만 사람들이 더 있다. 하지만 그림자에 불과하다. 내가 세 사람의 이야기를 노트에 어떻게든 남기는 동안 주목받지 못한 사람들이다. 나는 잠시 끄적대며…… 이야기의 윤곽을 그려본다. 프로이트 걸, 만화 주인공 턱, 잘생긴 남으로 어떤 관계를 만들어볼까. 삼각관계, 사업 관계, 어릴 적 친구로 해볼까. 아니면 잘생긴 남이 영화배우, 만화 주인공 턱이 팬, 프로이트 걸이 배우의 충직한 보디가드라고 해볼까. 시나리오가 점점 터무니없어져서 빙그레 웃었는데, 나도 모르게 고개를 들다가 잘생긴 남과 눈이 마주친다. 잘생긴 남이 깜짝 놀라더니 당황하고, 확신하건대 나도 깜짝 놀라고 당황하는 듯이 보였을 것이다. 입을 열어 나는 작가이고 음흉한 치한이 아니라고 그에게 확실하게 설명하려다가, 여기는 열람실이고 사람들이 책을 읽는 동안 자기변명을 늘어놓는 곳이 아니라는 데에 생각이 미친다. 그래서 내가 지금 만드는 인물의 물리적 촉매제로써 그에게 관심 있을 뿐임을 알리려고 시도해보지만, 표정과 몸짓으로 전달하기에는 너무 복잡한 내용이다. 결국 잘생긴 남은 혼돈에 빠진 얼굴이 된다.

프로이트 걸이 잔잔하게 웃는다. 이번에는 만화 주인공 턱이 고개를 들고, 그 바람에 우리 네 명은 열람실 경찰관의 노여움을 사지 않기 위해 질타나 사과나 해명은 하지도 못하고 말없이 서로를 바라보는 처지가 된다.

바로 그때, 비명이 날아든다. 날카롭고 겁에 질린 소리. 비명이 멈춘 뒤 일순 정적이 흐르다가 모두가 열람실 규칙이 더 이상 적용되지 않음을 알아차린다.

"어우 씨! 뭐였어요?"

만화 주인공 턱이 나직한 목소리로 말한다.

"어디서 소리가 난 거예요?"

프로이트 걸이 일어서서 주위를 둘러본다.

사람들이 나가려고 가방을 싸기 시작한다. 경비원 두 명이 망설임 없이 빠르게 걸어 들어와 모두에게 상황을 파악할 때까지 침착하게 자리에 앉아 있으라고 말한다.

몇몇 멍청한 법학도들이 비합법적 구속과 불법 감금에 관한 말을 늘어놓지만, 대다수는 자리에 앉아 기다린다.

"거미 때문이었을 거예요." 만화 주인공 턱이 말한다. "내 룸메이트가 거미를 보면 꼭 저런 소리를 내거든요."

"여자 소리였어요."

프로이트 걸이 지적한다.

"아니면 거미를 무서워하는 남자이거나……."

만화 주인공 턱이 거미공포증이 있는 친구가 어딘가에 숨어 있는 것처럼 주위를 두리번거린다.

"자꾸 쳐다봐서 죄송해요."

잘생긴 남이 내게 조심스럽게 말을 건다. 나는 이제 미국식 영어 억양을 구분하는 귀를 가져서 그가 보스턴 출신이 아님을 알아차린다.

"내 편집자가 인물 묘사를 더 집어넣으면 좋겠다고 해서요." 잘생긴 남이 얼굴을 찡그린다. "내 원고에 나오는 여자 인물이 전부 똑같은 옷을 입고 있대요. 그래서 내가…… 이런, 정말 섬뜩하네! 아무튼 미안해요. 그쪽이 입은 재킷을 표현해보려고 했어요."

나는 미소를 짓는다. 마음이 편해진다. 잘생긴 남이 자진해서 어색한 상황을 수습하고 있으니 나도 너그러워지자.

"이건 헤링본 트위드재킷이에요. 원래는 남성용 캐주얼 재킷인데 빈티지 가게에서 사서 조금 고쳤어요. 입는 사람이 우스워 보이지 않게요." 그리고 남자와 눈을 맞춘다. "내가 우스워 보인다고 쓰지 않았기를 진심으로 바라요."

남자가 당황한다.

"아니요, 절대 그렇게……." 그러다 농담이란 걸 알아채고 웃음을 터뜨린다. 멋진 웃음이다. 소리가 깊으면서도 크지 않다. "케인 매클러드입니다."

나는 아주 잠깐 멍하니 있다가 잘생긴 남이 자기를 소개했음을 깨닫는다. 그럼 나도 해야지.

"위니프리드 킨케이드예요…… 보통 프레디라고 불러요."

"이분도 작가예요." 프로이트 걸이 내 쪽으로 몸을 기울이더니 노트를 힐긋 본다. "우리에 관한 메모를 남기고 있었거든요."

이런!

그녀가 방긋 웃는다.

"프로이트 걸이라…… 마음에 드는데요. 뭔가 지적인 슈퍼히어로 같잖아요. 문신 팔이나 코 피어싱보다 훨씬 좋아요."

나는 노트를 얼른 닫는다.

"그거 멋진데요!" 만화 주인공 턱이 고개를 돌려 옆얼굴을 보인다. "나의 좋은 면을 써줬으면 좋겠는데……." 그가 활짝 웃으며 덧붙인다. "나 보조개 있어요."

케인 매클러드라고 분명하게 이름을 밝힌 잘생긴 남은 확실히 이 상황을 즐기고 있다.

"이런 일이 진짜 가능한 건가요? 두 사람은 앞으로 옆에 앉는 사람이 누군지 더 잘 살펴야겠어요."

"전 마리골드 아나스타스라고 해요." 프로이트 걸이 이름을 말한다. "정확하게 말하자면 A-N-A-S-T-A-S예요."

만화 주인공 턱이 질 수 없다는 듯 자기는 윗 메터스라고 말하더니 케인 매클러드나 내가 자기 보조개를 언급하지 않으면 고소하겠다고 덧붙인다.

우리가 웃음을 터뜨리는데 경비원이 돌아와서 나갈 사람은 가도 좋다고 알려준다.

"누가 비명을 질렀는지 알아냈나요?"

케인이 묻는다.

경비원이 어깨를 으쓱한다.

"어떤 정신 나간 놈이 웃기려고 장난을 친 거 같아요."

윗이 우쭐해하며 고개를 끄덕이더니 소리 없이 입을 움직인다.

"거미라니까요."

케인이 눈을 동그랗게 뜨더니 차분히 말한다.

"비명이 장난 같지 않았어요."

케인 말이 맞다. 분명 비명에서 극도의 두려움이 느껴졌다. 하지만 작가의 상상일 수도 있다. 그저 누군가가 스트레스를 배출하려고 그랬는지도 모른다.

"나는 커피를 좀 마셔야겠어요."

"맵 룸 티 라운지가 여기서 제일 가까워요. 거기 커피 맛 괜찮아요."

케인이 말한다.

"혹시 글감이 더 필요한가요?"

마리골드가 묻는다. 내 눈길을 끌던 문신이 코트로 가려지자 마리골드의 예쁜 눈이 돋보인다. 보석 같은 초록색 눈동자가 짙은 스모키 화장과 마스카라에 둘러싸여 반짝인다.

"그냥 커피만요."

마리골드가 나와 케인 중 누구에게 묻는 건지 몰라 내가 대표로 대답한다.

"같이 가도 돼요?"

아이처럼 꾸밈없는 질문에 호감이 간다.

"그럼요."

"나도 가도 돼요?" 윗이 끼어든다. "혼자 남고 싶지 않아요. 여기 어딘가에 거미가 있다고요."

그렇게 우리는 모두 맵 룸으로 가서 우정을 싹틔우고, 나는 처음으로 살인자와 커피를 마시게 된다.

해나에게,

브라보! 강렬하고 흥미진진한 이야기의 시작이군요. 해나가 나의 투정에서 예술을 만들어냈어요. 마지막 문장은 소름이 돋아요. 독자들이 확실하게 걸려들 거예요. 출판사에서 해나에게 첫 페이지를 훑어보는 사람들의 눈길을 사로잡도록 첫 문장을 고쳐보라고 할지도 모르겠어요. 내가 해줄 말은 "반대!"예요. 지금 그대로도 완벽해요.

저 마지막 문장이요. 눈부시면서 대범해요. 유념할 점은 해나가 마리골드, 윗, 케인 중 한 사람이 살인자로 밝혀질 것임을 선포하면서 독자에게 도전장을 내밀었다는 거예요. 이제부터 독자들은 세 명을 주의 깊게 지켜보고, 모든 구절의 뉘앙스를 유추하려 들겠죠. 그들의 관심이 원고 속 단서에 쏠리지 않도록 하면서 계속 추리하게 만드는 건 더 어려워질 것 같아요. 그래도 어떤 면에서는 즐거워요. 특히나 세 명 모두 호감이 가잖아요. 다시 한번 말하지만, 대범해요.

일말의 희망을 품어본다면, 이야기 배경이 보스턴이니까 해나가 조사 목적으로 언제 한 번 여행을 오지 않을까요? 진정한 작가들처럼 바에서 마티니를 마시며 얼굴을 마주한 채 작품을 고민한다면 근사할 거예요! 그동안은 내가 해나에게 장소를 알려주고 그 밖의 일도 기꺼이 도울게요. 나를 해나의 정찰병으로 생각해요. 미국에 있는 해나의 눈과 귀라고요.

한두 가지 짚을 점이 있는데, 우선 미국에서는 '점퍼'라고 부르지 않아요(잘생긴 남 묘사할 때). 그 단어를 스웨터나 풀오버로 바꾸면 좋을 것 같아요. 그리고 여성이 심하게 문신하는 경우가 호주만큼 흔하지 않아요. 팔 전체에 문신한 여성을 본 적이 없어요, 적어도 여기에서는요. 그렇다고 마리골드가 그렇게 문신을 하면 안 된다는 말은 아니에요. 오히려 그런 이유로 특별히 위니프리드 눈에 띈 거니까요.

해나에게서 메일로 1장을 받고 열람실에 다시 가서 확인해봤는데, 대화를 금지한다고 명시한 규칙은 없더라고요. 사람 사이의 예의에 더 가까운 거니까요. 이런 거야 고치는 건 간단하죠. 가까운 책상에서 못마땅하게 쉿 하고 말하는 한두 명을 넣으면 조용해야 한다는 분위기를 유지할 수 있을 거예요. 내가 맵 룸에서 점심도 먹었으니 자세히 알고 싶으면 나한테 말해줘요. 호주 사람인 해나는 맵 룸 커피가 형편없다고 느낄지 모르지만 위니프리드는 미국인이니까 별로라고 생각하지 않을 거예요.

혹시 프레디가 살 곳이 필요해요? 돈이 문제가 되지 않는다면 프레디는 백베이라고 보스턴공공도서관이 있는 지역에서 살면 돼요. 적갈색 사암으로 지은 빅토리아 양식의 건물을 개조한 아파트가 많아요. 하지만 백베이에서 아파트를 구하려면 프레디가 재벌 상속녀 정도는 되어야 할 거예요! 프레디는 현실과 싸우며 희망을 버리지 않는 사람인가요, 아니면 세계적으로 이름을 알린 작가인가요? 설정이 전자라면 아마도 브라이턴이나 올스턴에서 살 거예요. 궁금한 건물들을 말해주면 내가 확인하고 알려줄게요.

나는 어제 내 작품을 반려하는 열 번째 편지를 받았어요. 왠지 기념이라도 해야 할 것 같네요. 케이크라도 살까 봐요. 편지에선 내 글이 세련되지만 장르를 잘못 고른 것 같다는데……. 에둘러 말해서 내 작품 속 주인공이 뱀파이어이거나 이야기의 절정에서 외계인 침공이 일어나기를 원한다는 말인 건지……. 우리 미국 대통령께서 심취한 그런 장르가 아니라요.

작품이 반복해서 반려되는 일은 작가에게 통과의례임을 알지만, 해나, 솔직히 마음이 힘들어요. 내가 이 과정을 견딜 만큼 충분히 강한지 모르겠어요. 힘든 시기를 지나 성공을 거둔 단계, 무엇을 쓰든 간에 적어도 누군가 진지하게 읽어줄 것을 아는 단계에 도달하면 정말 좋을 거예요. 지금은 그저 수치스러운 의식을 치르는 단계 같아요.

실의에 빠진 친구,

리오가

캐링턴 스퀘어의 격자무늬 로비에 들어설 때마다 나는 한결같이 약간의 경외감에 휩싸인다. 백베이를 유명하게 만든, 적갈색 사암으로 지은 빅토리아 양식의 건물 중 하나로 외관은 아름다운 박공지붕 형태이고 내부는 전부 새롭게 고쳤다. 내가 사는 분리형 원룸 아파트는 주철로 만든 분수와 잘 손질된 꽃과 나무가 있는 중정을 내려다본다. 가구와 가전제품이 갖춰져 있고 실내 장식도 멋져서 대개 변변찮은 작가의 재력으로 살기에는 과분한 곳이다. 거실에는 대리석 벽난로 양쪽으로 벽면에 매립된 책장이 있는데, 나보다 앞서 싱클레어 재단 장학금 수혜자로 선정되어 이곳에 머물렀던 작가들의 작품이 꽂혀 있다. 소장된 책들은 내 용기를 북돋우면서 동시에 내 마음을 움츠러트린다. 거의 모든 장르를 아우르는 훌륭한 소설들은 모두 작가들이 이 아파트에 살았던 해에 쓰였다. 50여 년가량 재단이 운영되는 동안 아파트는 의심의 여지 없이 여러 번 내부 공사도 하고 실내 장식도 바뀌었는데, 이 책장만은 고스란히 남아 신성하게 여겨졌다. 마치 이 장소가 존재하는 목적이자 심장부인 것 같아서 가끔은 정말로 심장 뛰는 소리가 들릴 것 같다.

내 펜을 멈추게 한 것이 애초부터 이 책장이었는지도 모르겠다. 이곳에서는 단어들이 쉽게 떠오르리라 생각했었다. 글을 쓸 시간과 장소를 가지고 싶다는 꿈을 수상이라는 공개적인 인정을 받으며 이뤘는데, 점점 그럴 자격이 없는 것 같았고 그래서 자신감을 잃었다. 숨이 막혔다. 첫 달 동안 쓴 것보다 지운 것이 더 많았다. 하지만 오늘은 다르다.

오늘은 기분이 한껏 들뜬 채 도서관에서 돌아온다. 케인, 윗, 마리골드, 나 이렇게 넷은 맵 룸에서 꽤 오랜 시간을 보냈다. 기묘하게도, 전혀 모르는 사이였던 네 사람이 우연히 만나 인사를 나눴는데 마치 전생에 전부 친구였던 것 같았다. 우리는 온갖 종류의 것을 이야기했고, 많이 웃었고, 서로를 스스럼없이 놀렸다. 마치 고향집에 온 것 같아서 나는 시드니를 떠나는 비행기에 몸을 실은 이후 처음으로 숨을 제대로 쉬었다.

케인은 책을 발표하며 데뷔한 정식 작가로, 그의 첫 책을 〈뉴욕타임스〉에서 집중 조명했다. 〈뉴욕타임스〉 부분은 케인이 말해준 게 아니라 내가 집에 오는 길에 검색해서 찾은 내용이다. 〈워싱턴포스트〉도 케인을 미국에서 가장 기대되는 젊은 작가 중 한 명이라고 소개했고, 대중의 관심이 그의 책으로 제법 쏠렸다. 마리골드는 실제로 하버드에서 심리학을 공부하는 중이고, 윗은 성적 미달 법대생이다. 윗은 자신이 공부에 열의가 없다는 사실에 개의치 않았는데, 그게 가족이 운영하는 회사에 흡수되지 않을 유일한 방법이라 여긴다. 그렇게 딴생각을 하고 있는데 리오 존슨이 계단에서 내 앞을 막아선다.

"프레디! 여기서 보네요."

리오도 캐링턴 스퀘어에 살고 있는 작가다. 원래는 앨라

배마주 출신이고, 한때는 하버드에 다니기도 했다. 싱클레어 재단 같은 미국의 어느 기관에서 장학금을 받고, 내 아파트에서 서너 집 떨어져 산다. 리오가 "도서관은 어땠어요?"라고 묻는다. 걸음을 멈추고 상대방의 이야기를 가볍게 청하는 듯한 남부 지방의 느긋한 말투다.

"글 많이 썼어요?"

"내가 도서관에 있던 걸 어떻게 알았어요?"

"아, 맵 룸에서 봤어요." 리오가 안경을 콧등까지 밀어 올린다. "예약해둔 책 받으러 도서관에 잠시 들렀다가 커피 생각이 났어요. 그러다 우연히 프레디를 봤죠. 손을 흔들었는데 못 봤나 봐요."

"전혀 못 봤어요. 봤으면 리오에게 우리와 같이 이야기하자고 했을 거예요."

리오는 내게 동료로서 가장 가까운 사람이다. 나는 그에게 비명 사건을 말해준다.

리오가 웃는다.

"어떤 괴짜였거나 대학 동아리에서 신고식 같은 일을 벌였나 보네요. 요즘에는 대다수의 하버드 동아리가 남녀 구분이 없거든요."

그게 비명과 무슨 관련이 있는지 몰라 내가 눈을 동그랗게 뜬다.

"10대 남자의 머리로 꾸며냈을 법한 장난 같아서요." 리오가 설명한다. "그리고 실행할 여성도 있어야 하고요."

나는 가볍게 웃는다.

"여자가 계획을 세웠을 수도 있다는 생각은 안 들어요?"

"여자라면 그런 일이 재밌다고 생각하지 않았을 것 같아요……. 하지만 남자는 자기에게 남다른 위트가 있다며 만족했을 거예요."

"방금 그 말은 리오가 한 거예요, 나 아니에요." 내가 계단 위를 흘긋 올려다본다. "우리 집에서 커피라도 할래요?"

리오가 고개를 젓는다.

"아니요, 작가님. 이야기를 만들어낼 생각에 프레디 눈이 반짝이고 있는걸. 나는 가볼 테니 혼자 써요. 며칠 후에 만나서 원고를 서로 바꿔 봐요."

나는 안도하며 알겠다고 대답한다. 사실 빨리 글을 쓰고 싶다는 생각이 간절하다. 그의 이해심에 리오라는 사람이 더 좋아진다.

집으로 들어오자마자 노트북을 열며 신발을 벗고 소파에 편한 자세로 앉는다. 잘생긴 남, 만화 주인공 턱, 프로이트 걸이라는 별명을 가지고 키보드를 두드리기 시작한다. 단어가 모여 구체적인 모습을 이루자 실제 인물을 종이에 찍어낸 것처럼 세 사람이 노트북 화면에 나타난다. 세 사람 이름은 나중에 붙여야지. 뭐라고 부를지 정하느라 지금의 흐름을 방해하고 싶지 않다.

그러다 생각이 비명에 머무른다. 역시나 내 이야기의 한 부분으로 들어온다. 우리 넷은 비명 사건에 관해 한참을 이야기했다. 그런 일에 어떻게 아무런 설명이 없을 수 있을까? 누군가가 비명을 질렀고, 그럴 만한 이유가 분명히 있었을 텐데. 윗이 거미 이야기를 다시 꺼냈다. 윗에게 비슷한 공포증이 있는지도 모르겠다.

우리는 다음 날 도서관에서 다시 만나기로 했다. 원래는 케인과 내가 만나 글 쓰는 사람끼리 모임 같은 걸 만들려고 했다. 그런데 마리골드와 윗이 모임의 목적이 무엇이든 간에 자기들도 끼워줘야 한다고 주장했다.

"가제본 서평단이 될 수도 있잖아요."

마리골드가 고집을 부렸다.

"영감을 줄 수도 있고요."

윗이 덧붙였다. 그래서 그렇게 하기로 했다.

계획을 세우고 만날 사람이 있다는 생각에 설렌다.

배경 소음용으로 텔레비전을 튼다. 글을 쓰는 동안 텔레비전은 그저 소리일 뿐이다. 나만의 세상을 창조하는 동안 나를 현실과 이어주는 중얼거림이 있을 뿐 나는 앵커에게 특별히 관심을 기울이지 않는다. 그러다 "오늘 보스턴공공도서관에서"라는 말이 내 귀에 들린다.

나는 고개를 든다. 화면에 기자가 나와 말을 하고 있다.

"……보스턴공공도서관에서 청소부가 젊은 여성의 시신을 발견했습니다."

나는 노트북을 닫고 텔레비전 소리를 높이며 몸을 화면 쪽으로 기울인다. 시신이라니. 맙소사, 그 비명 소리! 기자가 뒤이어 전하는 내용은 그다지 도움이 되지 않는다. 채널을 다른 데로 돌려보지만 보도 내용은 거의 비슷하다. 시신이 젊은 여성이라는 사실 외에 신원은 밝혀지지 않았다.

　핸드폰이 울린다. 마리골드다.

　"뉴스에 나왔어요! 봤어요?"

　"봤어요."

　"그 비명이요!" 마리골드 목소리에서 두려움보다 흥분이 느껴진다. "틀림없이 뉴스에 나온 여자예요."

　"아까는 왜 그 여자를 못 찾았는지 모르겠네요."

　"범인이 시체를 숨기지 않았을까요?"

　내가 살짝 웃는다.

　"뉴스에서 살인 사건이라고 하진 않았어요, 마리골드. 계단에서 떨어지며 비명을 지른 건지도 몰라요."

　"계단에서 떨어진 거라면 누군가가 그 사람을 바로 발견했을 거예요."

　그건 그렇다.

　"내일 도서관을 닫을까요?"

　"시체가 발견된 곳은 닫겠지만 도서관 전체는 아닐 거예요." 마리골드가 갑자기 목소리를 낮춘다. "분명 베이츠 홀 열람실 근처일 거예요."

　"나도 그렇게 생각했어요."

　"우리가 열람실에서 나오다가 지나쳤을지도 몰라요. 그 살인자를요."

나는 웃다가 충분히 가능한 일이라는 생각을 한다.

"만약 이게 소설이었다면, 못해도 우리가 살인자와 우연히 마주치는 장면이 있었을 거예요."

"우리 내일 약속대로 만나는 거죠?"

나는 머뭇거리지 않는다. 싱클레어 재단에서 고용한 청소부가 화요일마다 오는데, 어른이 된 후로 내 공간을 대신 청소해주는 누군가가 있을 때 필연적으로 드는, 내가 청소에 방해가 된다거나 혹은 게으르거나 지저분한 사람이라는 기분을 가능한 한 느끼고 싶지 않다.

"그럼요. 내일 만나서 도서관이 며칠 동안 문을 닫는지라도 알아봐요."

우리는 다른 이야기를 조금 더 나눈다. 마리골드는 청소년이 느끼는 모성 분리불안에 대한 과제를 해야 한다며 '마마보이와 그런 남성을 형성하는 여성'에 관한 내용이라고 설명한다. 우리가 도서관에 들어가지 못할 경우 어디서 만날지를 정할 때쯤 나는 크게 웃고 있다.

하지만 전화를 끊고 나자 내 마음은 비명으로 되돌아가 그 소리를 들었다는 사실을 떠올린다. 나는 누군가 죽는 순간을 귀로 들었고, 무슨 일이 일어났는지 모르지만 그녀에겐 큰 공포였음을 확신했다. 내가 경험한 사실이 가지는 무게가 마음 한구석에 깊게 자리 잡는다.

이제 뉴스 기자는 살인 사건이라고 보도한다. 더 알아낸 사실이 있는 건지, 아니면 단순히 대중의 흥미와 관심을 끌기 위해 언론이 필연적으로 부풀리는 건지 모르겠다.

    텔레비전을 끄고 다시 일을 하는데, 비운의 여자를 생각하니 마음은 복잡하지만 글이 멈추거나 느려지지는 않는다. 단어들이 빠르게 떠올라 어지럽게 소용돌이치다가 힘이 느껴지면서도 글의 강약을 조절하는 문장들이 만들어지고, 막힘없는 문장력에 스스로 놀란다. 비극적 사건 후 글이 이렇게 잘 써지는 상황이 조금 적절치 않은 듯하다. 하지만 나는 계속 쓴다. 비명으로 얽힌 네 사람의 이야기를.

✉

해나에게,

좋아요, 흐름이 아주 좋아요! 싱클레어 재단은 기가 막힌 발상이에요. 덕분에 막대한 돈에 대한 부담 없이 위니프리드가 백베이에서 살게 됐어요. 그렇다면 그녀는 호주 사람이겠군요. 그리고 나를 이야기에 넣어줬어요! 내가 남부 지방 말투를 쓰고 재단 장학금도 받고요. 마음이 벅차올라요! 리오가 키 크고 심장이 철렁할 정도로 매력적임을 해나가 깜빡하고 언급하지 않았지만 독자들이 그렇게 생각하리라 믿어요. 그뿐 아니라, 프레디가 맵 룸에서 커피를 마실 때 범인이 그 자리에 있었다는 선포에 네 번째 가능성을 교묘하게 제시한 셈이 되었어요. 이걸 의도한 거예요?

해나의 첫 번째 질문에 답을 하자면, 네, 나는 베이츠 홀 열람실이 다음 날에 열렸을 거라고 생각해요. 확실히 살인은 열람실이 아니라 근처에 있는 방이나 복도에서 일어났으니까요. 고를 만한 장소가 많아서 내가 아래에 제안할 만한 곳을 몇 군데 써놨어요.

그중에서도 해나가 비명의 크기를 헤아려야 할 거예요. 비명이 베이츠 홀에서 들릴 만큼 컸다면 현실적으로 살인은 열람실에 붙어 있는 장소 중 한 곳에서 일어났어야 하거든요. 경비원이 돌아봤을 때 아무것도 발견하지 못한 이유를 해나가 앞으로 어떻게 설명할지 벌써부터 정말 궁금해요.

내가 직접 도서관으로 급히 가서 도움될 만한 걸 찾아봤어요. 멀리 떨어진 방에서 소리를 실어 나를 만한 덕트가 있긴 하지만, 확실히 하려면 건물의 설계도나 관리 계획서 따위가 필요할 것 같아요. 도서관 측에 물어보려니 내가 나쁜 일을 꾸민다고 생각할까 봐 조금 조심스러워요. 그래도 기회가 있으면 한번 알아볼게요.

그리고 메일에 있던 또 다른 이야기 말인데요······. 해나, 정말 고마워요. 해나가 내 원고를 출판 에이전트에게 가져가보겠다고 말할 줄은 생각도 못했어요. 내가 그걸 은근히 노렸다고 생각할까 봐 얼굴이 화끈거려요. 분명히 말하는데 그럴 생각은 추호도 없었어요. 해나의 도움을 받아들이려니 자존심이 허락하지 않지만 너무 절망적인 상황이라 거절도 못하겠어요.

그래서 마지막 남은 존엄을 담아 내 원고를 첨부해요. 해나가 읽어보고 글이 끔찍해서 전달하지 않더라도 나는 절대, 절대 모를 거예요. 해나에게 묻지도 않을 거예요. 우리 우정이 나의 부족한 능력을 뛰어넘어 앞으로도 계속될 길은 있어야 하니까요. 나쁜 쪽으로 말을 하고 있는데……. 내 원고를 생각하면 좋은 징조가 아니겠지만. 아무튼 나를 도와주려는 해나에게 정말 고맙고 감동했어요.

소설 이야기로 돌아가서, 다음 장이 무척 기다려져요. 내가 시체를 적절한 장소에 두는 데 도움이 될 만한 것을 살펴볼게요.

한 번 더 고마움과 감격을 담아,

리오로부터

3

우리가 만나기로 한 곳은 보스턴공공도서관 신관 바로 안쪽에 있는 뉴스피드 카페다. 내가 카페 안에 있는 케인을 발견하고 손을 흔든다. 나를 향해 활짝 웃는 케인을 보며 그가 정말 잘생겼다고 생각한다. 케인이 커피를 주문하면서 격한 손짓으로 나도 커피를 마실 건지 묻는다. 내가 고개를 끄덕이고, 그가 있는 곳에 이르자 케인이 카페 마키아토를 건넨다.

"설탕 없이, 맞죠?"

그걸 기억해주다니 감동이다.

우리는 테이블에 앉아 커피를 마시며 마리골드와 윗을 기다린다. 전날 발견된 시신 이야기가 자연스럽게 나온다.

"어디서 발견했을까요?"

내가 묻는다. 사실 나는 도서관 내부를 잘 모른다. 도서관을 이용한 지 이틀밖에 안 됐다.

"아무리 생각해봐도 모르겠어요." 케인이 대답한다. "우리에게 비명이 들렸으니 베이츠 홀 주위에 있는 방 중에 하나일 텐데…… 그런데 확인을 했었잖아요."

"비명과 시신이 사실상 아무런 관계가 없는 경우라면 그렇죠."

케인이 이맛살을 찌푸린다.

"일리가 있네요. 그렇다면 비명은 범죄 소설 작가들이 말하는 그런 거군요." 케인이 말을 멈추고 극적 효과를 노린다. "가짜 단서요."

내가 미소 짓는다.

"그래도 정말 끔찍한 우연이에요."

"현실에서 일어나는 일인걸요. 설사 음모를 꾸미는 장치라고 해도요."

케인이 옆 테이블에 누가 두고 간 신문을 발견하고 실례한다고 말하더니 일어난다. 〈보스턴글로브〉를 가지고 돌아와 내 옆에 앉은 다음 신문을 우리 사이에 펼친다. 1면에 도서관에서 발견된 시신 기사가 크게 실려 있다. 우리는 어깨를 나란히 하고 커피를 마시며 기사를 꼼꼼히 읽는다.

알아낸 내용인즉 시신은 다음 날 열릴 행사를 준비하고 있던 샤반 갤러리에서 발견되었고 죽은 여성의 이름은 캐럴라인 펄프리였다. 그 이름이 가지는 의미를 나 같은 호주 사람은 알 턱이 없지만, 케인은 곧장 "브라만이군요"라고 중얼거린다.

"소 얘기를 하는 거예요?"

내가 조금 어리둥절해하며 묻는다.

"사회 계급을 말하는 거예요."

케인의 설명에 의하면 펄프리 가문은 대대로 이어지는 보스턴의 전통적 상류층을 의미하는 브라만 집안이다.

"부자들이에요?"

"재산 이상을 의미해요." 케인이 대답한다. "브라만은 미국 동부 연안 지역의 정착과 발전에 매우 중요한 역할을 담당했어요. 자기들만의 문화도 있고요. 호주에도 그런 상류층이 있을 텐데요. 명망 있다고 스스로 일컫는 오래된 가문이 있지 않아요?"

나는 싱클레어 재단 이사회의 마거릿 윈슬로를 떠올리며 미소 짓는다. 그녀는 자신이 호주인 6세대임을 자랑스러워했다. 세계에 현존하는 가장 오래된 문명으로 6만여 년의 원주민 역사를 가진 나라에서 6대가 살아왔다는 사실이 그렇게까지 대단한 일로 보이지는 않았다. 하지만 그녀는 19세기 중반 6대조가 와가와가 근처 시골에 땅을 얻어 가꾸고 농사지은 일을 열정적으로 이야기하며 자랑스러워했다. 원래는 위라주리 부족이 소유한 땅이었다.

"있겠죠." 내가 대답한다. "하지만 난 그런 사람들과 가깝게 지내본 적이 없어요."

"그게 상류층이 원하는 바예요."

"샤반 갤러리에서 무슨 행사가 열릴 예정이었는지 기사에 나와 있나요?"

내가 물어보고는 신문을 재빠르게 훑는다.

"그 얘기는 없어요." 케인이 관련 있는 문장을 가리킨다. "청소부가 시신을 발견했다고 하니, 갤러리에 다른 사람은 아무도 없었을 거예요."

"혹시 마리골드나 윗이 그 여자를 알까요?"

"그건 모르겠지만, 확실히 양반은 아니군요."

케인의 말이 떨어지자마자 마리골드와 윗이 뉴스피드 카페로 들어온다. 케인이 손을 흔들고, 케인을 발견한 마리골드가 윗을 덥석 붙잡더니 우리 쪽으로 끌고 온다. 마리골드의 눈이 반짝이고 볼은 상기되어 있다. 그녀가 신문에 눈길을 휙 던진다.

"신문 보고 있었네요?"

"네, 혹시 캐럴라인을 알……."

"아뇨. 그런데 윗은 안대요."

"나도 잘 아는 건 아니에요." 윗이 반박한다. "캐럴라인이 〈래그〉에서 일했었어요."

"래그요?"

"지역 신문사예요." 윗이 멋쩍어한다. "주로 문화예술을 다루고 가끔 이것저것 특집 기사도 싣고요. 나도 1학년 때 글을 하나 썼었는데…… 그때 캐럴라인을 만난 적 있어요."

"글을 썼다고요?"

처음 듣는 얘기에 내가 깜짝 놀라 묻는다.

"학부생 때 그냥 잡다한 걸 시도해봤던 거예요……. 그리고 겨우 축구 기사였어요. 문학이라고 부를 만한 게 아니에요."

아무리 보잘것없다고 하지만 윗과 캐럴라인의 관계가 이 모든 일을 조금 더 현실로 와닿게 한다. 나는 윗을 보며 그가 겉으로 보이는 것과 달리 사건을 심드렁하게 여기지 않는 것 같다고 생각한다.

"무슨 일이 있었는지 뭐 들은 거 있어요?"

윗이 어깨를 으쓱한다.

"전 남자 친구라는 소문이 돌아요. 마음을 정리 못 하는 남자인가 보죠."

"누군데?" 마리골드가 묻는다. "그 사람 이름 알아? 학생이야? 어디……."

"진정해요, 탐정님." 윗이 한꺼번에 몰려드는 질문을 막아낸다. "나를 뭐라고 생각하는 거야?"

"아니, 난 그냥……."

"내가 추모 모임에 가서 사람들을 심문하고 다닐 거라 생각했어? 그럼 네가 갑자기 나타나서 체포라도 하려고?"

내가 웃음을 터뜨리고, 마리골드는 못마땅하다는 듯이 눈을 굴린다.

윗과 마리골드는 커피를 마시지 않겠다고 해서 케인과 내가 커피를 마저 마시고 넷이 함께 도서관으로 갔는데, 베이츠 홀뿐 아니라 2층 전체가 닫혀 있었다. 계단 아래에 배치된 경찰이 사람들의 2층 출입을 막고 있다. 맵 룸 티 라운지는 베이츠 홀에 들어가지 못한 사람들에 기자들과 소수의 경찰까지 더해져 몹시 붐빈다. 자리가 있다 하더라도 케인과 나는 또 커피를 마실 생각이 없다.

"시신이 추가로 발견됐나요?"

윗이 계단 쪽으로 한두 걸음 다가간다. 그러자 경비원이 불확실함이라곤 전혀 찾아볼 수 없는 말투로 우리더러 돌아가라고 한다.

"오늘은 아무래도 안 되겠네요."

내가 아쉬워한다.

"하지만 오늘 책에 대한 메모를 서로 비교해보기로 했는데요."

마리골드가 받아친다.

나는 케인과 눈을 마주친다. 우리가 그랬던가?

"마리골드와 윗은 책을 쓰지 않잖아요."

케인이 부드럽게 타이른다.

"두 사람에게 영감을 받았거든요."

마리골드가 대답하며 활짝 웃는다.

마리골드를 보며 나도 덩달아 웃는다. 윗은 표정만 봐서는 딱히 영감을 받은 것 같지 않다.

마리골드의 웃음에는 시원하게 거침없이 벌린 입에서 나오는 긍정의 기운이 가득해서 미국인 특유의 무언가가 있다. 마리골드가 웃으면 그녀 뒤에서 바람에 펄럭이는 성조기가 떠오르고 미국의 국민 음식인 애플파이 향이 풍기는 것 같다. 윗에게도 닮은 점이 있다. 케인은 다르다. 케인은 입을 천천히 벌리며 한쪽 입꼬리만 살짝 올리고 치아를 조금만 드러낸다. 하지만 세 사람 모두 웃으면서 말을 하는데, 그것이 미국인다운 웃음을 만드는 남다른 특징이라는 생각이 든다. 호주 사람은 웃으면서 동시에 말하는 능력을 가지지 못한 것 같다. 물론 거짓말하는 경우는 제외해야 한다. 그때는 웃음이 자기도 모르게 나와 속임수임이 의도치 않게 드러난다.

"무슨 생각 해요?"

케인이 호기심 어린 눈으로 나를 보며 묻는다.

나는 전부 털어놓는다.

"어휴, 의식의 흐름이 조금 뜬금없네요!"

마리골드는 자기가 불쾌해야 하는 상황인지 아닌지 잘 모르겠다는 얼굴을 한다.

"미안해요. 작가의 의식이라 그래요."

"흥미로운데요." 케인이 고개를 갸우뚱하며 나를 가만히 살피기에 내가 황급히 미소를 보인다. "그럼 미국인이 거짓말을 할 땐 어떻게 알아봐요?"

"글쎄요. 못 알아볼 것 같은데요."

이쯤 되자 경비원이 우리를 노려보는 지경이 된다. 누가 보더라도 우리가 어슬렁거리고 있는 데다 우리 대화는 경비원에게 다 들렸을 것이다. 우리는 경비원을 향해 동시에 활짝 웃는다.

"광장 건너편으로 가면 괜찮은 버거 가게가 있을 거예요." 윗이 제안한다. "거기서 프레디에게 제대로 웃는 법을 가르쳐줘야겠어요. 프레디가 만에 하나 맥도날드에서 일하게 될지도 모르잖아요."

"나 작가예요. 그러니 열에 하나일 테죠."

내가 대답한다.

보일스턴 스트리트에 있는 보스턴 버거 컴퍼니는 이 시간에 조용하다. 가게 문을 연 지 몇 분 지나지 않았고, 점심시간 인파가 몰려오려면 아직 멀었다. 우리는 테이블을 하나 잡고 양파튀김과 나초를 주문한다.

곧바로 마리골드가 내게 프로이트 걸은 어떻게 되어가는지 묻는다.

"프로이트 걸의 연애 상대는 생각해봤어요? 굉장히 섹시한 사람이면 좋겠어요. 프로이트 걸이라면 평범한 아무나에게 만족하지 않을 거니까요……. 장래가 유망하고 주식 포트폴리오도 있어야 해요."

"정말요?"

마리골드처럼 많은 문신과 피어싱을 한 사람이 경제력은 물론이고 그런 전통적 조건을 원한다는 게 왠지 모르게 어색하다.

마리골드가 어깨를 으쓱한다.

"마음이 끌리는 대로 따라가는 거죠."

나는 윗과 케인의 눈치를 살피지만 둘은 별로 할 말이 없는 듯하다.

그 이후로 마리골드의 질문이 조금 더 이어지면서 나는 내가 쓰기 시작한 소설을 세 사람에게 소개하기로 한다. 보통 집필 초반에는 작품을 다른 사람에게 보이지 않지만, 이 이야기는 비명으로 연결된 한 무리의 사람들로부터 시작한 만큼 세 사람에게도 공정하고 필요한 일이라 생각한다. 가슴이 두근거린다. 내가 소설에 관해 말하고 앞으로 이야기가 어떻게 흘러갈지 의논한다. 윗과 마리골드가 곧바로 의견을 더한다. 마리골드가 아이디어를 열정적으로 쏟아내고, 거기에 윗이 간간이 재미있는 생각을 덧붙인다. 둘은 이야기에 대한 감상을 말하면서 자기들의 대사도 만들어준다. 케인은 좀 더 천천히, 신중하게 접근하며 시점과 시제와 이야기 흐름을 묻는다. 케인의 질문은 내 머릿속에 엷은 안개처럼 둥둥 떠다니는 생각이 정리되도록 도와준다. 케인은 내가 글 쓰는 방식, 즉 플롯을 구성하지 않는 것을 흥미로워하지만 그의 말투에서 나를 비판하려는 의도는 조금도 느껴지지 않는다. 나는 정신 나간 소리처럼 들리지 않게 신경 쓰면서 내 '버스 비유'를 설명한다.

케인은 노트북에 복잡하게 만든 순서도를 띄운 다음 우리에게 플롯을 보여주며 중심 주제와 거기서 파생한 부차적 플롯을 설명한다. 나는 순서도가 아름답다고 생각한다. 마치 이야기를 쓰기 위해 만든 거미집 같다. 나는 순서도에 마음을 완전히 빼앗겨 내 글이 섬세한 거미줄에서 시작하지 않는 것을 조금 아쉽게 생각한다.

케인의 책은 보스턴공공도서관 일대에서 살아가는 아이작 하먼이라는 노숙자에 관한 이야기다. 소설의 중심인물에서 선이 퍼져나가 배경 설명, 자기 발견, 사회 비판으로 이어진다. 케인이 순서도에 표시한 연결점은 한 사건이 다른 사건을 만나서 얽히거나 새로운 사건으로 가지를 치는 지점을 정확하게 보여준다. 나는 케인에게 작품의 구심점을 이루는 아이작 하먼을 어디서 알게 되었는지, 이야기의 근원을 묻는다.

"내가 열다섯 살 때 가출을 했었거든요. 보스턴으로 와서

2주 정도 길에서 지냈어요."

"가출이요? 왜요?"

내가 궁금해한다.

"10대의 흔한 반항이었어요." 케인이 대답한다. "2주를 겨우 견뎠어요. 아이작을 만나지 않았다면 그것도 못 버텼을 거예요. 아이작은 내가 진짜 위험에 빠지지 않게 도와주고 집으로 돌아갈 마음이 생길 때까지 먹을 걸 챙겨줬어요."

"부모님의 걱정이 이만저만 아니었겠어요."

케인이 미소 짓는다.

"사실 부모님은 내가 친구와 여행 갔다고 생각해서 그렇게 걱정하지는 않으셨어요. 오히려 화를 많이 내셨죠. 내 행동의 원대한 목표에 비하면 결과는 그다지 성공적이지 않았어요. 하지만 아이작을 만났죠."

"요즘도 서로 연락해요?"

마리골드가 묻는다.

케인의 눈에 어두운 빛이 스친다. 그는 잠시 아무 말 없이 가만히 있다가 입을 연다.

"아이작이 나한테 가끔 전화를 걸기도 하고, 내가 그를 찾아가 버거를 사주기도 했어요. 같이 이야기도 나누고요. 그러다가 아이작이 5년 전에 사망했어요."

"정말 안됐어요."

나는 케인이 말한 사망이 사고사가 아님을 직감적으로 알아차린다.

"무슨 일이 있었어요?"

무심코 윗이 묻는데, 신발을 어디서 샀는지 물어보는 듯한 말투다.

"누군가의 칼에 찔렸어요."

"어우, 젠장!"

윗이 깜짝 놀란다.

"살해당했어요?"

마리골드에게서는 충격보다 호기심이 느껴진다.

케인이 고개를 끄덕인다.

"경찰은 출입구인가 뭔가를 두고 붙은 시비 때문이라고 생각하는 것 같았어요. 나한테 연락이 온 건 아이작이 내 전화번호와 주소가 적힌 쪽지를 주머니에 가지고 있어서였고요. 쪽지를 발견한 경찰은 내가 친척일 거라 생각했어요."

윗이 고개를 절레절레 흔든다.

"하아, 힘들었겠어요."

"그래서 이게 아이작 이야기예요?"

케인이 말을 꺼내고 싶어 하는지 잘 몰라 내가 조심스럽게 묻는다. 그가 글로 쓰고는 있지만, 그것은 말로 하는 것과 다르다. 글을 쓸 때는 혼자이고, 그래서 묘한 은밀함 가운데 털어놓는다. 그 시간 동안 이야기를 세상에 드러내는 일에 차츰 익숙해지다가 마침내 독자들을 신뢰하게 되는 것이다.

"어떤 면에서는요." 케인이 그리 크지 않은 나초칩 위에 삶아서 으깬 콩과 치즈를 가득 올린다. "아이작 이야기, 내 이야기, 내가 만들어낸 이야기가 다 담겨 있어요."

"그게 마법 공식이죠."

내가 답한다.

나를 향해 웃는 케인을 보며 그가 잘생겼다는 사실을 매우 뚜렷하게 또 한 번 느낀다.

"경찰이 찾았어요? 친구를 죽인 범인은 어떻게 됐어요?"

마리골드는 궁금증이 아직 남아 있다.

"못 찾았어요."

"정말 안타깝네요." 마리골드가 케인의 눈을 똑바로 바라본다. "그래서 케인은 괴로워요?"

케인이 곰곰이 생각한다.

"그런 것 같아요. 하지만 아이작이 고통 속에서 쓸쓸히 혼자 죽음을 맞았다는 사실이 더 괴로워요." 케인이 팔짱을 낀다. "아이작이…… 사나울 때가 있었어요. 범인은 아이작에게 겁을 먹었거나 기가 질렸거나 화가 난 사람이었을 거예요. 거리에는 두려움과 온전치 못한 정신과 분노에 싸여 힘들게 잠을 자는 사람이 많거든요."

나는 케인이 2주 동안 길에서 지내며 도대체 무엇을 보았는지 궁금해진다. 하지만 묻지 않는다. 당사자가 스스로 꺼내야지 타자가 물어볼 이야기가 아니다.

"침대에서도 두려움과 온전치 못한 정신과 분노에 싸여 매일 밤 잠드는 사람이 많아요."

윗이 덧붙인다.

케인이 윗을 휙 본다.

윗이 당황한다.

"아, 미안해요. 내 말은……."

"아니요, 그 말이 맞아요." 케인이 무언가를 쓰는지 키보드를 두드린다. "좋은 구절이에요. 내가 사용해도 괜찮겠죠?"

나는 웃음을 터뜨린다.

케인이 손가락으로 노트북 너머 나를 가리킨다.

"나랑 똑같은 행동을 하지 않는 것처럼 시치미 떼지 말아요. 나는 적어도 물어보고 해요."

마리골드가 팔꿈치를 테이블에 올리더니 양손으로 턱을 괸다.

"이제 캐럴라인 펄프리는 어떻게 할 거예요?"

"어떻게 할 거냐니, 그게 무슨 말이야?"

윗이 되묻는다.

"아무 일도 없었다고 우리 자신을 속이면서 계속 살아갈 수는 없어. 우리가 앉아 있던 자리와 조금 떨어진 곳에서 살인이 일어났어. 어떻게든 달라져야지."

윗이 허니바비큐소스와 치즈가 듬뿍 묻은 양파튀김 하나를 집어 든다.

"어떻게든 달라져야 하니까 우리가 정체를 드러내 지구를 지키는 슈퍼히어로라도 되어야 하나 보다."

"그날 베이츠 홀에는 사람도 많았어요, 마리골드."

케인이 조금 더 부드럽게 말한다.

"그렇다고 아무것도 하지 않으면 양심을 거스르는 거예요. 그 여자가 죽는 소리를 들었잖아요."

마리골드의 목소리에서 진심이 느껴진다.

"우리가 무엇을 할 수 있을지 잘 모르겠군요."

케인이 솔직히 말한다.

"만약 캐럴라인을 누가 죽였는지 경찰이 끝내 못 밝혀내면요?" 마리골드의 목소리가 떨린다. "우리는 캐럴라인의 비명을 들었어요. 비명은 도움을 구하는 소리이고, 우리는 그 소리를 들었다고요."

해나에게,

아주 잘 읽혀요. 네 사람의 개인적 이야기가 더욱 궁금해질 정도로 그들에게 익숙해지는 기분이에요. 해나가 적절하게 잘 조절하고 있어요. 인물들에게 처음 보인 모습 뒤에 더 깊은 이면이 있는 것 같거든요. 그리고 이번 장도 마지막 문장이 정말 좋아요. 머릿속에 계속 맴돌아요. 특히나 누군가의 비명을 들어본 적이 있다면 더 그럴 것 같아요.

소소하게 표현 문제가 있는데요. 미국에서는 '힘들게 잠을 자다sleeping rough'라고 표현하지 않아요. 의미는 문맥에서 이해할 수 있지만, 미국 사람들의 대화 중에 나오니까 조금 자연스럽지 않아서요. 하지만 꽤 멋진 표현이에요. 노숙한다는 표현보다 덜 패배적이고 덜 불변적이잖아요.

해나가 하버드와 보스턴공공도서관이 걸어갈 만한 거리인지 궁금해했는데, 걷기를 생활화한 독일 도보 여행자라면 '그렇다'예요. 하지만 평범한 사람이라면 택시나 우버, 적어도 버스를 탈 거예요. 버스는 57번이나 86번을 타야 하고요. 지하철은 보스턴공공도서관 건너편, 보일스턴 스트리트와 다트머스 스트리트 교차로에 있는 지하철역에서 그린라인을 타고 파크 스트리트 역까지 가서 레드라인으로 갈아탄 뒤 하버드 광장까지 가야 해요. 설명이 필요 이상으로 자세하지만, 너무 간단한 것보다 차라리 자세한 게 해나에게는 낫겠죠.

그나저나 해나가 이 소설에서 의도적으로 코플리 광장을 활동의 중심지로 만들려는 건가요? 네 사람이 간 곳이 보일스턴 스트리트에 있는 버거 컴퍼니라서 정말 좋긴 한데, 거기 외에도 갈 만한 음식점이 많아요. 내가 너무 비싸지 않은 식당 목록을 같이 보낼게요. 그리고 코플리 광장에 교회가 두 개 있다는 걸 알아두면 좋을 것 같아요. 트리니티 교회와 올드사우스 교회예요. 어느 한 곳 혹은 두 교회 모두에서 밤에 캐럴라인을 추모하는 예배가 있어도 될 것 같아요. 교회 사진을 첨부했어요. 내부 사진이 필요하면 말해줘요.

해나가 소설의 배경을 어느 계절로 하고 있는지 모르겠지만, 네 사람은 점심을 싸서 코플리 광장 분수대에서 편하게 만날 수도 있어요. 광장에 페어몬트 호텔도 있지만 일반적인 점심

장소로는 가격대가 매우 높을 거예요.

해나가 이제부터 이야기를 어떻게 펼쳐나갈지 정말 궁금해요. 사실상 네 사람이 사건 조사에 포함될 이유가 없잖아요. 캐럴라인 펄프리가 신문사에서 일했다는 부분을 읽으면서 나는 케인이 캐럴라인과 일면식이 있거나 인터뷰했을 경우를 잠시 생각했는데, 해나는 그 방향으로 나아가지 않는 것 같아요……. 아, 앞으로 그렇게 갈 생각이에요? 미안해요, 이야기 흐름을 예측하려는 의도는 없어요. 내가 그만큼 마음을 쓰고 있다는 찬사로 생각해줘요.

혹시 해나가 미국으로 언제쯤 올 예정이라는 소식은 없어요? 보스턴에서 해나의 눈과 귀가 되는 게 싫다는 건 아니에요—사실 재밌어요, 나 정말로 즐기고 있어요—하지만 유명 작가와 함께 있는 모습이 알려지면 내 명성에도 기적이 일어날 것 같아서요!

내 소식도 있어요. 대학 시절부터 알고 지낸 친구가 알렉산드라 게인즈버러라는 출판 에이전트와 우연히 테니스를 몇 번 쳤대요. 친구 다이앤이 출판 에이전트와의 저녁 식사에 나를 초대했어요. 화기애애한 자리에서 직접 만나면 내가 게인즈버러 양에게 내 작품을 읽어봐달라고 부탁해볼 수도 있을 것 같아요. 솔직히 좀 떨려요. 어쩌면 에이전트는 식사 자리에 절망에 빠진 작가들이 깜짝 등장하는 일로 진절머리를 낼지도 몰라요. 이런 상황에서는 어떻게 사회적으로 품위 있고 신중하게 하나요? 나는 그저 내 책에 기회를 한 번 달라고 애원하려는 것

뿐인데 말이에요. 걱정 마요, 매달리지는 않을 테니……. 정말로 필요한 상황이 아니라면요. 어쨌거나 날 위해 행운을 빌어 줘요.

조심스럽게 한 단계 도약하려는,

리오로부터

4 ●

내가 영감의 여신과 함께 집에 틀어박힌 지 3일째다. 그동안 유일하게 만난 사람이 리오지만, 그는 제정신이 아닌 듯 몽롱한 내 상태를 접근하지 말라는 경고로 받아들이고 돌아갔다.

"글 쓰고 있었어요?"

리오가 나를 위아래로 훑어본다. 내 모양새가 글 쓰다 나온 사람처럼 보이나 보다.

"네에에. 잠시 들어와서 뭐라도 마실래요?"

"예의상 하는 말인 거죠?"

"네." 내가 솔직히 말한다.

리오가 웃는다.

"아무래도 나중에 다시 와야 할 것 같네요."

내 마음이 누그러진다.

"고마워요, 리오. 아니, 미안해요. 두 번이나 다음으로 미뤄서……."

"전혀 미안해할 거 없어요, 프레디." 리오가 안경을 벗더니 눈을 가늘게 뜨고 내 어깨 너머로 집 안을 들여다본다. "나였으면 문도 안 열어줬을 거예요. 나 때문에 뮤즈가 나가버리지 않았기를 바라요."

"내가 다리를 부러뜨려놔서…… 아무 데도 못 가요."

리오가 흠칫 놀라며 눈길을 거둔다.

내가 씨익 웃는다.

"농담이에요, 농담. 팀탐 초콜릿 비스킷을 뇌물로 주고 붙잡아놨어요."

리오가 고개를 절레절레 흔든다.

"당신네 호주 사람들의 음흉한 구석은 진짜 못 말려요."

"말도 안 돼요. 우리는 바비큐와 욕하기를 좋아하는 다정한 술고래라고요."

리오가 몸을 돌려 걸어간다.

"리오, 영감의 여신에게 행운을 빌게요."

그게 이틀 전이었다. 이야기는 계속해서 파도처럼 몰려오며 머릿속에 떠오른 아이디어가 미처 키보드를 두드리기도 전에 노트북 화면에 빠르게 내려앉는다. 잘생긴 남, 만화 주인공 턱, 프로이트 걸을 부를 적당한 이름은 아직 생각 못 했지만 그리 신경 쓰지 않는다. 세 사람의 새로운 우정이 그 자체로 이야기가 되어갈 때의 설렘을 발견하는 동력을 막으면서까지 그들을 그들이 주는 영감에서 분리할 마음은 아직 없다. 이야기 흐름이 내가 지금껏 써온 글들과 달라 낯설다. 도서관은 마치 살아 있는 것처럼 경계하고 인내하고 위험해진다. 비명은 모티프가 되어 각 등장인물이 관계성과 우정을 발견하거나 도움을 구하는 소리로 반복해서 나타난다.

이야기의 중심은 양팔에 문신을 한 프로이트 걸이다. 솔직 담백하고, 활기차고, 얼마간 로맨틱한 면도 있는 그녀는 정의와 신의의 가치를 믿으며 어린아이 같은 순수함으로 세상을 헤쳐나간다. 하지만 그녀 안에는 타고난 따뜻함을 험하고 무서운 모습으로 덮어버리고 다른 사람들에게 가까이 다가오지 못하도록 경고하고 싶은 마음도 있다. 나는 프로이트 걸이 무엇 때문에 낯선 사람을 경계하게 되었을지 잠시 생각한다. 힘들었던 어린 시절, 안정감의 결핍, 아니면 비극적 사건일까. 어쩌면 단순하게 취향 문제일 수도 있다. 그러다가 마리골드는 문신과 피어싱을 그냥 좋아한다 하더라도 프로이트 걸에게는 그보다 복잡한 이유가 있어야 할 것 같다는 데에 생각이 미친다.

만화 주인공 턱은 거의 호주 사람만큼 태평한 성격이라 그가 벌이는 저항은 수동적이지만 효과적이다. 그는 자신이 부모님의 야망에 적합하지 않음을 증명해 보이려는 젊은 남자다. 그가 프로이트 걸에게 완전히 마음을 빼앗긴 것도 주위 사람의 기대치를 꺾으려는 충동과 같은 뿌리를 가지고 있을 것이다.

이야기의 중심은 프로이트 걸이지만, 어떤 이유에서인지 나는 잘생긴 남을 주인공으로 글을 쓴다. 스스로도 충분히 느끼는 바이지만 그에 대한 묘사에서 반짝반짝 빛이 난다. 내가 생각해도 우습다. 하지만 잘생긴 남이 나를 계속 끌어당긴다.

그러다가 내 생각은 케인이 길에서 지냈던 날로 자연스럽게 옮겨 간다. 그가 집을 나간 데에 청소년기의 성질을 못 이긴 것 말고 뭔가 다른 이유가 있는 것은 아닌지 궁금하다. 아무 이유 없이 무모한 행동을 할 사람으로 보이지는 않았는데. 하지만 나는 케인을 안 지 며칠밖에 되지 않았고, 그가 어른이 되면서 변했을지도 모른다.

　지금 며칠 동안 쓴 글을 전부 훑어보는 중이다. 원고가 조금 산만하다. 문득 내가 올라탄 버스의 속도가 너무 빨라 통제력을 잃고 위태롭게 달리고 있는 건가 싶다. 나를 대신하는 인물이 없다는 사실에 아주 잠깐 섭섭함을 느낀다. 내 캐릭터를 빼기로 결정한 건 나인데도 어쩐지 소외된 기분이다.

　핸드폰이 울린다. 몇 초간 허둥지둥하다 책 더미와 토스트를 먹고 그대로 놔둔 접시 아래에서 폰을 발견한다. 음성 메시지로 넘어가기 직전에 전화를 받는다.

　케인이다.

　"잠깐 바람 쐬러 나올래요?"

　나는 망설인다. 글쓰기를 멈추고 싶지 않아서가 아니라 내가 너무 잠옷 바람이라서다.

　"지금 당장이요?"

　"아, 미안해요. 뭐 하고 있었어요? 방해할 생각은 아니었는데……."

　딱히 둘러댈 말이 떠오르지 않아서 솔직히 털어놓는다.

　"지금 잠옷 차림에…… 씻지도 않아서요."

　케인이 웃는다.

　"시간이 얼마큼 필요해요?"

　"적어도 한 시간은요……. 몰골이 아주 엉망진창이거든요."

　"알았어요. 천천히 준비하고 나와요. 코플리 광장에서 1시에 봐요."

내가 시계를 확인한다. 약속 시간까지 한 시간 반.

"1시까지 장담 못 하겠어요."

"시간은 크게 기대 안 할게요." 케인의 목소리에서 미소가 느껴지고 그의 웃는 모습이 눈앞에 보이는 듯하다. "분수대에서 만나면 어떨까요?"

발이 나를 얼른 욕실로 이끈다. 집 안에만 머무는 게 실제로는 내가 느낀 것보다 더 괴롭고 답답했는지, 외출한다는 생각에, 케인을 만난다는 생각에 설렌다. 속마음은 케인 때문임을 알지만 사람은 모름지기 자기 자신과 대화를 나눌 때도 자존감을 지켜야 하는 것 아니겠는가. 3일이면 갑갑해서 머리가 돌 지경이 되기에 충분한 시간이고, 그러니 나는 사람을 만나 이야기를 나누며 내 글이 허황한 방향으로 나아가지 않게 해야 한다. 게다가 먹을 게 떨어졌으니 나간 김에 장을 볼 수도 있을 것이다.

샤워를 끝내고 옷을 입은 다음 마지막으로 양모 스카프를 목에 두르고 장갑을 낀다. 잠시 동안 아이가 새로운 옷을 처음 입어볼 때처럼 즐거워한다. 가을이 시작되면서 이 스카프와 장갑 모두 지난주에 샀다. 고향에서는 이런 액세서리가 필요할 정도로 추워지는 날이 드무니까 내게는 새로운 것들이다. 거울 앞에서 밝은 노란색 장갑을 낀 손을 흔들어본다. 왠지 조금 더 진정한 보스턴 사람이 된 것 같다. '방문 중인 호주 사람'을 잘 나타내는 부분은 없을 것 같다. 아파트에서 코플리 광장까지는 가볍게 걸어갈 만한 거리다. 나는 노트북을 챙긴다. 현시점에 내 손이 닿지 않는 곳에 놔두고 싶지 않다. 그렇다고 글을 쓸 계획이 있다거나, 혹시 쓰게 될지도 모른다고 생각해서 그런 건 전혀 아니다. 노트북을 휴대용 생명 유지 장치처럼 평생 들고 다니다 보면 할머니가 되었을 땐 아마도 한쪽 어깨가 다른 쪽보다 더 내려가 있을 것이다. 사실 생명 유지 장치가 맞긴 하지.

코플리 광장 분수대는 고대 로마 시대 수로를 본뜬 것으로, 물이 여러 개의 아치 위에 있는 관을 따라 흘러 연못으로 떨어진다. 디자인은 예스럽지만 광장 주위에 있는 역사적 건물들 사이에서는 전혀 오래된 건축물이 아니다. 크고 멋지지도 않지만 주변을 쾌적하게 만든다. 오늘은 날씨가 좋다. 바람은 차고 하늘은 새파란데 미국의 가을 햇살이 따뜻하게 내리쬐어 푸근하다. 케인이 나를 발견하고 뛰어온다.

나는 "많이 기다렸어요?"라고 물으며, 뭘 입을지 야단을 부리느라 너무 오래 걸렸다는 생각에 마음이 불편해진다.

"전혀요. 프레디가 집중해서 일하는데 내가 방해한 거 아니죠?"

나는 고개를 젓는다.

"그 반대예요……. 머릿속에 갇혀 있던 나를 구해줬어요. 밖에 나와 걸으니 좋아요. 정말로요."

케인이 눈에 띄게 안도한다.

"그러면 점심 먹을 데를 찾을 겸 좀 더 걸을까요? 아니면 여기까지 걸어온 걸로 충분해요?"

우리는 좀 더 걷기로 한다.

보스턴에 처음 왔을 때 두어 번 시내 가이드 투어를 했었는데, 그때와 같은 거리를 케인과 걸으니 무척 색다르다. 케인은 주요 건물에 얽힌 옛이야기를 들려주는 대신 아이작 하면 이야기의 거미줄에 엮을 만한 새로운 장소와 세부 사항들을 찾아다닌다. 마치 꼭 '여기서 어떤 일이 벌어질 수 있을지 상상해보세요' 게임 같다. 나도 곧 게임에 빠져든다.

그러다 우리는 어느 출입구에 이른다. 케인이 걸음을 멈추고 골동품 가게로 들어가는 문을 말없이 바라본다. 나는 슬쩍 물어본다. 유리창 너머에 케인의 영웅이 살았던 삶과 관련된 무언가가 진열되어 있기라도 한 걸까.

케인이 얼굴을 일그러뜨린다.

"여기가 샬럿에서 버스를 타고 보스턴으로 온 첫날 밤에 잠을 자려고 했던 곳이에요."

"아…… 그렇군요……." 출입구는 넓고 비바람을 피할 수도 있지만, 불쾌한 냄새가 나는 데다 낮인데도 주위가 그늘져서 춥다. "무슨 일이 있었던 거예요?"

"여기서 주로 잠을 자던 한 마약쟁이가 와서 나를 사정없이 때렸어요."

"맙소사!"

"때마침 아이작이 저기서 잠을 자고 있었어요." 케인이 길 건너편 두 건물 사이의 틈을 가리킨다. "이쪽으로 건너와서 그 남자를 진정시키며 담배 몇 대를 손에 쥐여주고는 나를 데려갔어요."

"정말 무서웠겠어요."

"그래도 집으로 돌아갈 만큼은 아니었죠. 아이작이 나더러 집으로 가거나 아니면 보호소라도 가라고 했는데 내가 말을 안 듣자 자기와 같이 다니게 해줬어요." 케인이 나를 조심스럽게 본다. "많이 놀란 얼굴이군요."

"그런데도 집으로 돌아가기까지 2주나 걸렸다는 사실 때문에요." 나는 케인과 눈을 맞춘다. 그의 눈동자는 짙어서 검은색에 가깝다. "그만큼 뭔가가 매우 나빴다는 말이잖아요."

"새아버지와……." 케인이 고개를 절레절레 흔든다. "내가 잘 지내지 못했어요."

"케인이 집으로 돌아간 다음에는요?"

"새아버지가 얼마 후에 나갔죠."

"어머니는요?"

"힘들었지만 잘 이겨내셨어요. 지금은 미네소타주에 계세요."

나는 출입구를 다시 본다.

"이 이야기도 케인 책에 넣을 거예요?"

"글쎄요……. 내 얘기는 못 쓸 것 같아요. 하지만 아이작이 나를 위해 한 행동은 중요하다고 생각해요. 아이작은 성인聖人이 아니었어요, 프레디. 아무나 도와주지도 않았을뿐더러 정말 나쁜 짓을 하기도 했어요. 하지만 그는 나를 구해주기로 마음먹었죠. 아이작이 그런 선택을 했다는 사실이 흥미로워요. 그건 빼기가 좀 어렵겠네요."

"그럼 집어넣으면 되잖아요. 그냥 그가 도와준 상대를 바꿔서…… 여자아이로 하거나…… 아니면 개나."

"개요?" 케인이 앓는 듯한 소리를 낸다. "내 역할을 개로 대신하라는 거예요?"

"멋진 개로 해요. 벼룩이나 광견병이 없는 개로요."

케인이 손목시계를 본다.

"저 모퉁이를 돌면 정말 멋진 채식 식당이 있어요. 거기서 점심 먹을래요?"

"네…… 좋아요."

내가 채식주의자라는 걸 알아차렸다니 놀랍다. 식사를 두어 번 같이하긴 했지만, 내가 그 사실을 입 밖에 낸 기억은 없고 단지 고기를 주문하지 않았을 뿐인데.

모퉁이에서 작은 군중이 거리 공연을 관람하고 있다. 서로를 놓치지 않게 케인이 내 손을 잡고 사람들 사이를 빠져나간다. 모퉁이에서 두어 집 떨어진 식당에는 카르마라는 이름이 붙어 있고, 확실히 인기가 많은 곳인지 사람들로 꽉 차 있다. 우리는 운 좋게 창가 테이블에 앉는다.

"여기 진짜 괜찮겠어요?" 내가 메뉴판을 유심히 보며 묻는다. "나 일반 식당에서 먹어도 불편하지 않아요. 채식 메뉴가 항상 있거든요."

"대신 이 음식들을 맛보지 못하겠죠……. 두부를 먹어야 하나?"

케인이 얼굴을 찌푸린다.

그의 찌푸린 얼굴을 신호로 생각했는지 종업원이 온다. 우리는 렌틸콩버거와 과일스무디를 주문한 다음 대화에 다시 열중하며 소설과 보스턴 이야기에서 캐럴라인 펄프리로 자연스럽게 화제를 옮긴다.

"그 비명에 대해 계속 생각해봤어요." 케인이 말한다. "우리 모두 비명을 들었지만, 캐럴라인이 곧바로 발견되지 않았잖아요. 어떻게 그런 일이 일어난 건지 궁금증이 가시지 않아요."

내가 고개를 끄덕인다.

"약간 밀실 미스터리의 역발상 상황인 것 같아요."

케인이 이해하지 못하겠다는 얼굴로 나를 본다.

"미안해요. 케인이 미스터리 작가가 아니란 걸 잊었어요." 내가 차근차근 설명한다. "밀실 미스터리에서는 희생자가 문이 안쪽에서 잠긴 방 안에서 발견돼요. 그래서 추리의 초점을 살인자가 어떻게 방 안으로 들어갔다가 나왔는지에 맞춰요."

케인이 눈썹을 모은다.

"그러면 밀실 미스터리의 역발상이라는 의미는······."

"약간 그렇다고요." 내가 단서를 단다. "하지만 맞아요. 우리는 캐럴라인의 비명을······ 그러니까 마리골드 말처럼 캐럴라인이 죽는 소리를 들었어요. 그런데 경비원이 확인했을 때는 시신이 거기 없었어요. 그러고 나서 몇 시간 후에 시신이 발견됐죠. 이 상황에서는 비명이 났을 때부터 시신이 발견될 때까지 시신이 어디에 있었느냐에 추리의 초점을 맞추는 거예요."

"어쩌면 캐럴라인의 비명이 아닐 수도 있겠군요."

"아, 맞아요, 우연이었을 수도 있는 거죠."

"또 어떤 경우가 있을까요?"

"음, 당시 주변 방들을 둘러봤던 경비원을 고려해볼 것 같아요." 내가 생각을 말로 천천히 옮긴다. "캐럴라인은 발견된 자리에 계속 있었을 수도 있어요. 하지만 누군가가 어떤 이유로든 샤반 갤러리에 아무 문제가 없다고 말해야 했을지도 몰라요."

우리가 앉은 테이블 옆 유리창을 두드리는 소리에 화들짝 놀란다. 고개를 돌리니 마리골드와 윗이 눈에 들어온다. 몇 초간 격렬한 손짓, 몸짓을 나눈 끝에 마리골드와 윗이 식당으로 들어와 같이 앉는다.

"우리가 점심을 같이하기로 했었나요?" 마리골드가 묻는다. "미안해요, 내가······."

"아뇨. 아니에요." 슬며시 미안한 마음이 든다. "책 관련 이야기를 하려고 케인이랑 나만 만난 거예요."

"아아."

마리골드의 얼굴이 조금 시무룩해진다. 내 마음도 덩달아 불편해진다.

"글이 안 써져서요." 케인이 얼른 덧붙인다. "그래서 몇몇 장소를 확인해야 했는데, 책도 그렇고 또 프레디는 보스턴을 잘 모르니까……. 같이 둘러보면 좋을 것 같았어요. 이제 프레디는 보스턴이라는 도시의 어두운 면을 일부 본 셈이 되었죠."

"그럼 다행이네요!" 윗이 거든다. "난 내가 약속을 잊어버리고 전달 안 한 건지 잠시 생각했거든요."

"둘은 어쩐 일이에요?"

케인이 묻는다.

"나는 도서관에 가는 중이었어요." 마리골드가 답한다. "그러다 건너편에서 윗을 보고 인사하려고 길을 건넜어요."

윗이 재미있다는 듯이 미소를 띤다.

"여기서 좀 걸어가면 나오는 도넛 가게로 가다가 두 사람이 창가에 있는 모습을 봤어요. 때마침 마리골드가 괴성을 지르며 길을 건너왔고요."

"괴성이라니!"

마리골드가 윗을 팔꿈치로 쿡 찌른다.

케인이 나를 보며 웃는다.

"이런 걸 두고 우연이라고 하죠."

✉

해나에게,

저녁 식사는 아주 좋았어요. 다이앤이 마음을 정말 많이 써줬어요. 랍스터를 요리하고, 나를 알렉스 옆에 앉히고, 디저트가 나올 때까지 내가 용기가 나지 않아 작품 이야기를 못 꺼내니까 다이앤이 화제를 돌려주기도 했어요. 참고로 초콜릿에 다양한 재료를 섞은 디저트가 황홀할 정도로 맛있었는데, 해나도 아주 좋아했을 거예요!

나는 내 작품을 너무 꾸미지 않은 문장으로 요약해서 간단하면서도 효과적으로 말할 방법을 미리 생각했었어요. 잔뜩 긴장한 영업 사원이 된 것 같았죠. 중간중간 신중해 보이도록 말을 멈추기도 하고, 그러면서도 즉흥적으로 보이게 "음"을 집어넣기도 하고요.

너무나 고맙게도 다이앤이 계속 질문을 던져서 대화가 다른 주제로 넘어가지 않게 해줬어요. 그 덕분에 나는 '마지못한 듯' 작품 이야기를 할 수 있었죠.

아무튼, 알렉스가 명함을 내게 건네면서 원고를 보내달라고 했어요.

그래서 해나가 짐작하듯이 지금 내 기분은 하늘을 나는 정도가 아니라 우주까지 날아간 것 같아요.

예전에 해나가 처음으로 원고가 '좋다'고 수락받은 순간의 기분은 말로 다 표현할 수 없다고 했던 기억이 나네요. 나는 그 기분을 확실히는 모르지만 '좋은 것 같다'는 말로도 가슴이 터질 정도예요. 이번 장에 대해 아무 피드백도 남기지 않아서 마음이 좀 찔려요. 하지만 지금은 너무 행복해서 집중을 못하겠어요. 시간이 지나면 분명히 가라앉을 테니까, 내일 다시 읽어보고 보스턴 부분에 의견이나 제안이 있으면 남길게요.

내 작품을 보내기 전에 오타나 더 고칠 게 있는지 한 번 더 봐야겠어요.

해나가 글을 쓰지 않을 때에는 내게 계속 행운을 빌어줘요.

희망을 안고,

리오가

5 ●

그날 저녁 우리는 내 아파트에서 피자를 배달시켜 먹으며 어울려 논다. 윗이 후식을 먹자며 부엌 여기저기를 뒤지더니 찾아낸 재료로 바나나스플릿선디를 후다닥 아주 많이 만들어 샐러드용 우묵한 그릇에 담아 숟가락 네 개와 함께 가져온다. 얼마 전까지 전혀 몰랐던 사람들과 함께 있음에도 얼마나 편안한지 스스로도 놀랍다. 나는 오늘 나의 별난 가족 이야기, 과거 연애사, 수치스러운 순간들, 심지어 절대 다른 사람에게 말 못 할 거라고 생각하며 내 안에 쌓아둔 끔찍한 경험담까지 털어놓는다. 와인 때문이었는지도 모르겠다. 그렇다고 우리 중 누구도 정신을 못 차릴 만큼 마시지는 않는다. 우리는 적당히 기분 좋게 풀어진다. 모두 함께 술에 살짝 취한 분위기 속에서 서로에 대한 신뢰가 쌓이고 우정도 깊어진다.

마리골드가 12년 동안 정통 발레를 배웠던 얘기를 쏟아내다가 지금도 발끝으로 서는 자세를 할 수 있다며 보여주겠다고 한다. 하지만 끝내 못 선다. 더는 못 하게 된 건지, 지금만 못 하는 건지는 모르겠다. 그러고는 자기가 사랑했던 춤과 끔찍이 싫어했던 훈련에 대해 늘어놓는다. 나는 이야기를 들으며 그녀가 보수적이고 성공 지향적인 가정환경에서 자랐음을 깨닫는다. 내 눈앞의 젊은 여성은 지금 자아를 재정립하는 중이다. 마리골드가 맨 처음 한 문신이라며 편하게 누운 발레리나를 보여준다.

윗이 대뜸 말한다.

"어우 씨! 발레리나가 죽은 거야?"

나는 와인을 마시다 사레가 들려 캑캑거리고, 케인은 한소리 들을 걸 예상하는지 몸이 굳는다.

하지만 마리골드는 웃음을 터뜨린다.

"휴식을 취하고 있는 거야. 어떻게 보면 죽은 모습 같기도 하다. 징조를 보여준 건가."

"이건 미키 마우스예요?"

내가 셔츠에 가려 일부만 보이는 그림을 가만히 쳐다보며 묻는다.

"맞아요." 마리골드가 이렇게 대답하더니 셔츠를 완전히 벗어 쇄골 아래로 피부를 다 덮은 문신을 드러낸다. 그러고는 우리가 전부 볼 수 있게 손을 허리에 올리고 천천히 한 바퀴 돈다. 나는 그녀의 나체를 의식하지만 놀라기보다는 피부에 호기심이 더 크게 인다. 케인은 숨을 한 번 들이쉬었다가 내쉬고, 윗은 자기 잔에 와인을 더 따른다. "여기 도널드도 있어요, 내 엉덩이 위에요."

"어휴, 도널드 덕이겠지."

윗이 낮은 목소리로 말한다.

마리골드의 작은 가슴이 꽃으로 덮여 있다. 문신은 다양하면서도 어느 것 하나 두드러지지 않아 복잡하지만 조화롭다. 우리가 각각의 타투 디자인에 대해 묻고, 마리골드는 그 문신을 하게 된 상황을 설명한다.

케인이 바늘로 찌를 때 문신마다 어느 정도로 아팠는지 궁금해한다.

"갈비뼈 주위가 가장 아파요." 마리골드가 대답하면서 그 부위를 문지른다. "내가 비명을 마치…… 하여튼, 엄청나게 질렀어요."

"다음은 어디에다 할 거야?"

윗이 문신이 없는 부위를 찾으려고 마리골드 주위를 돌며 묻는다.

"허리 아래로는 하나도 없어." 마리골드가 청바지 단을 걷어 올려 잉크에 물들지 않은 피부를 보여준다. "하지만 문신을 더 할지는 잘 모르겠어."

"왜 안 해요?"

내가 묻는다. 마리골드가 몸에 그림을 더 새겨야 한다고 생각해서가 아니라 왜 안 하려는 건지가 궁금하다.

"임의적 경계선이에요……. 가장 완벽한 문신을 찾을 때를 대비해 자리를 항상 비워두겠다는 뜻으로요. 또 내가 미완성이라는 의미이자…… 완벽해지기를 거부한다는 의미예요……. 지금으로서는요." 마리골드가 셔츠를 다시 입는다. "세 사람은 문신을 전혀 안 했어요?" 마리골드가 나를 본다. "호주 사람들은 안 해요?"

"호주에서도 해요. 많이 하죠. 또 안 한 사람도 많고요. 나는 안 했어요."

윗이 소파에 풀썩 드러눕는다.

"나 경찰 조사받았어요."

일순간 우리는 멍하니 윗을 바라본다. 마리골드가 제일 먼저 입을 여는데…… 말이라기보다는 고함에 가깝다.

"왜 여태 말 안 했어?"

"지금 하고 있잖아."

"윗을 조사하지 않는 게 더 이상한 거예요." 케인이 거든다. "경찰이 캐럴라인 펄프리를 아는 사람들을 만나는 중일 테니까요."

"세 사람에게도 찾아올 거예요."

윗이 미안해하며 말한다.

마리골드가 윗을 의아한 눈으로 본다.

"우리는 왜?"

"살인이 일어났을 때 내가 베이츠 홀에 있었는지 확인하려고."

"세상에나! 알리바이를 대라고 하다니!"

"내가 어디 있었는지를 물은 것뿐이야."

"윗, 괜찮아요?"

내가 부드럽게 묻는다. 윗은 조금 힘들어 보인다.

"네, 괜찮아요." 윗이 얼굴을 찡그린다. "나 시신 사진도 봤어요."

"경찰이 보여줬어요?"

"아뇨……. 조사실로 가는데 화이트보드에 사진이 붙어 있더라고요."

"많이 끔찍했어?"

마리골드가 묻는다.

"아니, 별로. 머리를 세게 맞았는지 머리카락에 피가 묻어 있고……. 그것만 빼면, 뭐랄까 평안해 보이더라. 잠자는 사람처럼."

"경찰이 시신을 발견하기까지 시간이 오래 걸린 이유는 말해줬어?"

마리골드가 윗의 잔에 와인을 가득 따른다.

질문에 대답하는 윗을 보며 나는 깜짝 놀란다.

"응, 갤러리에서는 다음 날 있을 무슨 행사 준비가 한창이었대. 시신은 뷔페 테이블 아래에서 테이블보와 장미 모양 장식품 등등에 가려져 있었고. 그러다가 한 꼼꼼한 청소부가 청소기를 돌리려고 테이블보를 들추다가 발견했대."

"아니, 그걸 어떻게! 윗이 사건을 맡기라도 한 거예요?"

나는 윗이 이렇게까지 많이 알고 있는 이유가 궁금하다.

윗이 피식 웃는다.

"아뇨, 하지만 부모님이 사건을 맡았죠. 펄프리 집안은 메터스와 퍼트넘 법률사무소의 아주 오래된 고객이에요."

"그래서 부모님이 말해준 거예요?"

"직접은 아니에요. 그건 변호사로서 전문가다운 행동이 아니잖아요. 우리 엄마, 아빠는 전문성을 빼면 아무것도 남지 않을 사람들이거든요. 대신 사무실에 들렀다가 우연히 들은 거죠." 윗이 숨을 길게 내쉰다. "내가 조사받는 상황이 자연스럽지 않다는 거 알아요. 하지만 우리 부모님을 모르는 사람들이나 이해관계가 충돌한다며 걱정할 거예요."

내가 무슨 말을 해줘야 할지 몰라 가만히 있는데, 다른 사람들보다 조금 더 취한 듯한 마리골드가 윗을 와락 끌어안는다.

윗이 깜짝 놀란다.

"왜 이래?"

"너한테 필요할 것 같아서."

"난 괜찮아, 마리골드. 경찰은 날 심문한 거지…… 고문한 게 아냐."

케인이 화제를 캐럴라인 펄프리 쪽으로 돌린다.

"그러면 캐럴라인을 죽인 사람이 다른 사람 눈에 전혀 띄지 않고 시신을 테이블 밑에 숨겼다는 말인가요? 경비원이 나타나기 전에요?"

"이론상은요."

"어쩌면 살인자가 음식 납품 회사에서 나온 직원인 척했을지도 몰라요." 내가 가설을 제시한다. "경비원은 조금도 의심하지 않았을 거예요. 더군다나 시신이 한동안 발견되지도 않았으니까요."

"그렇죠." 케인이 대답한다. "하지만 직원 행세를 한 게 아닐 수도 있어요. 음식 납품 회사 직원이 캐럴라인을 죽였을 수도 있어요."

"나를 우습게 만드는 거예요?"

"전혀 아니에요. 살인범은 직무기술서에 따른 일이 아니니까요, 프레디. 어떻게 보면 부업으로 하는 일에 더 가깝다고 할까요." 케인이 와인을 하나 더 딴다. "직원 중 누군가는 캐럴라인을 알았을 수도 있어요. 그 남자에게 캐럴라인을 죽일 이유가 있었을지도 몰라요."

"아니면 여자이거나요." 마리골드가 지적한다. "살인자가 여자일 수도 있잖아요."

"여자일 수도 있죠."

케인이 수긍하며 마리골드에게 와인을 한 잔 건넨다.

"그렇다 하더라도 피가 튄 자국이나 다른 어떤 흔적은 발견됐어야 한다는 생각이 들어요." 나는 시신이 눈에 띄지 않았다는 사실이 여전히 납득되지 않는다. "캐럴라인이 뷔페 테이블 아래에 있을 때 죽은 게 아니라면 경비원이 뭐라도 발견했어야죠."

"캐럴라인이 그 아래에 들어가 있었나 보죠."

윗이 말한다.

"어떻게요?"

"떨어뜨린 귀걸이를 찾고 있었거나, 어떤 개인적인 용무가 있었다거나." 윗이 어깨를 으쓱한다. "누군가를 피하려고 그랬을 수도 있고요. 나도 예전에 전 여자 친구를 피하려고 여자 화장실로 뛰어 들어간 적 있거든요."

"남자 화장실로 들어가는 게 더 현명했을 거라는 생각이 들었겠어요."

케인이 낮은 목소리로 말한다.

"아, 맞아요!" 윗이 탄성을 지르며 말한다. "다음에는 그렇게 하려고요."

"두 사람은 전 여자 친구에게 어떻게 했길래 그렇게 숨어 다니는 거예요?"

마리골드가 윗을 손가락으로 쿡 찌른다.

윗이 씨익 웃으며 눈을 크게 뜬다.

"신사에게 과거의 연인을 물어보는 게 아니야, 안 그래, 마리골드?"

"넌 신사가 아니거든."

마리골드가 답한다.

어느새 자정이 지나고, 모두 술에 취해서 집까지 안전하게 가기는 무리일 것 같다. 게다가 집으로 갈 마음도 없는 듯하다. 그래서 나는 현관 가까이 있는 벽장에서 여분의 베개와 이불을 가지고 나와 거실에 케인과 윗의 잠자리를 편다. 케인과 윗은 동전 던지기로 소파에서 잘 사람을 정하고, 케인이 져서 바닥에서 자기로 한다.

내가 침대에서 베개를 더 가지고 나온다.

"진짜 괜찮겠어요?"

"난 길에서도 잤어요, 알잖아요."

윗이 피식 웃는다.

"2주씩이나 잤죠!"

그러더니 일말의 품위나 체면도 없다는 듯이 속옷만 남기고 옷을 몽땅 벗어버린다.

"우리가 자고 가서 프레디야말로 진짜 괜찮아요?" 케인이 묻는다. "글을 쓰고 싶을 수도 있잖아요."

윗을 슬쩍 보니 벌써 소파에 팔다리를 쭉 뻗고 누웠다. 확신하건대 윗은 아무 데도 갈 마음이 없다.

"이것도 좋은데요." 내가 대답한다. "모두 글감이잖아요."

마리골드는 나하고 침대에서 자기로 한다. 다행히 침대가 충분히 커서 어색하지 않다. 마리골드가 머그에 차를 탄 다음 방으로 들어와 말이 밖에서 들리지 않도록 방문을 닫는다.

"좋아하죠?"

마리골드가 묻는다.

"누구를요?"

"케인요."

"우리 지금…… 10대로 돌아간 거예요?"

마리골드가 키득거린다.

"윗하고 나한테 딱 걸렸잖아요."

나는 차를 한 모금 마신다. 영락없이 10대 여자아이들처럼 파자마 파티를 하는 모양새다.

"마리골드, 케인과 나는 우리가 쓰는 책 이야기를 했어요. 우리 생각에 마리골드와 윗에게는 소설의 부차적 플롯과 테마에 대해, 또는 글쓰기에서 부사에 대한 부당한 비난과 은유의 남용에 대해 우리가 떠들어대는 이야기를 쓸데없이 듣는 것보다 더 중요한 일이 있을 것 같았거든요."

마리골드는 내가 방금 한 말을 곰곰이 생각한다.

"우리에게 더 중요한 일은 없어요."

"둘 다 졸업하려고…… 또 학위를 더 따려고 공부하는 거 아니에요?"

마리골드가 코를 찡그린다.

"뭐, 그렇긴 해요. 하지만 그건 해야 할 일이라기보다 배경 소음처럼 뒤에 깔리는 부수적인 일이에요."

내가 웃음을 터뜨린다.

"우리 겨우 5일 전에 만났어요……. 어떻게 다른 모든 일들이 전부 부수적인 게 돼요?"

"전부 그렇다는 게 아니라…… 그냥 수업만요." 마리골드가 어깨를 으쓱한다. "수업에 들어가는 건 사실 별로 중요하지 않아요. 윗은 낙제를 원하고, 난 좀 천재라서요."

마리골드가 그렇게 말하고 웃는데, 나는 그 말에 조금의 의심도 들지 않는다.

마리골드가 팔로 다리를 감싸안더니 턱을 무릎 위에 올려놓는다.

"그런데 우리 네 명에게 어떤 특별함이 있는 것 같지 않아요? 내가 꼭 세 사람을 알아본 것만 같아요."

생각보다 술에 더 취한 건지, 마리골드가 한 말의 의미를 너무나 잘 알 것 같다. 나는 침대 옆 테이블에 머그잔을 올려두고 머리를 베개에 파묻는다.

"마리골드는 우리가 도서관에서 만나기 전부터 윗하고 서로 알던 사이예요?"

"아뇨. 윗을 몇 번 보기는 했지만 대화를 나눈 적은 없었어요." 마리골드가 이불 속으로 들어간다. "우리가 캐럴라인의 비명을 듣지 않았다면 과연 서로에게 말을 걸었을까요."

나도 생각해본다. 이제는 우리가 각자의 길을 갔을 수도 있다는 상상이 잘되지 않는다.

마리골드의 목소리가 낮은 노랫가락 같다. 윗과 그의 고의적 낙제가 어쩌고저쩌고하는 이야기를 들으며 나는 잠에 빠져든다.

해나에게,

나 마리골드를 사랑하게 된 것 같아요. 실제로 만나면 마리골드가 내 신경을 건드려 짜증을 유발하겠지만, 이야기 속에서는 빛이 나요. 장면마다 시선을 낚아채요. 다른 인물들이 밋밋하다는 말은 아니지만……. 마리골드는 유독 반짝여요!

생각해보니 해나가 독자에게 위니프리드의 모습이 어떤지 알려줘야 하는 거 아닌가 싶어요. 잘생긴 남, 만화 주인공 턱, 프로이트 걸의 외모는 설명해줬는데 정작 프레디는 어떤지 독자인 우리가 알 길이 없어서요. 그리고 케인이 마리골드보다 프레디에게 더 관심을 보이는 이유가 궁금해요. 둘 다 작가라는 공통점이 있지만 그 이상의 무언가가 있어야 한다고 봐요. 외모 때문은 아닐 수도 있지만, 마리골드 같은 묘한 매력을 가진 인물이 있을 때 독자는 케인이 마리골드의 친구를 선택한 이유를 궁금해할 거예요. 설마 프레디를 선택한 게 아니라면…….
(극적인 음악, 두둥)

호주에 대형 산불이 났다는 뉴스 봤어요. 미국에서 보도될 정도면 꽤 심각한가 봐요. 평소에는 호주 소식을 들을 일이 별로 없거든요. 내가 호주 지리를 끔찍할 정도로 모른다는 사실을 명백히 드러낼 멍청한 질문이 되겠지만, 해나는 괜찮아요? 불길이 코앞까지 와 있는데 한 문단이라도 더 쓰려는 해나의 모습을 상상해봤어요. 오늘 보스턴에는 첫눈이 왔어요. 펑펑 온 건 아니지만 앞으로 다가올 날들이 어떨지를 확실히 알려줬죠. 아름다운 크리스마스 카드처럼 눈발이 많이 날렸어요. 요즘에도 크리스마스 카드를 보내는 사람이 있나요? 해나가 지구 반대편에서 폭염의 계절을 나는데 내가 보스턴에서 겨울을 보내는 프레디 일당에게 카드를 써서 보내면 틀림없이 이상해 보이겠군요.

그나저나, 무더위로 고생하는 해나와 달리 프레디가 겪을 만한 일을 한두 가지 생각해봤어요. 해나가 있는 남반구의 폭염과 북반구의 빙하기가 균형을 맞추는 것 같군요.

캐링턴 스퀘어 정도의 아파트라면 난방이 분명 잘될 테니 프레디가 건물을 드나들 때마다 옷을 입었다 벗었다 해야 하는 문제가 있을 거예요. 프레디가 이른 시간에 외출한다면 보도 위

얼음을 조심해야 해요. 어릴 때나 큰 즐거움을 주지, 이제 엉덩이뼈가 부러지기라도 하면 하나도 즐겁지 않을 거예요. 스카프와 장갑도 좋지만, 대다수의 현명한 사람들은 모자류를 써요. 단, 미국에서는 비니beanie라는 단어를 잘 쓰지 않아요! 프레디는 차가 없으니까 눈을 치울 이유도 없겠지만……. 케인은 차가 있을 수도 있겠네요. 아, 리오도요. 솔직히 말해서 그 정도 카리스마가 있는 인물에게는 비중이 큰 역할이 어울리잖아요. 알렉산드라 게인즈버러에게서는 아직 아무 연락이 없어요. 어떤 대답에 대한 기대나 희망을 품기엔 너무 이른가 봐요. 내 소원은 그녀가 원고에 완전히 매료되어 개인 시간에 해야 할 다른 일들은 전부 잊은 채 앉은자리에서 단숨에 읽어버리고, 마지막 장을 덮고 원고를 내려놓자마자 천재 작가에게 바로 전화를 걸어 다른 사람이 채 가기 전에 계약하자고 말하는 거예요. 내 희망 사항이죠.
아무래도 이쯤에서 편지를 마무리하고 내 작품을 읽는 알렉산드라를 그만 생각해야겠어요.

변함없고 굳건한 희망을 품은 친구,
리오로부터

격자무늬 로비에 있는 안내 데스크로 선물 바구니가 배달되었다고 한다. 내가 받으러 계단을 내려가는데, 1층에 같이 사는 웨인바움 부인과 시누이 잭슨 부인이 배달되는 바구니를 때마침 보고는 머리를 맞댄 채 이야기하고 있다. 두 부인은 깔끔한 코트에 세련되면서도 발랄한 모자를 쓴 우아한 차림이다. 시드니였다면 오늘의 승마 대회를 관람하러 가는 길이라고 생각했겠지만, 이곳에서는 그저 쇼핑을 가는 길일 수도 있다. 아직 나를 보지 못한다.

"요거트? 어떤 남자가 요거트를 보내나……. 달걀도 있네?" 웨인바움 부인이 펜슬로 그린 눈썹을 찌푸리며 혀를 쯧쯧 찬다.

"몸이 아픈 건가?" 잭슨 부인이 안내 데스크 위에 올려진 큰 바구니를 자세히 들여다보며 내용물을 하나하나 살핀다. "커피도 있어. 치즈도 있고."

"안녕하세요." 내가 인사한다.

두 부인은 내 물건을 들여다보고 있다가 들켰지만 조금도 부끄러워하지 않는다.

"아가씨 앞으로 온 거예요." 잭슨 부인이 말한다.

"기분 좋네요."

나는 위에 놓인 꽃다발에서 카드를 꺼낸다.

어제 식료품 사기로 한 걸 깜빡한 데다 윗이 그나마 집에

있던 것도 다 먹었잖아요. 다시 글 쓰는 데 집중해요. 걸작을 집필하는 프레디에게 방해가 되고 싶지 않아요.

_케인

케인을 만났을 때 내가 장을 봐야 한다고 말했나 보다. 아니면 케인이 내 부엌을 보고 음식이 별로 없는 걸 알아챘거나. 오늘 아침, 내가 다시 글을 쓸 수 있도록 케인이 윗과 마리골드를 데리고 나가기 전에 윗이 얼마 남지 않은 달걀이며 감자며 빵을 기름에 구워 무섭게 먹어치웠다.

나는 빙그레 웃는다. 사실 아무것도 먹지 않아 배가 고픈 지는 세 시간이 넘었지만 영감의 여신에게 내가 장을 보는 동안 잠시 쉬면 어떻겠느냐고 묻지 못했다. 영감의 여신은 변덕스럽고 툭하면 토라져서, 자기가 나타나 은총을 베풀 때 내가 온전히 집중하지 않으면 부루퉁해져버린다. 그래서 작가들이 작고 어두컴컴한 다락방에서 굶어 죽나 보다. 문학의 여신은 타인의 고통을 보며 즐거워하는 데다 절대 권력을 가진 독재자니까. 웨인바움 부인과 잭슨 부인이 내 미소에서 뭔가를 읽어내고는 만족스럽다는 듯 후후 하고 웃는다. 나는 부인들과 잠시 수다를 떨며 바구니에 요거트가 들어 있지만 내가 아픈 건 아니라고 분명히 말한다.

"요거트는 배탈에 좋아요."

웨인바움 부인이 내 말을 듣고도 또 일러준다.

바구니가 크고 무거워서 도어맨이 내 집까지 들고 와 식탁에 올려주고 돌아간다. 내용물을 하나씩 꺼내보니 우유, 시리얼, 달걀, 커피, 토마토, 사과, 마른 과일, 치즈, 아몬드, 초콜릿, 쿠키 세 종류, 빵, 땅콩버터, 잼, 요거트, 그리고 온실에서 재배한 노란 장미 다발이 나온다. 나는 식료품을 정리하는 동안 호밀빵에 땅콩버터와 치즈를 더해 샌드위치를 만들어 먹으며, 샌드위치의 맛과 케인의 사려 깊은 행동에 감탄한다. 케인에게 고맙다고 말하려고 전화를 거니 전화기가 꺼져 있다. 케인도 글을 쓰고 있나 보다. 음성 메시지를 남긴 다음 전화를 끊고 나니 감정을 담아 지나치게 말을 많이 한 건 아닌지 걱정이 든다.

선물 바구니 옆에 놓인 우편물을 훑어본다. 싱클레어 재단에서 보낸 편지 두서너 통과 할머니가 보낸 크리스마스 카드다. 빨간 배경에 은색 눈송이 하나가 그려진, 대형마트에서 50장 묶음으로 파는 저렴한 카드라 우표값이 더 들었을 것이다. 아직 11월인데, 할머니는 당신이 보내는 카드가 크리스마스 시즌에 받는 첫 카드가 되는 걸 좋아한다. 매년 돌아오는 크리스마스를 달리기 경주처럼 생각해서 당신의 노력으로 시간을 낭비하지 않음을 자랑스러워한다. 호주 집을 생각하니 가슴이 찌릿하다. 할머니는 크리스마스트리를 세우고 플라스틱으로 만든 산타클로스와 사슴 모형으로 집 안을 꾸며놓았을 것이다. 앞마당에는 여러 해 동안 여름 햇살 아래 서 있느라 색도 바래고 열기에 이음새가 쭈글쭈글해져서 모양이 이상해진 거대한 풍선 눈사람이 서 있겠지.

호주의 크리스마스에는 가끔 모순을 몸소 실천하게 된다.

나는 커피 한 잔과 쿠키를 준비해서 노트북을 다시 켠다. 현재 프로이트 걸은 중요한 역할로, 비명에 더해 이제는 살해된 발레리나에 대한 이상한 기억에 사로잡혀 있다. 설명할 수 없는 기억의 파편들이 그녀를 괴롭힌다. 나는 그녀가 느끼는 공포를 부드럽게 묘사한다. 자칫 감정을 너무 분명하게 드러내면 통속극이 되어버리는 걸 잘 알기에 말하지 않은 무언가가 이야기를 흘러가게 한다. 프로이트 걸의 기억이 어떤 의미인지는 아직 확실하지 않다. 사실, 나도 잘 모른다. 내가 올라탄 버스는 속도를 높이며 달려가고 계속해서 승객들을 태운다. 나는 잠시 동안 프로이트 걸의 마음속 잔상들을 가지고 어떻게 할지 궁리하며 왜 기억 속에 남아 있는지 이유를 찾는다. 프로이트 걸이 구경꾼이라서, 살아남은 피해자라서, 그것도 아니면 살인자라서?

세 번째 가능성은 진지하게 생각하지 않는다. 지금 단계에서는 알고 싶지 않고, 사전 정보가 원고에 너무 일찍 스며들어서 미스터리를 망치는 위험을 초래하고 싶지도 않다. 그래서 나는 버스에 몸을 맡긴 채 어느 방향으로 가는지엔 관심을 두지 않고 버스의 흔들림과 앞으로 나가는 힘에 집중한다. 누가 버스를 타고 어느 자리에 앉는지, 또 옆 사람과 이야기하는지 책을 읽는지 아니면 그저 창밖을 내다보는지에 신경 쓴다. 운전기사는 그림자이자 버스를 운행하기 위해 현실적으로 필요한 요소일 뿐이라 일단은 완전히 무시한다.

케인 덕에 냉장고가 든든해져서 나는 그날도, 다음 날도 집 밖으로 나가지 않는다. 케인이 내 음성 메시지에 지금껏 회신하지 않았다는 사실을 어렴풋이 의식한다. 그에게 고마워서 전화를 한 내게 고맙다고 전화가 올 거라 기대하는 게 우습기도 하다. 전화가 어디서 끝이 났으려나? 내가 음성 메시지에다 말을 너무 많이 한 건 아닌지 여전히 염려된다……. 혹시 케인이 내가 오해한다고 생각할지도 모른다. 아아, 너무 부끄럽다! 왜 감정을 절제하면서도 재치 있게 말하지 못했을까?

꽤 늦은 시간, 노트북으로 영상통화가 걸려 온다. 호주에 있는 가족일 거라 생각하고 전화를 받으니 노트북 화면에 케인의 얼굴이 나타난다. 내가 헉하고 놀라며 얼굴을 화면에서 멀리한다. 케인이 미소를 짓다가 조심스러운 말투로 "프레디?" 하고 부른다.

재빨리 노트북 화면 아래쪽 케인에게 보이는 화면을 확인한다. 정신 나간 여자 같은 머리에 진작 버렸어야 할 걸레 같은 잠옷을 입고 있다.

"미안해요." 나는 헝클어진 머리를 손으로 최대한 매만진다. "할머니가 전화한 줄 알고……."

케인이 오른쪽 눈썹을 추켜올리지만, 더는 묻지 않는다.

"내가 보낸 바구니를 받았는지 궁금해서요."

"아, 받았어요."

나는 케인에게 고맙다고 말하며 이틀 전에 음성 메시지를 남겼다고 덧붙인다.

"내가 핸드폰을 어디다 흘린 것 같아요." 케인이 얼굴을 찡그리며 대답한다. "사실 프레디 집에서 발견되지 않을까 기대를 좀 하고 있었는데."

"아뇨…… 확실히 없어요. 여기 있으면 내가 벨 소리를 들었을 거예요."

케인이 한숨을 쉰다.

"이제 그만 현실을 받아들이고 폰을 새로 사야겠네요."

우리는 핸드폰을 잃어버릴 만한 데를 조금 더 생각해본다. 뒤이어 케인이 내 소설이 어떻게 되어가는지 묻는다. 나는 마리골드의 발레리나를 이야기 속으로 가지고 왔다고 답한다. 케인이 말하며 회전의자에 등을 기대는데, 그의 방이 내 눈에 들어온다. 뒤쪽 벽이 사진들과 여러 색깔의 점착 메모지로 뒤덮여 있다. 그리고 곳곳에 분류해놓은 메모지들을 다양한 길이의 실들이 연결한다. 케인이 만든 거미줄이다.

눈을 가늘게 뜨고 화면을 쳐다보는 나의 시선이 그의 어깨 너머로 향해 있음을 케인이 알아차린다.

"케인이 짠 플롯이에요?" 내가 묻는다. "맙소사, 경찰서 수사본부에 와 있는 것 같아요!"

케인이 웃음을 터뜨리더니 노트북을 높이 들어 천장까지 닿아 있는 실들을 볼 수 있게 해준다. 천장에도 압정으로 고정된 메모지가 더 있다. 방 전체에 서로 엇갈리고 엮이는 선이 가득하다.

"와, 눈을 못 떼겠어요." 나는 완전히 매료된다. 마치 케인의 머릿속을 들여다보고 있는 것 같다. "그게 도움이 돼요?"

"때로는요." 케인이 어깨를 으쓱한다. "가끔 자유낙하 하는 기분이 들 때 여기에 쓰면 이야기가 날 붙잡아줘요."

"외줄 아래 있는 안전그물이군요."

자유낙하라는 말이 내게 와닿는다. 어떤 면에서는 나의 글도 마찬가지인 셈이다. 하지만 내게는 안전그물이 없다.

"난 프레디가 글 쓰는 방식으로는 못 할 거예요." 케인이 카메라를 자기 얼굴 쪽으로 돌리며 말한다.

케인이 존경을 담아 나를 인정해준다. 그 말을 듣자 내 가슴이 벅차오른다.

"나는 아마도 그물에 엉켜버렸을 거예요."

내가 대답한다. 케인의 거미줄이 아름다운 만큼 빠져나오기 어렵다는 생각이 든다. 나는 케인에게 내 버스의 여정을 들려준다.

케인이 집중해서 듣는다.

"글을 쓰는 방식이 대담해요, 프레디. 나한테는 그런 용기가 없는 것 같아요."

"우리는 소설을 쓰는 거예요, 케인." 내가 웃으며 말한다. "뇌 수술을 하는 게 아니라……. 버스가 목적지에 도달하지 못해도 누군가의 생사가 달린 문제는 아니죠."

"《미저리》를 안 읽어본 사람처럼 말하는군요."

우리 대화는 스티븐 킹으로 옮겨 가 그의 책과 영화화된 작품에 관해, 작가로서 그 정도 상징적인 지위에 오르는 기분에 관해 이야기한다. 그러다 케인이 이번 주에 최근 개봉한 스티븐 킹 영화를 보러 가겠느냐고 묻는다. 나는 좋다고 답한다. 우리 둘 다 어쩐지 윗이나 마리골드를 언급하지 않는다.

영상통화 화면을 닫고 나니 마음이 들뜬다. 그런 나 자신이 부끄럽기도 하지만 기분이 좋은 걸 어떡해. 그 밤에 누굴 만날 일은 없지만 나는 샤워를 하고…… 머리도 단정하게 묶고 덜 후줄근한 잠옷으로 갈아입는다. 저녁밥으로 스크램블드에그를 만드는데 핸드폰이 울린다. 케인이 핸드폰을 찾았나 보다. 얼마나 다행인지! 항상 영상통화를 하기에 부끄럽지 않은 모습으로 있어야 한다는 스트레스를 감당할 자신이 없었는데.

내가 전화를 받는다.

"여보세……"

내 말을 자르는 비명, 남자 목소리가 아니다. 여자의, 겁에 질리고 들어본 적 있는 소리. 이건 캐럴라인 펄프리의 비명이다.

해나에게,

굉장해요! 마지막 부분에서 완전히 빨려 들어갔어요!

그나저나 시드니 근처에도 산불이 났던데요! 뉴스에서 보니 무섭더라고요. 그나마 해나는 번지는 산불로부터 집을 보호하려고 마당 호스를 들고 지붕에 올라가지 않아도 된다고 해서 안심이에요. 호주 사람들이 그렇게 하는 걸 사진으로 봤어요. 오래전에 호주에서 여름을 한 번 보낸 적이 있는데 열기에 온 나라가 얼마나 바싹 건조했는지 지금도 기억나요. 심지어 공기에도 불이 붙을 것 같았어요. 내가 있는 곳의 여름과 너무 다르게 위협적이었어요. 하지만 호주 사람들은 그렇게 생각하지 않겠죠.

자료 조사를 위한 해나의 미국 방문이 미뤄졌다는 얘기를 듣고 내가 실망하지 않았다고 하면 거짓말일 거예요. 하지만 해나 나라의 일부가 불에 타고 있음을 생각하면 당연한 일이라 생각해요. 그렇다고 해서 이 원고마저 미룰 필요는 전혀 없어요. 우리가 지금까지 해온 대로 계속하면서 내가 할 수 있는 한 돕고 싶어요. 해나를 도우면서 어떤 소설 쓰기 강의에서보다 더 많이 배우고 있어요. 우리가 힘을 모아 해나 소설이 정말 있을 법한 이야기처럼 여겨지게 만들 수 있을 거예요. 해나가 보스턴에 직접 오지 못해도 말이죠.

이제, 원고 이야기를 할게요. 프레디가 어떻게 생겼는지 여전히 알 수 없단 걸 짚고 넘어가야겠는데…… 헝클어진 머리밖에 몰라요. 아무런 설명이 없으면 해나의 얼굴을 떠올릴 수밖에 없다고요. 나중에 딴소리하기 없기예요!

케인이 현재는 진심으로 미심쩍어요. 해나가 의도한 거예요? 프레디가 식료품 바구니를 집까지 옮겨준 도어맨에게 팁을 주지 않았다는 것만 빼면 미국 사람에게 걸리는 내용은 없어요. 그땐 팁을 줘야 해요.

보스턴에서 식료품 선물 바구니를 배달하는 회사 목록을 보낼게요. 아이디어는 좋았어요……. 식료품 바구니를 보내는 게 사려 깊어 보이지만 상대를 제압하거나 생색내는 것으로 읽힐 수도 있으니까요.

나도 케인처럼 플롯을 구성하던 작자를 예전에 알고 지냈어요. 경찰이었는데, 직업 때문이었는지도 몰라요. 완전히 통제광이었어요……. 모든 걸 계획하고, 단 하나라도 우발적이면 안 되었어요. 이름은 윌 손더스예요. 하지만 앞으로도 들을 일이 없을 거예요. 왜냐면 소설을 결코 끝내지 못했으니까요.

마지막으로, 그 비명이요……. 내가 훼방을 놓거나 세세한 것에 얽매이려는 건 아닌데요. 비명을 듣고 목소리 구분이 가능한지 의문이 들어서요. 성별 차이를 제외하면 비명은 대개 비슷하지 않나요? 프레디는 어떻게 캐럴라인 펄프리였다고 확신하는 거죠?

아무튼, 프레디가 글쓰기에 다시 집중할 수 있도록 오늘 편지는 이쯤에서 끝낼게요. 다음 이야기가 어떻게 될지 너무너무 궁금해요. 나는 해나에게 식료품 바구니를 보내지는 못하겠지만 해나가 글을 쓰기를 응원해요!

숨을 죽인 채 기다리며,

리오가

7 ●

보스턴 경찰서에서는 경찰관이 출동할 일은 아니라고 판단한다. 대신 여경이 전화로 내 진술을 받는다. 퉁명스럽고 따분해하고 은근히 업신여기는 말투다. 여경에게 말을 하다 보니 내가 성가신 전화 한 통 때문에 경찰에 전화를 건 꼴이 된다. 왠지 모자란 사람이 된 것 같다. 보스턴공공도서관에서 캐럴라인 펄프리가 비명을 질렀을 때 나는 현장에 있었고 전화기에서 들은 비명이 틀림없이 똑같았다고 설명해보지만, 나만 점점 더 한심한 사람이 될 뿐이다. 결국 여경에게 사과하고 전화를 끊는다.

하지만 여전히 떨림은 가시지 않고, 이제는 핸드폰마저 악이 내 세계로 들어오는 위험한 통로가 된 것 같은 기분이다. 나는 전원을 꺼버리고 진정하자고, 우스운 짓 그만하자고 되뇐다. 어떤 아이의 장난이겠지.

글을 쓰려고 노트북을 여니 케인이 접속 중이라는 표시가 뜬다. 케인에게 말을 걸고픈 충동이 바보처럼 굴지 말자는 결심을 덮어버릴 지경이 된다. 비명이 내 귓가에 생생하고, 분명 캐럴라인이었다는 느낌을 떨쳐낼 수가 없다.

폰을 다시 켜고 마리골드에게 전화한다. 여보세요, 라는 말을 하기도 전에 눈물이 쏟아진다.

"프레디, 왜 그래요?"

흐느낌에 전화와 비명 이야기가 섞여 나온다.

"내가 지금 갈게요." 마리골드가 단박에 말한다. "15분 후면 도착해요."

"아니…… 그럴 필요는 없어요……. 내가 그냥……."

"15분요."

마리골드가 전화를 끊는다.

폰을 가만히 보고 있으려니 당혹감과 안도하는 나에 대한 민망함이 동시에 몰려온다. 그냥 장난 전화였을 뿐인데……. 하지만 비명은 익숙했고 그게 날 불안하게 만든다.

커피를 내리고 집 안을 치우고 있는데 버저가 울리고 도어맨이 마리골드가 왔다고 알려준다. 내가 올려보내달라고 부탁한다. 현관문을 열자마자 마리골드가 나를 와락 끌어안는다.

"세상에, 프레디, 괜찮은 거예요?"

"괜찮아요, 마리골드. 커피를 너무 많이 마셨나 봐요……. 바보처럼 쉽게 흥분해버렸어요." 그렇게 말하면서 나는 머그잔에 커피를 따른 다음 마리골드와 부엌에 있는 작은 식탁에 앉는다.

마리골드에게 전화와 비명 이야기를 꺼낸다.

"사실 이유는 잘 모르겠어요, 마리골드. 하지만 내 마음 한구석에 캐럴라인의 비명이라는 확신이 있어요."

"에휴, 그러니 프레디가 겁을 먹는 게 당연해요. 불쌍하기도 하지. 전화 예절을 제대로 배워야 하는 아주 못된 것들이 아니더라도 오늘 일어난 일은 정말 나빴어요."

나는 마리골드를 멍하니 본다. 그녀의 예쁜 얼굴에 염려와 연민이 가득하다. 풋 하고 웃음이 터진다. 그러고는 딱히 웃기지도 않는데 걷잡을 수 없는 웃음을 터트린다. 마리골드가 영문을 모르겠다는 눈으로 나를 쳐다보다가 같이 웃는다. 우리는 웃는 이유도 잘 모르면서 한동안 어린아이들처럼 깔깔댄다.

마침내 웃음이 잦아든다. 얼굴과 옆구리가 아프다.

"고마워요. 덕분에 마음이 편해졌어요."

"뭐, 내가 의도한 건 아니었지만요." 마리골드가 우리 머그잔에 커피를 가득 채운다. "아마도 어느 말썽꾸러기가 뉴스에서 비명 사건을 듣고 아무 번호로 전화를 걸었나 봐요."

내가 숨을 내쉰다.

"비명이 똑같았어요, 마리골드."

"비명은 거의 비슷하잖아요."

나는 고개를 가로저은 다음 마리골드에게 내 여동생 이야기를 들려준다.

"나보다 두 살 어린 여동생이 있었어요. 집에서는 둘도 없는 친구였지만 학교에서는 서로 딱히 아는 체 안 하는 사이였죠. 내 동생은 열한 살에 죽었어요."

"아, 프레디. 그런 일이 있었군요."

"학교에서 블루마운틴 국립공원으로 소풍을 갔었어요. 중학교 전체가 갔으니까⋯⋯ 대충 300명쯤 됐을 거예요. 학년별로 그룹이 나뉘어서 제리하고 나는 다른 버스를 타고 갔어요. 서로 자기 친구들하고만 어울리고 있었고요. 그래서 사고가 일어나기 전까지 나는 제리가 어디에 있는지도 몰랐어요." 나는 침을 삼키며 이 이야기를 입 밖으로 낸 적이 있었는지 생각한다. 있었다 하더라도 내 기억에는 없다. "전망 포인트에 있는 안전 난간이 헐거웠어요. 제리는 사진을 찍으려고 기댔다가 떨어졌어요. 마리골드, 내가 하려는 말은 나는 비명을 듣자마자 제리라는 걸 알았다는 거예요. 정말 알아들었어요. 장난이나 허풍이 아니라…… 진짜 비명이라는 것도요."

마리골드가 머그잔을 내려놓고 내 손을 쥔다.

"맙소사. 정말 끔찍한 일이에요, 프레디. 진심으로 끔찍한 일이었다고 생각해요. 하지만 프레디의 동생이었잖아요. 비명이든 고함이든 꺅 하고 내지르는 소리든 100번은 들었을 거예요. 하지만 캐럴라인 펄프리는 만난 적도 없어요."

"우리가 도서관에서 들었던 비명과 틀림없이 같았어요."

"확실히 그걸 기억한다는 거예요?"

"어떻게 잊어버리겠어요?"

마리골드가 새끼손톱을 잠시 물어뜯다가 "폰 줘봐요"라고 말한다.

"왜요?"

내가 핸드폰을 켜서 마리골드에게 건넨다.

"악당 녀석이 전화번호를 미처 비공개로 설정하지 않았을 수도 있으니까요. 자기 엄마 핸드폰을 썼다면 더 잘됐죠. 다시 전화를 걸어서 못돼먹은 아이가 무슨 짓을 벌였는지 가

없은 엄마에게 일러주면 상황이 재미있어질 거예요."

마리골드가 통화 기록을 불러온다.

"오늘 저녁에 다른 전화도 받았어요?"

"아뇨."

마리골드가 눈썹을 찌푸린다.

"그 전화가 언제 왔다고 했죠?"

"한 시간 전쯤에요."

"뭔가 이상해요."

"뭐가요?"

마리골드가 핸드폰 화면을 내게 보여준다.

"이게 프레디가 마지막으로 받은 전화예요……. 한 시간 전쯤에요."

발신자 이름이 눈에 들어온다.

케인

내가 몸을 뒤로 뺀다.

"오늘 케인하고 정말 통화 안 했어요?"

"하긴 했어요." 나는 마리골드에게서 핸드폰을 다시 가져와 통화 기록을 멍하니 쳐다본다. "케인한테서는 인터넷으로 전화가 왔어요. 내 노트북으로요. 폰을 잃어버렸대요. 어디에다 흘렸는지 잘 모르겠다고 했어요."

마리골드가 눈을 깜박이며 생각을 정리한다.

"그럼 케인 핸드폰을 가지고 있는 누군가가 프레디에게 전화를 했다는 건가요?"

"그렇죠……. 그렇겠죠."

"그리고 비명을 지르고요?"

내가 고개를 끄덕인다.

"으음, 말이 되긴 하네요. 어떤 말썽꾸러기가 케인 폰을 주웠다가 연락처에 있는 사람들에게 성가신 전화를 돌리나 보죠……. 아니면 케인에게 최근에 전화를 건 사람에게나요."

마리골드가 내 통화 기록에 케인에게 건 발신 내역이 있었음을 언급한다.

케인에게 식료품을 보내줘서 고맙다고 말하려 했었다고 설명하는데, 어쩐지 말이 꼬인다. 얼굴이 화끈거린다.

"아, 네." 마리골드는 그 일에 대해 아무 말도 하지 않는다. "우리 이 번호로 전화해봐요. 도둑 녀석이 받을지도 몰라요."

"남자애가—혹은 여자애가 아까는 안 받았어요……. 그리고 발신자 번호 표시 서비스 때문에 내 번호가 다 뜰 거예요."

"알아요. 하지만 다른 사람이 벨 소리를 들을 수도 있고……. 어떻게 될지 모르잖아요."

내가 어깨를 으쓱한다.

"좋아요. 한번 해봐요, 그럼."

마리골드가 스피커폰을 켜고 전화를 건 다음 테이블 위 우리 둘 사이에 내려놓는다.

전화를 받았다.

나는 숨을 참는다.

침묵.

"잘 들어, 이 도둑아……. 네가 무슨 수작 부리는지 다 알아. 경찰이 네가 훔쳐 간 핸드폰 위치를 추적 중이야. 그러니 지금이라도……."

지지직, 그러더니 목소리가 흘러나온다. 내 목소리다. 식료품을 보내줘서 고맙다고 케인에게 남긴 음성 메시지다. 내 생각이 맞았네. 말을 너무 야단스럽게 했어. 그러다 전화가 끊어진다.

마리골드와 내가 아무 말 없이 눈을 마주친다.

"으음, 좀 소름 끼치네요." 마리골드가 먼저 입을 연다.

"식료품이 배달 왔을 때 무척 배가 고팠거든요." 내가 해명한다. "음식을 보고 내가 많이 흥분했던 것 같아요."

"아니, 저 재수 없는 녀석이 메시지를 재생한 게 소름 끼친다고요. 프레디 말고요."

"아…… 그건 그래요." 나는 숨을 크게 쉬고 일어나 노트북을 가지고 온다. "케인에게 말해줘야겠어요. 누군가 그의 폰과 연락처를 다 가지고 있다고요. 생각해보니 핸드폰에 비밀번호로 잠금 설정을 안 해놓은 거잖아요."

마리골드가 눈살을 찌푸린다.

"세상에. 조심성이 없군요."

우리는 둘 다 화면에 나오도록 나란히 앉아 내 노트북으로 케인에게 전화를 건다. 잠시 후 셔츠를 입지 않고 머리도 헝클어진 케인이 화면에 나타난다. 케인은 눈을 찌푸리며 화면을 보더니 시계를 확인한다. 그제야 나도 자정이 넘었음을 알아차린다.

"프레디…… 마리골드도 있네요!" 케인이 하품한다. "무슨 일이에요?"

내가 케인에게 저녁에 있었던 일을 말한다.

케인이 카메라 쪽으로 몸을 기울인다.

"내 폰으로요?"

"케인이 잃어버렸다고 했잖아요……. 누군가 주운 게 틀림없어요."

"프레디는 괜찮아요?"

"네, 괜찮아요."

나는 마리골드가 내 상태가 어땠는지 사실대로 다 말할까 봐 그녀를 슬쩍 본다.

마리골드는 눈물 부분은 언급하지 않는다.

"케인, 있잖아요, 핸드폰을 비밀번호로 잠가놓지 않아서 다른 사람이 열어보는 거예요. 케인의 연락처랑……."

"잠깐만요, 나 얼굴 인식 설정해놨어요."

"비밀번호도 같이요, 아니면 없이요?" 마리골드가 묻는다.

"없이요. 둘 다 해놓을 필요는……."

"얼굴 인식은 사진만 있어도 열 수 있어요."

마리골드가 못마땅해하며 고개를 절레절레 흔든다. "그게 그렇게 안전하지가 않아요."

"그럼 내 폰을 가지고 있는 사람이 내 최근 사진도 가지고 있다는 말이잖아요? 그런 사람은 우리 엄마밖에 없을 텐데요."

"케인, 하나도 재미없어요. 케인 핸드폰을 이용해서 프레디를 스토킹할 수도 있어요. 잘은 모르지만 캐럴라인을 죽인 사람과 동일 인물일 수도 있고요."

"워워!" 나는 마리골드의 흥분을 가라앉히려 한다. "내가 겁을 먹긴 했지만 스토킹은……."

"겁을 먹었어요?" 케인의 잠이 확 달아난다. "물론 그랬겠죠. 맙소사, 미안해요. 내가 그리로 갈게요. 옷만 좀 입고요."

"그럴 필요 없어요." 나는 당황한다. "조금 불안했던 거고, 이제는 괜찮아요."

"맞아요, 그리고 내가 와 있잖아요." 마리골드가 덧붙인다. "케인이 핸드폰에 대해 알아야 한다고 생각해서 연락한 거예요."

케인이 손바닥으로 눈을 비빈다.

"내일 아침을 내가 대접하면 어떨까요……. 문제를 일으킨 내 핸드폰에 대해 사과하는 의미로요? 팬케이크 먹으면서 이 문제를 이야기해보죠."

마리골드가 승낙하라는 듯이 나를 쳐다본다.

내가 어깨를 으쓱한다.

"좋아요."

나는 마리골드를 위해 소파에 잠자리를 편다. 그녀는 하룻밤 잘 경우를 대비해 작은 여행용 가방을 꾸려 왔다.

"고마워요." 나는 이불이 넉넉한지 확인하며 덧붙인다. "이런 바보 같은 일에 마리골드를 끌어들여서 미안해요……."

"그런 말 하지 마요, 프레디." 마리골드가 베개를 두드려 모양을 잡는다. "분명히 말하는데, 프레디가 과민한 게 아니에요. 상황이 이상한 데다 조금 오싹하기까지 해요. 케인 핸드폰을 가져간 악당 녀석을 찾아내기만 하면 흠씬 두들겨 패줘야겠어요."

내 친구 해나,

오늘은 짧게 말할게요.
여기 미국에서는 '폰cell phone'이라고 말하는 편이에요. 미국인들은 명확한 걸 좋아하니까요. 그리고 우리는 '장난 전화crank calling'라고 말해요. '성가신 전화nuisance calling'라는 표현 자체가 설명을 따로 할 필요 없이 의미는 전달되지만, 마리골드의 대화에 나오니까 미국 영어를 쓰는 게 더 좋을 것 같아요.
내 생각에 핸드폰을 잃어버렸다는 말이 케인의 주장일 뿐임을 이야기 속에서 누군가는 지적해야 하지 않나 싶은데……. 그러면 독자들에게 살인자를 너무 일찍 암시하는 게 될까요? 독자에게 정보를 충분히 주느냐와 소설의 절정을 무심코 드러내느냐는 종이 한 장 차이네요.

저번 편지에 깜빡하고 말을 안 한 게 있어요. 지하철을 탔다가 해나의 최근 책을 읽는 사람을 한 명도 아니고 무려 세 명이나 봤어요. 지하철에서요! 첨부한 사진 봐봐요.

이제 글쓰기로 돌아가요! 다음 장을 가능한 한 빨리 보고 싶어요!

인내심이 바닥나고 있는,

리오

마리골드가 윗에게 연락해서 다 같이 아침을 먹을 거라고 꼭 말해야 한다고 한다. "자기만 초대받지 못했다고 생각하면 섭섭해할지도 몰라요"라고 덧붙인다.

나는 그렇게 생각하지 않지만, 마리골드와 윗 사이에 둘은 느끼는지 몰라도 무언가 있다는 생각을 지우지 않은 터라 굳이 반대하지 않는다.

"전화를 안 받아요."

잠시 후 마리골드가 말한다.

마리골드에게서 실망이 느껴진다. 나는 도서관에서 처음 만난 날 이 끌림을 알아차렸다는 사실에 어렴풋이 우쭐해진다. 나의 프로이트 결과 만화 주인공 턱이다.

"케인이 어디로 가는지 말해주면 윗에게 문자 남겨요."

케인이 로비에서 우리를 기다린다. 그는 웨인바움 부인, 잭슨 부인과 대화하고 있다. 아니, 대화가 아니라 두 부인에게 취조를 받는 중이다. 교활하고 성가신 두 할머니께서 케인이 식료품 바구니를 보낸 배후임을 알아내고 그에게 요거트에 대해 따지고 있다. 내가 다가가니 케인이 "하느님 감사합니다"라고 말하는 게 들리는 것 같다. 내가 케인과 마리골드를 소개하고, 두 부인은 내가 좀 나아졌는지, 요거트가 도움이 되었는지 조사하듯이 묻는다. 도움이 되었다고 확실히 말하는 게 거기서 손쉽게 빠져나오는 방법이다.

케인이 캐링턴 스퀘어를 나서며 속삭인다.

"요거트가 이렇게나 논쟁을 불러일으킬 줄은 몰랐네요."

내가 웃음을 터뜨린다.

"그래도 사실 즐거워요. 저분들이 전에는 말을 거의 안 걸었는데 이제는 내 건강을 많이 챙겨줘서 꼭 오래된 친구 같아요. 덕분에 캐링턴 스퀘어가 더 내 집처럼 느껴져요."

케인은 우리를 보일스턴 스트리트에 있는 팬케이크 식당으로 안내한다. 프랑스식 카페처럼 빨간색과 흰색의 체크무늬 식탁보가 깔린 원형 테이블 위에는 와인 병에 꽂힌 초가 있고, 벽지에는 에펠탑이 그려져 있다. 이곳을 찾는 손님들도 내부 장식의 일부가 될 것 같다. 베레모를 쓴 모습이 우스꽝스럽든 어떻든 간에 웃음거리가 되지 않을 그런 식당이다. 아무래도 우리 셋 다 옷을 너무 편하게 입고 온 듯하다. 우리가 주문하는 동안 마리골드는 윗에게 문자를 보낸다.

전날 있었던 일을 이야기하면서 나는 케인이 통화 기록을 볼 수 있도록 내 핸드폰을 건넨다.

"문자가 와 있어요."

케인이 말한다.

전혀 몰랐다. 전날 저녁 이후로 핸드폰을 만지고 싶은 마음이 완전히 사라졌었다.

케인이 눈살을 찌푸린다.

"내 번호로 온 거네요."

내가 핸드폰을 다시 받아서 본다. 읽지 않은 메시지가 두 개 있다. 케인에게 핸드폰을 쥐여주며 메시지를 확인해달라고 부탁하고 싶은 마음이 목구멍까지 차오르지만, 마음을 가다듬으며 겁에 질린 철부지 소녀처럼 굴지 말자고 생각한다. 첫 번째 메시지를 손가락으로 두드리자 사진 하나가 나온다. 내가 보고 있는 게 무엇인지 알아내려고 작은 화면을 가만히 들여다본다. 빛이 적은 곳에서 찍힌 사진이라 어둡고 흐릿하다. 현관문 가운데에 문 두드리는 황동 고리가 달려 있고 그 위로 사자 몸통에 독수리의 머리와 날개를 지닌 그리핀이 붙어 있다. 두 번째 메시지에도 사진이 있다. 또 다른 문이다. 하지만 이번에는 즉시 알아본다. 캐링턴 스퀘어의 내 집 문이다.

"프레디?" 핸드폰을 떨어뜨린 나를 보며 마리골드가 묻는다. "왜 그래요?"

케인이 핸드폰을 얼른 집어 들고 본다. "문인데요?"라고 말하고 마리골드에게 건네준다.

"두 번째 문은 내 집이에요." 내가 진정하려고 애쓰며 대답한다. "첫 번째는 모르겠어요."

"내가 알아요." 마리골드가 사진을 확대한다. "문 두드리는 이 고리…… 윗네 집 문이에요……. 부모님 집이요."

"윗 부모님 집에 간 적 있어요?"

내가 깜짝 놀라며 묻는다.

"확실해요?"

주문한 음식이 아직 나오지 않았지만 케인은 계산서를 달라고 손짓한다.

마리골드가 고개를 끄덕이더니 자리에서 일어선다.

"어디 가려고요?"

내가 묻는다. 아직도 몸이 떨린다.

"내 생각엔 이 사진을 당장 경찰에게 보여줘야 할 것 같아요." 케인이 대답한다. "마리골드, 윗에게 다시 전화해봐요."

마리골드는 이미 전화를 걸고 있다. 신호가 가는 동안 케인과 나는 마리골드에게서 눈을 떼지 않는다.

"여보세요…… 윗? 아, 다행이다……. 너한테 계속 전화했었……."

마리골드의 눈이 커진다.

"아아, 하느님!" 마리골드가 말을 잇지 못한다. "아니……. 지금 바로 갈게." 그러더니 우리가 물어볼 틈도 주지 않고 말한다. "윗이 지금 매사추세츠 종합병원에 있대요."

"어쩌다가요?"

마리골드가 선 채로 고개를 젓는다.

"나도 몰라요…… 하지만 왠지……."

그녀가 내 핸드폰을 악령이라도 깃든 물건처럼 힐긋 본다.

"내성 발톱 제거 시술 때문일 수도 있잖아요." 케인이 차분히 말한다. "겁부터 먹지 말고 상황을 알아봐요."

"경찰은요?"

내가 묻는다.

"윗에게 먼저 가보는 게 좋겠어요."

케인의 차가 조금 떨어진 곳에 주차되어 있다. 오래된 검은색 지프다. 케인이 뒷좌석을 차지한 책과 서류가 든 상자들을 한쪽으로 치워 마리골드가 앉을 자리를 마련한다. 마리골드는 평소와 다르게 말이 없다.

"그 사람이 지난밤에 프레디 집 문 앞에 왔던 거예요." 케인의 차가 매사추세츠 종합병원을 향해 백베이를 가로지르며 달리자 마리골드가 입을 연다. "그러고는 윗을 병원에 입원하게 만들고요."

"아직은 몰라요."

케인이 신중하게 대답하지만, 마리골드 말이 맞는 것 같다. 나는 몸을 돌려 마리골드를 본다.

"윗이랑 직접 통화한 거죠? 목소리는 어땠어요?"

마리골드가 눈을 잠시 감았다 뜬다.

"조금 어눌했어요."

케인이 나를 휙 본다.

"진통제겠네요."

내가 움찔한다.

우리는 병원 안내 데스크를 통해 윗의 병실로 안내받는다. 병실 밖 복도에는 열두 명도 더 되는 사람들이 먼저 와 있다. 한 무리의 학생들이 서로를 위로해주는데 대부분 여자다. 사복 경찰들은 질문을 하고 있다. 뉴스에서 본 캐럴라인 펄프리 사건 담당 형사도 눈에 띈다. 마리골드가 내 손을 잡는다. 그녀의 마음이 느껴진다. 상황이 심각해 보인다. 제복을 입은 경찰이 병실 문 앞에 서서 드나드는 사람들을 통제한다. 어떤 사람이 우리에게 누구인지 묻는다. 케인이 우리는 윗 메터스의 친구이고 그를 보러 왔다고 설명한다.

그 사람이 자신을 진 메터스, 윗의 엄마라고 소개한다. 엄청 날씬하고 매우 아름다운 데다 나이가 30대 중반 정도로밖에 보이지 않는다. 정중하지만 필요한 말만 하고, 윗입술과 눈썹에 움직임이 전혀 없다.

"미안하지만 윗은 방문객을 만날 컨디션이 아니에요."

"어떻게 된 거죠?"

마리골드가 불쑥 묻는다.

진이 마리골드를 냉랭하게 처다본다.

"경찰이 상황을 파악 중이에요."

한 남자가 진의 어깨에 손을 올린다. 큰 키에 머리는 희끗희끗하고 파란 눈동자가 선명하다.

"진, 들여보내줘요. 당신도 좀 쉬다 오고." 남자가 열린 병실 문 안쪽을 어깨 너머로 살짝 돌아본다. "어쨌거나 윗이 부른 사람들이야."

"쟤가 전교생의 절반을 불렀나 보군요." 진이 대답하며 대기실에서 걱정스러운 얼굴로 서로 손을 잡고 있는 학생들을 못마땅하게 바라본다. "도대체 어떤 멍청이가 윗에게 핸드폰을 돌려준 거예요?"

둘은 잠시 옥신각신하더니 결국 윗의 아빠이자 방금 언급된 멍청이로 여겨지는 남자가 진의 마음을 돌려 같이 구내식당에 가기로 한다.

"보스턴 경찰이 여기에 다섯 명이나 와 있어. 윗은 지극히 안전해."

그래서 우리도 윗의 병실로 들어갈 수 있게 된다. 윗의 몸에는 생리식염수 수액 주사와 여러 모니터 장치가 연결되어 있고, 눈 아래로는 다크서클이 생겼다. 하지만 그 외에는 평소 모습과 크게 다르지 않다. 윗이 우리를 보고 미소 짓는다.

"어서 와요······."

"하느님, 감사합니다!" 마리골드가 감정을 더 이상 주체하지 못한다. "도대체 어떻게 된 거야?"

"강도를 당한 것 같아."

"당한 것 같다니 그게 무슨 말이야?"

"어떤 남자가 내 핸드폰을 가져가려 하면서 지갑은 안 건드렸거든······. 인기척을 들어서 그랬는지······."

"누가······."

"몰라······. 칼에 찔린 다음 정신을 잃었나 봐. 그 사람 얼굴을 본 기억이 없어."

"칼에 찔렸다고? 너 괜찮은 거야? 목숨을 잃을 수도 있었다는 거잖아!"

마리골드가 우리를 대신해 하는 말이 고함처럼 들린다. 윗의 손을 덥석 잡은 그녀의 눈에서 눈물이 흐른다.

"진정해, 마리골드. 나도 몇 시간 전에 마취에서 깨어나서야 무슨 일이 벌어졌는지 알게 된 거야. 아마 마약중독자였을 거야."

"백베이에요?"

케인이 회의적인 말투로 되묻는다.

"백베이에도 있어요." 윗이 되받는다. 그러다 눈살을 찌푸리며 케인을 본다. "그런데 내가 백베이에 있었다는 걸 어떻게 알았어요? 우리 엄마가……."

케인이 윗에게 전화 사건을 말하고 내 핸드폰에 있는 사진도 보여준다.

윗이 몸을 일으키다가 움찔하더니 욕을 내뱉으며 바로 앉는다.

"우리 부모님 집 현관문 사진이 온 게 언제예요?"

케인이 메시지를 확인한다.

"어젯밤 10시 20분이요."

"내가 10시 30분 되기 조금 전에 외출했어요. 한 블록도 채 못 갔어요."

"아무도 못 보고……."

"전혀요." 윗이 눈살을 찌푸린다. "어쨌든 내 기억에는 없어요."

"경찰에게 말해야 할 것 같아요." 내가 복도에 있는 사람들을 힐긋 본다. "윗, 캐럴라인 펄프리 사건 담당 형사가 왜 여기 와 있는 거예요?"

"혹시 어떤 연관성이 있을지도 모른다나요……. 하버드 학생을 노리는, 뭐 그런 거요." 윗이 케인과 눈을 마주친다. "그런데 경찰에게 진짜 말할 생각이에요? 케인 핸드폰이잖아요."

"경찰이라면 그걸 이용해 범인을 추적할 수 있을지도 모르죠."

윗이 고개를 끄덕이고는 버저를 눌러 간호사를 부르더니 켈리 형사를 들여보내달라고 부탁한다.

켈리 형사는 40대 정도로 여자치고 키가 크고 체격이 좋다. 각진 얼굴에 화장은 완벽하고, 금발 머리를 뒤로 묶어 올렸는데 한 올도 삐져나오지 않았다. 그녀의 웃음은 감정 반응이라기보다 반사작용처럼 느껴진다.

"날 찾았다고요. 윗. 뭔가 기억났나요?"

윗이 우리를 소개한다.

"캐럴라인이 살해당하던 날 알게 된 사람들이에요. 비명이 들렸을 때 다 같이 열람실에 있었어요."

켈리 형사가 고개를 끄덕이며 한 명 한 명에게 인사한다. 어색한 침묵이 흐르려는 찰나 마리골드가 불쑥 내뱉는다.

"범인이 케인 핸드폰을 가지고 있는 것 같아요."

그래서 우리가 설명한다.

이야기를 듣는 켈리 형사의 표정에는 아무 변화가 없다. 나는 켈리 형사가 사진을 직접 볼 수 있도록 핸드폰을 열어 건네준다.

"매클러드 씨, 통신사에 핸드폰 분실 신고를 하셨나요?"

케인이 고개를 젓는다.

"어젯밤까지는 핸드폰을 어디선가 찾을 수 있을 거라 생각했거든요."

"알겠습니다." 퀠리 형사가 나를 본다. "맨 처음 전화에서 들은 비명이 캐럴라인 펄프리 같았다고 말씀하셨죠."

이제 와서 자신이 없다. 상황에 대한 뒤늦은 통찰과 논리가 내가 앞서 가지던 확신을 흔든다.

"네……. 비명이었으니까요. 보스턴공공도서관에서 들었던 비명이 바로 떠올랐어요. 하지만 아마도 그냥 비명이었던 것 같아요."

"그런데도 두려움을 느껴 경찰과 아나스타스 씨에게까지 전화하셨고요?"

"네, 그랬어요."

"매클러드 씨가 전화한 게 아니라는 사실은 어떻게 아셨어요?"

"케인이 핸드폰을 잃어버렸다고 말했어요……. 그보다 앞서 인터넷으로 통화할 때요."

"케인 씨 핸드폰으로 전화가 오기 전에요?"

"네."

질문이 어떤 방향으로 향하는지 몰라 나는 불안한 눈으로 케인을 슬쩍 본다.

이제 퀠리 형사의 관심은 마리골드에게 옮겨 간다.

"사진을 보고 메터스 씨 댁 현관문임을 어떻게 알았나요? 집을 방문한 적이 있나요?"

마리골드가 얼굴을 붉히고, 그런 마리골드를 윗이 궁금한 눈으로 쳐다본다.

"아뇨……. 그건 아니고." 마리골드가 대답한다. "한 번 찾아갔는데 노크는 안 했어요."

"왜죠?"

"왜 갔냐고요? 아니면, 왜 노크를 안 했냐고요?"

"둘 다요."

마리골드가 불편해하는 게 느껴진다. 그녀를 도와주고 싶지만 방법을 모르겠다.

"그냥 마음이 바뀌었어요. 윗을…… 정확히 기억이 안 나지만, 어떤 이유로 그냥 보고만 가려고 했다가 마음을 바꿨는데……. 그때 문 두드리는 고리를 봤어요. 그래서 사진을 보고 알아차렸어요."

마리골드가 귀까지 붉혔다. 나는 켈리 형사가 마리골드를 무안하게 만드는 데에 기쁨을 느끼는 건가 싶어 힐끔 쳐다본다.

윗이 끼어든다.

"그 빌어먹을 노크하는 고리 때문에 집이 드라큘라 성처럼 보인다고 내가 엄마한테 수없이 말했거든요. 나 같아도 허둥지둥 달아났을 거예요."

마리골드는 윗을 차마 쳐다보지 못하지만, 나는 그런 말을 해준 윗을 와락 껴안아주고 싶은 심정이다. 물론 그럴 수는 없다. 켈리 형사가 우리를 다 지켜보고 있으니까.

"여러분께 개별적으로 진술을 받아야 할 것 같습니다." 켈리 형사가 정중하면서도 단호하게 말한다. "그리고 핸드폰은 저희가 가져가야 할 것 같네요, 킨케이드 씨."

내가 고개를 끄덕인다.

"물론이죠."

"제가 경찰관에게 진술서를 받고 세부 사항을 파악하라고 지시해놓겠습니다."

병실을 나가는 켈리 형사를 윗이 곁눈질한다.

"윗, 몸이 정말로 어때요?"

형사가 떠난 자리에 남은 침묵을 깨고 내가 입을 연다.

"통증이 약간 있고 좀 피곤해요." 윗이 솔직히 말한다. "하지만 모든 상황을 고려할 때 이 정도면 나쁘지 않은 것 같아요. 하루이틀 지나면 집으로 가게 해줄 거예요." 윗이 침대에서 자세를 바꾸다가 이를 악물더니 몸을 움직인다. "가장 끔찍한 건 엄마가 이 사건을 이용해 내가 수업에서 특별 배려를 받게끔 하려는 거예요. 그러면 이번 학기를 망치기가 그만큼 더 어려워진다고요."

케인이 싱긋 웃는다.

"졸업을 하게 될지도 모르겠군요."

"내가 살아 있는 한 그런 일은 없을 거예요." 웃음기가 사라지며 모두 입을 다물자 윗이 코를 찡그린다. "지금 상황에서 할 말은 아니었나요?"

"우리가 뭐 가져다줄 건 없어요?"

내가 묻는다. 아무래도 마리골드의 꾹 다문 입이 열릴 것 같지는 않다.

윗이 마리골드를 쳐다본다.

"도넛이요. 마리골드가 내가 좋아하는 도넛을 알아요."

"코플리 광장 근처에 있는 그 가게?" 다행히 마리골드가 창피함을 떨쳐낸다. "알았어. 내가 한 상자 가져올게."

"그런데 이 일이 캐럴라인 펄프리 살인 사건과 정말 관계가 있다고 생각해요?"

케인이 느닷없이 묻는다.

"당연한 거 아닌가요."

나는 비명을 떠올린다.

윗이 어깨를 으쓱한다.

"보스턴공공도서관에서 일어난 사건의 뉴스 보도를 보고 아무 데나 전화를 돌려 비명을 질러대는 제정신이 아닌 놈들이 열 명도 더 있을 텐데요."

"네, 하지만 그런 사람이 윗을 칼로 찔렀어요."

"나도 그걸 모르는 건 아니에요." 윗이 유감스럽다는 듯 말한다. "그렇다고 해도 나를 칼로 찌른 그 재수 없는 놈이 캐럴라인과 무슨 관계가 있는지 모르겠어요. 범죄율 증가나 그런 이유인 건지……."

"누군가가 학생을 노리는 걸 수도 있겠군요."

케인이 조심스럽게 말한다.

"그 누군가가 케인 핸드폰을 가지고 있죠." 윗이 날카로운 목소리로 덧붙인다.

케인이 눈썹을 치켜올린다.

윗이 신음하듯 말한다.

"미안해요……. 진통제 때문에 정신이 오락가락하나 봐요."

"우리는 가볼게요." 내가 손을 뻗어 윗의 팔을 가볍게 만진다. "윗은 좀 쉬어요. 쉬지 않더라도 병문안을 온 다른 친구들도 있잖아요. 우리는 도넛 사러 가야죠."

윗의 눈빛이 어두워진다.

"진술서는 어떡하고요?"

"나가는 길에 쓸게요."

"또 올 거죠, 그렇죠?"

윗은 안달 난 것처럼 보인다.

"우리 그냥 여기 있을까?"

마리골드가 묻는다.

윗이 피식 웃는다.

"됐어……. 내가 죽어가는 것도 아니고 보스턴 경찰의 보호도 받는데 뭘……. 게다가 우리 엄마도 있잖아. 대신 내일 또 올래?"

"당연."

"도넛도 안 잊어버릴 거지?"

케인이 윗에게 악수를 청한다. 윗은 몸 상태에도 불구하고 악수에서 힘이 느껴진다.

"내일 아침에 가서 사 올게요. 그래야 신선할 테니까요."

해나에게,

여름 햇살이 해나에게 내리쬐는 동안 이곳에는 겨울이 빙하기 행세를 하고 있어요. 머릿속에 아이들이 눈밭에서 뛰어노는 그림엽서 같은 장면이 떠오르겠지만, 현실에서는 첫눈이 내린 이후로 일거리만 늘어났어요. 길과 차에 쌓인 눈을 치워야 하고, 조심히 걸어야 하고, 건물을 드나들 때마다 옷을 입었다 벗었다 해야 하는 따분한 일들이죠. 일상을 몇 시간씩 잡아먹어요. 게다가 하늘에서 내리는 새 눈은 예쁘지만 하루이틀 지난 뒤 질척대는 진흙투성이 진창은 정말 아니에요! 자연의 초록색이 그리워요. 호주에서도 해나가 경험하지 못하는 것이겠네요. 초록색이 완전히 사라졌어요.

하지만 기후가 작가가 일에 집중하는 데 도움이 된다는 사실은 인정해야 할 것 같아요……. 차를 타고 나가기 위해 옷을 네 겹이나 껴입고 집 앞 진입로를 치우는 것보다는 책상에 붙어 앉아 있는 게 더 쉬우니까요. 나는 해나의 조언을 받아들여 새로운 일을 시작해봤어요. 해나가 묘사한 케인 매클러드의 방식에서 영감을 얻어 나만의 수사본부를 만들었죠. 솔직히 즐거웠어요. 소설의 탄생으로 이어질지는 미지수지만 내가 가진 아이디어를 입체적으로 볼 수 있어서 묘한 만족감이 있더라고요. 내가 실을 가지고 과하게 흥분했었는지…… 하다 보니 등장인물과 플롯이 바뀌는 모든 지점을 연결하게 되었어요. 그래서 최종적으로 핵분열 반응이 일어나는 모습처럼 되어버렸어요. 결국 모든 것이 이어져버렸죠…… 그러다 꼭 실로 연결할 필요는 없다는 결론을 내렸어요. 지금은 자제하고 빨간 노끈으로 대신하고 있어요.

지난밤에 매사추세츠 애비뉴에서 살인 사건이 있었어요. 여기 신문에도 거의 보도되지 않았으니 만약 호주 신문에 기사가 실렸다면 진짜 놀랄 일이었겠죠. 도서관에서 돌아오는 길에 마침 그곳을 지나오게 되었어요. 문득, 범죄 현장을 보면 해나에게 도움이 되겠다는 생각이 들더라고요. 그러면 해나가 출입 통제선, 노란색 경찰 테이프, 검시관이 타고 다니는 차의 모습 같은 것들을 자세하게 묘사할 수 있잖아요. 아무튼, 살짝 찍어본 사진을 첨부했어요. 시신은 이미 수습한 뒤였으니 죽은 사람의 모습이 찍힌 사진을 열어볼 걱정은 안 해도 돼요……. 왠지 그런 사진도 도움이 되었을 것 같지만요. 해나 같은 미스터리 작가는 어둡고 잔혹한 예술을 구사하잖아요. 묘한 매력이 있어요.

또 들었던 생각은 케인에게 공범이 필요하다는 거였어요. 알아요, 나도 알아요, 해나가 케인으로 아직 정하지 않았다는 거요. 하지만 연쇄살인범 역할로서 내 마음에 쏙 들어요. 케인은 캐럴라인의 비명이 들릴 때 안타깝게도 프레디 맞은편에 앉아 있었죠. 그러니 해나가 그 부분을 설명해야 할 거예요. 이번 기회에 케인에 대해서 잘생기고 또 입이 뿌루퉁해서는 2주 동안 길거리 생활을 한 문제 청소년이었다는 사실 외에 좀 더 알게 될 수도 있겠네요. 지금 내가 선을 넘은 거라면 해나의 용서를 구해요……. 이건 명백히 해나의 책이에요. 내 제안을 해나의 이야기에 마음이 완전히 빼앗긴 팬의 열정이라고 이해해줘요. 그보다 덜 중요한 문제가 있어요. 알렉산드라에게서 편지가 왔는데, 내 작품을 즐기며 읽었지만 대리인 제의는 할 수가 없어서 유감스럽게 생각한대요. 그녀가 정말로 유감스럽게 생각하는지는 모르겠지만 편지에는 그렇게 쓰여 있어요. 이게 현실이죠. 나는 이성애자이고 백인 남성에 어떤 다양성이나 장애도 없어서 출판계에 만연한 집단적 죄책감을 덜 수 있는 요소가 없는 거요. 대중이 좋아하는 정치적 올바름이 주어지고 누리던 게 너무 많았던 시절을 보상하기 위해 나 같은 남자를 받아들이지 않기를 요구하는군요. 그 특권이 사회에 대한 책임이 되기 전에 조금이나마 즐길 기회가 내게도 있었으면 좋았을 것 같아요. 아무튼, 알렉산드라가 거절했어요. 그렇게 결말이 났어요.

친구,

리오로부터

9

켈리 형사가 우리에게 경찰서로 가서 진술을 해달라고 요청한다. 우리는 노트북에 우리에 대한 설명을 입력한 다음 출력해서 서명을 요구할 경찰관과 각자 마주 앉는다. 우리를 일부러 떼어놓는 거겠지. 내 경우에는 질문들이 덤덤하게 날짜, 시간, 장소 같은 정보를 간단히 수집하는 정도다. 그래서 나도 기계적으로 대답한다. 범죄 수사가 이뤄지는 거대한 시스템에 흡수된 하나의 부속품이 된 기분이다. 오후가 되어서야 우리는 조사실을 나올 수 있게 된다.

케인이 맨 마지막으로 조사실에서 풀려난다. 그는 마리골드와 내게 보일 듯 말 듯 미소를 짓더니 어깨를 으쓱한다.

"우리 여기서 나갈까요?"

"가요."

케인의 오래된 지프에 탈 때까지 우리 셋은 아무도 입을 열지 않는다. 그러고는 아무 말 없이 그대로 앉아 있다.

마리골드가 떨리는 목소리로 먼저 입을 연다.

"이제……." 그러다 숨을 한 번 쉰다. "이제 뭐 해요?"

케인이 몸을 돌려 마리골드를 본다.

"나는 배가 엄청 고파요. 사실 우리 아침도 못 먹었잖아요, 안 그래요?"

"배가 고프다고요?"

마리골드는 이런 상황에서 어떻게 배가 고픈지 이해할 수 없다는 얼굴이다.

케인이 고개를 끄덕인다.

"우리 집으로 가서 뭐라도 먹어요."

내가 제안한다.

케인이 손목시계를 확인한다.

"혹시 다른 데 가야 하면 말고요."

"아뇨. 그게 아니라. 가게가 열려 있을 때 새 핸드폰을 장만해야 할 것 같아서요."

"아, 그래야겠네요."

내 핸드폰은 경찰이 가져갔고 케인의 핸드폰은 아마도 살인자 손에 있다. 이 상황이 현실이 아닌 것 같다. 꿈속 같다.

우리는 월마트로 가서 핸드폰을 산다. 케인은 자기가 쓸 성능이 적당한 스마트폰을 고르고, 나는 더 기본 모델을 고른다. 경찰이 내 핸드폰을 돌려줄 때까지만 쓸 거니까, 안 돌려주는 건 아니겠지…… 돌려주면 좋겠다. 어쨌거나 새 전화번호를 기억해야 하는 건 귀찮지만, 이로써 도둑이든 살인자든 얼간이든 누구든 간에 내 삶으로 들어오는 통로는 차단된다.

날이 어두워지고 추워지기 시작할 때쯤 우리는 캐링턴 스퀘어로 돌아온다. 케인이 현관문 앞에서 걸음을 멈추더니 뒤로 물러서서 핸드폰을 들어 올린다.

"뭐 하는 거예요?"

마리골드가 따지듯이 묻는다.

"그 얼간이가 내 핸드폰을 가지고 사진을 찍었을 때 정확히 어디에 섰는지 알아보려고요……. 얼마나 가까이 서야 하는지요."

"그게 중요한가요?" 내가 묻는다. "틀림없이 문에서 1미터 이내에 섰어야 했다는 건 알겠네요. 하지만 정확히 어디에 섰는지에 따라 달라질 게 있을까요?"

"없을 것 같군요."

"어디에 섰든 화면을 확대했을 거예요."

마리골드가 지적한다.

케인이 수긍한다.

"그 말이 맞네요. 나는 확실히 형사는 못 되겠어요."

우리가 집으로 들어온 다음 케인이 현관문을 닫자 내 안에서 느껴지던 긴장이 조금 누그러든다. 마리골드가 부엌에 있는 크래커와 치즈를 보더니 내가 저녁을 준비하는 동안 먹을 수 있게 얇게 썬 사과와 함께 접시 위에 담아낸다.

케인이 맛있게 먹는다.

"이 치즈 맛있어요."

"그렇겠죠." 내가 웃으며 답한다. "케인이 산 거예요."

케인이 한입 크게 먹으려다 말고 치즈를 본다.

"아, 그렇군요. 깜빡했어요. 내 취향이 이렇게 훌륭하다니."

나는 팬트리에서 콩, 양파, 토마토를 찾아내 채식 볼로네제스파게티를 만들기 시작하면서 저녁 메뉴가 채식이라는 것과 무슨 요리를 하든 내 실력이 초보에 가깝다는 사실에

양해를 구한다. 마리골드는 케인이 새 핸드폰에 얼굴 인식과 비밀번호를 모두 설정하도록 도와준다. 예전 핸드폰에 비밀번호를 설정해두지 않은 것 때문인지 그녀 목소리에 못마땅함이 묻어난다.

내가 케인에게 와인 한 병과 코르크스크루를 건넨다. 케인이 코르크를 열고 따라준 와인을 소스에 섞다가 잠시 아빠를 떠올린다. 아빠는 시리얼을 뺀 모든 음식에 와인을 더했다. 케인과 마리골드가 요리하는 내 모습을 잠시 지켜보다가 셋이서 음식 이야기로 잡담을 나눈다. 확실히 우리 모두 배가 고프다. 채식 요리의 좋은 점 가운데 하나는 준비하는 데에 시간이 거의 걸리지 않는다는 거다. 우리의 제대로 된 첫 끼니가 될 거라는 생각에 나는 크고 우묵한 그릇에 파스타와 소스를 재빠르게 담아낸다. 우리는 식사를 시작하지만, 오늘 일에 대해 어떻게 말을 꺼내야 할지 모르겠다.

마리골드가 가장 먼저 입을 연다.

"그 남자는 뭘 원하는 걸까요? 윗을 칼로 찌른 사람 말이에요."

케인이 음식물을 삼키고 입을 닦은 다음 대답한다.

"원하는 게 있다고 생각해요?"

"물론이죠. 그렇지 않고서야 왜 이런 일을 하겠어요?"

"그냥 미친놈일지도요."

"미친놈이라 하더라도 원하는 게 있을 거예요." 마리골드가 포크를 흔들며 말을 잇는다. "복수, 성적 쾌감, 머릿속 목소리에게 받는 인정······."

"성적 쾌감이라뇨?" 내가 묻는다. "캐럴라인은 그런 게 아니었고····· 윗도······."

"캐럴라인이 머리에 외상을 입을 때 어떤 자세로 있었는지 알아내기가 어렵긴 해요. 하지만 일종의 찔러 넣는 행위로 남자가 캐럴라인 위에 올라앉아 머리를 딱딱한 바닥에 연거푸 내리찍었을지도 몰라요. 때로는 칼날이 뚫고 들어가는 것도 성적 만족을 얻으려는 대리 행위예요. 흉기로 찌르기부터 극한의 가학 행위와 쾌락 살인까지 경우의 수는 많아요."

마리골드가 심리학을 공부하는 학생임을 떠올린다. 나는 거북해하는 것처럼 보이지 않으려고 고개를 끄덕인다.

"하지만 윗은······."

케인이 말하며 눈살을 찌푸린다.

"살인자가 성별은 상관하지 않는 거죠." 마리골드가 케인의 반대 의견을 막는다. "캐럴라인과 윗을 보면 둘 다 백인에 나이도 같고 집안 환경도 같아요. 또 〈래그〉에 글을 썼고······ 성별 말고도 연결 고리는 많죠."

케인은 의문이 가시지 않은 얼굴이다.

"꼭 성적 만족감 때문이라는 말은 아니에요." 마리골드가 굽히지 않고 이어간다. "하지만 가능성이 있다는 거예요. 이유는 수없이 많을 수도 있어요. 하지만 반드시 있다고요. 그 남자가 이런 일을 벌이는 건 원하는 바가 있기 때문이에요."

케인이 아까 했던 질문을 다르게 바꿔본다.

"남자의 원하는 바가 중요한 거예요?"

"원하는 걸 알면 정체를 알아내는 데 도움이 될지도 모르니까요."

마리골드가 대답한다.

"맙소사, 우리가 어쩌다 하루아침에 〈크리미널 마인드〉 같은 상황에 처하게 되었나요?"

마리골드가 입을 다물더니 갑자기 눈에 눈물이 그렁그렁 맺힌다.

"나는 그냥……."

케인은 자기가 마리골드의 마음을 상하게 했음을 깨닫는다.

"이런, 마리골드, 미안해요. 내 말은…… 내가 지쳐서 그랬나 봐요. 마리골드 말이 맞아요. 이 미치광이가 뭘 원하는지 알아내는 게 그자를 멈추는 열쇠가 될 거예요. 하지만 혹시 우리가……."

마리골드가 울음을 터트린다.

케인이 난감한 눈으로 나를 쳐다본다.

내가 일어나 화장지를 갑째로 가지고 오는 동안 케인은 마리골드를 달래려고 애쓴다.

"케인, 찬장 위에 초콜릿이 있을 거예요." 내가 마리골드에게 팔을 두르며 말한다. "그거 좀 가져다줄래요? 지금 딱 필요한 것 같아요."

케인이 재빠르면서도 간절함이 조금 느껴지는 목소리로 알겠다고 답한다. 마리골드는 분명 하루 종일 눈물이 차오르고 있었을 테고, 케인의 말보다는 윗과 경찰 조사 때문에 속상했으리라는 생각이 든다. 딱하게도 케인이 눈물 버튼을 탁 건드렸을 뿐.

"윗은 괜찮을 거예요."

나는 마리골드를 안으며 나직이 말한다.

"아, 어쩌지, 나를 뭐라고 생각할까요?"

마리골드가 울음을 삼킨다.

"오늘이 힘든 하루였다는 걸 케인도 알아요."

"윗 말이에요." 마리골드가 코를 닦고 목소리를 애써 가다듬는다. "집 현관문 모습을 알고 어쩌고 했던 걸 다 들었으니....... 나를 이상한 사람이라고 생각할 거예요."

"바보 같은 말 하지 마요. 그냥 집 앞까지 갔다가 마음이 바뀌어 돌아선 것뿐이에요. 누구나 그런 경험이 있어요."

"다섯 번이나요?"

"아......." 내 목소리가 너무 놀란 것처럼 들리지 않게 노력한다. "다섯 번이나 갔어요?"

마리골드가 고개를 끄덕인다.

"그 얘기는 경찰에 안 했죠?"

수사 관계자에게 다 말하지 말라고 마리골드한테 충고할 생각은 아니지만, 이 경우는 예사롭지 않게 보일 것 같다.

"이미 알고 있던데요. 윗네 집 현관문에 방범 카메라가 있어서요. 아, 진짜, 내가 정말 바보 같았어요." 마리골드는 빈 접시만 뚫어져라 쳐다본다. "경찰이 윗에게…… 또 윗 부모님에게도 다 말했을 거예요. 그들 생각에는 내가……."

"그들 생각에는 마리골드가 그저 수줍음이 많다고 할 거예요."

나는 마리골드를 위로하며 그녀의 불안한 마음을 가라앉히려 애쓴다. 하지만 아들이 문간에서 얼마 떨어지지 않은 곳에서 칼에 찔렸는데 부모가 정말로 그렇게 생각할지는 모르겠다.

케인이 주전자를 채워 가스레인지에 올린다. 우리 얘기가 다 들리겠지만 여자들끼리 시간을 가지게 해주는 것 같다. 아니면 겁쟁이거나. 어쨌거나 차를 만들겠다는 생각은 나쁘지 않다.

"초콜릿 찾았어요?"

나는 마리골드에게 할 말이 떠오르지 않아서 케인에게 말을 건다.

"네. 두 개 있어요. 둘 다 줘요?"

"당연히요."

나는 이쪽으로 던지라고 케인에게 손짓한다. 그래야 케인이 차를 만들든 테이블로 돌아오지 않으려고 핑계 삼아 뭘 하든 간에 우리가 마냥 기다리지 않아도 되니까. 나는 포장을 벗긴 다음 자신 있게 말한다.

"이거 호주에서 가져온 초콜릿이에요. 미국산과 달리 먹을 만해요."

"어!" 마리골드가 머뭇대다가 미소 짓는다. "방금 그 말 모욕적이에요."

"하지만 슬프게도 사실인걸요."

나는 마리골드에게 직사각형으로 된 캐드버리 데어리 밀크초콜릿을 내민다.

마리골드가 한 조각을 떼어 입에 쏙 집어넣더니 맛을 음미하며 고개를 갸웃한다. 나는 황홀해서 아주 살짝 뒤집히는 눈동자를 놓치지 않는다. 마리골드가 "괜찮은 것 같네요"라고 하더니 조금 더 크게 잘라 한 입 베어 문다.

나는 활짝 웃으며 남은 초콜릿으로 손을 뻗는다.

마리골드가 얼른 먼저 집더니 가슴으로 가져가 꼭 끌어안는다.

케인이 차가 든 머그잔을 들고 테이블로 온다. 그가 조심스러워한다.

"좀 괜찮아졌어요?"

마리골드가 끙 소리를 낸다.

"미안해요. 그렇게 흥분할 일은 아니었는데."

"나도 못난 놈처럼 굴 마음은 없었어요, 마리골드."

케인이 자리에 앉아 그녀가 건네는 초콜릿을 받아 든다.

마리골드가 케인을 살핀다.

"케인의 멘토였던 아이작이 살해당했을 때 범인을 알아내고 싶지 않았어요?"

입에 올리기에 민감할 수 있는 주제라 마리골드의 갑작스러운 질문에 나는 깜짝 놀란다.

케인이 웃는다.

"아이작을 멘토라고 부르지는 않을 것 같아요."

"어쨌든 알고 싶지 않았어요?"

마리골드는 물러서지 않는다.

"당연히 알고 싶었어요." 케인이 신중하게 말을 고른다. "하지만 경찰이 못……."

"그래서 그걸로 끝이었어요?"

내가 부드럽게 끼어든다.

"마리골드, 경찰이 못 찾아냈다면……."

"아뇨, 마리골드 말이 맞아요." 케인이 답한다. "그냥 그렇게 포기하면 안 되는 거였어요. 아이작에게는 아무도 없었잖아요……. 내가 아는 한은요. 그러니 내가 뭐라도 해야 했어요."

"우리가 뭘 할 수 있다고 생각하는 거예요, 마리골드?"

내가 묻는다.

"모르겠어요. 하지만 캐럴라인이 비명을 지를 때 우리가 거기 있었잖아요. 또 윗은 우리 친구고, 살인자는 케인 핸드폰을 가지고 있고……. 우리는 이 사건 한가운데에 있는 거예요, 좋든 싫든 간에요."

나는 숨을 길게 내쉰다. 일리 있는 말이다.

"핸드폰을 가지고 있었다고 마지막으로 기억하는 게 언제예요?" 내가 케인에게 묻는다. "범인이 어디서 발견했을지 범위를 좁히면 도움이 될 것 같아서요."

케인이 어깨를 으쓱한다.

"사실 전혀 모르겠어요. 내 주머니에 있다고 생각했는데 프레디에게 요거트를 좋아하는지 물어보려고 하니 없더라고요."

나는 케인과 눈을 마주치며 빙그레 웃는다.

"그럼 프레디에게 줄 식료품 바구니 주문은……."

마리골드가 말한다.

"컴퓨터로 했어요. 온라인 주문요."

마리골드가 눈살을 찌푸린다.

"우리가 여기 왔을 때는 핸드폰이 있었어요?"

"네. 재킷을 입으면서 확인했어요. 충전해야겠다고 생각했던 게 기억나요."

"여기서 나간 다음 어디로 갔어요?"

"집이요."

"집에 가서 핸드폰이 없어진 걸 알았고요?"

"그런 셈이죠…… 네."

"집으로 어떻게 갔어요? 운전해서요?"

"아뇨. 버스로요."

"혼잡했어요?"

케인은 질문이 헷갈린다는 듯이 마리골드를 본다.

"버스요? 네, 그랬던 것 같아요."

"버스가 혼잡하면 누가 주머니에서 꺼내 가기가 더 쉽잖아요." 마리골드가 설명한다. "특별히 케인 옆에 서 있던 사람이 있었어요?"

케인이 고개를 천천히 가로저으며 "책을 읽느라"라고 대답한다.

"어…… 뭐 읽고 있었어요?"

내가 묻는다.

케인이 재킷 안주머니에서 낡은 표지의 《위대한 개츠비》를 꺼내 내게 건네준다.

"《위대한 개츠비》요?"

"2년마다 재독하는 거예요." 케인이 분명하게 말한다. "어제 읽기 시작한 게 아니에요."

"2년마다요?"

나는 재독을 거의 하지 않는다. 한번 읽은 이야기 속으로 다시 들어가지 않아도 훌륭한 책이 너무 많다.

"개츠비만요." 케인이 말한다. "완벽한 문학이 완벽하지 못한 인간에게서도 나올 수 있음을 상기시켜주거든요."

"그걸 왜 상기해야 해요?"

"책을 읽고 있었다면요." 마리골드는 더 이상 기다리지 못한다. "케인이 소매치기를 알아채지 못했을 가능성이 커요."

"네, 충분히 그럴 수 있죠."

"그 말은 살인자가 이 집에서부터 케인을 따라갔다는 거예요."

"마리골드, 잠시만요." 케인이 제동을 건다. "그건 좀 비약인데요, 안 그래요?"

마리골드가 고개를 젓는다.

"케인의 핸드폰을 가진 사람이 윗과 프레디의 현관문을 사진으로 찍었어요. 그리고 프레디에게 전화를 걸고, 비명을 질렀거나 녹음된 비명을 재생했어요."

"그래도 그 사람이 살인을 저질렀다는 의미는 아니에요."

"그 사람이 윗을 칼로 찔렀어요."

"누군가가 그랬죠. 그가 내 핸드폰을 가졌는지는 아직 몰라요."

"아니면 윗을 칼로 찌른 사람이나, 최소한 찌르려고 계획했던 사람이라도 알 거예요."

"그럴 수도 있지만." 케인이 천천히 말한다. "그냥 프레디에게 경고를 하려던 건지도 몰라요."

내가 화들짝 고개를 든다.

"나한테 경고를요?"

"프레디 문밖에 위험이 도사리고 있다고 말해주는 거죠……. 윗에게도요. 그게 사진을 보내고 비명을 들려주는 의도일 수도 있잖아요."

"그럼 글자로 메시지를 보낼 줄 모르는 사람을 찾아야겠네요. 60세 아래로는 다 제외되겠는데요."

케인이 얼굴을 찡그린다.

"누구건 간에 프레디에게 겁을 주거나 협박을 하려는 게 아닐 수도 있다는 거예요. 자기 딴에는 도움을 준다고 생각할지도 몰라요."

"아니면 사람들에게 고통을 가하며 흥분을 느끼는 더럽게 재수 없는 놈이거나요."

마리골드가 맞받아친다.

케인이 이마를 문지른다.

"그럴지도요."

해나에게,

드디어 9장이 왔군요! 혹시 해나가 백기를 흔들며 패배를 인정하고 원래 쓰던 역사물로 돌아간 건 아닌지 의심이 생겨나고 있었어요. 올여름은 이런저런 사건으로 글쓰기에 집중하기 쉽지 않은 시기인 것 같아요. 여기서 호주 산불 뉴스를 보는데 정말 끔찍해요. 산불 피해 면적 보도를 경악하며 봤어요. 그래서 다른 건 몰라도 해나에게서 안전하게 잘 있다는 말을 듣기를 간절히 바라고 있었어요.

해나가 미국 초콜릿의 명예를 훼손함으로써 미국 독자들의 기분을 상하게 했을까 봐 염려돼요. 미국인도 미국 초콜릿이 별로라는 건 알지만, 그렇지 않은 척하자는 일종의 국민적 합의가 있거든요. 그게 없었으면 우리가 호주로 쳐들어갔을지도 몰라요.

해나가 핸드폰 메시지를 가지고 이제부터 어떻게 이야기를 끌고 갈지 정말 궁금해요. 논리를 따지면 케인 말이 맞아요……. 베일에 싸인 선한 사마리아인이 도움의 손길을 내밀어 경고를 보낸 쪽에 가까울 테니까요. 그렇지 않고서야 살인자가 자기 계획을 왜 보여주겠어요? 수수께끼의 인물이 프레디가 케인에게 말할 것을 알기 때문이겠죠. 살인자에게 자신의 정체는 드러내지 않으면서 프레디에게 경고하려는 거 아닐까요?

내 원고에 대해서 해나의 에이전트는 지금까지도 아무 말이 없나 봐요. 시간이 걸리는 일임을 알지만, 혹시 해나에게 뭐라고 말하지 않았을까 궁금해서요. 지난 편지에서 알렉산드라 일을 두고 내가 꽤 심하게 말했다는 거 알아요. 하지만 그게 내 솔직한 심정이었어요. 실망이 마음을 가장 쓰리게 갉아먹는 감정이잖아요. 그래도 이제는 괜찮아졌고, 오히려 꿈을 포기하지 않고 출간할 수 있는 길을 끝까지 찾아보겠다는 마음을 어느 때보다도 더 단단히 먹었어요.

해나의 답장을 기다리며,
리오가

윗이 말한 가게는 어라운드 더 홀이라고, 활기가 넘치고 최신 유행을 따르는 베이커리다. 매끈하고 모던한 인테리어에 바닥재는 유광이고 크기가 작은 테이블은 '잠시 쉬어요, 하지만 너무 오래 머무르지는 마세요'라고 말하는 듯하다. 커피도 팔지만 모두 다 노끈으로 묶은 흰색 마분지 상자에 도넛을 담아 들고 가게를 나서는 걸로 보아 손님들은 여기 도넛 때문에 오는 것이 분명하다. 유리 진열장에는 효모로 부풀린 도넛과 베이킹파우더나 베이킹소다로 부풀린 도넛―분명히 서로 다른 종류다―뿐만 아니라 천연 발효로 시큼한 맛이 나는 사워도넛, 완전 채식주의자를 위한 비건 도넛, 글루텐을 함유하지 않은 글루텐 프리 도넛이 진열되어 있는데, 전부 이색적인 풍미의 조합으로 짭짤한 맛과 달콤한 맛을 함께 낸다. 마리골드가 나서서 라벤더와 송로버섯, 크림치즈와 튀긴 양파, 표고버섯과 클로버 같은 맛으로 열두 개들이 한 상자를 주문한다.

"병원에 있는 것도 안쓰러운데." 마리골드가 태운 캐러멜과 레몬그라스 가나슈 도넛을 주문하는 동안 케인이 중얼거린다. "그걸로 고통이 충분하지 않은 건가요?"

내가 웃음을 터뜨린다.

마리골드는 재밌어하지 않는다.

"그럼 뭘 주문하시겠어요?"

케인이 나를 쳐다본다.

"나는 초콜릿이 좋겠는데요."

내가 제안한다.

"젤리가 든 것도 나쁘지 않아요."

케인이 덧붙이고는 미소를 보인다.

주문받는 젊은 남자 직원의 얼굴에 경멸의 빛이 숨김없이 드러난다. 여기는 딱 봐도 젤리 도넛을 찾는 곳이 아니다. 마리골드가 우리를 대신해 사과하더니 퀴노아와 감초 도넛을 주문하고, 타협의 의도인지는 모르겠지만 할라페뇨 젤리가 들어간 다크초콜릿 도넛도 주문한다.

결국 우리는 세 상자나 산다. 마리골드가 완강하게 다 사겠다며 계산하지만, 좀 지나치다는 생각이 드나 보다.

"윗이 나눠 먹을 수도 있잖아요."

마리골드가 애써 합리화한다.

"경찰에 둘러싸여 있으니, 그렇겠네요." 케인이 차를 빼 병원으로 향한다.

내가 웃는다.

"옛날 개그로 경찰의 기분을 상하게 하는 모험을 감행하면 안 될 것 같은데요."

"옛날 개그요?" 케인이 눈살을 찌푸린다. "클래식하다는 말로 들을게요."

"아뇨. 옛날 개그예요."

"케인이 왜 경찰을 걱정해야 하는 거예요?"

뒷좌석에 있던 마리골드가 불쑥 몸을 앞으로 내민다.

"그냥 농담이었어요." 내가 얼른 답한다. "내 말은……."

"진지하게 묻는 거예요." 마리골드가 말한다. "프레디 생각에는 핸드폰 때문에 경찰이 케인을 의심하는 것 같아요?"

"어…… 글쎄요……. 모르겠어요." 얼굴이 화끈거린다. "나는 정말 농담을 한 거예요."

"경찰이 나를 신경 쓰고 있다면 일을 제대로 못 하는 거예요." 케인이 차분하게 말한다. "핸드폰을 잃어버렸다는 게 내 주장일 뿐이라고 하지만……." 케인이 말끝을 흐린다. "아마 도넛을 보고 나면 틀림없이 마리골드가 윗을 독살하려 한다고 생각하게 될 거예요."

"하, 하, 배꼽 빠지겠네요."

마리골드가 케인의 어깨를 톡톡 두드린다.

케인이 매사추세츠 종합병원 근처 주차 빌딩에 차를 세운 다음 우리는 생각할수록 웃음이 나오는 도넛 세 상자를 들고 윗의 병실로 간다. 도중에 진 메터스를 지나친다. 그녀는 전화 통화가 가능한 방문객 휴게실에 서 있다. 전화기를 들고 있지 않은 팔은 구부려 가슴 앞에 붙였고, 낮은 목소리가 날카롭다. '소환장'과 '자료 제출 요구'라는 단어가 귀에 들어온다. 우리는 윗의 엄마와 대면하지 않아도 된다는 생각에 속으로 기뻐하며 그녀를 방해하지 않기로 한다.

복도에 있는 경찰관이 우리를 알아보고 병실로 들어가도 좋다고 손짓한다. 나는 노크를 한 다음 문간에서 고개를 안으로 들이민다.

"오, 죄송해요." 내가 뒷걸음질 치다가 마리골드와 부딪치고, 그 바람에 마리골드가 도넛 한 상자를 떨어뜨려 창의적이며 기발한 말차, 퀴노아, 팔각회향 도넛이 사방으로 쏟아지더니 소독된 병원 바닥에 나뒹군다. 윗의 침대 곁에 있던 남자 두 명이 고개를 돌린다. 그들의 시선이 굴러다니는 도넛에서 내 얼굴을 지나 신중하게 골라 온 도넛을 허둥대며 주워 담는 마리골드에게로 옮겨 간다.

"나갈 때 도넛 밟지 마세요."

윗이 그들에게 말한다. 어두운색 정장에 단색 넥타이 차림의 그들은 외모가 비슷하고, 운동을 많이 했는지 몸이 아주 탄탄해서 딱 맞는 재킷의 단추가 힘들어 보인다.

"다음에 다시 오겠습니다, 메터스 군."

남자가 말한다.

윗이 툴툴댄다.

그들이 지나가며 목례를 하는데, 세심히 살피려는 태도를 조금도 숨기지 않은 채 우리를 향해 한 명씩 돌아가며 눈길을 던진다.

윗이 손짓하더니 도넛을 기다렸다는 듯 팔을 활짝 벌린다.

"이건 내가 떨어뜨린 상자야."

마리골드가 말한다.

윗이 그 상자에서 도넛 하나를 집어 든다.

"병원 바닥에 떨어진 음식을 먹지 못한다면 주위 먹을 수 있는 음식이 어디 있겠어?"

"여기 두 상자가 더 있어."

마리골드가 윗에게 말하며 침대 옆 테이블에 올려놓는다.

"난 청소부를 신뢰하니까." 윗이 한 입 베어 문다. "이민자들이라 일은 확실히 하거든."

"〈해밀턴〉(미국 건국 주역인 알렉산더 해밀턴의 일생을 다룬 뮤지컬. "이민자들은 할 일을 다 해내지Immigrants We Get the Job Done"에서 인용했다.—옮긴이)을 인용했다고 해서 모욕이 아닌 것은 아니에요."

내가 나무라듯이 말한다.

"모욕적인 거예요?" 윗은 진심으로 놀란다. "왜요?"

"설명하기 어렵지만." 내가 솔직하게 말한다. "좀 환원주의적으로 들려서요."

내 말이 못마땅한지 윗이 눈을 굴린다.

"아까 그 사람들은 누구야?"

마리골드가 묻는다.

"이름이 오크스하고 매킨타이어라고 했어. FBI라나 봐."

"FBI?" 마리골드가 깜짝 놀란다.

"그런데 케인은 어딨어요?"

윗이 묻는다.

"나도 모르겠어요……." 나도 케인이 없다는 사실을 그제야 알아차린다. "어디 갔을까요?"

그때 마침 케인이 병실로 들어온다.

"미안해요. 무슨 얘기 하고 있었어요?"

"어디 갔었어요?"

케인이 윗에게 메모 하나를 건넨다.

"의사가 날 불러서요. 이걸 윗 엄마 없을 때 전해달래요."

윗이 메모를 보고 미소를 짓더니 "몰리예요"라고 말한다.

"무슨 일인데?"

마리골드가 묻는다.

"별거 아냐. 그냥 전화번호야."

"너는 핸드폰이 없잖아."

윗이 마리골드를 휙 본다. 순간 그가 재미있지만 날카로운 말로 쏘아붙이려나 싶었는데, 친절하게 굴기로 마음을 먹는다.

"그렇기야 하지." 윗이 환자복에서 주머니를 찾다가 하나도 없단 걸 깨닫고 메모를 도넛 상자 아래에 끼워둔다. "몰리가 내 외과 수술 팀에 있었거든요."

"그래서 전화번호를?"

케인이 침대 발치에 몸을 기댄다.

"회복 상태를 계속 알려주기로 약속했어요."

"그래요?"

"저렇게 신경을 써주니 좋지 않나요?"

케인의 입꼬리 한쪽이 올라간다. 아마도 몰리가 윗에게 진료 차트를 확인하는 것 이상으로 관심이 있다고 생각한 듯하다.

"의사가 너한테 작업 거는 걸 보니 너 금방 낫겠다."

마리골드가 바닥으로 떨어졌던 도넛을 다시 정리하며 말

한다.

"도넛 안 먹을 거예요?"

윗이 아무도 손대지 않는 도넛을 하나 더 집으며 묻는다.

마리골드가 다른 두 상자 중 하나를 연다.

"바닥에 떨어진 도넛들은 널 위해 남겨둘게. 어차피 넌 항생제 복용 중이니까."

"케인하고 프레디는요?"

우리는 동시에 괜찮다고 대답한다. 그러자 마리골드가 케인과 내가 시대에 뒤떨어지고 관습에 얽매여 땅콩버터와 젤리 도넛 외에는 먹어볼 생각을 하지 않는다며 불만을 쏟아낸다. 케인이 우물거리며 도넛을 가지고 장난을 쳐서 불쌍한 피해자가 어쩌고저쩌고하지만, 마리골드는 우리를 '노인네'라고 부른다.

어떤 면에서는 맞는 말이다. 잘은 모르지만 케인과 내가 윗과 마리골드보다 다섯 살은 더 많을 테고, 그들은 이제 스물하나나 둘밖에 안 되었을 테니까.

"나이가 어떻게 돼요?"

마리골드가 케인에게 묻는다.

"서른이에요."

"엇, 내가 생각한 것보다도 많네요."

케인이 어깨를 으쓱한다.

"프레디는 어떤지 모르겠지만 이래 봬도 난 아직 이가 튼튼해요."

윗이 나를 본다. 호기심과 사회적 금기가 충돌한다.

그래서 내가 속 시원하게 말한다.

"나는 스물일곱이에요."

"아, 그럼 프레디에게는 인생의 좋은 시기가 아직 몇 년 남았군요." 윗이 위로를 건넨다. "두 사람이 도넛을 멀리하는 이유를 알겠어요. 혈당이나 건강을 챙겨야 하잖아요."

내가 윗을 못난이라고 부른다. 윗이 크흐흐 하고 웃다가 인상을 쓴다.

"괜찮아요?"

"네. 웃으면 수술 부위가 좀 아파요."

"경찰이 윗을 공격한 남자에 대한 단서를 좀 찾아냈어요? 아무 말 없어요?"

내가 묻는다.

"내가 아는 사람일 거라고 판단을 내렸어요. 나를 아는 사람이거나요."

"왜요?"

"경찰은 그 남자가 케인의 핸드폰을 가지고 있다고 생각하는 것 같아요. 그리고 프레디에게 메시지를 보낸 것으로 보아 우리가 친하다는 사실을 아는 것 같다고 하고요."

"우리가 친하다는 걸 아는 사람이 몇 명이나 될까요?"

내가 묻는다. 우리가 서로를 알게 된 지 기껏해야 2주밖에 되지 않았는데 말이다.

윗이 어깨를 으쓱한다.

"별로 없겠죠. 하지만 도서관이나 식당에서 우리 근처에 앉아 있었을지 누가 알겠어요? 내 사회적 관계 안에 살인을 저지르는 미치광이가 있다고 생각하는 건 경찰뿐이에요."

"그럼 FBI는 뭐야?"

마리골드가 묻는다.

"케인에 관해서 물었어."

"케인? 아니, 뭐 때문에?"

"놀랄 일은 아니네요. 내 핸드폰으로 지금까지 벌어진 일을 생각하면요." 뜻밖의 상황에 케인은 나만큼 놀라지 않은 것처럼 보인다. "정확하게 뭘 묻던가요?"

"케인을 얼마나 알고 지냈는지, 어떻게 만났는지, 케인이 혼자 있을 때 뭘 하는지, 케인이 누군가를 찌르는 걸 본 적 있는지……."

케인이 웃음을 터뜨린다.

"윗, 장난치지 마."

마리골드가 도넛 상자를 윗의 손이 닿지 않는 데로 치워버린다.

윗이 조심스럽게 기지개를 켠다.

"FBI가 쫓는 사람을 도서관에서 만나게 될 거라고 누가 생각이나 했겠어?"

"FBI가 묻고 다닌다고 해서 케인이 쫓기는 건 아니에요." 내가 지적한다.

"아, 알아요." 윗이 눈을 돌린다. "FBI가 케인에게 다른 이름이 있는 걸 아는지 묻던데요."

"가명 같은 거?"

마리골드가 케인에게서 눈을 떼지 않는다.

"필명 같은 거죠." 케인이 쑥스러워하면서 말한다. "사실 케인 매클러드는 내 필명이에요. FBI가 내 진짜 이름을 물어봤겠군요."

"그래서 뭐예요?"

인내심이 바닥난 마리골드가 독촉한다.

케인이 팔짱을 낀다.

"어서 말해봐요, 아무개 씨." 윗이 씨익 웃으며 말한다. "뜸 들이지 말고요."

결국 케인은 현실을 받아들인다.

"아벨 매너스요."

마리골드는 숨을 참고, 윗은 깔깔 웃는다. 나는 내 감정을 드러내지 않으려 애를 쓴다.

케인이 한숨을 쉰다.

"내가 왜 바꿨는지 이해하겠죠. 책을 쓰며 누리는 특전 중 하나는 이름을 바꾼 다음 출판사에서 시킨 것처럼 꾸밀 수 있다는 거예요."

"매너스Manners라니!" 윗이 소리치고는 또 웃음을 터뜨리고, 웃다가 도넛이 목에 걸렸는지 캑캑거린다. "맙소사, 이름이 끝내주게 끔찍하네요. 무슨 예의 바른 포르노 배우 같아요!" 그러다 윗이 옆구리를 움켜쥐고 기침을 심하게 하더니 옆으로 돌아눕는다. "아이 씨. 진짜 아프네."

"아벨 매너스라는 이름이 책등에 찍히는 게 싫어서……." 케인이 말을 다 끝내지 못하고 초록색 환자복을 입은 윗의 등에서 점점 번져가는 진홍색 얼룩을 본다. "오, 세상에, 윗, 피가 나요."

윗이 등 뒤로 손을 뻗어 피로 축축하게 젖은 부분을 만지고는 손가락에 묻은 피를 멍하니 내려다본다.

마리골드가 병실을 뛰쳐나가 도움을 요청하고, 나는 버저를 눌러 간호사든 누구든 이 상황에서 무엇을 해야 하는지 알 만한 사람을 부른다. 급히 뛰어 들어오는 사람들에 의해 우리는 순식간에 병실 밖으로 밀려난다. 방해가 되지 않게 복도에 서서, 오가는 고성 속에 현재 상황을 알아낼 수 있을 만한 이야기를 조금이라도 들으려고 귀를 쫑긋한다. 얼핏 '출혈'과 '바이탈 사인'이라는 말이 귀에 들어온다. 윗의 엄마가 오더니 의사의 말을 듣는다. 우리를 휙 보았는데, 무슨 이야기를 하는지는 하나도 들리지 않는다. 조금 후 윗은 수술실로 옮겨지고, 우리는 정중하지만 단호한 요청에 따라 방문객 휴게실로 간다.

✉

해나에게,

이번 장을 읽으면서 도넛 생각이 정말 많이 났어요. 그런데 이번에는 해나가 실제 가게를 이용하지 않았더군요. 서로 다른 재료를 섞은 이국적인 도넛을 파는 가게가 보스턴에 몇 군데 있어요. 그리고 당연히, 보스턴의 명물이라고 할 수 있는 던킨도너츠도 있고요. 내가 따로 첨부한 파일에 보면 가게 목록과 정면 사진이 있어요. 가게 근처에 불법을 저지르기 쉬운 골목길이나 장소에 대한 메모도 남겨놨어요.
한편으론 해나가 가공의 도넛 가게를 만들어낸 것은 누군가의 사업에 피해를 주지 않으면서 어떤 폭력의 장소로 이용할 수 있기 때문이라는 생각이 들어요. 사려가 깊지만, 솔직히 그런 종류의 악명은 손님을 쫓아버리기보다 더 끌어들일 것 같아요……. 물론 해나가 음식에 독을 넣을 계획을 하면 안 되겠지만요.
나는 백베이에 있는 어느 베이커리에서 도넛에 대한 갈망을 해결했어요. 신성할 정도로 훌륭했어요! 정말로 도넛 때문에 신이 존재한다는 믿음이 드는 동시에 신에게서 기꺼이 돌아서고 싶더라고요. 그 베이커리가 내 아파트에서 3킬로미터 정도 떨어진 곳에 있어서 걸어갔다 오는 거리를 생각하면 도넛 두 개는 먹어줘야 했어요.

한두 가지 언급할 점이 있어요. 윗이 법학 학위를 따는 마지막 단계에 있다면, 미국에서는 대학원 과정이라 스물하나나 둘이 아니라 스물다섯 정도는 되어야 해요. 어릴 때 남다른 영재였다면 몰라도요. 마리골드도 마찬가지고요.

케인의 원래 이름이 아벨이었다는 점은 정말 맘에 들어요. 사람마다 가장 좋아하는 성경 이야기가 있는지 모르겠지만, 나는 카인과 아벨 이야기를 좋아했어요. 인류의 첫 살인이잖아요. 오늘날 일어나는 사소한 살인 행위에 고대의 영향력과 전통성을 더해줘요. 마치 가장 비도덕적이고 비열한 살생조차도 시간이 지나면 반향을 일으키고 또 시대를 이어 내려오는 저주가 되는 것처럼요.

내 원고를 거절하겠다는 해나 에이전트의 결정에 크게 낙담하지는 않았어요. 진심이에요. 해나가 나를 위해서 모든 영향력을 발휘했고, 앞으로도 그렇게 해줄 것임을 잘 아니까요. 나의 때가 올 거예요. 그때까지는 해나가 이룬 눈부신 성공을 내 일처럼 흐뭇해하며 만끽하려고요.

그나저나, 머지않은 시일에 해나와 얼굴을 마주하고 도넛을 함께 먹으면 좋을 것 같아요.

친구,

리오가

11 ●

방문객 휴게실에서 한 시간 넘게 기다리고 있는데 윗의 아빠가 걸어온다. 미소를 띤 그의 모습을 보고 우리는 윗의 소식을 듣기 전이지만 안도한다. 윗의 아빠는 우리에게 봉합 부위가 터졌었지만 이제는 괜찮을 거라고 알려준 뒤 이런 일이 다시 발생하지 않도록 윗이 차분히 안정을 취해야 한다고 덧붙인다.

케인은 우리 때문에 윗이 너무 일찍 무리한 것 같다며 죄송하다고 말한다.

"윗이 그러는데, 웃다가 그랬다고요." 프랭크 메터스의 입술이 한쪽으로 올라간다. "걔는 말 안 해주겠지만, 아주 결정적으로 한 방 터뜨린 말이었나 보군요."

우리는 가만히 있는다.

메터스 씨가 넥타이를 조금 푼다.

"저기, 윗이 당분간 아무도 만나지 못할 거라……."

"윗이 괜찮아졌다고 생각했는데요."

마리골드가 말한다.

"아, 괜찮은 건 맞아요. 하지만 진이 직접 아들을 돌보겠다고 나섰어요. 그래서 일도 병실에서 할 거예요." 메터스 씨 얼굴에 동정의 빛이 역력하다. "나라면 며칠 동안은 윗을 보러 오는 수고를 하지 않을 거예요."

"다른 문제가 있는 건 아니고요?"

케인이 묻는다.

"윗에게요? 내 아들은 멀쩡해요. 하지만 이거 하나는 확실하죠. 애 엄마가 하루이틀 정도는 윗이 절대 웃지 못하게 할 거예요."

"그럼 저희는 이만 가보는 게 좋을 것 같습니다."

케인이 메터스 씨에게 악수를 청한다.

메터스 씨가 악수를 나눈 다음 케인에게 명함을 내민다.

"윗이 궁금하면 나한테 전화해요. 내가 소식 전해줄게요."

윗에게 인사도 못 하고 떠나려니 기분이 찜찜하다. 하지만 방문객 휴게실에 계속 있어봤자 아무 소용도 없고, 프랭크 메터스 씨가 우리가 간다고 윗에게 전해주기로 했다.

병원에서 캐링턴 스퀘어까지는 걸어서 30분 정도밖에 되지 않아서 나는 케인과 마리골드를 배웅하기로 한다.

"또 앉으려니 지겨워서요."

"확실히 안전한 거죠?" 마리골드가 눈살을 찌푸린다. "아니면 내가 같이 걸어가고요."

"나 어린애 아니에요. 그리고 지금 오후 3시예요. 좀 걸으면서 어떻게 쓸지 생각을 정리하고 싶어서 그래요. 이제 내 머리를 일 모드로 돌려놓으려고요."

케인이 고개를 끄덕인다.

"행운을 빌게요. 버스가 프레디를 잘 태워 가기를 바라요."

아주 잠깐 멍하니 있다가 케인에게 나의 버스에 관해 이야기해준 적이 있음을 기억해낸다. 나는 미소 지으며, 이유를 딱 꼬집어 말할 수 없지만 기분이 좋아진다. 아마도 케인이 나를 이해한다는 사실 때문인 것 같다.

"버스 밑으로 뛰어서라도 세울게요."

케인이 눈을 동그랗게 뜬다.

"문화적 차이를 이해 못 하는 사람이 되고 싶지 않지만, 프레디, 미국에서는 그냥 버스 정류장에서 기다리면 돼요."

나는 콧방귀를 날리며 그를 왕재수라고 부른다.

마리골드는 여전히 걱정이 많아 보인다. 마리골드가 잘 가라고 인사하며 내가 마치 전쟁터로 가는 것처럼 껴안는 바람에 키드득 웃음이 새어 나와 그녀의 염려에 좋지 못한 방법으로 고마워하는 셈이 된다. 케인이 차 시동을 걸고 마리골드에게 타라고 하더니, 몸을 기울여 조수석 문을 열며 "마리골드가 원한다면 우리가 거리를 두고 프레디를 따라갈 수도 있어요"라고 덧붙인다.

나는 케인이 농담한 것임을 확실히 하기 위해서라도 그 자리에 선 채 손 인사를 하며 그들을 먼저 보낸다.

그러고는 핸드폰을 꺼내 들고 집으로 가고 싶다고 말하자 화면에 지도가 뜬다. 도보로 34분. 완벽하다.

발을 놀릴 때마다 내 마음은 어려움 없이 원고로 미끄러져 들어간다. 숨 쉬는 것처럼 자연스럽다. 발소리를 따라 생각이 일정하게 리듬을 타며 흘러간다. 나는 만화 주인공 턱을 곰곰이 생각한다. 그에게서는 특권층의 자신감이 느껴진다. 그는 실패를 경험해본 적이 없다……. 실패하기조차 선택 사항이다. 그러다 윗의 엄마를 떠올린다. 윗의 엄마는 버스에서 그의 바로 뒤에 앉아 그의 일거수일투족을 지켜보며 통화를 한다. 간간이 손을 뻗어 그의 머리를 매만진다. 그는 엄마에게 눈길 한 번 주지 않지만 앉은 자리를 옮기지도 않는다. 그렇게 엄마의 손이 닿는 거리 안에 머문다. 프랭크 메터스 씨는 부인 옆에 앉아 서류들을 훑어본다. 부인이 아들을 만질 때마다 고개를 들고 흘깃 쳐다본다. 눈빛이 잠깐 불안하게 흔들리지만, 아무 행동도 하지 않는다.

나는 윗이 정말로 원하는 게 무엇인지 궁금하다. 낙제생이 되는 데에도 노력이 필요해 보이는데, 윗은 아무 이유 없이 그런 노력을 쏟는 것 같지 않다. 내 생각에 윗은 저항이 가장 적은 길을 택하는 편이라 그냥 변호사가 되고 힘들어도 최선을 다했을 것 같은데……. 윗에게 다른 무언가가 있다면 얘기가 달라지겠지. 변호사가 되는 길과 어울리지 않는 어떤 열정이 있었을까. 어쩌면 만화 주인공 턱은 프로 운동선수가 되고 싶었을지도 모른다. 야구나 축구나…… 뭐, 농구도 괜찮고. 아니면 덜 전통적인 어떤……. 그러다 문득 이런 생각이 든다. 만화 주인공 턱이 무용가였다면? 그러면 프로이트 걸과, 또 프로이트 걸의 과거에 감춰진 죽은 발레리나와 연결점이 있었을 수도 있다. 두 사람 모두 발레리나를 알았을까, 발레리나를 사랑했을까? 둘 중 하나가 발레리나를 죽였을 수도 있을까? 마지막 질문에 내 가슴이 철렁 내려앉는다. 내 이야기 속 등장인물은 그들에게 영감을 준 현실의 인물과 연결되어 있고, 그 현실의 인물은 내 친구들이다.

새롭지만 벌써 소중해진, 극적인 만남에서 시작되어 시간의 흐름에 따른 성가심과 실망과 자잘한 배신으로 아직 더럽혀지지 않은 우정을 나누는 사람들이다.

나는 코플리 광장으로 들어간다. 그러다 잠시 걸음을 멈추고 지금 내가 여기, 보스턴에 있다는 사실을 온몸으로 느낀다. 지난 몇 주 동안 많은 일들이 있었지만, 내가 누리는 싱클레어 재단의 혜택을 잘 알기에 나는 어김없이 가슴이 벅차오른다. 분수대 옆에 서서 광장을 채우는 소리에 빠져든다. 지나가는 차 소리, 사람들의 말소리, 보스턴 토박이와 타지 사람들의 미국 억양.

잠시 일상을 살아가는 사람들을 흐뭇하게 바라보며 특별한 목적 없이 거닌다.

"프레디!"

리오 존슨이 내가 있는 곳으로 뛰어온다.

"리오!" 내가 활짝 웃는다. 리오가 야구 모자를 벗자 젖은 머리카락이 드러나고, 몰아쉬는 숨이 거칠다. "여기는 어쩐 일이에요?"

"영감의 여신이 나를 종종 캐링턴 스퀘어에서 나가게 해주거든요. 후유!" 리오가 소매로 이마를 닦는다. "광장 반대편에 있는 프레디를 봤어요……. 잠깐이었지만요."

나는 리오를 어리둥절한 눈으로 본다.

"날 봤을 때 리오는 어디 있었어요? 뉴욕에라도 있었던 거예요?"

"아니요. 나는……." 리오가 말을 멈춘다. "아…… 의미를 이제 이해했어요. 나는 조깅 중이었어요."

"조깅요?"

"그렇게 놀랄 일인가요. 작가도 조깅해요."

"누가 뒤에서 쫓아올 때만 하죠."

리오가 웃음을 터뜨린다.

"지금 캐링턴 스퀘어로 다시 가는 거예요?"

"네, 하지만 리오와 경주를 하지는 않을 거예요."

"미리 발을 빼는 건가요." 리오가 몸을 비틀어 스트레칭하며 계속 말한다. "같이 저녁을 먹으면 어떨까 생각했어요……. 글이 진도가 안 나갈 때의 고통과 동의어가 없는 단어에 대한 불만을 늘어놓으면서요."

나는 손목시계를 확인한다. 리오와의 만남을 의도적으로 피하는 게 아니고서야 다음으로 또 미룰 수 없을 것 같다. 게다가 나도 리오와 내 소설에 관해서, 우리가 이곳에 머물면서 각자 제출해야 하는 결과물에 관해서 이야기하고 싶다.

"좋아요. 어디로 갈까요?"

리오가 머리를 긁적이더니 모자를 다시 쓴다.

"음식을 배달시켜서 우리 집에서 먹는 건 어때요……? 아니면 프레디 집이나요. 프레디가 더 편한 곳으로 해요."

"아뇨, 리오 집으로 가요. 내 집은 엉망진창이라……. 내 영감의 여신이 조금 빈둥빈둥하거든요."

"그럴 때가 있죠." 리오가 제자리에서 달리기를 시작한다.

"6시 30분에 볼까요? 그러면 씻을 여유도 있을 것 같아요."

"좋아요. 그때 봐요."

천천히 달려가는 리오에게 손을 흔들며, 내가 그를 실제보다 훨씬 더 나이 들었다고 생각하고 있었음을 어렴풋이 깨닫는다. 아마도 리오의 억양과…… 〈바람과 함께 사라지다〉를 떠올리게 만드는 미국 남부 지방의 느릿한 말투 때문이거나, 옷차림이 단정하고 보수적이라 그랬던 것 같다. 심지어 지금도 조깅에 적합한 복장은 아니다.

캐링턴 스퀘어에 들어서자 로비에서 화분에 물을 주고 있는 웨인바움 부인이 눈에 들어온다. 관리인이 할 일인데 그가 항상 물을 충분히 주지 않는 것 같다고 내게 말을 건다. 뒤이어 내게 요거트가 도움이 되었다고 생각하는지 궁금해하며 요통 때문에 한번 먹어보려 한다고 덧붙인다. 나는 솔직히 시트콤에서 노인들에게 주로 나타나는 통증이라는 것 말고는 요통에 대해 잘 모른다. 그래서 여태껏 요거트를 먹으면서 아무런 문제가 없었고 또 그냥 좋아하기도 한다고 설명해보지만, 웨인바움 부인이 먹을 것 같지 않다. 최종적으로 우리는 요거트를 먹어볼 가치가 있다고 합의를 보고, 웨인바움 부인이 내게 결과를 알려주기로 한다.

나는 우스우면서도 마음이 따뜻해지는 만남을 뒤로하고 기분 좋게 집으로 들어온다. 신발을 벗고, 커피를 내리고, 노트북을 켠다. 앞으로 두 시간 동안은 글을 쓸 수 있을 것이다. 리오와 우연히 마주치는 바람에 살인이나 도넛과 관계없이 내가 여기에 소설을 쓰러 왔다는 것을 다시 한번 생각하게 되었다. 비명이나 그 이후에 벌어진 모든 일과 아무 관련 없는 데다 내가 나만의 리듬대로 글을 쓸 수 있게 해주는 동료가 있어 감사하다.

 내가 다시 시간을 확인할 때 시계는 6시 5분 전을 가리키고 있었다. 나는 욕실로 달려가 이를 닦다가 칫솔을 입에 그대로 문 채 셔츠를 바꿔 입는다. 화장할 시간은 없고, 손에 물을 묻혀 구불구불한 머리가 부스스해 보이지 않게 매만진다. 다시 신발을 신고 찬장에서 와인 한 병을 꺼낸 다음 아파트 복도로 나가 리오 집으로 걸어간다.

"문 열려 있어요." 내 노크 소리에 대답이 들려온다.

 리오의 집은 건축학적으로 내 집과 좌우가 바뀐 구조지만 훨씬 현대적인 미감을 갖췄다. 거실을 차지한 노란색 소파와 달걀 모양의 가죽 회전의자가 눈에 들어온다. 그 의자를 보자마자 앉아보고 싶다고 생각한다.

 리오가 빙그레 웃으며 말한다.

"해봐요. 여기 오는 사람은 누구나 다 앉아서 돌려보고 싶어 해요."

 그래서 바로 실행에 옮긴다. 나를 포근하게 감싸는 부드러운 곡선의 의자는 아주 적은 힘으로도 잘 돌아간다.

"여기 앉아서 글 써요?"

 빙글빙글 도는 내 시야에 들어왔다 나가는 리오에게 묻는다.

리오가 고개를 젓는다.

"소파에 넓게 퍼져 앉는 게 더 좋아요. 의자가 움직이니까 집중이 흐트러져서요."

"그럴 수도 있겠네요. 그런데 이거 재밌어요!"

"피자는 주문해놨어요." 리오가 말한다. "프레디가 페퍼로니를 좋아하는지 모르겠네요."

내가 의자를 멈추고 얼굴을 찡그린다.

"미리 말을 해야 했는데, 내가 채식주의자라……."

"아, 이런! 먼저 물어봐야 했어요. 요즘에는 채식하는 사람들이 엄청 많으니까 물어볼 생각을 해야 했는데……."

"나는 페퍼로니를 빼고……."

"그럴 필요 없어요. 주문을 바꿀게요."

리오가 전화를 걸어 채식 피자를 추가한다.

"문제가 해결됐어요. 마실 건 뭐로 할까요?"

내가 집에서 가져온 와인을 건넨다. 잠시 후 우리는 잔을 들고 노란색 소파에 앉는다. 리오가 술과 에그 체어는 위험한 조합이라고 경고했기 때문이다. 나는 리오의 소설에 관해 물어본다. 리오는 역사 소설을 쓰나 보다. 로마제국 시대를 배경으로 삼은 것 같다. 확실한 근거가 있는 건 아니고…… 그냥 내 머릿속에 떠오른 느낌이다.

"로맨스예요." 리오가 말한다. "로맨스 소설을 써요."

깜짝 놀라는 나를 보며 리오가 설명을 이어간다.

"내 에이전트는 현대 미국을 배경으로 펼쳐지는 뜨거운

우정과 주저하는 연인에 관한 이야기라고 할 거예요. 하지만 어쨌거나 로맨스 소설이에요."

"아……. 배경이 현대예요? 난 계속 검투사를 생각했어요."

"현대 미국이에요."

"지금까지…… 계속 로맨스 소설을 써왔어요?"

"네. 나뿐만 아니라 프레디도 마찬가지예요. 미스터리 작가든, 역사 소설가든, 정치 스릴러 작가든……. 사용 안내서를 쓰는 사람을 제외하면 우리는 모두 로맨스를 쓰는 거예요. 대신 살인으로, 도덕과 사회에 관한 논의로 이야기에 옷을 입히는 거죠. 하지만 우리가 정말 관심을 기울이는 건 사랑 이야기잖아요."

"진심은 아니겠죠. 리오 말대로면 스티븐 킹도 로맨스를 쓰는 거예요?"

"네, 맞습니다!" 리오가 소파에 몸을 기댄다. "살인 광대 같은 이야기가 오락거리긴 하지만, 우리의 진짜 관심은 뚱뚱한 남자아이가 예쁜 여자아이를 차지하느냐 못 하느냐니까요."

"그건 좀 지나치게 단순화한 것 같아요."

문을 두드리는 소리가 피자가 배달되었음을 알려준다. 우리는 피자를 펼쳐놓고 뱃속을 든든히 채운 다음 이야기를 계속한다.

"내가 쓰는 소설을 리오가 뭐라고 부를지 모르겠지만, 로맨스는 아니에요." 나는 리오에게 비명으로 엮인 세 사람의 이야기를 들려준다. 리오가 귀를 기울여 듣는다.

"전형적인 삼각관계네요." 리오가 말한다. "결국 잘생긴 남과 만화 주인공 턱 중에 누가 프로이트 걸의 마음을 훔칠지에 관한 이야기잖아요."

"그럼 비명은요? 살인은요?"

"배경색인 거죠."

"말도 안 돼요. 그런 논리면 어떤 책이라도 전부 로맨스가 될 거예요."

"내 말을 정확히 이해했네요."

나는 리오를 가만히 바라본다.

"무슨 생각 하는 거예요?"

리오가 묻는다.

"나를 집에 초대해주고 피자도 대접해준 리오를 바보라고 불러도 될 만큼 잘 아는 사이인가 싶어서요."

리오가 생각에 잠긴 채 고개를 끄덕인다.

"네. 잘 아는 것 같아요."

"그럼 내가 피자 다 먹을 때까지 좀 기다려요."

"그런데 프레디 소설의 등장인물들 말이에요. 도서관에서 만난 사람들을 바탕으로 한 거예요?"

"네. 다 같이 열람실에 있다가 비명을 들었어요."

"잘생긴 남은 프레디가 자기를 그렇게 부른다는 거 알아요?"

"아뇨……. 그걸 알면 피차 민망해질 거예요."

"나라면 그런 걱정 안 했을 텐데요. 잘생긴 남자는 자기 외모를 잘 인지하거든요. 우리도 거울을 보잖아요."

나는 번쩍 고개를 든다. 내가 지금 리오 말을 진정 제대로 들은 건가? 그의 눈에 웃음기가 가득한 걸 보고 나를 놀리고 있음을 알아차린다.

"그럼 지금 이거는 뭐라고 할 거예요? 리오나 다른 등장인물들 말이에요."

리오가 어깨를 으쓱한다.

"집중을 방해하는 요소죠."

"리오는 바보예요."

리오가 이번에는 아주 크게 웃는다. 우리는 내 소설에 대해 이야기하다 자연스레 리오 소설로 넘어간다. 리오가 내게 어떤 특정한 상황에서 어떻게 반응할지를 가정하고 질문을 몇 개 던진다.

"리오, 지금 나를 자료 조사에 이용하는 거예요?"

"조금은요." 리오가 멋쩍어하며 인정한다. "장면 하나가 골치를 썩이고 있어서요. 좀 물어봐도 될까요?"

"그래요. 아니면 혹시 그 부분을 보여줄래요? 내가 도와줄 수 있을지도 모르잖아요."

"좋아요. 근데 아직 초고라서 다듬어지지 않았어요."

우리는 남은 피자를 먹으며 리오의 원고를 들여다본다. 다듬어지지 않은 초고라 했지만 곳곳에서 아름다움이 느껴진다. 등장인물들이 신비하면서 약간 이상적으로 그려지다 보니 리오가 도움을 청한 것 같다. 정확히 말해서 도움은 아니고, 리오의 의견을 얘기할 수 있는 친근한 존재와 여성의 통찰이 필요했던 것 같다. 리오가 로맨스라고 부르는 그의 소설은 거부와 집착을 담은 고딕 소설로, 문체가 섬뜩하다. 리오의 글을 보다 보니 내 원고를 보고 싶다는 생각이 강하게 든다.

나는 고개를 들고 천장에 비친 빔 프로젝터 시계로 시선을 돌린다.

"지금 11시예요?"

리오가 고개를 끄덕인다.

"다른 약속 있어요?"

"아뇨. 시간이 늦어서요. 그만 가봐야겠어요."

리오가 커피를 권한다.

내가 고개를 저으며 가려고 일어선다.

"피자 잘 먹었어요, 리오."

"도와줘서 고마워요. 진짜로요. 만약 프레디도 내 도움이 필요하다면……."

"나는 로맨스 소설을 쓰는 거라고 리오가 그만 말한다면 한번 생각해볼게요."

"네엡, 알겠습니다!"

리오가 내 집까지 걸어와 배웅하며 잘 자라고 인사한다. 인사를 나누는데 일순 어색한 공기가 흐르다가 악수로 상황이 마무리되는가 싶더니 쑥스러워서 웃음을 터뜨린다. 우리가 함께 피자를 먹고 이야기하며 보낸 몇 시간은 온전히 일에 관한 것이었다. 친구라기보다 동료에 가깝다는 생각이 든다. 리오는 내가 집으로 들어가 문을 잠글 때까지 복도에 서서 기다려준다. 남부 출신 남성이 여성에게 전하는 매너인가 보다. 아니면 어딘가에 살인자가 돌아다니기 때문이거나.

해나에게,

해나의 이야기 속에 들어온 게 얼마나 가슴 뛰는 일인지 말로 다 설명할 수 없을 것 같아요. 고마워요. 이번 장은 내 기분을 한없이 북돋아줬어요. 리오라는 인물이 정말 맘에 들어요. 그와 프레디 사이에 진정으로 특별한 뭔가가 있네요. 마지막에 프레디가 케인의 끔찍한 진실을 발견할 때 나와 소설 속 리오가 그녀 곁을 떠나지 않고 위로해줄 거예요.

해나가 리오의 글쓰기를 묘사한 부분이 좋았어요. 현실을 있는 그대로 반영했기를 감히 소망해봐요.

이번 장은 완벽해요. 손댈 게 하나도 없어요.

정말 고마워요. 내게 큰 영광이 되었어요.

해나가 영화관에 관해 물어봤는데, 나는 브래틀 극장을 추천해요. 그곳만의 문화도 있는 흥미로운 곳이에요.

아, 그리고, 재밌는 일이 있었어요. 어제 <보스턴글로브>에 알렉산드라 게인즈버러 기사가 실렸어요. 내 작품을 반려한 에

이전트 말이에요. 불의의 사고로 사망했대요. 이틀 전에는 활기와 힘이 넘쳤고 누군가의 꿈을 실현해주거나 꺾어버릴 권력도 가지고 있었는데, 지금은 죽어버렸네요. 나도 당연히 애도를 표했어요. 가끔 세상일이 돌아가는 걸 보면 우스워요.

친구,

리오가

다음 날 아침 식료품 상자가 또 배달된다. 도어맨이 집까지 들고 올라와준다.

"고마워요, 조."

바구니를 받고 지갑에서 10달러 한 장을 꺼낸다.

"그냥 5달러 없으세요?"

"아, 있어요, 미안해요." 당황해서 말이 빨라진다. 계산서가 없는 상황에서는 팁을 얼마나 줘야 하는지 도무지 모르겠다. 조가 나를 고약하다고 생각할까 봐 가슴이 철렁한다.

조가 5달러를 받더니 10달러는 돌려준다.

"지나치게 안 주셔도 돼요. 그냥 가지고 올라온 것뿐입니다."

"아…… 네……. 미안해요. 호주에서는 팁을 주지 않아서요. 적응하는 게 쉽지 않네요."

"에, 팁을 안 줘요? 그게 어떻게 가능한지 이해가 안 되는데요."

"미국에서 팁을 받는 일을 하는 사람들에게 우리는 돈을 더 많이 주기 때문인 것 같아요."

"우리라뇨?"

"고용주요. 법으로 정해져 있어요."

조는 머리를 절레절레 흔든다.

"그래서 어떻다는 건지 모르겠네요……. 그럼 고마움을 어떻게 표현하나요?"

"보통 고맙다고 말을 하죠."

조가 웃는다.

"뭐, 좋은 말이긴 하죠."

"고마워요, 조."

"그래도 저는 팁을 돌려드리지 않을 겁니다." 조의 웃음은 소리가 깊고 울림이 있다. 조는 참 좋은 사람이다. 조와 농담하며 가볍게 몇 마디 주고받게 되기까지 시간이 좀 걸렸지만, 그의 친절하고 온화한 성품은 한결같다.

"저기, 조, 지난 금요일에 아파트 주민이 아니거나 여기에 출입할 수 없는 사람을 혹시 보지 못했나요?"

"아니요." 조가 약간의 망설임도 없이 확고하게 대답한다.

"확실히요?"

"외부인의 출입을 막고 주민과 함께 있지 않을 때는 방문 목적을 확인하는 게 제 일입니다. 킨케이드 양의 친구분들과 웨인바움 부인의 손녀 말고는 지난 일주일여 동안 외부인은 없었어요."

"음."

"무슨 문제가 있습니까, 킨케이드 양?"

"아니……. 어, 어쩌면요." 나는 조에게 다른 이야기는 하지 않고 현관문 사진에 대해서만 말한다. "겨우 사진 하나였지만 겁이 좀 났거든요."

"현관문 사진을 누가 보냈나요?"

"그건 몰라요. 케인 핸드폰에서 전송되었지만, 케인은 그

전날 폰을 잃어버렸어요."

조가 눈살을 찌푸린다.

"그럼, 제 생각에는 케인 씨의 친구 중 한 명일 수도 있을 것 같은데요. 핸드폰을 주워서 장난치는 거죠."

"친구라면 지금쯤 사실을 털어놓지 않았을까요?"

"실토할 생각을 했다가 꽁무니를 뺐나 보죠."

"그럴 수도 있겠네요."

정말로 납득이 가지는 않지만, 지금껏 벌어진 다른 일들까지 다 털어놓고 싶지 않다.

"계속 지켜보겠습니다. 혹시 모르니까요."

조가 나를 안심시킨다.

조가 떠나가고 나는 식료품 상자를 풀어본다. 그런데 내용물이 지난번과 다르다. 기본 식료품이 아니라 훨씬 고급스럽다. 고급 치즈, 와인, 마르멜루라는 과일을 곱게 갈아 만든 젤리, 초콜릿까지. 그리고 확실히 요거트는 없다.

나는 감사를 표하려 케인에게 전화를 건다.

"내가 맞혀볼게요. 케인이 실제로는 홀푸드 마켓의 후계자인 거죠?"

"무슨 말이에요?"

"고맙다고요, 케인. 이렇게 아낌없이 친절을 베풀어줘서요. 하지만 우리 집에서 밥을 먹을 때마다 식료품 상자를 보내지 않아도 돼요."

"식료품을 또 받았어요?"

"식료품이라기보다는 좀 고급스러운……."

"프레디, 내가 보낸 거 아니에요."

"아……."

"마리골드일까요?"

내가 조금 부끄럽게 웃는다.

"글쎄요. 내가 전화해볼게요."

"카드가 없어요?"

"아뇨." 내가 혹시 못 봤나 싶어서 상자 안을 다시 들여다본다. "그냥 치즈, 와인, 초콜릿…… 그런 거뿐이에요."

"요거트보다 훨씬 낫네요. 소설은 어떻게 돼가요?"

"어젯밤에 많이 썼어요." 리오 집에서 돌아온 이후 나는 새벽 3시까지 글을 썼다. "케인은요?"

"솔직히 말하면 난 요즘 집중이 잘 안돼요."

"윗 때문에요?"

"아마도요."

"내가 뭐 도와줄 일은 없어요?"

"혹시 오늘 저녁에 영화 볼 마음은 없겠죠? 브래틀 극장에서 〈북북서로 진로를 돌려라〉를 상영하거든요."

"캐리 그랜트 영화요? 오, 맙소사. 가요, 꼭!"

케인이 낮은 소리로 웃는다.

"설마 캐리 그랜트가 호주에서 지금도 대스타인 건 아니죠?"

"아빠가 고전 영화광이었거든요……. 나도 같이 영화를

보곤 했어요. 특히 캐리 그랜트가 나오는 영화는요."

"그 사람 원래 이름이 아치볼드였대요. 아치볼드 리치요."

"몰랐어요. 하지만 뭐라도 다 좋아요."

"내가 6시까지 데리러 갈게요."

전화를 끊으며 내 입가에 미소가 떠오른다. 너무 좋아 어쩔 줄 모르는 10대처럼 행동하지 말자는 내 결심과 상관없이 설렘이 차오른다. 다시 일에 집중하며, 리오와 저녁을 먹는 것과 별반 다르지 않다고 되뇐다. 동료를 만나는 것이지 다른 의미는 없다고. 하지만 무언가 더 있다는 생각이 떠나지 않는다. 어쨌거나, 가능성을 부정하는 것은 실망에 대비한 방어기제가 아니던가. 바보가 되지 않으려고 스스로 미리 치는 보호막인 셈이다.

단어들이 샘솟는다. 만화 주인공 턱이 손짓하며 나를 부른다. 그와 프로이트 걸의 관계는 감질난다. 만화 주인공 턱이 프로이트 걸을 대하는 태도에는 친절도 묻어나고 관심도 있지만, 성적 긴장감 측면에서는 조금 무신경하다. 적어도 만화 주인공 턱은 그렇다. 여자라서 관심은 생기지만 진지하지 않다. 관심의 출발점이 다르다.

물론 프로이트 걸은 그렇지 않다.

리오 말이 틀릴 수도 있지 않을까. 정말 내가 로맨스를 쓰는 건가?

만화 주인공 턱과 프로이트 걸에 집중하고 있는데 방심한 순간에 케인 매클러드에 대한 생각이 떠오른다. 나는 깜짝 놀란다. 그래놓고 어디서 어쩌다 시작된 건지 모르는 케인 생각에 계속 머무른다. 양심에 가책이 느껴진다. 지금 나는 원고에 집중해야 하는데.

대화를 나누면 회로 차단기 같은 역할을 해줄 수 있으리라 생각하며 마리골드에게 전화한다. 나는 비싼 식료품을 보내줘서 고맙다는 말부터 꺼낸다.

"무슨 식료품이요?"

"역시 마리골드도 아니군요."

"역시라뇨?"

"케인이 또 보낸 거라 생각했는데, 아니었어요."

내가 답하며 상자를 물끄러미 바라본다.

"안에 정확히 뭐가 들어 있어요?"

"초콜릿, 와인, 치즈……."

"와아! 나 지금 바로 갈래요……."

"안 돼요. 내가 나가봐야 해서요."

"아, 어디로요?"

"그런데 좀 이상하지 않아요? 카드도 없고."

"글쎄요, 이상하지는 않아요……. 사람들이 카드 넣는 걸 항상 까먹거든요."

"그런가 보네요."

"하루이틀 지나면 누가 보냈는지 알게 될 거예요."

나는 괜한 걱정은 하지 않기로 한다.

"그렇겠죠. 고맙다고 인사를 못 하니 무례한 것 같아서. 지금 어디에 있는 거예요?"

"도넛 사러 왔어요." 잠시 조용한가 싶더니 마리골드가 재빨리 말을 이어간다. "내가 차이 커스터드하고 커피 도넛에 빠져버렸거든요."

내가 웃는다.

"나만 알고 있을게요. 적어도 마리골드가 도넛 중독을 못 이기고 강도질을 하기 전까지는요."

"난 언제든 끊을 수 있어요……. 내일이라도요." 또 잠시 조용하다. "혹시 윗 아빠에게서 소식 들은 건 없죠? 뭐 있어요?"

"아뇨……. 케인이 명함을 받았어요. 어쩌면……."

"아, 그렇군요……. 그럼 케인은?"

"조금 전에 통화했는데 윗 얘기는 없었어요. 들은 게 있으면 말해줬을 거예요."

"그럼 내가 병원에 전화해볼게요."

케인은 6시 10분 전에 도착한다. 칼라 셔츠에 스포츠 재킷을 입은 그를 보고 내가 청바지 대신 치마를 입어서 다행이라 생각한다. 고전 영화라서 그런지 옷차림이 최신 마블 유니버스 영화를 볼 때보다 점잖아야 어울릴 것 같았다.

케인이 코트와 장갑을 챙기는 나를 기다려준다. 내가 외출 준비를 마치고 침실에서 나가니 케인이 벽난로 위 선반에서 작은 은색 액자에 든 오래된 사진을 들여다보고 있다.

"어느 쪽이 프레디예요?"

케인이 묻는다. 사진 속에는 이제 막 10대에 접어든 여자아이 두 명이 있다.

"오른쪽 키 큰 게 나예요."

"그럼 이쪽은 여동생이에요?"

"이 세상에 없는 여동생이에요. 제리는 이 사진을 찍고 약 한 달 뒤에 죽었어요."

내가 케인에게 사고 이야기를 들려준다.

"맙소사, 끔찍하군요. 미안해요, 프레디."

나는 사진을 바라보며 제럴딘은 케인을 어떻게 생각했을지 궁금해한다. 제리는 그 시절에 내 눈길을 끄는 남자아이들에 대해 대개 매몰찬 말을 쏟아냈는데……. 왠지 케인에 대해서는 반대하지 않았을 것 같다.

"케인은 형제가 있어요?"

"아뇨." 케인이 고개를 젓는다. "혼자였어요."

"외로웠나요?"

"아마도요. 하지만 별로 생각해보지 않았어요."

케인 차로 가는 동안 나는 말괄량이에 잘난 체하기를 좋아했던 제리 이야기를 계속한다.

"누구나 조금씩 변하다 보면 열한 살 때와는 달라지기 마련이잖아요. 그러니 제리도 아직 살아 있다면 달라졌을 것 같아요."

"프레디는 달라졌어요?"

나는 잠시 생각해본다.

"제리 사건 이후 글을 쓰기 시작했어요. 어떤 상담가가 제안했을 거예요. 처음에는 제리에게 보내는 편지였죠. 그러다 편지의 일부로 시도 쓰고 소설도 쓰게 되었어요. 지금도 나는 제리를 위해 글을 쓴다고 생각해요."

브래틀 극장은 하버드 광장 근처에 있는, 고전 영화와 국제 영화 전문 영화관이다. 상영관 하나에 다양한 작품을 올리다 보니 상영 기간이 짧다. 케인이 〈북북서로 진로를 돌려라〉도 하루만 상영하는 거라고 알려준다.

"케인은 여기 와본 적 있어요?"

브래틀 극장에는 신뢰가 두터운 단골만 아는 무허가 술집 같은, 그곳만의 비밀스러운 분위기가 흐른다. 쉿 하고 손가락을 입술에 댄 앨프리드 히치콕의 실물 크기 포스터가 상영관으로 이어지는 계단 끝에서 우리를 반긴다. 벽에는 〈카사블랑카〉의 장면을 그린 벽화가 있다.

케인이 고개를 끄덕인다.

"보스턴에 오고 나서 몇 번 왔었어요. 몇 주 전에는 험프리 보가트 영화를 마라톤 상영했었어요."

우리는 좌석을 골라 앉는다. 몇몇 사람들이 더 있는데 대개 연인이다. 군데군데 빈자리가 있다. 케인이 내 쪽으로 몸을 기울이더니 손가락으로 상영관 벽에 걸린 옛 극장 간판과 다른 영화 관련 장식품을 가리킨다. 나는 웃음보가 터질 것처럼 뱃가죽이 떨려온다. 머릿속에 영락없이 떠오른 생각에 크게 웃음을 터뜨릴 뻔한다.

케인이 알아차린다.

"미안해요. 내가 너무 여행 가이드처럼 말했죠. 이 오래된 장소를 정말 좋아해서요."

나는 케인을 팔꿈치로 쿡 찌른다.

"덕분에 나도 즐기고 있어요. 이런 곳을 소개해줘서 고마워요."

케인이 내 손을 잡는다. 그때 마침 상영관이 어두워지고, 내 얼굴이 어떤지 볼 수가 없어 정말 다행이라 생각한다. 심장은 학생 때로 돌아간 것처럼 두근거리지만, 이 순간이 끝날까 봐 나는 움직이지 않는다. 케인의 손은 크고 강하게 느껴지는 반면 손의 힘은 부드럽고 편안하다. 오프닝 크레디트가 나오고 우리는 영화를 감상한다. 간간이 케인이 내 귓가에 장면에 관한 이야기를 속삭이고, 영화 끝 무렵 캐리 그랜트가 러시모어산을 기어오르고 있을 때쯤에 우리는 손가락을 엇갈리게 잡고 있다.

불이 다시 켜지고 나는 어찌할 바를 모른다. 내가 먼저 손을 놔야 하나? 케인이 놓으려나?

케인이 나를 본다.

"배고파요?"

내가 고개를 끄덕인다.

케인이 내 손을 한 번 꼬옥 쥐더니 옆의 빈 좌석에 벗어두었던 코트를 챙겨 든다. 두근거림이 잦아든다. 유치해라. 나는 열네 살이 아니라 스물일곱인데.

우리는 브래틀 극장을 나와 하버드 광장에 있는 이탈리안 레스토랑으로 걸어간다. 제이크스라는 곳인데, 첫눈에 지중해를 떠올리게 하지는 않지만 안에 들어가자 식욕을 돋우는 진한 향이 가득하다. 실내를 간소하면서도 전통적으로 꾸며 체크무늬 식탁보를 씌운 작은 식탁에 곡목 의자를 두고 초는 유리병에 꽂혀 있다. 우리가 자리에 앉자 오븐에서 나와 아직 따끈한 빵이 담긴 바구니와 버터 한 조각을 갖다준다. 배가 엄청 고프다.

케인이 작은 소리로 말한다.

"제이크스에서는 하루 장사가 끝나면 남은 음식을 포장 용기에 넣어 뒷골목에 놔둬요. 쓰레기통을 뒤지지 않아도 되게요. 안 믿기겠지만 음식이 다 식어도 맛있어요."

"보스턴에는 힘들게 잠을 자는 사람들이 많나요?"

케인이 고개를 끄덕인다.

"프레디가 생각하는 것보다 많아요. 하지만 모두가 거리에서 잠을 자는 건 아니에요. 차에서도 많이 살고, 보호시설을 옮겨 다니며 살기도 해요. 어떻든, 제이크스에서 내놓은 음식을 가져갈 사람은 항상 넘쳐나죠."

"그럼 어떻게 가져가는 거예요?"

내가 묻는다.

"요즘은 어떤지 나도 잘 몰라요. 예전을 돌아보면 그리 즐거운 일은 아니었어요. 서로 밀고 당기고, 협박하고. 하지만 대체로 그 정도 수준에서 그쳤어요. 제이크스가 일부러 음식을 내놓아준다는 걸 모두가 알았거든요……. 식당 뒷골목에서 일어난 싸움 때문에 제이크스가 그만두길 원하는 사람은 없었어요."

나는 주요리라고 생각하고 케인은 전채 요리라 생각하는 채식 칸넬로니파스타를 주문한다. 우리 둘 다 디저트로 이탈리아식 푸딩인 판나코타까지 주문하며 오래 머물 것임을 처음부터 확실히 드러낸다. 웨이터가 물러간 다음 우리 대화는 저녁에 본 영화, 캐리 그랜트, 함께 출연한 에바 마리 세인트와 제임스 메이슨, 히치콕 감독으로 옮겨 가고, 계속해서 와인스틴 성범죄 파문, 그 뒤에 할리우드에 일어난 변혁과 반향으로 이어진다. 그리고 배우 티피 헤드런과 히치콕 영화를 사랑할 때 발생하는 문제점에 관해서 이야기한다.

"만약 내가 살인자라면 내 책이나 글이 다르게 보일까요? 예를 들자면요."

케인이 조심스럽게 묻는다.

나는 질문을 잠시 생각한다.

"글은 의미를 가지잖아요. 그러니 작가가 누구인지 어떤 일을 했는지에 따라 의미가 달라질 수도 있을 것 같아요."

"의미를 부여하는 건 독자에게 달린 거 아닌가요?"

"글쎄요……. 이야기를 통해 독자는 의미를 찾아가죠. 발견은 독자의 몫이지만, 거기까지 가는 길은 작가가 보여주는 거라 생각해요. 그러니 작가의 도덕성은 작가가 제시하는 길을 독자가 신뢰할 수 있는지에 영향을 끼친다고 봐요."

"만약 작가의 과거를 전혀 모른다고 해도요?"

"모르니까 특히 더 그렇겠죠. 과거를 안다면 독자가 소설을 해석할 때 그것까지 참고하면 돼요. 작가의 눈속임인가, 자기방어인가, 아니면 죄책감의 표출인가 하고요."

케인이 잠시 입을 다문다.

"그렇겠군요."

"나와 생각이 다른가 봐요."

"아뇨……. 프레디 말이 맞아요. 그래도 난 여전히 히치콕 영화가 좋아요."

내가 한숨을 쉰다.

"나도 그래요." 그러고는 케인의 과거를 더 물어본다. "보스턴 길거리에서 지낸 적이 있다 했는데, 그러면 여기 출신이에요?"

"아뇨. 보스턴은 단순히 버스비가 다 떨어진 곳이었어요. 나는 노스캐롤라이나주의 샬럿에서 자랐어요."

"그리고 새아버지가 있었고요. 그럼 친아버지는……."

"돌아가셨어요." 케인이 와인을 한 모금 마신다. "내가 여섯 살쯤에 심장마비로요."

"괜히 물어봐서 미안해요."

"괜찮아요." 케인이 어깨를 으쓱한다. "솔직히 말하면, 친아버지에 대한 기억이 별로 없어요. 보스턴 레드삭스를 응원했고, 브로콜리를 좋아했고…… 진짜 좋아했는지는 모르겠지만요."

"새아버지는요?"

"여덟 살 때 엄마가 재혼했는데, 처음엔 좋았어요. 날 데리고 운동경기도 보러 가고, 야구도 같이 하고요. 새아버지는 대가족을 원해서 내게 남동생, 여동생이 생기면 우리가 어떻게 해야 하는지 항상 말하곤 했어요." 케인이 말을 멈춘다. "하지만 동생이 생기지 않았어요. 새아버지와 엄마가 노력했지만 임신이 되지 않았죠. 그러자 새아버지가 술을 마시기 시작했고, 처음에는 엄마를 비난하다가 나중에는 나까지 비난했어요."

"오, 저런."

나는 케인을 위로해주고 싶었지만, 테이블이 우리 둘 사이를 가로막고 있었다.

케인이 미소를 보인다.

"다 지나간 일이에요, 프레디. 아이작은 이렇게 말하곤 했어요. '어이, 사람마다 슬픈 이야기가 있긴 한데 네 것은 듣고 있기가 지겨워'라고요."

나도 모르게 몸이 뒤로 획 젖혀진다.

"정말요?"

케인의 미소가 커진다.

"말했잖아요. 아이작은 디즈니에 나오는 요정이 아니에요."

"그럼, 집으로 돌아간 다음엔 상황이 달라졌어요?"

"아뇨. 대신 내가 달라졌죠."

주문한 음식이 나온 이후에는 식탁에 차례로 차려지는 음식들을 기쁘게 맞이하고, 웨이터에게 감사를 전하고, 음식을 서로 비교 감상하는 시간으로 채워진다. 이번에는 케인이 내 소설에 관해 묻는다. 그 순간 어이없게도 잘생긴 남이 자기 별명을 아는지 묻던 리오가 생각난다. 괜스레 내 얼굴이 화끈거리지만 케인은 못 알아차렸는지 별말이 없다. 그래서 나는 케인에게 붙인 이름만 빼고 나머지 이야기를 전부 들려준다. 내 소설 속 인물들이 현실에서 얻은 영감으로부터 발달하고 변형되어가는 과정을 케인이 귀담아듣는다.

"프레디는 어느 시점에서 현실의 끈을 끊을 생각이에요?" 케인이 묻는다. "등장인물이 언제 현실의 사람들에게서 벗어나도록 할 거예요?"

"내가 벗어나고 있음을 알아차릴 정도로 모두를 잘 알 때겠죠. 아니면 현실 이야기가 재미없어지기 시작할 때나요."

케인이 웃는다.

그러다 갑자기 케인의 눈이 휘둥그레진다.

"무슨 문제 있어요?"

내가 고개를 돌려 어깨 너머를 본다.

"아뇨. 문제가 아니라……"라고 케인이 막 대답하는데, 나 역시 무엇이 케인의 눈길을 끌었는지 알아차린다.

마리골드다.

✉

해나에게,

어떤 사람은 스토커 성향을 부정적 특성이라고 생각하겠지만 마리골드에게는 어쩐지 매혹적이에요. 정신 질환의 암시가 이렇게나 매력적일 수 있는지 누가 알았겠어요?

이번 장에서 케인을 아주 조금 더 알게 되었네요. 많이는 아니고……. 여전히 베일에 감춰져 있군요. 하지만 확실히 알게 된 사실은 케인이 타르힐(Tar Heel, 18~19세기 타르Tar의 주 생산지였던 노스캐롤라이나주의 별칭—옮긴이)주 출신이라는 거예요! 그러면 케인 역시 남부 지방 말투를 쓸 수도 있겠어요. 나와 이름이 같은 사람처럼 뚜렷이 드러나지는 않더라도요. 사투리를 조금 섞어도 괜찮을 것 같아요. 예를 들어서, 케인은 제이크스 식당을 '레스토랑'보다는 '조인트joint'라고 불렀을 거예요. 또는 '여러분 모두'를 '유 올You all' 대신 '욜Y'all'이라고 하거나 '저기 저쪽'을 '오버 데어over there' 대신 '욘더yonder'라고 할 수도 있고요. 개인적으로 아이작이라는 사람에 대해 좋은 인상을 받았어요. 그가 죽었다는 사실이 애석할 따름이에요.

오늘 아침에 호주도 미국처럼 외국인에게 국경을 봉쇄했다는 기사를 봤어요. 우리가 참 이상하면서도 따분한 신세계를 맞이하네요. 게다가 이미 한 번 연기된 해나의 미국행이 가까운 미래에 가능하지 않다고 말해주는 거고요. 다행히도 내게는 해나의 미국 정보원으로서 남겠다는 소망과 능력이 여전히 있어요.

나는 요즘 우리가 살고 있는 역사의 순간들을 몹시 고통스럽게 느끼고 있어요. 민주주의의 쇠퇴를 목격하는 것 같아요. 적어도 여기 미국에서는요. 그리고 새로운 어둠의 시대가 도래하는 것 같고요. 그런데 나는 그런 생각에 절망하기보다 오히려 흥미를 더 느껴요. 세상이 공포와 분노에 잠식되기 일보 직전이에요. 우리가 소설에서 지금껏 상상해오던 세상을 넘어서는 디스토피아가 정말 오려나 봐요.

안전하게 지내요.

친구,

리오

13 ●

마리골드가 포장 음식이 든 봉투를 받아 들고 신용카드를 건넨다. 아직 우리를 보지 못한 듯하다.

나는 케인과 눈을 마주친다. 미안하고 어떤 행동을 해야 할지 몰라 난감하다.

케인이 먼저 입을 연다.

"인사해야겠죠?"

내가 주저하는 마음을 억누르며 고개를 끄덕인다.

케인이 자리에서 일어나 마리골드의 관심을 끈다. 마리골드는 처음엔 우리를 무표정하게 보더니 뒤이어 깜짝 놀란다.

케인이 같이 앉자고 손짓하고, 잠시 후 마리골드가 우리 자리로 걸어온다.

"여기서 뭐 해요?"

내가 하려던 질문을 마리골드가 먼저 내뱉는다.

케인은 당황한 기색이 없다.

"브래틀 극장에서 상영하는 영화가 프레디가 쓰는 책에 도움이 될 것 같아서요."

"브래틀이요? 다큐멘터리라도 본 거예요?"

마리골드가 툴툴댄다.

"그렇게 나쁘지 않았어요."

케인이 이렇게 답한 다음 마리골드를 위해 의자를 빼주며 "같이 디저트 먹을래요, 마리골드?"라고 묻는다. 그러고는 마리골드가 든 가방을 슬쩍 본다.

"디저트가 식사를 방해하지 않는다면요."

마리골드가 의자에 앉는다.

"디저트를 맨 마지막에 먹어야 한다는 건 터무니없는 규범이에요. 아아, 두 사람을 마주치다니 운이 좋네요."

"행복한 우연이에요." 내가 답한다. 그제야 이것이 정말로 우연이라는 생각이 든다.

마리골드가 동의한다.

"나 여기에 자주 와요. 두 사람도 하버드 광장에 있는 수많은 식당 중에서 여길 오다니 재밌네요."

"우리가 확실히 좋은 취향을 가졌군요." 내가 화제를 돌린다. "병원에는 전화해봤어요?"

"네." 마리골드가 정교한 몸짓과 손짓으로 식당 홀의 반대편에 있는 웨이터에게 우리가 주문한 것과 같은 걸로 하겠다는 뜻을 전달한다. "윗이 퇴원했더라고요."

"네? 벌써요?"

마리골드가 웨이터에게 고마움을 표한다.

"그랬대요."

"그럼, 아주 잘된 거네요."

나는 이렇게 갑자기 건강이 회복되었나 싶어 솔직히 조금은 어리둥절해하며 말한다.

"병원 측에서 윗이 집에서 몸조리해도 괜찮다고 결정을 내린 것 같군요." 케인이 의견을 말한다. "윗은 경찰과 엄마와 함께 있어도 병실을 떠들썩하게 만들었잖아요."

마리골드가 코를 찡그리더니 맞장구를 친다.

"내 생각에는 윗 엄마가 의료 과실로 병원을 고소할 것 같아요. 봉합 부위가 터졌으니까요."

"오." 내가 머리를 절레절레 흔든다. "윗을 웃게 했다고 고소하진 않았으니 우리는 다행이라 생각해야겠네요."

"우리요?" 마리골드가 케인을 가리킨다. "윗에게 자기 이름이 아벨 매너스라고 말해서잖아요!"

케인이 얼굴을 찡그린다.

"지나고 나서 보니 내가 바보 같은 입을 닫았어야 했다는 생각이 드네요. 꼭 윗의 봉합 부위가 터져서가 아니라요."

"어쨌든 윗이 집에 안전하게 있다니 다행이에요."

나는 판나코타를 한 입 먹고 주위를 아랑곳하지 않은 채 맛을 음미한다.

"아, 윗은 진짜 안전해요." 마리골드가 말한다. "부모님 집 주위에 보안 요원이 열두 명가량 배치되어 있거든요."

내가 침을 삼킨다. 일순간 침묵이 흐르고 케인과 나는 그 말의 의미를 이해하느라 애쓴다.

"마리골드." 나는 숟가락을 내려놓고 그녀를 쳐다본다. "윗 집에 갔었어요?"

마리골드가 고개를 끄덕이며 계획이 다 있다는 듯 미소 짓는다.

"걱정 말아요. 문을 두드리거나 하는 짓은 안 했어요. 그냥 두어 번 걸어서 지나가기만 했어요."

"지금으로서는 그게 최선이었을 것 같군요."

케인이 조용히 덧붙인다.

마리골드의 얼굴이 조금 어두워진다.

"맞아요. 하지만 윗이 거기 있는지 확인해야 했어요."

"왜요?"

마리골드가 입을 꾹 다문다. 잠시 후 다시 입을 여는 그녀의 목소리가 잠기고 갈라진다.

"나도 모르겠어요. 가끔 윗이 어디에 있는지 모르면 숨을 쉴 수 없을 것만 같아요."

"아, 마리골드."

그녀에게는 겉모습과 달리 정말 어리고 혼란스러운, 그래서 여린 면이 있었다.

"마리골드의 이런 감정을 윗이 알아요?"

케인이 묻는다.

마리골드가 기겁하며 케인을 바라본다.

"당연히 모르죠!"

정말 그럴까. 왠지 윗이 모르는 것 같지 않지만, 나는 굳이 말하지 않는다.

"그래도 지금은 윗의 집 근처에서 서성이지 않는 게 좋을 것 같아요."

케인이 부드럽게 말한다.

마리골드의 키득거리는 웃음이 신경질적으로 들린다.

"서성이지 않았어요. 그냥 지나갔다고요." 그러더니 고개를 옆으로 단호하게 흔든다. "멈춰 서지도 않았어요."

케인이 나를 슬쩍 본다.

"마리골드, 조금 수상쩍게 보일지도 몰라요. 경찰이나 누가 알아보면요." 나는 마리골드가 걱정스럽다. "다음에는 잠깐 들러 인사만 하는 건 어떨까요. 친구로서 윗의 안부를 걱정하는 건 전혀 이상하지 않으니까요."

마리골드 눈빛이 반짝인다.

"진짜 그래도 될까요?"

"길에서 비밀스럽게 행동하는 것보다는 나을 것 같아요."

"그러지 않았다고요……."

"알겠어요."

"캐럴라인 펄프리에 관해서는 뭐 들은 거 있어요?"

케인이 질문을 던지며 화제를 은근슬쩍 바꿔준다. 그런 케인이 고맙다.

마리골드가 눈살을 찌푸린다.

"아뇨, 별로 없어요. 기자들이 여기저기 물어보고 다니긴 하던데……. '전형적인 미국 소녀 살해 유형' 같은 이야기 있잖아요. 이중생활이 어쩌고 하면서 물어보는 것 같았어요."

"그래서 있었어요?" 케인이 묻는다. "캐럴라인이 이중생활을 했나요?"

"아뇨. 내가 들은 바로는 없어요. 〈래그〉에 글 쓴 걸 이중생활로 본다면 모를까요."

우리는 잠시 말없이 디저트에 집중한다. 그러다 마리골드가 또 다른 사실을 입에 올린다.

"거기서 캐럴라인이 윗을 만난 거잖아요. 〈래그〉에서요."

"맞아요. 윗이 글을 한 번 썼다고 했었죠."

내가 기억을 더듬는다.

마리골드가 어깨를 으쓱한다.

"윗은 기사를 썼으니까…… 한 번 이상이었을 거예요."

그 순간 나는 만화 주인공 턱과 춤을 향한 그의 남모르는 열정을 생각한다.

케인이 생각에 잠긴 얼굴로 마리골드를 본다.

"도서관 사건이 있던 날 이전에 마리골드는 윗을 만난 적 있어요?"

마리골드가 망설인다.

"딱 한 번 말 그대로 우연히 마주친 적은 있어요. 하지만 윗은 기억 못 할 거예요."

문득, 케인이 윗을 향한 마리골드의 마음을 오늘 저녁에서야 완전히 알아차리고 있다는 생각이 든다. 이렇게 시간이 오래 걸렸다는 사실에 오히려 나는 조금 어리둥절하다.

디저트를 다 먹고 커피를 마시는데, 마리골드가 '프로이트 걸의 모험'은 어떻게 되어가는지 묻는다. 내 원고를 애정을 담아 그렇게 부른다.

"다 쓰고 나면 읽어보게 해줄래요?"

나는 물어보는 그녀의 태도에 감동한다. 작가가 쓴 글을 읽는 것이 영광이라는 듯이, 작가에게 당연한 일이 아니라는 듯이 묻는다.

"그럼요, 마리골드가 원한다면요."

"당연히 읽고 싶죠! 프로이트 걸이 중요한 역할이 아니더라도 섭섭해하지 않을 거라고 약속할게요."

내가 웃는다.

"그 말 기억하고 있을 거예요."

마리골드가 케인에게 눈을 돌린다.

"사실 케인 소설을 생각했었어요."

"그래요?"

"아이작에 대해서 더 알면 도움이 되지 않을까 해서요. 어디 출신인지, 무엇을 하다가 노숙자가 되었는지, 그런 거요."

케인이 깜짝 놀란다.

"네, 알면 도움이 되겠죠."

"하버드에 학생들이 이용하는 진짜 괜찮은 조사 기관들이 있어요. 케인이 원한다면 내가 조사해볼게요. 성이 하먼이라 했죠?"

"맞아요, 그런데……. 나도 찾아봤어요, 마리골드. 아이작이 죽기 전까지 기록은 없어요."

"또 해봐서 나쁠 건 없잖아요. 새로운 시각이 필요할 수도 있고요."

케인의 이마에 주름이 잡힌다.

"고맙지만, 꼭 해야 할 일은 아닌 것 같아요. 책에 필요한 내용은 나한테 다 있거든요. 자서전이 아니라 소설이잖아요."

"내가 할 일이 생겨서 난 좋은데요."

늘 그렇듯 마리골드의 고집을 꺾는 일은 쉽지 않다.

"학교 수업이 마리골드를 즐겁게 해주지 않아요?"

"수업은 즐겁지 않아요, 케인." 마리골드가 한숨을 쉰다. "잠을 잘 못 자요. 그 말은 보통 사람들이 잠을 잘 때 나에게는 여유가 생긴다는 뜻이죠."

"솔직히 말해서, 마리골드, 하지 말아줬으면 좋겠어요."

케인이 분명하게 말한다.

"왜요? 내가……."

"이건 내 소설이에요. 해야 한다면 내가 해요."

"아……."

마리골드는 기분이 언짢아 보이고, 나는 말투가 아니라 케인이 내뱉은 말 때문에 놀란다.

케인이 곧바로 뉘우친다.

"미안해요, 마리골드. 세게 말할 생각은 아니었어요. 단지 아이작에게도 드러내고 싶지 않은 개인 사정이 있을 것 같아서 그랬어요. 별로 가진 것도 없던 사람이었지만요."

마리골드의 눈빛이 매섭지만 케인은 피하지 않는다. 결국 마리골드가 시선을 돌린다.

"그래요. 알겠어요."

케인이 긴장을 풀고 "이해해줘서 고마워요"라고 말한다. 마리골드에게 집까지 차로 바래다주겠다고 한다.

"차를 오버 욘더에 세워놨어요. 브래틀 극장 근처에요."

마리골드가 고개를 가로젓는다.

"집이 애신즈 스트리트에 있어요. 그냥 걸어가도 돼요."

"그럼 우리가 집까지 같이 걸어갔다가 차로 갈게요." 내가 말한다. 그러는 동안 케인은 계산서를 가져다 달라고 손짓한다. "캐럴라인 펄프리의 살인자가 잡힐 때까지는 조심해야죠."

마리골드가 코웃음을 친다.

"프레디가 호주 사람인 걸 자꾸 잊어버려요. 장담하지만 여기 한 블록 안에 미제 살인 사건이 열 건은 더 될 텐데요. 거미보다도 흔해요."

"그러면 같이 갈 이유가 더 확실하네요."

웨이트리스가 와서 밥값이 모두 결제되었다고 알려준다.

"누가요?"

케인이 당황하며 묻는다.

웨이트리스가 태블릿을 내려다본다.

"그건 모르겠어요. 하지만 모두 결제되었다고 나오는데요."

"무슨 착오가 있는 건 아닐까요?"

"글쎄요. 어쨌든 계산은 다 되었습니다."

"제가 연락처를 남겨놓고 가면 어떨까요?" 나는 어떤 실수로 웨이트리스가 마지막에 모자란 금액을 채워 넣게 될까 봐 염려된다. "혹시 문제가 있으면 전화 주세요. 우리가 해결할게요."

웨이트리스는 내 번호를 받아 적으면서도 이럴 필요 없다고 말한다.

"가끔 사람들이 이런 일을 하곤 해요……. 선행을 베풀기도 하고 낯선 사람 대신 돈을 내주거나 유행하는 밈을 따라 하는 거죠. 안심하셔도 괜찮습니다."

　그래서 우리는 웨이트리스에게 인사를 하고 겉옷을 챙겨 입고 팁을 테이블에 넉넉하게 올려놓은 다음 하버드 광장 쪽으로 발걸음을 옮긴다. 밤공기를 맞으니 기분이 상쾌해진다. 어딘가로 걸어갈 이유가 생겨서 즐겁다. 마리골드가 그녀 아파트가 있는, 매사추세츠 애비뉴에서 조금 떨어진 애신즈 스트리트로 길을 안내한다. 우리는 걸어가면서 별에 관한 대화를 나누는데, 불이 환하게 밝혀진 거리를 걷다 보니 정작 밤하늘에 별은 잘 보이지 않는다. 그래서 나는 케인과 마리골드에게 별이 쏟아질 듯 가득한 호주 서부의 밤하늘에 관해 이야기해준다. 거기서는 광활한 우주를 온몸으로 느낄 수 있다. 남십자자리에 눈을 고정한 채 별 사이에서 내 위치를 확인하던 기억을 떠올리니 집 생각에 가슴이 저릿해진다.

　마리골드가 우리를 이끌고 우아하고 고풍스럽게 비막이 판자로 마감한 건물에 도착한다. 양 끝이 퇴창 구조로 되어 있어서 살짝 뼈다귀처럼 보이기도 한다. 주위 건물들도 전부 비슷하게 옛것이 주는 멋을 그대로 간직하고 있다. 참 괜찮은 동네다. 마리골드 집은 2층에 있다. 계단을 올라가는데 음악이 들린다.

"분명 루카스일 거예요."

마리골드가 말한다.

"루카스가 누구예요?"

"내 룸메이트요. 어서 가요, 소개해줄게요."

마리골드가 열쇠로 문을 열더니 헤비메탈 음악이 고막을 터뜨릴 듯 울려 퍼지는 집으로 들어오라고 손짓한다. 우리가 들어간 거실은 독특하고 세련된 도시 감성으로 꾸며져 있다. 크고 낡은 가죽 소파에 한쪽 벽면에는 사물함처럼 보이는 가구가 늘어서 있다. 장인의 섬세한 손길로 만들어져 옛 상업 공간의 느낌을 살린 주변 분위기에 조화되기를 거부하는 벽난로 위 선반에는 엄청나게 큰 텔레비전이 올라가 있다. 마리골드가 소파 팔걸이에서 리모컨을 집어 들더니 음악을 끈다.

"아이 씨, 짜증 나게……."

남자가 투덜거리며 방에서 모습을 드러낸다. 덩치가 엄청 크고, 키가 2미터는 돼 보인다. 긴 머리를 드레드록스 스타일로 땋았고, 몸 여기저기에 피어싱을 했다. 다른 옷 없이 사각팬티만 입고 있다.

잠시 우리는 서로를 멀뚱히 쳐다본다.

그러다 마리골드가 앓는 소리를 낸다.

"제발, 루카스, 바지만이라도 좀 입어."

"우리 때문에 그럴 필요 없어요." 내가 얼른 덧붙인다. "금방 갈 거라서요. 마리골드를 집까지 바래다준 것뿐이에요."

루카스가 고개를 끄덕인다. 인사인지, 바지를 입지 않아도 된다는 말에 알겠다고 답한 건지 모르겠다.

마리골드가 못마땅하다는 듯이 눈을 굴린다.

"이쪽은 내 룸메이트 루카스예요. 루카스, 여기는 내 친구 케인하고 프레디야."

"반가워요." 루카스는 별로 관심 없다는 듯이 말하고는 포장된 음식이 든 봉투로 시선을 던진다. "왜 이렇게 오래 걸린 거야? 배고파죽겠네."

마리골드가 가방을 내민다.

"그럼 얼른 먹어. 감사 기도하는 거 잊지 말고."

루카스가 피식 웃는다.

"아나스타스, 그런 말 하나도 재미없어." 그러다 얼굴이 굳는다. "다 식었네!"

"집으로 오는 데 예상보다 시간이 좀 더 걸렸어." 마리골드가 코를 찡그린다. "식어도 아무렇지도 않아."

"미개인이나 그러지." 루카스가 투덜댄다. "내가 데울 테니 너는 식탁 좀 차려."

"우린 이쯤에서 가는 게 좋겠어요."

케인이 속삭인다.

그래서 케인과 나는 마리골드와 인사를 나누고, 부엌에서 분주한 루카스에게도 조심스럽게 인사를 한다.

"뭐 더 안 먹고 가도 괜찮겠어요?"

마리골드가 묻는다.

"우리 방금 저녁 먹고 왔잖아요." 케인이 답한다. 그러다 갑자기 목소리를 낮춘다. "루카스가 위험한 인물이라고 확실히 말해주지 않을 거면—나는 그렇다고 믿지만—우리는 여기를 뜨는 게 좋겠어요."

마리골드가 웃는다.

"루카스는 옷도 제대로 못 입는걸요. 하나도 안 위험해요."

우리는 손을 흔들고 계단을 내려와 밤거리로 나간다. 얼마간 말없이 걷는다.

"마리골드에게 룸메이트 있는 거 알았어요?"

케인이 먼저 입을 연다.

"아뇨. 마리골드가 말한 적 없어요."

"둘의 관계가 혹시……."

"당연히 아니죠."

"마리골드가 윗을 좋아해서요?"

"네."

케인이 나를 쳐다본다.

"무슨 이유로 마리골드가 윗에게 푹 빠져 있다고 생각하는 거예요?"

내가 곰곰이 생각한다.

"글쎄요. 마리골드가 자기 입으로 얘기했던 것 같은데요. 마음이 원하는 걸 어쩌겠느냐고요." 내가 어깨를 으쓱한다. "게다가 윗에게는 매우 소년 같은 매력도 있고요……."

케인이 부드럽게 웃는다.

"방금 소년 같다고 말하면서 코를 찡긋한 게 남자이기 때문인가요, 나이 때문인가요?"

"내가 코를 찡긋한 걸 어떻게 봤어요?"

주위가 어두운데 말이다.

"목소리에서 다 느껴져요."

"윗은 정말 좋은 사람이에요." 나는 얼버무린다. "하지만 〈개구쟁이 데니스〉 같은 어떤 느낌이 있어요."

"그래서 불편해요?"

"아뇨, 그렇지는 않아요. 하지만 마리골드가 윗에게 그토록 끌리는 게 좀 놀랍긴 했죠."

"마리골드가 제이크스로 온 게 우연이라고 생각해요?"

"케인은 아니에요?"

대답이 없다. 대신 케인이 욕을 내뱉더니 갑자기 지프 쪽으로 달려간다.

"이봐요, 거기서 뭐 해요?"

어떤 남자가 지프 뒷좌석 문 근처에 몸을 구부리고 있다. 키가 크고 털모자를 눈썹까지 푹 눌러쓴 남자에게서 지독한 악취가 풍긴다.

케인이 멈칫한다.

"부?"

남자가 몸을 일으킨다.

"네 차인 줄 알았다. 딱 보고 아벨의 고물 차라고 생각했지."

"여기서 뭐 하는 거예요, 부?"

"누가 타이어에 칼을 찔러 넣었어. 아주 큰 칼을. 그리고 비튼 것 같다."

✉

해나에게,

마리골드라면 당연히 집에 벌거벗은 남자를 데리고 있을 거예요! 책을 읽을수록 마리골드를 더욱 깊이 사랑하게 돼요!

식당에 나타난 의문의 후원자는 신의 한 수였어요. 누가 미행을 했거나, 아니면 별 의미 없는 해프닝이겠죠. 불안을 더하는 요소지만 이야기 흐름을 방해하지는 않아요.

비막이 판자라는 표현은 호주에서 사용하는 것 같아요. 미국 영어로 그에 대응하는 단어가 떠오르지 않네요. 미국 사람의 대화에서 나오지 않았으니까 이번에는 넘어가도 돼요. 아니면 그냥 '목재'로 바꾸든지요.

오늘 나는 얼굴에 쓰고 다닐 마스크를 만들었어요. 아무 특색 없는 검정으로요. 사람들이 천을 이용해서 각자 나름대로 표현하는 게 유행이더라고요. 하지만 나는 사람들의 주의를 끌 마음이 조금도 없어요. 어쩌면 그게 나를 표현하는 것이겠네요. 나는 누구도 아니면서 곧 아무나 될 수 있다고요.

이제 해나에게 안전하게 지내란 말은 하지 않을 거예요. 안전하게 지내면 멋진 글이 나오지 않으니까요. 그러니 위험을 무릅써요, 친구!

친구,

리오

14 •

케인이 타이어를 보려고 가까이 다가가는데, 갑자기 부가 벌컥 화를 내더니 그를 지프 옆면으로 거칠게 밀어붙이고 꼼짝 못 하게 누른다.

내가 말리려 하자 케인이 손짓으로 나서지 말라고 한다.

"내가 몇 번이나 말해야겠나, 아벨. 사람 왼쪽에서 접근하지 말랬다. 살인자는 왼쪽에서 덮치는 거다. 내가 매번 너를 보호해주지 못한단 말이다."

"미안해요, 부." 케인이 차분하게 말한다. "깜빡했어요. 난 그냥 타이어를 보려고 했던 거예요."

"찢어졌다. 네가 한 번 더 왼쪽에서 접근하면 그땐 너도 찢어질 거야. 알겠어?"

"알겠어요. 미안해요."

"돈 좀 있어? 배고프다."

"나 좀 놔줘요."

부가 뒤로 물러선다.

케인이 지갑에서 지폐 한 장을 꺼내 건넨다.

"내일 도서관으로 갈 테니, 거기서 봐요."

"바깥이다. 난 거기 안으로 들어가지 않을 거야."

부가 손에 지폐를 움켜쥐고는 떠나간다.

나는 너무 놀라고 혼란스러워 부의 뒷모습에서 눈을 떼지 못하다가 겨우 케인을 향해 얼굴을 돌린다. 주머니에 손을 넣고 서 있는 케인에겐 몸집이 크고 불쾌한 냄새를 풍기는 남자에게서 공격받은 일이 너무나 일상적인 것처럼 보인다.

"세상에, 케인, 어떻게……."

"괜찮아요. 부에게 별난 데가 좀 있어서요."

"친구예요?"

"아이작의 친구였죠. 내가 보스턴으로 다시 온 이후 수소문해서 부를 찾았어요. 뭐라도 이야기해줄 게 있지 않을까 싶었거든요."

"저 사람이 칼로 타이어를 그은 거예요?"

"부가 그런 말은 안 했어요. 누군가가 한 거죠."

케인이 코트를 벗고 셔츠 소매를 걷어 올린다.

"어느 누가 케인 차의 타이어를 칼로 긋겠어요?"

"그거야 모르죠." 케인이 발로 타이어를 차보더니 자동차 부트에서 잭을 꺼낸다. "술에 취한 사람이거나, 애들이거나……. 지프를 싫어하는 얼간이거나." 케인이 숨을 길게 내쉰다. "아니면 부일지도 모르고요. 나도 모르겠어요."

나는 케인을 도와주려고 지프 문을 열고 케인의 코트와 내 코트를 뒷좌석에 던져 넣는다. 하지만 치마를 입고 있어서, 케인이 건넨 자동차용 큰 너트를 들고 서서 부가 돌아올까 봐 주위를 둘러보는 게 전부다. 코트를 벗어 던진 행위는 나도 같이 책임을 지겠다는 의지를 드러낼 뿐 아무 소용이 없으니 다시 입어도 되지만, 별로 도움이 안 된다는 사실에 마음이 불편해서 그냥 버티기로 한다. 타이어 교체가 끝날 때쯤에, 케인은 몸에서 열이 나고 나는 덜덜 떨고 있다.

"코트는 어떻게 했어요?" 케인이 물으며 잭과 너트 렌치를 부트에 도로 집어넣은 다음 오래된 바나나 같은 걸로 손에 묻은 기름을 닦아낸다. "몸이 얼었어요."

케인은 얼른 뒷좌석에서 코트를 꺼내주고, 내가 옷을 입고 차에 올라타자 자기 코트를 내 무릎에 덮어준다.

"오늘 일은 미안해요, 프레디. 하지만 부는 해로운 사람은 아니에요. 단지 내게 화가 났을 뿐이에요."

"왜요?"

"아이작의 죽음이 내 책임이라고 생각하거든요." 케인이 턱을 문지른다. "그렇다고 부가……. 아이작은 부가 거칠다고 자주 말했었어요."

"정말 괜찮은 거예요?" 내가 조심스럽게 묻는다. "케인을 차 안으로 밀어 넣을 것 같았어요."

케인이 빙그레 웃는다.

"그 정도는 아니었어요. 내가 힘을 빼고 있어서 그랬죠."

"케인……."

"나 정말 아무렇지도 않아요. 프레디."

"도서관에서 주로 만나는 거예요?"

케인이 차 시동을 걸고 히터를 튼다.

"부가 그 주변에서 자거든요. 내가 도서관 바깥 계단에 앉아 있으면 가끔 날 찾아와요……. 배가 고파지거나 말할 상대가 필요하거나 하면요."

"무슨 얘기를 해요?"

"아무거나요. 정부 요원의 미행, 프랑스 마피아, 리얼리티 방송을 통해서 잠재의식 메시지를 전달해 미국인들의 정신을 통제한다는 음모론 같은 거요. 마지막 말은 사실일지도 모르겠네요. 그러다 언젠가는 아이작 이야기도 하겠죠."

"케인은 아이작이 길거리에서 살기 전에 어땠는지 알아요?"

케인이 고개를 절레절레 흔든다.

"부 말로는 중요한 사람이었대요. 하지만 그걸로는……."

"책 쓰는 데 필요한 거예요?" 나는 무릎을 덮은 코트 아래로 손을 집어넣는다. "아이작의 과거를 알면 이야기가 달라질까요?"

"그렇진 않을 거예요." 케인이 희미하게 미소 짓는다. "책 때문에 그러는 게 아니에요. 나도 진심으로 아이작에 대해 더 알고 싶어요. 누가 죽였는지도요. 어떤 다른 불쌍한 부랑자가 아이작의 겉옷이나 샌드위치나 잠자리를 뺏으려고 그랬다고 하더라도요."

나는 케인의 손을 잡는다. 즉흥적이고 충동적이었는데 손이 닿고 나니 되돌릴 수가 없다. 그래서 내 행동에 스스로 조금 놀랐고 이다음에는 어떻게 해야 하는지 모른 채로 손을 잡고 그대로 앉아 있다. 케인도 놀랐는지 모르겠지만 겉으로는 티가 나지 않는다.

"바란다면 부가 정신이 맑을 때 아이작의 과거에 대한 실마리를 줄 수 있기를요……. 아니면 가족에 대해서라도요."

"아이작이 뭐라도 넌지시 말한 적은 없어요?"

"그가 보스턴 출신이라는 느낌을 받은 적은 있어요. 하지만 그 근거가 합리적인지는 모르겠어요. 당시 나는 모든 게 혼란스러웠는데 아이작은 여기 길들을 잘 아니까 어쩌면 단순하게 그렇게 생각했는지도 몰라요."

쾅, 차창을 때리는 소리에 우리 둘 다 화들짝 놀란다. 부가 돌아왔다. 잔뜩 흥분해서 화를 참지 못한다.

케인이 창문을 내린다.

"부……."

"저 사람은 알아?" 부가 창문에 대고 소리를 지르며 지프를 또 내리친다. "네가 무슨 짓을 했는지 아냐고? 말 안 했겠지. 네가 무슨 짓을 했는지 저 사람은 아냔 말이야, 아벨?"

"부, 진정 좀 해요."

"너는 또 할 거야. 남자가 나한테 돈을 주며 또 일을 시켰다고. 그래서 내가 했어. 갈비뼈 아래, 그리고 척추 쪽으로."

"차 안에 있어요."

케인이 내게 나직하게 말하더니 창문을 올리고 차에서 내리려고 한다.

"케인……."

"난 괜찮을 거예요. 부를 진정시켜야겠어요. 프레디는 나오지 마요."

케인이 차 문을 열며 부를 밀어내더니 차에서 내린 다음 다시 세게 닫는다. 부는 케인을 따라 차에서 멀어지는 중에도 손짓을 하고 소리를 지른다. 전조등 불빛에 둘의 모습이 보이고, 대화는 들리지 않지만 분명 말다툼이 오간다. 부가 손가락으로 나를 가리키고, 케인이 부에게 무언가를 주고, 부가 받아 든다. 그러더니 난데없이 팔을 휘둘러 케인 머리 옆을 때린다. 케인이 쓰러진다.

나는 경찰에 전화하려고 핸드폰을 켠다. 차 문을 열고 급히 뛰어나가니 부가 내 쪽을 바라본다. 순간 내게 달려들지도 모른다는 생각이 든다.

"저 자식이 무슨 짓을 했는지 당신은 모른다." 부가 몹시 흥분해서 말한다. "나는 봤다. 멈추지 못했어. 하지만 언제나 심판과 처벌이 따르는 법이다."

내가 케인 쪽으로 천천히 발을 옮긴다. 그러자 부가 몸을 돌려 뛰어간다.

"케인?"

나는 케인 옆에 무릎을 꿇는다. 그제야 깨진 유리 조각들과 케인의 옆머리에서 흐르는 피가 눈에 들어온다. 케인이 신음하며 관자놀이 위 찢어진 상처에 손을 댄다. 내가 구급차를 부르려고 전화를 걸며 케인에게 말을 건넨다. 케인이 의식을 잃지 않도록 해야 한다는 생각이 든다. 대중문화에서 배운 의학이랄까. 텔레비전을 본 사람이라면 누구나 다친 사람이 절대 의식을 잃지 않도록 해야 한다는 걸 안다.

"케인, 말 좀 해요!"

"누구한테 전화하는 거예요?"

케인이 천천히 몸을 일으켜 앉는다. 하지만 정신을 못 차리는 데다 피가 꽤 많이 난다.

"구급차…… 경찰이요."

"하지 마요."

"피가 나요."

"진짜, 프레디, 하지 마요."

케인이 비틀거리며 일어서려고 한다.

나는 누구에게든 전화해야 한다는 생각을 지우고 케인을 도와준다. 내 어깨 위에 느껴지는 그의 손이 무겁지만 그래도 케인은 일어선다. 내가 뒤를 살피자 케인이 "부는 안 올 거예요"라고 말한다.

"위험한 사람이 아니랬잖아요."

지프 쪽으로 걸어가며 내가 낮은 목소리로 말한다. 케인을 조수석에 조심조심 앉힌다. 케인이 힘없이 저항한다.

"지금 케인은 운전할 만한 상태가 아니에요."

"글러브 박스에 헝겊이 있어요."

케인이 손으로 피를 멈춰보려 애쓰며 말한다.

열어보니 걸레는 여러 장 있지만 한눈에도 차에서 사용해온 것들이다.

"이건 쓸 수가 없어요, 기름이 잔뜩 묻었어요." 내 가방을 뒤져 얼마 쓰지 않은 깨끗한 휴대용 화장지를 꺼낸다. "손을 잠시 치워볼래요?"

케인이 손을 치우자 머리가 5센티미터가량 찢어지고 깊이도 생각보다 깊어 나는 보는 것만으로도 어질하다. 화장지를 여러 장 뭉쳐 상처에 댄 다음 케인더러 손으로 누르게 한다.

"상처를 꿰매야 할 것 같아요."

케인이 얼굴을 찌푸린다.

"내일 아침에 병원에 가볼게요."

나는 조수석 문을 닫고 종종걸음으로 차를 돌아 운전석에 올라탄다.

"아무래도 응급실로 가야겠어요."

"내 집에 가면 구급상자가 있어요……. 프레디는 괜찮아요?"

"지금 내 걱정을 할 때가 아니에요!"

케인이 힘없이 웃는다.

"피 보는 걸 싫어하나 봐요?"

"이렇게 많이는 싫죠." 내가 손을 뻗어 케인에게 안전벨트를 채운다. "케인, 내 생각에는 지금 병원으로 가야 해요."

"프레디. 나 의료보험 없어요. 응급실에서 파산해야 할 정도로 상처가 심하지는 않아요. 정말로요."

"하아……."

싱클레어 재단의 후원에는 의료보험이 포함돼 있어서 나는 미국 의료 체계에 대해 탄식을 자아낼 정도로 무지하다. 그러고 보니 호주 여행자들은 보험 없이 미국으로 가는 위험에 대해 오랫동안 주의를 들어왔다. 나는 지프에 기어를 넣고 잠시 눈을 감은 채 길의 반대편에서 운전하는 모습을 머릿속으로 그려본 다음 출발한다.

"일단 캐링턴 스퀘어로 가서 상처가 어느 정도인지 봐요."

케인에게서 아무 대답이 없다. 하지만 의식은 있다. 내가 확인한다. 그 이후에도 도착할 때까지 여러 번을 확인한다.

우리가 격자무늬 로비로 걸어 들어가자 조가 책상에서 고개를 들다가 읽고 있던 책을 내려놓고 벌떡 일어선다.

"구급차 부를게요……."

"괜찮아요, 조." 내가 걱정스러운 눈으로 케인을 슬쩍 본다. 피는 흘렸지만 어지러워하는 것 같지는 않다. "매클러드 씨가 그렇게 심하지 않다고 우겨서요."

"알겠습니다." 조가 케인을 보며 고개를 절레절레 흔든다. "혹시 마음이 바뀌면 알려주세요."

리오가 집에서 나오다 문을 여는 나와 마주친다. 눈이 휘둥그레진 리오가 뭐라 말하기 전에 내가 얼른 입 모양으로 "괜찮아요"라고 말한다. 리오가 잠시 머뭇거린다. 나는 보충 설명 없이 리오를 안심시키려 미소를 지어 보인다. 설명한다 한들 그다지 안심이 될 것 같지도 않다.

케인을 부엌 스툴에 앉히고 재빨리 수건을 가져와 푹 적셔서 찢어진 화장지를 교체한다. 다행히 피는 거의 멈춘 듯하다. 나는 싱크대 아래 놔둔 구급상자를 가져와 이사 온 이후 처음으로 내용물을 살핀다.

"혹시 타이레놀 있어요?" 케인이 묻는다.

"네."

"그것부터 줘요."

나는 케인에게 타이레놀을 병째 건네고 물 한 컵도 가져다준다. 케인이 수건을 내려놓고 타이레놀을 두 알 먹는 동안 나는 소독약과 피부 봉합 테이프를 찾아낸다. 다행히 테이프 갑에 사용법이 적혀 있다.

상처 부위에 유리 조각이 있지 않은지 자세히 확인하는데 일단 깨끗해 보인다. 소독약을 바르자 케인의 몸에 힘이 들어간다.

그때 누가 문을 두드린다. 나는 누구든지 최대한 빨리 돌려보내겠다고 마음먹는다. 문을 여니 1층에 사는 두 부인 중 한 명이 손에 왕진 가방을 들고 서 있다.

"웨인바움 부인……."

"실은 웨인바움 의사예요……. 남편이 세상을 떠난 후 부인으로 남고 싶었어요. 남편이 항상 원하는 바였거든요……. 그걸 계속 떠들어댄 건 아니지만, 한 남자와 53년을 같이 살면 자연스레 아는 거죠." 웨인바움 부인이 씁쓸하게 미소 짓는다. "글래디스 잭슨이 아가씨가 오는 걸 봤는데 같이 온 남자분이 상처를 봉합해야 할 것 같다고 하더군요."

"네…… 그런데……."

"그럼, 안내해주세요. 내가 한번 볼게요."

나는 웨인바움 부인을 부엌으로 안내한다.

케인이 무슨 일이냐는 눈빛을 내게 던진다.

"이분은 웨인바움 부…… 아니 의사세요."

갑자기 불쑥 나타나 자신을 의사라고 밝힌 웨인바움 부인이 기대에 찬 눈으로 가만히 서 있자 나는 부인이 소개가 마저 끝나기를 기다리고 있음을 알아차린다.

"이쪽은 제 친구 케인 매클러드예요."

"어디 한번 볼까요, 젊은 친구." 웨인바움 부인이 나를 지나쳐 케인과 구급상자의 내용물을 살핀다. "피부 봉합 테이프를 써도 돼요. 하지만 내가 꿰매면 상처가 더 빨리 아물고 흉터도 덜 남을 거예요." 부인이 만족스럽게 말하고는 상처를 꼼꼼히 살핀다. "괜한 모험으로 이런 얼굴을 망치면 안 되니 내가 꿰매는 게 낫겠어요." 그러더니 거실 쪽을 가리킨다. "매클러드 씨, 저 1인용 소파에 앉아요. 스툴이 너무 높아서요. 위니프리드, 내가 잘 볼 수 있게 전등을 가지고 와요."

내가 슬쩍 케인을 보자 케인이 어깨를 으쓱하더니 부인 말을 따른다. 나는 전등을 가져와 1인용 소파와 가까운 플러그에 꽂는다. 웨인바움 부인이 양손에 라텍스 장갑을 끼고 밀봉 포장을 뜯어 소독된 봉합용 바늘과 실을 꺼낸다. 나한테 전등을 들게 하고 케인에게는 움직이지 말라 말한 다음 상처 가장자리를 모아 잡고 꿰맨다. 케인이 소파 팔걸이를 꽈악 움켜쥔다. 하지만 그것 말고는 마취 없이 이마를 꿰매고 있다는 사실이 티 나지 않는다. 겨우 몇 분밖에 걸리지 않는다. 웨인바움 부인이 실을 매듭짓고 가위로 자르며 요거트 얘기를 또 꺼낸다.

"내가 생각해보니, 위니프리드, 아가씨는 유당불내증일 수 있어요. 그러면 요거트가 오히려 증상을 더 악화시키는 거죠. 요거트를 끊어보는 게 좋을 것 같아요."

"네……. 그럴게요."

웨인바움 부인은 장갑을 벗더니 바늘과 함께 지퍼백에 담아서 왕진 가방에 모두 집어넣는다.

"일반적인 주의 사항만 지켜줘요. 상처를 깨끗하게 하고 물에 닿지 않게 하고요. 혹시 문제가 있으면 나를 찾아와요. 위니프리드, 친구에게 차 한잔 줘요. 그럼 난 가볼게요."

웨인바움 부인은 고맙다는 인사에 손사래를 치며 나가다가 내가 유당불내증임을 확인할 때까지 요거트를 안 먹어야 한다고 한 번 더 언급한다. 나는 문을 닫고 거실에 있는 케인에게 간다. 그리고 그를 마주 보며 커피 테이블에 앉는다.

케인이 나를 쳐다본다.

"아까 무슨 일이 있었는지 궁금하겠군요."

해나에게,

흥미롭네요. 대체로 미국인들은 부트boot보다는 트렁크trunk라고 하는데, 노스캐롤라이나 사람들은 별나게 부트라고 하더라고요. 이 단어는 대화가 아니라 사건을 서술하는 부분에서 나오니까 그냥 둬도 괜찮겠어요.

케인은 도대체 왜 보험이 없는 건가요? 머리가 어떻게 된 건가요? 개인사업자들 다수가 보험이 없다는 사실은 나도 알지만, 작가 협회나 그 비슷한 기관에서 보험을 제공하잖아요. 쉽게 생각하면, 케인의 보험이 소멸해버린 거겠죠. 아니면 케인이 어떤 병력이 있어서 가입을 못 할 수도 있고요. 그것도 아니면 빈털터리거나요. 혹시 해나가 독자에게 케인이 빈털터리라는 사실을 넌지시 말해주는 건가요? 그럴 수도 있겠네요. 케인이 작가인 점을 생각하면……. 대다수 작가가 인생의 상당 기간을 빈털터리로 사니까요.

그건 그렇고, 웨인바움 의사가 정말 좋아요. 캐링턴 스퀘어 같은 아파트라면 은퇴한 의사가 적어도 한 명은 살고 있을 법하잖아요. 지금 보스턴은 동원할 수 있는 의사를 전부 모아야 할 형편이에요. 은퇴 여부와 상관없이요. 뉴욕만큼 상황이 나쁘진 않지만 팬데믹 성적표에서 상위권에 올라 있거든요. 죽음의 기운이 흐르는 것만 같아요. 학교들은 당연히 닫았고, 코플리 광장도 정적에 잠겨 있어요. 그래도 텅 빈 거리와 공공장소가 주는 어떤 섬뜩한 아름다움이 있네요.

나는 어느 때보다도 물 흐르듯 글을 써 내려가고 있어요. 아마도 내 뮤즈는 공포인가 봐요.

친구,

리오

"좀 어때요?"

내가 묻는다.

웨인바움 부인이 꿰맨 자리는 깔끔하고, 멍든 부위 위로 실밥이 일정하게 보인다. 눈에도 멍이 들기 시작했고, 셔츠 소매 윗부분은 케인이 땅바닥에 쓰러질 때 찢어진 것 같다.

"조금 낯부끄러워요, 솔직히 말하면요."

"하룻밤 사이에 케인이 부에게 두 번이나 져줘서요?"

케인이 소리 없이 웃는다.

"부가 뭘로 친 거예요?"

"병을 들고 있었던 것 같아요."

"부가 케인을 죽일 수도 있었다는 거, 알아요?"

"그랬다 하더라도 부에게 정말로 그럴 의도는 없었을 거예요, 프레디. 부는 언짢거나 겁을 먹으면 난폭해지는 것뿐이에요."

"부는 케인이 무슨 짓을 했다고 생각하는 거예요?"

'내가 아는지'를 따지듯이 묻던 기억이 떠올라 내가 묻는다.

"아무거나……. 전부 다요." 케인이 움찔한다. "난 가봐야겠어요."

"반려동물 키워요?"

"반려동물요?"

"뭐…… 강아지나 고양이나 이구아나나……."

"아뇨."

"그럼 케인이 오늘 밤 집에 가지 않는다고 해서 누가 굶어 죽을 일은 없어요. 케인이 침대에서 자요. 내가 소파에서 잘게요."

"그럴 필요 없어요."

"그럴 필요 있어요. 그래야 내 마음이 편해요." 나는 케인에게 억지를 부리지 않으면서도 단호하게 말한다. "그리고 케인은 아직 운전하면 안 될 것 같아요."

"프레디를 침대에서 몰아낼 순 없어요."

"난 소파에서 자도 괜찮아요."

"내가 소파에서 자면 되잖아요?"

"케인은 키가 크잖아요. 소파가 편하지 않을 거예요."

내가 케인의 말을 계속 받아친다. 하지만 부상 후유증이 케인이 둘러대는 정도보다 심한지 그는 결국 내 말대로 한다. 나는 케인에게 침실로 가라고 일러준 다음 웨인바움 부인의 부탁대로 차를 끓인다. 의사의 처방전도 아니었지만 그래야 안심이 될 것 같다. 내 이웃이 웨인바움 의사로 변신해서 나타나지 않았다면 케인에게 병원에 가야 한다고 계속 설득했을 것이다.

차를 케인에게 가져간다. 그는 벌써 이불 안에 들어갔고, 청바지와 피 묻은 셔츠는 침대 발치에 개어 놓았다. 나는 침대 옆 테이블 위, 내가 항상 놔두는 자리에서 노트북을 챙긴다.

케인은 내 침대를 차지한 일과 부에 대해서 한 번 더 미안해한다.

"오늘 일을 경찰에 신고해야 하지 않을까요." 내가 침대에 걸터앉으며 말한다. "부는 난폭하고 불안정하잖아요. 다른 사람을…… 해칠지도 모르고요."

케인은 잠시 아무 말도 하지 않는다.

"내가 내일 부를 찾으러 가볼게요. 부를 설득해서 자수할 수 있는지 볼게요. 혹시 괜찮은 프로그램이 있으면……"

"뭐라고요?"

"프레디." 케인이 내 손을 잡는다. "오늘 일이 전적으로 부의 잘못이었던 건 아니에요. 내가 돈을 주면 안 되는 거였어요. 대신 밥을 사줬어야 했는데, 프레디가 있어서 부를 빨리 보내버리고 싶었거든요. 부가 1분도 안 되어 마약에 손댈 것을 생각했어야 했어요." 그의 눈빛이 날카롭다. "나는 부를 알아요. 지금쯤 어딘가에서 숨어 자고 있을 거예요. 내가 내일 찾아볼게요."

나는 그대로 잠시 앉아서 내 침대에 있는 아름다운 남자를 가만히 뜯어본다. 내게 말하지 않은 것이 있다는 생각이 든다. 케인에게서 내 시선이 멀었지만 그걸 알아채지 못할 정도는 아니다. 하지만 우리는 만난 지 얼마 안 된 친구이고, 그러니 어쩌면 당연하게도 서로에게 말하지 않은 이야기가 많을 것이다.

케인이 갑자기 몸을 세우고 앉아 내 쪽으로 기울이더니 내 입술에 부드럽게 입을 맞춘다. 나는 너무 놀라 케인을 멍하니 바라본다. 확신하건대 지금 내 입은 벌어져 있을 것이다. 그럴 거라고 느껴지는데 차마 다물지도 못한다.

"오늘 함께 시간 보내줘서 고마워요." 케인이 말한다. "일이 틀어진 건 미안해요."

나는 정신을 가다듬는다.

"나는 나가볼 테니 케인은 좀 자요."

케인의 표정이 복잡해진다. 그러더니 우물쭈물한다.

"아, 프레디, 미안해요. 원래는······."

"키스하려던 게 아니라고요?"

그의 달라진 태도에 내가 크게 실망했음을 드러내지 않으려 애쓴다.

"지금 상황을 이용해 어떻게 해보려는 게 아니라고요."

내가 웃는다.

"머리를 다쳐서 제정신이 아닌가 봐요."

"부가 내 머리를 내리치기 한참 전부터 프레디에게 키스하고 싶었어요."

"그랬어요?" 내 목소리가 철없고 순진한 10대 소녀 같다. 나는 심호흡을 하며 스물일곱 살이라 되뇐다. "다행이에요. 나도 싫지 않아요. 조금도요······. 케인이 뇌진탕 때문에 그런 건 아닌지 약간 걱정했을 뿐이에요."

케인이 웃음을 터뜨린다.

아, 나도 모르겠다. 내가 케인에게 키스한다. 우리는 그 순간이 주는 두근거림을 조금 더 느낀다. 그러다 내가 케인을 바라보고, 케인이 나를 바라본다. 마치 눈에 서로만 보이는 것 같다. 나는 마법을 깨고 몸을 떨어뜨리며 일어난다.

"좀 자요, 케인. 혹시 속이 메스껍거나 두통이 심해지거나 의식을 잃어간다 싶으면 나한테 말해요."

"의식을 잃는다는 건 잠에 빠져드는 것일 텐데요. 그런데 아직도 내가 뇌진탕이라고 생각해요?"

"아니었으면 좋겠어요." 나는 서랍에서 잠옷을 챙긴 다음 침대 발치에 있던 케인의 셔츠를 집어 든다. "이건 피 얼룩이 굳어지기 전에 세탁기에 돌릴게요."

나는 글을 쓴다. 당장은 잠을 잘 생각이 없다. 머리가 복잡하고 마음도 어수선하다. 그래서 일을 하면서 머리를 식히고 마음을 가라앉힌다. 부가 슬그머니 내 생각 속으로 들어온다. 부의 난폭함과 분노. 케인이 그에게 뭔가를 줬다. 뭐였을까? 돈을 더 줬나? 부는 내가 무엇을 알아야 한다고 생각하는 걸까? 케인과 키스해도 괜찮은 걸까?

점차 내 생각은 온통 케인으로 가득 찬다. 그의 웃는 모습. 그의 입술이 내게 닿을 때의 느낌. 그리고 가슴과 등에 있던 흉터들. 일반적으로 보는 평범한 수술 자국이 아니었다. 내가 말없이 눈여겨봤지. 케인에게 물어보고 싶지만 한 번의 키스가 그의 의료 기록까지 알 권리를 주지는 않을 것 같다. 내가 케인 매클러드라는 사람과 사랑에 빠지고 있음을 깨닫는다. 열람실에서 처음 만난 날 이후로 조금씩 빠져들었다. 손발이 오그라든다. 마리골드의 윗을 향한 악의 없는 집착을 생각하며 스스로 그런 비슷한 감정을 인정하려니 낯이 조금 간지럽다. 그렇다고 내가 케인에게 끌린다는 것을, 호감이 생긴 것을 부인할 수는 없다. 부는 케인을 아벨이라 불렀다. 케인이 아벨 매너스였던 시절을 안다는 뜻이다. 성경에서 카인은 아벨을 죽였다. 케인도 그랬을까? 자신의 옛 모습을 모조리 지워버린 걸까? 그랬다면, 이유가 뭐였을까? 매너스라는 성을 바꾸는 것은 어느 정도 이해가 되지만, 케인은 이름까지 지워버렸다. 나는 위니프리드 말고 다른 이름으로 불리면 어떨지 생각해본다. 프레디라는 존재가 곧 나잖아……. 하지만 나도 다른 누군가가 될 수 있지……. 매들린이란 이름을 항상 좋아했으니…… 매들린이 될 수도 있고…….

똑똑, 문 두드리는 소리에 잠에서 깬다. 손목시계를 보니 아침 9시. 케인의 상태를 확인해보지 않았다는 생각이 퍼뜩 떠오른다. 밤새 케인이 죽었을지도 모르는데.

똑똑.

소파에서 비틀거리며 일어나 잠옷 차림으로 문을 연다. 남자 두 명이 서 있다. 맵시 있는 짙은 색 정장 차림에 서류가방을 들고 있다.

"무슨 일이시죠?"

"위니프리드 킨케이드 씨인가요?"

"네, 그런데요."

"여기 매클러드 씨가 있습니까?"

불안이 엄습한다.

"네. 죄송하지만 누구시죠?"

"자크하임 법무법인의 재러드 스틸스와 리엄 매케니입니다."

"물건을 팔러 온 건가요?"

"변호사입니다. 가능하다면 매클러드 씨와 이야기를 나누고 싶은데요."

변호사라니. 케인의 변호사일지도 모른다. 아니면 달리 어떻게 케인이 여기 있는 걸 알았겠는가.

"일단 들어오실래요? 매클러드 씨를 데려올게요."

그들을 거실로 안내한 다음 이불과 베개를 소파에서 얼른 걷어내며 그들이 이 상황과 나를 어떻게 생각할지는 나중에 걱정하기로 한다. 침실로 들어가니 케인은 아직 자고 있다. 다행히 숨은 쉬고 있다.

케인의 어깨에 손을 얹는다.

"케인. 일어나요."

케인이 눈을 뜨며 미소 짓는다.

"프레디…… 잘 잤어요?"

"밖에 변호사가 와 있어요." 내가 작게 말한다. "자크하임 법무법인이래요."

케인이 눈을 찌푸린다.

"변호사요?"

"네. 소파에서 기다리고 있어요."

케인이 몸을 일으킨다.

"내가 여기 있는 걸 어떻게 알았대요?"

"나도 몰라요. 건조기에서 셔츠 꺼내 올게요……. 그동안 케인은 다른 옷부터 입어요."

케인이 보일 듯 말 듯 고개를 끄덕인다.

"알았어요. 변호사라고 했다는 거죠?"

나는 작은 붙박이 세탁기장이 있는 욕실로 뛰어가 셔츠를 건조기에서 꺼낸다. 내가 돌아오니 케인은 이미 청바지와 신발을 신고 채비를 마쳤다. 또다시 흉터들이 내 눈에 띈다. 등에 여러 개, 갈비뼈 아래 하나.

"고마워요."

케인이 단추를 채우고 깨끗해진 셔츠를 청바지 안으로 집어넣은 다음 우리는 거실로 나간다. 변호사 둘을 거실에 계속 내버려둘 수 없었기에 나는 여전히 잠옷 차림으로 있다.

그들이 일어나더니 케인에게 정식으로 소개한다.

"저희는 일라이어스 웨인바움 박사의 유언에 따라 고용된 변호사로 필요할 때마다 어마 웨인바움 부인을 대변하고 있습니다."

재러드 스틸스가 설명한다.

나는 무슨 영문인지 몰라 케인을 쳐다본다. 케인도 어리둥절하기는 마찬가지다.

"저희가 이해한 대로라면 웨인바움 부인께서 지난밤 이곳에 와서 어떤 도움을 주고 가셨을 텐데요?"

"그걸 어떻게……."

"도어맨 조에게서 오늘 아침에 연락을 받았습니다. 우리 고객께서 도어맨에게 지나가듯 이야기를 하셨더군요. 조가 상황을 이해하고 있습니다."

"무슨 상황요?" 내가 따지듯이 묻는다. "웨인바움 부인은 케인 이마의 찢어진 상처를 봉합해줬을 뿐이에요."

잠깐, 이 사람들 혹시 청구서를 내밀려는 건가?

리엄 매케니가 손가락으로 봉합한 곳을 가리킨다.

"부인께서 하신 건가요?"

"그런데요?"

"몸 상태는 어떠신가요, 매클러드 씨?"

"저는 괜찮습니다. 그런데 왜 그러시는 거죠?"

두 변호사가 서로 눈을 마주친다.

"솔직하게 말씀드리겠습니다, 매클러드 씨. 저희는 매클러드 씨가 법적 절차를 밟을 생각이신지 물어보고, 필요하다면 현 사안을 합의를 통해 해결하는 쪽으로 말씀드리려고 왔습니다."

"법적 절차요? 내가 왜요? 웨인바움 부인은 날 도와줬는데요."

재러드 스틸스가 한숨을 쉰다.

"매클러드 씨, 죄송하지만 어마 웨인바움 부인은 의사도 아니고 의사였던 적도 없습니다."

"하지만 직접······."

내가 못 믿겠다는 듯이 말한다.

"웨인바움 부인은 종종 망상 증세를 보이며 자신이 의사라고 생각합니다. 일상에서는 위험하지 않습니다만 다른 사람의 상처를 봉합할 만한 훈련 경험이나 전문 자격이 없습니다."

"그렇군요."

"그러므로 저희 고객께서는 선의였지만 그릇된 관여로 발생하는 교정 치료에 필요한 의료 행위 비용을 전부 부담할 것입니다."

케인이 휘둥그레진 눈으로 나를 본다.

"교정이요? 내가 지금 정확하게 어떤 상태예요?"

내 입술이 실룩실룩 떨린다.

"말해줄 수가 없었어요. 끔찍해서요!"

"그래서 거울이란 거울은 전부 가려놨던 거군요."

케인이 잭 니컬슨의 조커를 형편없는 솜씨로 흉내 내며 낄낄거린다. 나도 큭큭 웃음이 터진다. 두 변호사가 당혹해하지만 솔직히 그들에게 뭐라 할 수가 없다. 우리가 봐도 너무 안 비슷하다.

매케니가 헛기침한다. 그러더니 가방에서 서류 몇 장을 꺼내 커피 테이블 위로 케인에게 내민다.

케인이 훑어본다. 어깨 너머로 보니 권리 포기 문서로, 명시된 날짜에 발생했거나 발생하지 않은 행위와 관련하여 케인 매클러드가 어마 웨인바움 부인에 대해 향후 어떠한 법적 절차도 밟지 않을 것에 관한 내용이다.

스틸스가 명함을 내민다. 의사 레마르라는 이름 아래 주소와 전화번호가 적혀 있다.

"말씀드렸다시피 매클러드 씨의 의료 비용은 전부 저희 고객 부담입니다. 혹시 필요할지도 모를 성형 시술도 포함해서요. 그래서 저희가 위임받은 권한대로 매클러드 씨에게 제시하는 총 금액은……."

"매케니 씨, 펜 있나요?"

케인이 말을 자르더니 서류를 커피 테이블에 내려놓는다.

매케니가 순순히 따른다.

케인이 서명한다.

"두 분의 고객께서 바느질 기술을 어디서 배웠는지는 모르겠지만 나를 도와주려고 한 건 사실이니까요. 그 문제로 웨인바움 부인에게 소송 걸 마음은 없습니다."

매케니는 만족스럽게 고개를 끄덕이는데, 스틸스가 애써 토를 단다.

"웨인바움 부인은 의료 관련 훈련을 받은 적이 없습니다, 매클러드 씨. 실제로는 구멍 난 양말을 꿰맬 일조차 없었으리라 생각하는 바입니다."

매케니가 동료 쪽으로 험악한 눈길을 던지더니 케인이 마음을 바꿀까 봐 서류를 챙긴다.

"상처에 염증이 생길지도 모르니 레마르 의사 명함은 가지고 있을게요. 하지만 별문제는 없을 것 같은데요." 케인이 마지못해 수긍하며 말하고는 잠시 생각에 잠긴다. "혹시 웨인바움 부인이 왕진 가방을 어디서 구했는지 말해줄 수 있나요…… 바늘하고 봉합용 실하고……. 이게 봉합용 실은 맞겠죠?"

재러드 스틸스의 시선이 봉합한 곳으로 향하더니 확인해 준다.

"맞습니다. 부인께서 이베이에서 구입했을 겁니다."

케인이 웃음을 터뜨린다.

매케니가 빙그레 웃는 동안 스틸스는 지금 상황에 할 법한 걱정을 해준다.

"매클러드 씨, 레마르 의사에게 상태를 보이기만 해도 우리 모두 안심이 될 것 같습니다. 상처에 염증이 생기는 것과 상관없이요."

"걱정 안 하셔도 됩니다. 스틸스 씨. 실밥은 언젠가 제거해야 하고, 아무래도 웨인바움 부인은 왕진을 못 오게 될 것 같으니 어차피 레마르 의사에게 가야 할 겁니다."

"상황을 아주 잘 이해하고 계시는군요, 매클러드 씨."

스틸스가 더 주의를 주기 전에 매케니가 얼른 끼어든다.

케인이 호의를 바로 이용한다.

"뭐 하나 물어봐도 될까요, 매케니 씨? 웨인바움 부인의 망상은 의사가 되는 것뿐인가요?"

"무슨 말인지 모르겠는데요?"

"예를 들어 변호사가 되기도 하나요?"

"부인께서 가끔 배관공이라고 믿을 때는 있습니다."

"그럼 배관공 도구들도 가지고 있고요?"

"네."

"뚫어뻥이나 렌치 같은 거요?"

"여러 종류의 솔, 조임틀, 나사받이도 있습니다."

케인이 생각에 잠긴 채 고개를 끄덕인다.

"부인이 집으로 와서 배수관을 고쳐주겠다고 할 때 사람들이 받아들이나요?"

"의료 시술을 받아들이는 경우보다는 덜 빈번합니다." 매케니가 스틸스의 눈치를 살핀다. 웨인바움 부인과 관련해 부주의하게 행동하는 그를 스틸스는 못마땅해한다. "왜 궁금해하는지 물어봐도 될까요, 매클러드 씨?"

"직업적으로 관심이 생겨서요."

"심리학자이신가요?"

"글을 씁니다."

그 말에 곧바로 두 변호사가 긴장한다.

"좀 전에 서명한 서류에 비밀 유지 조항이 있습니다. 매클러드 씨."

"기사가 아니라 소설을 씁니다. 비밀 유지 조항이 있지만 두 분의 고객이 제게 영감을 주는 것까지는 막지 못할 것 같네요."

내 소중한 해나,

이번 장은 완전히 한물간 통속극 같아요! 프레디에게 소리쳐 주고 싶군요. 뒤를 봐요! 당신 침대에 악당이 있어요!
웨인바움 부인 이야기는…… 최고예요! 부인이 맹장 수술 집도를 해봐도 정말 재밌겠어요!
어젯밤에 작고 허름한 술집에 가봤어요. 분위기를 느끼며 글을 써보려고요. 내가 헤밍웨이가 된 것 같았죠. 모히토를 한 잔 주문하고 바에 앉았어요. 솔직히 내 기대보다도 조금 더 허름한 곳이었어요.
그러다 싸움이 일어났는데, 한 불량배가 맥주병으로 다른 불량배 머리를 내리쳐 의식을 잃게 만들고는 가버렸어요. 바텐더가 구급차를 불렀고, 다른 손님들은 술만 계속 마시더군요. 그중 몇몇은 마스크를 반다나처럼 목과 이마에 쓰고 있었어요. 어쨌든, 내가 의식을 잃고 쓰러진 남자의 머리 사진을 몇 장 찍어봤어요. 해나가 케인의 상처를 더 자세하게 묘사하고 싶을 수도 있으니까요. 유리 파편들이 상처에 박혀 있어요……. 그런데 해나는 그렇게 언급을 안 했던 것 같아서요. 유리 조각들이 빛을 받아 핏속에서 반짝거리고 있어요.
혹시 오해의 소지가 있을까 봐 하는 말인데, 해나 이야기가 앞으로 어떻게 펼쳐질지 보는 게 정말 즐거워요. 내가 조금이나

마 도움이 되기를요.

친구,

리오

16 ●

"내가 먼저 만났어요! 지난 몇 주 동안 알고 지낸 사이라고요!"

"내 기억이 정확하다면 다른 사람이 아니라 내 머리를 꿰맸어요. 그러니 내게 우선권이 있는 거예요."

"헛소리 집어치워요!" 내가 손가락을 하나씩 꼽는다. "내가 집으로 안내했고요, 내 거실에서 봉합을 했고요, 내가 램프를 들고 있었어요! 케인은 앉아만 있었잖아요."

"그렇긴 하죠." 케인이 동의한다. "하지만 망상 증세의 피해자는 나예요. 피해자가 권리를 가지는 법이라고요."

우리는 토스트와 커피를 준비하며 누가 웨인바움 부인 이야기를 자기 소설에 쓸 수 있는지를 두고 티격태격한다.

"몸은 정말로 어때요?"

내가 토스트에 땅콩버터를 바르는 케인에게 묻는다.

"괜찮아요. 얼굴을 찡그리면 조금 아프지만 그것 말고는 거의 느껴지지도 않아요."

누군가 문을 두드린다.

"이번엔 뭘까요?"

케인이 커피를 마신다.

"웨인바움 부인이 물이 떨어지는 저 수도꼭지를 고치러 온 걸까요?"

또 문 두드리는 소리. 뒤이어 마리골드 목소리가 들린다.

"프레디…… 케인! 나예요!"

내가 문을 열어준다.

"밖에 있는 차가 케인 지프인 것 같아서……. 아아아, 세상에!"

마리골드가 케인의 얼굴을 봤다.

나는 마리골드에게 커피를 마실 건지 묻는다.

마리골드가 식탁에 앉아 맞은편에 있는 케인의 얼굴을 자세히 살핀다.

"참 나. 무슨 일이 있었어요?"

"유리병으로 머리를 맞았어요. 프레디 이웃분이 꿰매줬고요."

"누가 때렸는데요?"

"내가 예전부터 알던 사람이요. 나한테 감정이 있거든요."

"경찰에 신고했어요?"

"아직 안 했어요."

"왜요?"

"글쎄요."

"하긴 안 하는 게 좋을 것 같긴 해요……. FBI가 케인을 조사하고 있잖아요."

내가 마리골드에게 커피와 토스트를 가져다준다.

"여긴 어쩐 일이에요?"

마리골드가 나를 위아래로 훑어보더니 웃는다.

"내가 방해한 거예요?"

"늦잠을 잤어요."

나는 나지막한 목소리로 말한다.

마리골드가 소리 없이 웃는다.

케인이 일어난다. "빨리 가봐야겠어요."라고 말하더니 어젯밤 부엌 조리대 위에 올려둔 자동차 키를 집어 들고 나를 보며 미소 짓는다.

"내가 뇌진탕이 아니라는 사실을 프레디가 받아들여준다면요."

"괜찮아 보이네요. 하지만 내가 의사는 아니잖아요."

"하지만 의사처럼 굴긴 했죠."

내가 피식 웃자 마리골드가 우리 둘이 무슨 이야기를 하는 거냐고 따지듯이 묻는다.

"프레디가 얘기해줘요." 케인이 내 팔을 문지르는데, 온기에서 친근함 이상의 무언가가 느껴진다. 아니면 여전히 내가 웨인바움 부인의 이야기를 포기하길 바라고 있는지도 모르지. "난 가볼게요."

"그래서요?" 케인이 나가자마자 마리골드가 묻는다. "대체 뭐예요?"

나는 어디까지 말해도 될지 확신이 서지 않아 잠시 망설인다. 타이어가 찢어진 일부터 시작해 부라는 사람이 쏟아낸 비난과 케인에게 한 일을 이야기한다.

마리골드가 이야기를 듣다가 입을 딱 벌린다.

"세상에! 차에서 내렸어요? 제정신이에요?"

"케인이 쓰러져 있었어요. 달리 뭘 하겠어요?"

"비명이라도 질렀어야죠. 왜 안 질렀어요?"

"글쎄요." 그제야 나도 곰곰이 생각해본다. 왜 비명을 안 질렀지? "나는 비명을 안 질러요." 내가 내린 결론이다. "솔직히 비명을 질러본 기억이 전혀 없어요. 내 행동 양식이 아닌가 봐요."

마리골드가 흥미로워한다.

"한 번도요?"

"내 기억에는요."

"나는 항상 비명을 질러요……. 겁이 날 때나 행복할 때나 짜증 날 때나."

나는 목을 가다듬고 성대를 확인해본다.

"방법도 모르는 것 같아요."

"특별 과외를 해줄게요."

마리골드가 날 안심시키듯이 말한다.

내가 웃음을 터뜨린다.

"이게 과외가 필요한 일이란 생각은 안 드는데요."

"무슨 말을 하는 거예요? 당연히 필요하죠!" 마리골드가 내 말에 아연실색한다. "비명은 가장 인간적이면서 원초적인 행위예요. 소리를 통해 사람들에게 도와줘야 한다는 생각을 불러일으키는 부름인 거죠. 우리 네 명과 캐럴라인의 경우처럼요."

나는 웃음을 멈추고 미소를 머금은 채 마리골드가 가진 확신을 제대로 이해하고 느낀다. 더 위대한 힘과 목적으로 우리를 연결해서 이 만남에 시시한 우연 이상의 의미가 있다고 어떻게든 믿으려는 그녀의 욕망이다. 작가는 나인데 인생에서 주제와 동기를 찾는 건 마리골드다. 세상을 대하는 마리골드의 진지한 태도에 내 마음이 매료된다.

"그렇네요. 그런데 과외는 여기보다 방음이 더 잘되는 곳에서 해야 할 것 같아요."

마리골드의 미소가 꾸밈없고 환하다.

"그래서…… 프레디랑 케인은?"

"케인이 머리를 다친 채로 집까지 운전하게 놔둘 수 없었던 거예요, 마리골드. 뇌진탕이라도 올까 봐 걱정했거든요. 케인이 여기 있어야 상태를 확인하기 쉽겠더라고요."

마리골드가 고개를 끄덕인다.

"최소한 의사에게 데려갔으니 프레디가 잘한 거죠."

"사실 내가 데려간 건 아니에요."

나는 웨인바움 부인과 그녀의 시술과 자크하임 법무법인에서 나온 변호사 이야기를 들려준다.

"대박! 그런데 나 말할 거 있어요." 마리골드가 다시 진지해진다. "저기, 내가 아이작 하먼에 대해 조사를 좀 했어요."

"언제요?"

"어젯밤에, 온라인으로요. 검색을 제대로 할 줄 알면 꽤 많은 내용을 찾을 수 있어요."

"하지만 마리골드, 내 생각에 케인은……."

"아이작 하먼은 살인으로 수배 중이었어요."

"뭐라고요?"

"20년 전에 버지니아주에서 젊은 여성을 살해한 혐의로 수배 중이었다고요. 경찰이 체포하기 전에 사라져서 지명수배자 명단에 올라 있다가, 이번에 찰스강 둑에서 죽은 채 발견된 노숙자가 아이작 하먼으로 밝혀진 거예요."

"이걸 인터넷에서 찾았어요?"

"생각보다 쉽던데요."

"그럼 케인도 다 알고 있겠네요."

"모르는 게 이상해요."

"그럼 됐어요."

"뭐가요?"

"케인에게 말할 필요가 없으니까요."

"하지만 케인이 우리에게 말해주지 않은 건 이상하지 않아요?"

나는 커피를 더 따른다.

"우리에게 대부분 말해줬어요. 그리고 살인 혐의로 수배 중이라고 해서 유죄라는 말도 아니고요."

마리골드는 이미 다른 가닥을 잡고 있다.

"부라는 사람이 아이작 하먼을 죽였을 수도 있어요. 오, 젠장! 케인을 노리고 다시 온 걸지도 몰라요. 부가 케인이 어디 사는지 알아요?"

"그것까지는 모를 것 같아요."

하지만 마음이 불안에 싸인다. 케인이 부를 찾으러 간다고 했는데. 나는 핸드폰을 집어 들고 케인에게 전화를 걸려다가 버튼을 누르기 전에 멈춘다. 아직 케인이 모르는 이야기가 있다는 말을 어떻게 하지? 전화를 걸어서 부가 아이작 하면을 죽였을지도 모르고 이제는 케인을 노린다고 말할 수 있을까? 허무맹랑하게 들릴 거다. 아니, 허무맹랑한 이야기다.

나는 숨을 고르며 마리골드의 열정에 휩쓸리지 않게 조심하자고 생각한다. 그녀 말이 사실이 아니거나 현실성이 없다는 것은 아니지만, 마리골드는 조그만 불씨에 거침없이 기름을 부어버리고 내 버스의 운전대를 잡은 채 액셀을 무자비하게 밟는 경향이 있다. 나는 대신 케인에게 문자를 보낸다.

조심해요.

답이 거의 바로 온다.

그럴게요.

난 그걸로 충분하다고 생각한다.

내가 샤워하고 옷을 갈아입는 동안 마리골드가 부엌을 정리해준다. 그러면서 방에 있는 내게 소리를 지르듯이 이야기한다. 시사에 관한 전반적인 논평부터 그녀가 호주에 대해 읽은 내용과 미국 대통령이 가장 최근에 범한 결례까지.

"윗에게 같이 점심을 먹을지 물어보기엔 지금 시간이 너무 이른가요?" 양말을 신고 있는 내게 마리골드가 묻는다. "윗이 몸조리한다며 3일 내내 집 안에만 있잖아요."

"내가 전화해서 물어볼까요?"

"그래줄래요?"

우리가 서로 다른 공간에 있었기에 나는 마리골드를 불쾌하게 만들 염려 없이 빙그레 웃는다. 마리골드는 포커 선수 타입이 아니다. 그녀 목소리에서 안도와 흥분이 아주 분명히 느껴진다.

"내가 직접 전화해도 되는데, 혹시 윗이 나를······."

"안 되죠. 윗이 그런 생각을 하게 된다면 끔찍할 거예요."

마리골드가 나를 기대에 찬 눈으로 애원하듯이 쳐다본다.

"즉흥적으로 초대하는 것처럼 해볼까요?" 나는 부엌으로 가서 노란색 스카프를 눈으로 찾는다. 냉장고 위에 있다. "괜찮은 데를 찾은 다음 거기서 전화하는 거예요."

"그렇게 해야 할까요?"

"조금이라도 계획을 세운 게 아닌 것처럼 보일 수 있잖아요. 그리고 윗이 못 온다고 해도 우리 둘이서 점심을 먹으면 되고요."

마리골드가 고개를 끄덕인다.

"좋아요."

"윗에게 전화해봤어요?"

"몇 번요. 맨 처음에는 윗 엄마가 받더라고요. 윗이 쉬고 있대요. 그 이후로는 전화 연결이 안 돼요······. 전화를 받을 수 없다는 메시지만 나와요."

나는 아무 말도 하지 않는다. 번호가 차단되었다는 뜻임을 나도 마리골드도 안다. 바란다면 윗 엄마가 차단했기를.

"윗의 집 근처에 있는 식당을 찾아봐요. 그래야 윗이 쉽게 빠져나올 수 있을 거예요. 집 주소가 어떻게 돼요?" 내가 지도 앱에서 주소를 입력한 다음 근처 식당을 찾는다. "여기 괜찮아 보이는데요....... '오 마이 캇!'이란 식당이에요. 윗의 집에서 몇백 미터밖에 되지 않아요."

윗이 합석하든 못 하든 우리는 점심을 맛있게 먹을 수 있게 식당까지 걸어가기로 한다. 가면서 오 마이 캇(Cod, 현대에는 안 쓰이나 '음낭'이라는 뜻이 있다.—옮긴이)!이 종교적 믿음과 육체적 쾌락 중 어느 쪽의 유희일지 이야기를 나눈다. 도착하고 보니 실내 장식이 후자임을 말해준다. 식당은 고급스러운 윤락업소처럼 꾸며져 있다. 테이블마다 다리를 뻗을 수 있는 긴 의자가 놓여 있고, 그 주위로 테두리에 술 장식이 달린 벨벳 커튼이 쳐져 다른 사람들의 시선을 막는다. 촛대는 서로 몸을 휘감은 채 황홀감에 등이 휘어진 사람의 모습을 본뜨고, 메뉴판에는 '욕망을 일으키는 음식들'이라고 적혀 있다.

푸훗 웃음이 새어 나온다. 마리골드도 쿡쿡댄다. 그러다 결국 우리는 긴 의자와 커튼이 고마울 지경으로 아이들처럼 데굴데굴 구르며 깔깔댄다. 처음 보는 반응이 아니라는 듯 웨이터는 우리가 진정되기를 기다리더니 커튼 사이로 고개를 들이밀고 음료 주문을 받는다. 우리 둘 다 고대 신화의 신들이 먹은 음식에서 따온 버진 암브로시아를 주문한다.

"세상에나!" 가죽옷을 입은 웨이터가 커튼을 닫고 사라지자 마리골드가 속삭인다. "윗에게 포르노 가게에서 점심을 같이 먹자고 말하게 생겼네요!"

"전화를 해야 할지······."

"해야죠. 여기까지 와서 물러설 순 없어요."

내가 윗의 번호로 전화를 걸어본다.

윗이 받는다.

"프레디! 안 그래도 세 친구가 나를 잊어버렸나 보다 하고 생각하던 참이었어요."

내가 윗을 초대하며 우리가 있는 곳을 말해준다.

윗도 이곳을 아는지 한참을 크게 웃는다.

"그만 웃어요. 수술 부위가 또 터질지도 몰라요." 나는 윗이 진심으로 걱정되어 주의를 준다. "빠져나올 수 있어요?"

말해놓고 아차 싶어 몸을 움찔하는데 윗이 또 웃음을 터뜨린다.

"20분 후에 도착할 거예요."

윗이 분명하게 말한다.

나와 마리골드는 버진 암브로시아를 마시고 메뉴판 음식들을 하나하나 읽으며 노닥거린다. 바보 같기도 하지만 유치하게 늘어놓는 허튼소리가 주는 위안이 있다. 어린 시절로 돌아간 듯한 편안함이랄까.

윗이 커튼을 열고 들어와 우리를 보며 싱글싱글 웃는다.

"테이블로 안내받을 필요도 없네요······. 꽥꽥거리는 소리만 듣고 찾아왔어요."

"윗!" 마리골드가 벌떡 일어난다. "좀 어때? 우리가 많이 걱정했어."

"네 걱정하는 소리도 다 들리더라."

윗은 마리골드 옆에 앉더니 웨이터를 불러 음료 메뉴를 제대로 보지 않고도 금단의 열매를 주문한다.

"여기 온 적 있군요."

내가 확신한다.

"당연하죠. 한때 쿨하다는 애들은 다 왔었어요. 여기 피망 소스에 구운 대구가 맛있어요. 다발성 오르가슴이란 메뉴예요. 먹어봐요."

내가 어깨를 으쓱한다.

"난 채식주의자라서요."

마리골드가 숨이 멎을 듯이 웃는다.

우리는 말도 안 되게 웃긴 메뉴에서 간신히 주문을 마친 다음 벨벳으로 둘러싸인 우리만의 공간에서 깜짝 놀랄 정도로 훌륭한 음식을 먹는다. 윗이 엄마에 대한 불평을 늘어놓으며 엄마가 난리를 부려서 감금당했다고 투덜댄다.

"엄마는 나를 찌른 사람 때문에 개인적으로…… 아니지, '직업적으로' 불쾌해해요. 누가 보면 재판에서 진 줄 알 거예요."

"아들을 잃을 뻔했잖아요." 내가 타이른다. "엄마를 조금 이해해줘요."

"엄마는 오늘 법원에 갔어요. 내 구속 조치 권한을 아빠에게 위임하고서요. 아빠는 그나마 합리적이라……. 아빠도 술에 조금 취해 있을 거예요."

마리골드가 잔을 높이 든다.

"윗의 아빠를 위하여!"

"케인은 어디 있어요?" 윗이 마리골드와 잔을 부딪친다. "이렇게 멋진 식당이 성에 차지 않아서 안 온 거예요?"

마리골드가 전날 밤 사건을 내게서 들은 대로 윗에게 전부 이야기한다.

윗이 깜짝 놀란다. 칼에 직접 찔려본 사람치고 충격이 꽤 커 보인다.

"별일이 다 있네! 누구라고요? 이름이 부라고 했어요?"

"케인이 그렇게 불렀어요." 내가 답한다. "아마 별명 같은 거겠죠."

"그 사람이 그냥 걸어와서 케인 머리를 병으로 내리쳤다는 거네요."

"처음부터는 아니고 부가 갔다가 다시 왔어요. 케인은 대화를 시도했지만 부가 친 거죠."

"그러고는 뭘 했어요?"

"부요, 케인이요? 부는 도망갔고······."

"그럼 케인은 지금 부를 찾고 있는 거예요?" 윗이 머리를 절레절레 흔든다. "죽으려고 작정한 거래요?"

"그 일만 있는 게 아냐!"

마리골드가 이번에는 아이작 하먼에 대해 인터넷에서 찾아낸 내용을 쏟아낸다.

"살인자였어요?" 윗이 눈을 동그랗게 뜬다. "케인이 이걸 알았어요?"

"살인 혐의로 수배 중이었죠. 엄연히 다른 거예요." 대화를 하다 보니 내가 왠지 신의가 없는 사람이 된 것 같다. "케인이 아이작을 처음 만났을 때는 몰랐을 거라 생각해요. 어떻게 알았겠어요?"

"하지만 이제는 알겠죠?"

"검색 능력이 마리골드만큼 좋다면요."

"나만큼은 안 될 거예요." 마리골드가 거드름을 피운다기보다는 반사적으로 반응한다. "하지만 케인도 찾아냈을 거예요."

"케인을 찾아보는 게 좋겠어요." 윗이 제안한다. "왠지 위험에 빠졌을 것 같아요."

"위험에요?"

"마약쟁이하고 어울려 다니잖아요. 그리고……."

"잠시만요." 윗이 선을 넘어 너무 멀리 가기 전에 내가 말을 끊는다. "케인은 마약쟁이하고 어울리는 게 아니에요. 과거에 그랬던 거고, 게다가 어린애도 아니에요."

"하지만 확실히 케인은……."

갑자기 윗의 눈이 커지며 숨 막혀한다.

마리골드가 잔에 물을 따라 건넨다.

"윗? 왜 그래?"

윗이 고통스러워하는 듯하다. 내가 도움을 청하려고 일어난다.

윗이 가슴을 두드리더니 목을 가다듬는다.

"케인은 뭐가 자신에게 좋은지 모른다고 말하려 했어요. 내가 대놓고 엄마처럼 변해가고 있어요. 뭘 좀 마셔야겠어요."

윗은 웨이터를 부르더니 라임 한 조각을 곁들인 육체적 관계라는 음료를 주문한다.

"케인이 조금이라도 걱정되지 않아요?"

윗이 순간적으로 엄마의 지배를 느낀 기분을 술로 달래는 동안 마리골드가 내게 묻는다.

걱정된다. 케인이 부를 찾으러 떠나간 이후로 줄곧 그랬다. 부가 여전히 약에 취해 있거나 제정신이 아니거나 둘 다일까 봐 걱정된다. 웨인바움 부인의 변호사가 해준 충고를 좀 더 진지하게 받아들였어야 했던 건 아닌지 걱정된다. 하지만 경찰에 전화하는 것 말고는 우리가 할 수 있는 일이 별로 없다.

"프레디?"

"아뇨. 난 걱정 안 돼요."

해나에게,

마리골드가 집 밖에 세워진 차가 누구 차인지 확인한 게 마음에 들어요. 나도 그러거든요. 요즘에는 정말 많은 사람이 집에 없는 척을 해요.

'오 마이 캣!'이 해나 상상력의 산물이 아니기를 진심으로 바랐어요. 오늘이라도 가서 밥을 먹어보고 싶어요! 사실상 이 책이 베스트셀러가 되면 누가 그런 비슷한 레스토랑을 개업한다 해도 놀랄 일이 아닐 거예요.

윗이 선수인지 꽉 막힌 멍청이인지 지금까지 판단을 못하고 있어요. 일단 윗에게는 엄마 문제가 있잖아요. 정확하게 말하자면 윗 엄마가 좀 사나워서 다루기 힘든 여자 같긴 해요. 그리고 윗은 마리골드나 프레디에게 추파를 던지는 것처럼 보이지 않는데 남자로서 자신감이 있는 것처럼 느껴지기도 해서 참 아리송하네요.

내가 보스턴 중심가와 주변 지역의 지도를 첨부했어요. 표시해둔 골목길과 장소들은 행인의 시야가 닿지 않아서 목격될 염려 없이 누군가를 죽일 수 있는 곳이에요. 케인이 '아직 자유롭게' 돌아다니니까 지금쯤 시체가 하나 더 발견되어도 괜찮을 것 같아서요.

나는 드디어 비통에 빠지지 않고 내 작품을 다시 들여다볼 수 있게 되었어요. 힘을 뺐어야 하는 부분들이 보이고, 잘라내도 되겠다 싶은 부분도 있고요. 잘라냈어야 하는 부분이죠. 내가 칼을 갈 때가 된 것 같아요.

친구,

리오

저녁에 케인에게서 전화가 온다. 목소리에 피곤이 묻어난다. 내 목소리는 어떤지 모르겠지만, 일단 나는 안심이 된다.

"지금 어디예요? 몸은 어때요?"

"괜찮아요……. 웨인바움 부인의 바느질 솜씨가 좋은데요."

"그래도 의사에게 진찰받는 게 좋았을 것 같아요."

"실밥 제거할 때는 의사한테 갈 거예요."

"뭐라도 먹었어요?" 나는 재빨리 손목시계를 본다. 7시 30분밖에 되지 않았다. "여기로 올래요? 내가 요리를 할 수…… 있을 것 같은데……."

식료품 저장실에 끼니가 될 만한 것이 있는지 훑어본다.

"그러고 싶지만, 프레디, 할 일이 좀 있어서요……. 그리고 좀 피곤해요. 다른 날 볼래요?"

"그래요." 나는 한편으로 실망하면서도 다른 한편으로는 요리해주겠다는 제안을 따르지 않아도 된다는 생각에 조금 안도한다. "정말 괜찮은 거죠?"

"네. 기분이 좀 엉망이에요. 오늘 부를 못 찾았어요. 부가 완전히 자취를 감춰버렸어요. 내가 앙갚음하기 위해 자기를 찾을 거라고 생각하나 봐요."

"부가 도움받을 만한 사람이 있어요?"

"내가 아는 한은 없어요."

"케인……." 내가 머뭇거리며 이야기를 꺼낸다. "마리골드가 아이작 하먼에 대해 조사했어요."

"그래요?"

케인의 목소리에 곧바로 힘이 들어간다.

이제 와서 이 이야기를 꺼냈어야 했는지 확신이 서지 않는다. 하지만 여기서 그만둘 수도 없다.

"아이작 하먼이 버지니아에서 살인 혐의로 수배 중이었대요."

침묵.

"저기, 케인은 이미 다 알 거라 생각해요. 하지만 우리도 안다는 걸 케인에게 말해줘야 할 것 같았어요."

케인이 길게 숨을 내쉰다.

"네, 알고 있어요. 아이작이 죽고 경찰에게서 들었어요."

"우리가 참견할 일이 아니란 걸 전적으로 이해해요, 케인. 하지만 마리골드가 어떤지 알잖아요. 그녀는 그저 진심으로 도와주려고 하는 거예요. 피해를 주려는 게 아니에요."

"알아요." 하지만 케인의 말투는 여전히 굳어 있다. "아마추어 탐정께서 그 외에 또 뭘 찾아냈대요?"

"특별히 없어요. 대신 부가 아이작을 죽였고 이제는 케인을 노리는 걸지도 모른다고 추측하고 있어요."

이번에는 케인이 웃는다. 하지만 내가 지금까지 들어온 웃음과 다르다. 유감스럽다는 듯 씁쓸함이 묻어난다.

"부는 아이작의 가장 친한 친구였어요. 절대로 아이작을 해치지 않았을 거예요. 그리고 내가 부를 찾으러 간 거였어요. 그 반대가 아니라요."

나는 토를 달지 않는다.

"마리골드는 도와주려고 그러는 거예요, 케인. 오늘 아침에 케인을 보고 나서……."

"알아요." 케인의 목소리가 누그러진다. "내가 갱단을 배신한 거라는 결론을 안 내렸다니 오히려 놀라운데요."

"아직 거기까지는 안 갔어요."

다시 내가 잘 아는 웃음소리다.

"퉁명스럽게 굴어서 미안해요, 프레디. 내 이야기의 주인공이 살인 혐의로 수배 중이었다는 사실을 내가 말하지 않아서 분명히 이상하게 보이겠군요."

나는 그게 이상하다는 생각은 전혀 들지 않는다. 하지만 미처 말할 틈도 없이 케인이 말을 이어간다.

"난 단 한 번도 아이작이 유죄라고 생각한 적 없어요. 그러니 내가 중요한 사실을 빠뜨리고 말하지 않은 건 아닌 것 같아요."

"케인이 우리에게 본인이나 아이작의 삶에 대해 자세하게 설명해줄 의무는 없어요."

"알아요……. 하지만 내가 속이려는 게 아니란 걸 프레디는 알아주면 좋겠어요."

"알아요."

"나는 오래전에 과거를 버렸어요."

"그게 가능해요?"

"지금 보니 가능하지 않네요. 아이작 이야기를 쓰면서 내가 운명을 시험하고 있었나 봐요."

"다행인 건 우리는 모두 과거가 있다는 거예요."

이틀 뒤, 부라는 이름으로 알려진 숀 제이컵스의 시체가 찰스강 둑에서 발견된다. 목이 그어져 있었다. 목요일 아침 〈보스턴글로브〉에 실린 기사다. 나는 신문에서 눈을 떼지 않은 채 케인에게 전화를 건다. 전화를 받지 않아 메시지를 남긴다.

"지금 막 신문에서 봤어요. 케인, 괜찮아요? 전화해줘요."

기사를 다시 읽는데 몸이 움직이지 않고 머리가 멍하다. 아주 잠깐이었지만 내가 맞닥뜨렸던 사람에 대해 무서운 슬픔이 차오른다. 무슨 이유에서인지 눈에 눈물이 고인다. 신문에 실린 사진은 부가 몇 년 전 어떤 가벼운 위법 행위로 체포되었을 때 찍은 것이란다. 케인의 지프 옆에 서서 소리를 지르며 비난을 퍼붓던 남자가 그날과 똑같이 불안이 가득 담긴 큰 눈으로 나를 똑바로 바라본다. 문득 궁금해진다. 그는 끝내 세상을 이해하지 못한 채, 세상이 휘두르는 폭력과 그에 맞서 자신이 휘둘러야 했던 폭력에 혼란스러워하며 죽어갔을까.

케인에게 다시 전화를 걸어본다. 메시지를 남기는데 이번에는 눈물이 흐른다.

"케인, 전화 줘요. 케인하고 이야기하고 싶어요."

문 두드리는 소리가 들린다. 케인이기를 바라며 현관문으로 걸어간다. 내가 전화 걸기도 전에 나한테 올 생각을 먼저 했는지도 몰라.

리오다.

"프레디? 내가 곤란한 때에 왔나 봐요?"

나는 옷소매로 얼굴을 닦는다.

"아니에요……. 전혀요."

"표정이 안 좋아요. 며칠 전에 피 흘리면서 프레디하고 같이 있던 남자분한테 무슨 일이 생긴 거예요?"

내가 옆으로 비켜서며 팔을 집 안쪽으로 뻗는다.

"들어와요. 커피 한잔 어때요?"

"네, 그러죠."

내려놓은 커피를 리오에게 한 잔 따라주고 내 잔에도 따른다. 리오에게 그날 밤 일을 설명할 생각은 계속하고 있었는데 지난 며칠이 나도 모르게 훌쩍 지나가버렸다. 글 쓰는 데 집중하느라 아무도 만나지 않았다. 매일 이유를 만들어 잠시 들르는 마리골드를 빼고는.

커피와 선물받은 식료품 상자에 있던 마지막 고급 초콜릿을 앞에 두고, 케인이 유리병에 머리를 맞은 날 리오가 문 앞에서 우리를 보았다고 말해준다.

"저런! 술집에서 싸웠던 거예요? 왜 병원으로 데려가지 않았어요?"

"술집에서 싸운 건 아니에요. 그리고 케인이 응급실에 안 가겠다 해서요. 웨인바움 부인이 상처를 꿰매주셨어요."

리오가 빙그레 웃는다.

"자기가 의사라고 하던가요?"

"네."

"의사 아니에요, 이젠 다 알겠지만."

"알고 있어요. 리오는 어떻게……?"

"여기로 이사 온 첫 주에 다람쥐를 쓰다듬으려고 하다가 손가락을 물렸어요. 웨인바움 부인이 상처를 치료해주고 광견병이나 흑사병이나 요즘 다람쥐가 옮기는 게 무엇이든지 내게 전염되지 않도록 해주셨어요. 그리고 다음 날 아침 부인의 변호사들이 왔고, 내 학자금 대출에 도움을 주고 갔죠."

"웨인바움 부인이 케인 머리를 아주 잘 꿰매주셨어요."

내가 덧붙인다.

"나도 광견병이나 전염병에 걸리지 않았어요." 리오가 우리 사이에 놔둔 쿠키를 먹는다. "그럼 케인이라는 친구가 세균 감염에 의한 쇼크로 죽은 건 아니군요. 그런데 왜 울고 있었던 거예요?"

"오늘 집 생각이 좀 나서요."

완전히 거짓말은 아니다. 추수감사절이 가까워지면서 내가 호주가 아니라 보스턴에 있다는 현실이 피부에 와닿는다. 호주에서는 큰 의미가 있는 명절은 아니지만, 미국에선 사람들이 서로서로 모인다는 얘기에 내 곁에 없는 가족들이 새삼 그립다.

"아, 마음이 힘들겠네요. 뭐 도와줄 건 없어요?"

리오의 배려에 내가 어쨌든 향수를 부풀려 말하고 있다는 사실이 찔린다.

"지금 도와주고 있잖아요. 커피를 같이 마실 이웃이 있으니 좋은데요."

리오가 조리대 위에 있는 〈보스턴글로브〉를 슬쩍 본다.

"강둑에서 발견된 불쌍한 남자 기사 읽었어요? 내가 매일 아침 조깅하면서 지나가는 곳이에요. 안 그래도 무슨 일인가 궁금했었어요."

"그 남자 봤어요?"

"아뇨, 못 봤죠. 시체를 실제로 봤는지 궁금해할 이유가 없을 것 같은데요. 난 경찰, 출입 통제선, 기자들밖에 보지 못했어요. 나무 위에 고양이가 올라간 일보다는 심각한 사건이라 생각했지만 신문에서 기사를 보기 전까지는 무슨 일인지 확실히 몰랐어요."

"다른 날 아침에 이 사람을 본 적은 없어요?"

내가 신문을 리오 쪽으로 민다.

리오가 얼굴 사진을 자세히 들여다본다.

"겨울에 강둑에서 잘 데가 그렇게 많을 거라 생각하지 못했어요. 주로 조깅하는 사람이나 개를 데리고 산책하는 사람들만 보여서요. 사진을 봐도 모르겠어요." 그가 내게 날카로운 시선을 던진다. "프레디는 이 사람 알아요?"

"아뇨."

대답이 너무 성급하게 튀어나와버린 것 같다.

"하긴 당연히 모르겠죠. 미안해요. 멍청한 질문을 했네요."

내가 웃는다.

"내가 먼저 물어본 것 같은데요."

"이번 주말에 록포트에 갈 생각인데, 혹시 프레디는 생각 없겠죠?"

"록포트요?"

"그런데 차로 한 시간 정도 가야 해요."

리오가 미안해하며 대답한다.

"호주인에게는 전혀 문제가 되지 않아요." 내가 리오를 안심시킨다. "고향에서는 모든 게 최소 한 시간 정도 거리에 있는 듯하거든요. 그런데 무슨 일로 가는 거예요?"

"자료 조사요. 글 배경을 유명한 어부 오두막 주변으로 정해보려고요. 세부 사항을 제대로 알려면 직접 보고 와야겠다고 생각했죠. 진실성이 어느 정도는 있어야 하잖아요." 리오가 초콜릿을 유심히 살펴보다 하나를 고른다. "이걸 위해서 차도 준비해놨어요. 그러고는 여기 거주하는 다른 싱클레어 회원들에게 혹시 같이 가서 관광이라도 할 마음이 있는지 물어봐야겠다 싶었어요……. 그러면 내 의무를 수행한 과제물에 동료와의 협력을 보탤 수도 있으니까요."

내가 웃는다. 리오는 항상 계획적이다.

"여기 리오하고 나만 싱클레어 회원이라고 생각했는데요."

"아뇨.. 두 명 더 있어요. 유럽하고 아프리카에서 왔어요."

나는 그런 사실을 전혀 모르는 데다 보스턴에 온 지 2개월이나 지났는데 나와 같은 처지의 동료들과 마주친 적도 없다는 게 부끄러워진다.

"좋아요. 나도 갈게요. 겨울에 어부 오두막을 보러 가는 자동차 여행이라니 너무 엉뚱해서 거절 못 하겠어요."

리오가 고개를 끄덕인다.

"좋아요, 약속 잡은 거예요."

"리오, 우연히 봤다고 한 범죄 현장이 정확히 어디였어요?

"어떤…… 아, 이 사건이요?" 리오가 신문을 집어 든다. "그건 왜 물어요?"

"나도 강을 따라 항상 걸어 다니거든요. 사람이 죽었는데 위치도 모른 채 생각 없이 지나다니면 안 될 것 같아서요."

리오가 핸드폰에서 지도를 불러오더니 보스턴과 붙어 있는 케임브리지시의 강둑 한 곳을 손가락으로 가리킨다.

"한동안 출입 통제선이 쳐져 있을 거예요. 며칠 동안은 프레디가 그곳을 모른 채 지나다닐 수 있을 것 같진 않아요." 리오가 눈을 지그시 감고 찬찬히 나를 본다. "내가 보여줄 수도 있어요."

"지금요?"

"그럼요. 프레디가 다리를 좀 움직이고 싶다면요. 여기서 3~4킬로미터는 가야 해요."

내가 덥석 그러자고 대답한다. 무슨 생각을 한 건지 모르겠다. 아마도 스스로 지금 벌어지고 있는 일을 직시하고, 현실을 깨닫고, 실제 상황임을 받아들여야 한다고 느끼기 때문인지도 모른다. 캐럴라인, 그다음 윗, 그리고 이번 일까지 아무 관련이 없다고 말할 수 있을까? 각 사건 간에 혹은 나하고도 아무 상관 없이 무작위로 일어난 일이라고 말할 수 있을까? 사실 그랬으면 좋겠다. 위험한 일들이 벌어지는 도시에서의 공교로운 우연 같은 거라고. 그게 아니라면 기분이 너무 오싹해진다.

나는 리오와 길을 나선다. 리오는 보스턴에서 지낸 시간은 나와 비슷한데 이 도시를 조깅하며 알아갔다. 우리는 하버드브리지를 건너고 매거진 강변공원을 가로지른다. 정오에 가까운 시간인데도 조깅하는 사람과 야외 운동기구를 이용하는 사람들이 있다. 가을의 절정은 이미 다 지나갔지만, 공원은 아름답다. 잎이 떨어져 가지를 드러낸 나무들이 운동에 집중하는 사람들 뒤로 고요한 무채색 배경을 이룬다. 보트 보관소 근처, 공원 일부를 노란색 경찰 테이프로 구분한 곳에서 경찰관들이 구경하러 온 사람들을 통제한다. 카메라를 손에 든 젊은 여성이 리오에게 손을 흔들며 인사하더니 자기 쪽으로 부른다. 리오가 그녀에게 뛰어가는 동안 나는 그 자리에 서 있는다. 둘은 몇 분가량 대화를 나눈 다음 그녀는 다시 사진을 찍고 리오는 내가 있는 곳으로 돌아온다.

"〈래그〉에서 일하는 로런이에요." 리오가 설명해준다. "이 사건을 담당하고 있나 봐요."

"캐럴라인 펄프리가 〈래그〉에서 일했었어요."

리오 말을 듣고 나도 모르게 불쑥 내뱉는다.

　"오늘 아침에 내가 여기 왔을 때는 텐트 같은 것이 저쪽에 있었어요……. 그 안에 시체가 있었겠죠." 리오가 손으로 가리킨다. "그 남자는 보트 보관소 안에서 잠을 청하려고 했거나 상류에서 유기된 후 이곳 강가로 떠밀려 왔을 것 같아요." 리오가 몸을 돌려 나를 본다. "그런데 진짜 모르는 사람이에요, 프레디?"

　"우연히 한 번 만난 적은 있어요."

　내가 솔직히 말한다.

　"우연히 만나요?"

　"나와 같이 있던 사람이 그를 알아서 말을 걸었거든요."

　리오가 나를 찬찬히 살핀다.

　"설마 내가 프레디와 케인을 본 날을 말하는 건 아니겠죠. 맙소사, 프레디, 혹시 케인을 병으로 친 사람이 이번에 죽은 남자예요?"

　"맞아요."

　"어쩌다가요?"

　"나도 몰라요. 약을 했던 것 같아요."

　"경찰에 신고했어요?"

　"아뇨. 케인이 체포를 원하지 않았어요."

　"그때 말고요……. 내 말은 지금요. 남자가 살해당했어요, 프레디. 경찰이 그 사람의 마지막 행적을 추적하고 있을 거예요."

리오 말이 맞다. 경찰에 전화해서 말해줘야 한다.

"케인하고 같이 가야 하니까 일단 연락이 닿기를 기다리고 있어요. 케인이 나보다 할 말이 더 많을 거예요."

"케인과 연락이 안 돼요?"

리오가 얼굴을 찌푸린다.

"오늘 아침에 내가 전화했을 때 안 받았어요. 그뿐이에요." 내가 딱 잘라 답한다. "일에 집중하느라 핸드폰을 꺼놓고 있을 수도 있어요."

리오가 어깨를 으쓱한다.

"아니면 이미 경찰과 이야기하는 중이거나요."

"만약 그렇다면 경찰이 내게 연락하겠죠."

리오가 잠시 생각한다.

"그렇겠네요." 그러고는 내게 프레츨 판매대 쪽으로 가자고 손짓한다. "집으로 돌아가는 데 필요한 양식을 얻어 가면 어떨까요."

우리는 머스터드가 뿌려진 따뜻한 프레츨을 먹으면서 캐링턴 스퀘어로 되돌아간다.

"만약 프레디가 경찰서에 가야겠다고 마음이 서면." 리오가 문 앞까지 바래다주면서 조심스럽게 말을 꺼낸다. "내가 같이 가줄게요……. 정신적 지지를 위해서나 아니면 성격에 대해 증언하거나…… 뭐든 필요한 걸로요."

나는 옷깃에 묻은 프레츨 부스러기를 턴다.

"고마워요, 리오. 근데 괜찮을 것 같아요. 케인이 지금 뭘 하는지, 무슨 일이 있었는지 알게 되면 내 할 일을 할게요. 분명 부가 죽기 전 이틀 동안 사람을 많이 만났을 거예요."

해나에게,

나의 최애 마리골드가 위험에 빠진 것 같군요. 마리골드를 죽이면 비극성과 긴장감은 확실히 끌어올리겠지만, 별난 절친은 죽어야 하는 역할이라는 클리셰를 그대로 따르는 위험을 무릅써야 할 거예요. 만약 해나가 그녀를 없애려 한다면 (그러면 나는 슬퍼하겠죠) 극도의 끔찍함으로 독자 마음을 미어지게 할 기회를 허비해버리지 말아요. 마리골드는 조용히 사라지면 안 돼요. 예를 들면 케인이 성적으로 잔혹하게 다루는 거죠. 그럼 그가 프레디를 대할 때 보여주는 정중한 태도에 대비되어 애처로울 거예요. 마리골드가 죽는 장면은 잔인하고 또 길어야 해요. 그녀는 맞서 싸우다 결국 자신을 스스로 파괴하고 죽어야겠죠. 케인이 흠 없는 그녀의 숨을 거둬 가게 두면 안 돼요. 캐럴라인 때처럼요.

그런데 내가 지금 뭐라 지껄이는 건가요? 나의 대화 상대가 이 소설의 주인임을 깜빡했네요. 마리골드가 돋보이도록 마지막 장면을 해나가 잘 써주겠죠.

매거진 강변공원에 가서 사진을 좀 찍었어요. 해나가 범죄 현장을 좀 더 자세히 묘사하고 싶을 것 같아서요. 그런데 우연히도 어떤 남자가 강둑에 쓰러져 있더라고요. 해나가 장면을 머릿속에서 그릴 때 도움이 될 것 같아 남자 사진도 찍었어요. 진짜 죽은 건 아니고 약을 하고 나서 곯아떨어진 것뿐이었어요. 그 이후에 저체온증으로 죽었을 수도 있긴 해요.

케인의 분노를 절제하며 드러내는 해나의 방식이 정말로 마음에 들어요. 감정을 억누르는 그의 모습이 매우 흥미로워요!

친구,

리오

마리골드와 윗이 경찰보다 30분 먼저 도착한다.

그녀의 반짝이는 눈빛이 흥분한 것처럼 보인다. 손에 신문을 쥐고 있다.

"프레디가 말한 부가 이 사람이죠, 맞죠?" 기사를 가리킨다. "이 남자가 케인을 공격한 거고요."

내가 고개를 끄덕인다.

윗이 팔로 내 어깨를 감싼다.

"괜찮아요? 조금 걱정스럽네요."

"그건 그래요."

"케인은 뭐래요?"

"계속 연락이 되지 않아요."

"그게 무슨 말이에요?" 마리골드가 이마를 찌푸린다. "케인이 이 사람을 찾으러 갔다고 하지 않았어요? 설마…… 우리가 케인을 찾아봐야 하지 않을까요?"

내가 겉으로는 침착하게 행동한다.

"괜히 겁을 먹기보다는 케인에게 최소한 전화받을 기회는 줘야 하지 않을까요?"

"시간이 얼마나 됐어요?"

윗이 묻는다.

"내가 마지막으로 메시지를 남기고 두어 시간요."

"케인이 어디 사는지 알아요?"

"록스버리 어디쯤인데 정확히는 몰라요."

버저가 울리며 도어맨에게서 인터폰으로 호출이 온다. 내가 받으니 조가 형사 두 명이 나를 찾는다고 알려준다.

"내려갈게요."

캐링턴 스퀘어의 다른 주민들이 경찰 방문을 어떻게 여길지 생각하니 몸이 떨린다. 그날 밤 일에 대해 케인의 진술을 확인하려고 온 것이겠지. 케인이 행방불명이 아니라는 건 다행이지만 조사를 받기 전에 내게 전화해주지 않은 건 조금 섭섭하다.

나는 윗과 마리골드에게 편하게 있으라고 말한다.

"오래 걸리지 않을 거예요."

윗은 이미 냉장고 안으로 머리를 들이밀고 있다.

"케인은 어떻게 되었는지 물어봐요."

"같이 안 내려가도 정말 괜찮겠어요?"

마리골드가 현관문까지 나를 따라온다.

"경찰 조사에 친구를 데려가면 안 될 것 같아요."

"윗은 어때요? 하버드 법대생이잖아요."

윗이 냉장고 문 위로 머리를 내밀더니 그러겠다는 의향을 내비친다.

"그냥 형식적인 질문일 거예요. 마리골드. 변호사를 데려간다면—그냥 법대생이라 하더라도—내가 의심스럽거나 하다못해 엉뚱하게 보일 거예요."

마리골드가 마음에 안 든다는 듯 얼굴을 찌푸린다.

"알았어요. 하지만 프레디가 15분 내로 안 오면 우리가 내려갈 거예요."

로비로 가니 도어맨 데스크 옆에 형사들이 서 있다. 내게 배지를 보여주며 데이비드 워커와 저스틴 드와이어라고 소개한다. 워커 형사는 50대 정도에 잿빛 머리를 아주 짧게 깎고, 큰 키와 넓은 어깨에 수염을 길렀다. 평상복 차림인데도 제복을 입은 듯한 인상을 풍긴다. 그의 동료는 흑갈색 머리의 여성이고, 바지 정장과 굽이 낮은 신발의 실용적인 옷차림이지만 멋스럽다. 내게 인사하며 미소 짓는 그녀를 보니 마음 깊은 곳에서 느껴지던 긴장이 조금 누그러진다.

예상대로 형사들은 케인과 내가 숀 제이컵스를 맞닥뜨린 날을 물어보러 왔다. 나는 장소와 시간을 확인해준 다음 부가 케인을 공격했고 케인은 되받아치지 않았다고 말했다. 케인의 상처를 누가 치료했는지 물어보면 웨인바움 부인에게 폐를 끼치게 되지는 않을까 걱정되었지만 그들은 궁금해하지 않는다. 대신 내가 케인을 얼마나 오래 알고 지냈는지, 우리가 어떤 관계인지 묻는다.

"한 달 전쯤 도서관에서 만났어요. 친구예요."

"매클러드 씨와 몇 시까지 같이 있었습니까?"

"케인은 다음 날 아침 10시 30분쯤에 갔어요." 슬쩍 워커 형사의 표정을 보니 무슨 생각을 하는지 알 것 같다. "뇌진탕이 있을지도 모르는데 운전하게 둘 수가 없었어요. 그래서 여기서 자고 가게 했어요. 나는 소파에서 잤고요."

드와이어 형사가 고개를 끄덕인다.

"현명하게 대처했네요."

"매클러드 씨는 사려 깊은 친구도 있고 운이 좋군요."

워커 형사가 퉁명스럽게 덧붙인다.

"그게 무슨 말인가요?"

내가 언짢은 목소리로 묻는다.

워커 형사의 얼굴에 번진 조소가 수염으로도 완전히 가려지지 않는다.

"케인 매클러드 같은 남자를 편안한 마음으로 재워줄 사람은 별로 없을 테니까요. 뇌진탕과 상관없이요."

나를 떠보려는 걸 알기에 그의 장단에 놀아나지 않으려고 아무 대꾸도 하지 않는다.

워커 형사가 계속 말한다.

"이제 겨우 한 달 된 친구라 하셨나요. 케인은 7년을 복역한 사람입니다."

"복역이요?"

머리가 혼란스러워진다.

드와이어 형사가 곁눈으로 동료를 힐끔 본다. 내 반응의 의미를 알아챈 듯하다.

"케인 매클러드는 살인죄로 7년 동안 감옥에 있었어요."

머릿속이 얼어붙는다. 그와 동시에 얼굴이 화끈대며 붉어진다.

"확실한가요?"

묻고 보니 멍청한 질문이다. 내가 무엇을 묻는지조차 모르겠다. 오히려 충격과 의심을 표현하는 쪽에 가깝다. 그러다 케인이 이름을 바꿨음을 기억해낸다. 그래, 어떤 오해가 있을지도 모른다.

"케인 매클러드는 원래 이름이 아니고……."

"네, 알고 있습니다. 출소하면서 이름을 아벨 매너스에서 케인 매클러드로 바꿨죠."

"정말 모르셨나요?"

드와이어 형사의 말투에 동정이 묻어난다.

나는 정신을 가다듬는다.

"그건 몰랐어요."

"으음." 워커 형사는 의심을 거두지 않는다. "그러면 11월 18일 저녁에 있었던 일에 대해 진술을 바꾸고 싶은 내용이 있습니까?"

머릿속이 다시 어지러워지려는데 아주 어렴풋이 형사들이 내가 케인을 보호하려 거짓말한다고 생각하고 있음을 알아차린다. 어떤 부분을 의심하는지는 나도 모르겠다.

"아뇨. 그게 다예요."

드와이어 형사가 명함을 내민다.

"갑작스러운 이야기에 경황이 없을 거예요. 저희가 또 연락하겠습니다. 뭐든지 기억나는 게 있으면 전화 주세요."

나는 형사들이 떠난 뒤에도 로비에 몇 분 동안 그대로 서 있는다. 괜찮은지 물어보는 조의 목소리에 정신이 든다.

"네, 고마워요, 조. 형사들이 나한테 몇 가지 물어볼 게 있다고 해서요."

"친구분한테 생긴 일 때문에요?"

"네."

그날 내가 케인과 들어오는 걸 조가 봤었다.

"체포한 사람이 있다던가요?"

"아직은요." 내가 어색하게 미소 짓는다. "형사들이 조에게도 그날 일을 묻던가요?"

"네. 그래서 제가 프레디 양과 친구분이 11시쯤 아파트로 왔다고 말했어요. 친구분이 피를 흘렸고 프레디 양이 돌봐줬다고도 했고요." 조가 목소리를 낮춘다. "웨인바움 부인이 프레디 양 집을 방문했을 수도 있다고 언급은 했지만, 그 이유는 말하지 않았습니다."

윗과 마리골드가 계단 위에 서서 로비를 내려다보고 있다. 나는 둘을 데리고 집으로 돌아간다.

"그래서 뭐래요?"

내가 문을 닫자마자 마리골드가 묻는다.

"못 들었어요?"

"전혀요. 하나도 안 들리던데요."

윗이 태연하게 대답한다.

나는 잠시 망설인다. 두 사람에게 숨기고 싶지는 않지만, 형사에게서 들은 말을 전달하려니 당사자가 없는 자리에서 험담하는 기분이다……. 케인하고 이야기하는 게 먼저라는 생각이 든다.

"케인이 진술한 내용을 확인하러 온 것뿐이었어요."

마리골드가 눈살을 찌푸린다.

"진짜요? 프레디 표정은 귀신이라도 본 것 같은데요."

내가 고개를 가로젓는다.

"경찰과 대화하려니 긴장이 되었나 봐요……. 차를 마셔야겠어요."

"차보다 더 센 게 필요할 것 같은데요."

윗이 말한다.

"아직 점심때도 안 된걸요."

윗이 한숨을 내쉰다.

"정말 실망이에요, 프레디."

마리골드가 내게서 눈을 떼지 않는다. 내가 말하지 않은 게 있음을 알아차린다.

"프레디, 무슨 일이 있는 거죠?"

나는 핸드폰을 집어 든다.

"케인에게 연락해봐야겠어요."

번호를 누르는 동안 마리골드와 윗이 나를 쳐다본다. 역시나 전화를 받지 않아 메시지를 남긴다.

"케인, 경찰이 방금 여기 왔다 갔어요. 제발 전화 줘요."

"케인이 어디에 있다고 생각하는 거예요?"

마리골드가 묻는다.

"아직 경찰서에 있을지도 몰라요."

"프레디, 경찰이 무슨 말을 했길래 이렇게 불안해하는 거예요?"

윗이 대신 대답한다.

"케인이 감옥에 갔었다고 말해서 그래. 살인자였다고 말이야."

마리골드도 나도 입을 떡 벌린 채 윗을 바라본다.

"뭐라고?" 마리골드가 먼저 반응한다. "윗, 장난치지 마."

"알고 있었어요?" 숨이 쉬어지지 않는다. "어떻게요?"

"칼에 찔린 다음 FBI한테서 들었어요……. 케인이 캐럴라인을 죽이고 그다음 나를 노렸다는, 정말 말도 안 되는 가설을 제기하더라고요."

"캐럴라인이 비명을 지를 때 우리는 다 같이, 서로 마주 보고 앉아 있었어요."

"그래서 나도 그 사람들한테 망상에 빠져 제정신이 아닌 것 같다고 말해줬어요."

"그동안 왜 아무 말도……."

"프레디도 말 안 하려 했잖아요." 윗이 어깨를 으쓱한다. "어쨌든 케인은 감옥에 갔었던 거예요."

내가 소파에 앉는다.

"FBI가 정확히 뭐라고 하던가요, 윗?"

윗이 내 옆에 털썩 앉는다.

"케인은 1급 살인죄로 유죄 판결을 받아서 8년 가까이 복역했대요. 7년 전에 출소하며 이름을 바꾸고 소설을 썼고요."

"그걸 프레디하고 나도 알고 있어야 한다는 생각은 안 들었던 거야?"

충격에서 벗어나 어느 정도 진정이 된 마리골드가 윗에게 언성을 높인다.

내가 끼어든다.

"케인이 7년 전에 출소했고 8년 가까이 감옥에 있었다면, 그때 당시 아주 어렸겠군요."

"케인이 나이를 속인 게 아니라면요. 다른 이야기도 전부요."

마리골드가 팔짱을 낀다.

"우리에게 거짓말을 했는지는 몰라요."

내가 단호히 말한다.

"하지만 감옥에 대해서 전혀 말해주지 않았어요!"

"그렇다고 해서 거짓말을 한 건 아니에요. 우리 중 누구도 서로에게 모든 일을 낱낱이 말하지 않아요."

마리골드가 나를 빤히 쳐다본다.

"말을 안 하기에는 심각한 내용이에요, 프레디."

"털어놓기에도 심각한 내용이죠."

"프레디 말이 맞아." 윗이 말한다. "케인이 서른이라 했으니 열여섯 살에 들어갔겠네요."

"그 나이에도 감옥을 갈 수 있어?"

마리골드가 묻는다.

"살인으로는, 응."

"그럼 케인이 누군가를 죽인 게 열여섯 살쯤이었다는 말이군요."

내가 중얼거린다. 믿기지 않는다. 우리 중에서 가장 분별력 있는 사람은 항상 케인이었는데. 범죄와 가장 거리가 먼 사람처럼 보였는데.

"그래서 가출했던 건 아닐까요?"

윗이 말한다.

"불쌍한 케인." 마리골드는 평소의 끈덕진 의리를 되찾는다. "케인이 어디 있는지 경찰이 말해줬어요? 체포했대요?"

"아뇨, 그런 말은 안 했어요. 하지만 케인과 이야기를 한 건 틀림없어요."

"그럼 이제 우리는 어떡해요?"

마리골드가 묻는다.

내가 고개를 절레절레 흔든다. 내 안으로 상실과 실망이 파고든다. 믿음과 희망이 있던 자리에 큰 구멍이 생겼다.

마리골드가 불현듯 핸드폰을 확인한다.

"윗 엄마가 윗이 사라진 걸 알아차리기 전에 데려다줘야겠어요."

내가 윗에게 고개를 돌린다.

"아직도요?"

"네." 윗이 가려고 일어서며 짜증을 숨김없이 드러낸다. "엄마가 매일 몇 시간씩 일하러 나가는 게 그나마 다행이에요. 아빠는 적당히 둘러대주거든요."

"몸은 좀 어때요?"

나는 케인을 머릿속에서 밀어내려 애쓴다.

윗이 스웨터와 티셔츠를 들어 올려 흉터를 보여준다.

"오늘 아침에 실밥을 완전히 제거했어요. 다음 주부터는 운동해도 된대요."

"통증은요?"

"없어요. 전혀."

"좋은 소식이 하나라도 있네요."

윗이 나를 안아준다.

"케인 걱정은 하지 말아요. 뭔가 사정이 있을 거예요."

"감옥에 간 일에요?"

윗이 재킷을 입는다.

"단정하지 말아요, 프레디. 우리 친구 케인은 사람들의 예상과 달리 무고한 사람인지도 몰라요."

내 소중한 해나,

드디어 밝혀지는군요! 아이작 하먼이 살인 혐의로 수배 중이었다는 얘기에 케인이 동요하지 않았던 이유가 이제서야 분명해졌어요. 한 방을 위해 해나가 차곡차곡 판을 키워온 거예요! 말이 나온 김에, 어제 또 다른 범죄 현장을 지나가게 되었어요.

마스크 착용이 주는 익명성 때문인지 모르겠지만 대담해진 기분이 들어서 해나에게 보여주려고 시체 사진을 몇 장 찍었어요. 내가 갔을 때는 경찰이 도착하고 얼마 되지 않았는지 출입 통제 테이프도 아직 없더라고요. 피해자는 내장이 일부 밖으로 튀어나와 있는 것 같아요. 검게 보이는 부분이 피예요. 남자의 숨이 끊어지는 데 몇 분밖에 걸리지 않았겠죠. 핏자국을 보니 몸부림을 쳤나 봐요. 해나가 보통 이런 장면을 생생하게 묘사하지 않는다는 거 잘 알지만, 이번 소설에서는 사실주의가 조금 더 가미될 필요가 있는 것 같아요……. 해나에게 영감을 줄 수 있을 거예요.

내가 계속 더 살펴볼게요.

다음 장이 어떻게 전개될지 애타게 기다려지네요.

친구,

리오

FBI

해나 타이곤 귀하

리오 존슨이라는 남성에 대한 우려로 수사 당국에 연락해주셔서 감사합니다. 리오 존슨은 그동안 귀하와 편지를 주고받았으며, 귀하 소설의 원고에 대해 논평과 조언을 꾸준히 제공해오고 있다고 하셨습니다.

저희에게 보내주신 사진들을 확인한 결과, 귀하가 리오 존슨에게서 어제 자로 받은 사진들은 실제로 최근에 일어난 사건의 피해자와 이례적이며 불미스러운 접촉이 있었음을 확실히 보여주는 증거로 여겨집니다. 저희 법의학자에 의하면, 사진 촬영 직후 사건이 경찰에 신고된 것으로 추정됩니다. 또한 귀하가 앞서 받은 다른 범죄 현장 사진들 역시 최근에 일어난 미결 살인 사건과 관련 있는 것으로 보입니다. 본 사건은 현재 수사 중인 여러 사건과 관계되었을 것으로 보고 연방수사국으로 회부되었습니다.

호주 연방경찰과 협력하여 귀하에게 연락할 저희 요원을 시드니로 파견했습니다. 아직 아무 연락을 받지 않았다면, 사건 설명을 듣기 전까지 리오 존슨과 더 이상 연락하지 마시기 바랍니다.

마이클 스미스 특수 요원
미국 연방수사국

Abercrombie, Kent and Associates
애버크롬비켄트 법무법인

FBI 담당자 귀하

본 법무법인은 해나 타이곤 씨의 법정 대리인으로, 저희 의뢰인이 리오 존슨이라는 사건 관계자와 주고받은 편지에 관해 귀 기관에 연락했었습니다.

현재 FBI에서 저희 의뢰인에게 리오 존슨 체포에 도움을 요청한 상황입니다. 리오 존슨은 매사추세츠주 보스턴 일대와 현재 추정이지만 인근 지역에서 일어난 몇몇 살인 사건의 배후로 의심받고 있으나 신상 정보가 전혀 없습니다. 리오 존슨의 신원과 위치를 확인할 수 있도록 저희 의뢰인의 수사 협조를 위한 지침을 긴급하게 마련해야 하는 상황을 고려하여, 본 법무법인은 귀 기관의 수사관과 저희 의뢰인의 면담에서 제기한 합의 사항, 그리고 향후 계획을 다음과 같이 확정합니다.

해나 타이곤 씨는 리오 존슨과 계속해서 편지를 주고받으며 그가 어떠한 범죄 행위에 대해서도 혐의를 받고 있음을 드러내지 않으면서 신원과 위치 확인을 위해 노력할 것입니다. 또한 리오 존슨의 실물 사진 및 실거주지 확보를 시도할 것입니다.

이를 위해 해나 타이곤 씨는 의심을 사지 않도록 소설 원고의 매 장을 리오 존슨에게 계속 보낼 것입니다.

해나 타이곤 씨는 수사관에게 모든 편지에 대한 열람을 허용합니다.

해나 타이곤 씨는 리오 존슨과의 연락으로 위치, 신원 및 추후 범죄 행위나 의도에 대해 막연하게 알게 된 경우 수사관에게 즉시 알릴 것입니다.

귀 기관은 해나 타이곤 씨에게 면책을 인정하고, 리오 존슨과의 연락에서 발생하는 형사 및 민사상의 어떠한 행위에 대해 그 발생지가 호주 또는 미국인 것과 상관없이 저희 의뢰인에게 아무 책임이 없음을 보장할 것입니다.

귀 기관은 해나 타이곤 씨의 물리적 안전과 소설 원고의 상업적 기밀 유지를 위해 최선을 다해야 할 것입니다.

피터 켄트
애버크롬비켄트 법무법인

19 •

다음 날 아침 일찍 나는 절망과 좌절에서 헤어나지 못한 채 도서관에 가기로 한다. 일은 해야 하는데 케인이 여전히 전화를 받지 않으니 집에 있으면 자꾸 연락해보고 싶은 마음이 들어서 머릿속이 케인으로 가득찬다.

일이 잘 안 풀리면 환경을 바꿔보라 했지.

그래서 모든 일이 시작됐던 곳으로 돌아간다. 내가 윗과 마리골드와 케인을 만나기 전으로, 우리가 젊은 여성이 죽는 소리를 듣기 전으로 시간을 돌리려 한다. 나는 시선을 위로 향하고 열람실의 아름다운 궁형 천장에 집중하며 이 장소에 대한 기억을 전부로 만들려고 애쓴다.

하지만 만화 주인공 턱, 프로이트 걸, 잘생긴 남이 원고 너머로 나를 바라본다. 내 시선은 단연 잘생긴 남에게 머문다. 내 버스는 이제 혼잡하고, 너무 혼잡한 탓에 운전대를 누가 잡고 있는지조차 보이지 않는다. 잘생긴 남은 버스 뒤쪽에, 숀 제이컵스 뒤에 앉아 있다. 윗의 말대로 그가 결백할지도 모른다. 억울하게 기소되고, 부당하게 유죄 판결을 받은 거지. 아, 제발 그랬으면 좋겠다. 나는 케인에게 키스하던 기억을 떠올리고, 곰곰이 생각하다 보니 그에게 죄가 없다는 믿음이 확실해진다. 내 원고 안에서는 그가 결백할 수도 있는 거 아닌가. 아무래도 잘생긴 남이 영감의 원천에서 벗어날 때가 된 듯하다.

그렇지만 케인을 버려두고 가려니 마음의 준비가 되지 않는다. 내 원고에서, 내 이야기에서 그를 지워버리지 못할 것 같다.

어느덧 정오, 골치도 아프고 배도 고파서 잠시 외출하기로 한다. 혼자 맵 룸에는 가고 싶지 않아서 도서관 밖으로 나가 프레츨 판매대나 찾아볼 생각이다. 도서관을 나서는데 차디찬 공기에 숨이 턱 막힌다. 내가 안에서 글을 쓰는 동안 기온이 뚝 떨어졌다. 눈이 많이 오려는지 구름이 옅은 초록색이다.

"눈이 올 것 같아요."

목소리가 나는 쪽으로 고개를 돌린다.

"프레디, 나예요."

케인이다. 목소리가 얼른 나오지 않는다.

"내가 여기 있는지 어떻게 알았어요?"

"아파트에 제일 먼저 갔다가 없길래 프레디를 찾아다녔어요. 세 번째로 여기에 와봤죠."

"지금 막 온 거예요?"

"좀 됐어요. 프레디가 열람실에 있는 걸 보고 나올 때까지 그냥 기다렸어요."

"왜요? 들어오지 그랬어요?"

"이야기를 해야 할 것 같은데…… 열람실에서는 그럴 수가 없잖아요."

나는 아무 말 없이 가만히 서 있는다.

"프레디…… 혹시 내가 프레디에게 겁을 준 건 아니죠?"

무슨 말을 해야 할지, 지금 내 감정이 어떤 상태인지 종잡을 수 없다.

"내가 지금 겁내야 하는 거예요?"

크고 부드러운 눈송이가 비와 섞여 내리기 시작한다. 내 몸이 떨린다.

케인은 나를 잡아주는 대신 손을 들어 올리며 뒤로 물러선다. 마음이 놓이면서도 한편으론 서운하다.

"우리…… 어디 따뜻하고…… 사람 많은 곳에서 점심 같이할래요? 내가 다 설명할게요."

내가 고개를 끄덕인다.

"가까운 데로 가요. 지금 너무 추워요."

우리는 코플리 광장에 있는 어느 식당으로 들어가 부스석에 앉는다. 여느 연인들처럼 핫초코와 팬케이크를 주문하고 곧이어 나온 음식을 먹으며 날씨에 대해 이야기한다. 상황이 여러모로 좋지 않지만 케인과 함께 있어서 행복하다.

"계속 전화했어요."

내가 말한다.

"경찰이 핸드폰을 또 가져갔어요. 그리고 어젯밤 자정이 되어서야 나를 풀어줬고요."

"경찰이 케인을 체포했었어요?"

"아뇨. 그냥 심문만 했어요."

"무슨 일로요?"

"내가 부를 발견했거든요."

"하긴 케인은 과거 일도 있으니까요."

내가 숨을 길게 내쉬었다. 끝내 올 것이 왔구나 싶다.

"전과 기록이라고 보통 부르죠." 케인이 말을 멈추고 내 표정을 읽으려는 듯 나를 가만히 바라본다. "프레디, 나는 열다섯 살 때 새아버지를 죽였어요."

근처 부스석에서 한 명이 고개를 돌린다.

"어쩌다가요?"

"정당방위였어요, 프레디. 아무도 날 안 믿어줬지만요. 하지만 진짜예요."

"그래서 가출했던 거예요?"

"가출했다가 돌아온 후예요."

"사람들이 케인을 왜 안 믿었어요?"

"새아버지가 경찰이셨거든요. 나는 불량아였고요."

이번에는 두 명이 고개를 돌리더니 뭐라 수군거린다.

내가 자리에서 일어난다.

케인이 머리를 떨구더니 숨을 푹 내쉰다.

"그래요, 알겠어요……."

나는 테이블 위로 몸을 숙여 케인에게 속삭인다.

"우리 집으로 가요. 여기선 주위 사람들에게 다 들려요."

케인이 눈을 동그랗게 뜬다.

"괜찮겠어요?"

"케인, 그런 건 묻지 말고 빨리 가요."

조가 캐링턴 스퀘어 로비에서 문을 열고 우리를 맞아준다.

"킨케이드 양, 아까 외출하실 때 눈이 많이 내릴 것 같아 걱정했어요. 다행히 매클러드 씨를 만나셨네요."

그러더니 몇 분 전에 내 앞으로 배달이 왔다며 상자 하나를 건넨다. 상자에는 아름답게 장식된 컵케이크가 가득 들어 있다. 하지만 이번에도 카드는 없고 누가 보낸 것인지 전혀 알 수가 없다. 조가 배달원이 항상 카드를 잃어버린다며 상자에 적힌 가게에 연락해서 물어보겠다고 한다. 나는 조에게 커피와 함께 먹으라며 컵케이크 두 개를 준 다음 나머지를 들고 케인과 함께 집으로 올라온다. 다른 날이었으면 베일에 싸인 은인이 누구인지 엄청 궁금했겠지만, 오늘은 그저 케이크일 뿐이다.

내가 아파트 문을 닫자 자물쇠가 제자리로 돌아가며 딸깍하고 잠긴다. 이제 살인자와 단둘이 있게 된 셈이다. 하지만 전에도 이런 적이 있었지.

케인이 컵케이크 상자를 커피 테이블에 내려놓는다. 나는 소파에 몸을 웅크리고 앉는다.

"자, 이제 얘기해봐요."

케인이 소파 반대쪽 끝에 앉는다.

"프레디, 뭐가 궁금해요? 다 말해줄게요."

나는 말을 신중하게 고른다.

"새아버지를 왜 죽였어요? 케인은 자신을 보호하는 거라고 말했지만, 어쩌다 열다섯 살 된 아이가 사람을 죽일 수밖에 없는 지경이 되었는지 솔직히 잘 모르겠어요."

케인이 눈살을 찌푸린다.

"하루아침에 그렇게 된 건 아니에요. 어떻게 보면 오랜 시간에 걸쳐 일어난 일이죠. 전에 한번 말했듯이 새아버지는 언제나 자녀를 많이 두기를 원했어요. 하지만 자식은 나 하나뿐이고, 대가족의 꿈이 이뤄지지 않을 것임을 알고 난 뒤로 상황이 변했어요. 새아버지는 잔인하고 난폭해졌죠. 열네 살이 되고 보니 사람들 사이에서 나는 걸어가다 문에 부딪히고 계단에서 굴러떨어지는 '모자란 아이'가 되어 있었어요." 케인이 마른침을 삼킨다. "나는 그래도 꽤 오랫동안 새아버지를 사랑했어요. 사랑하려고 노력했어요, 정말요. 그러다 하루는 더 참지 못하고 새아버지한테 주먹을 날렸어요. 내 생애 가장 운이 좋았던 날이었나 봐요……. 아니면 가장 불행한 날이었을 수도 있고요. 새아버지를 정확하게 때렸거든요. 그러고 나서……." 케인은 고개를 절레절레 흔든다. "겁을 먹고 집을 나왔어요."

"이해가 안 돼요. 새아버지를 죽인 게 아니잖아요?"

내가 케인에게 다가간다.

"아직 아니에요. 아이작이 집으로 돌아가라고 나를 설득했어요." 케인이 보일 듯 말 듯 웃는다. "평생 내 보모 노릇을 할 수 없다고 하더라고요. 게다가 나 혼자서 살아남을 자신도 없었고요. 그래서 집으로 돌아갔어요."

"그런데 새아버지가……."

"내가 돌아와서 기쁘다고 했어요. 과거는 잊어버리고 가족으로서 새롭게 시작하자고 했죠." 케인은 고개를 천천히 젓는다. "정말, 그 말을 믿으려고 했어요."

"무슨 일이 있었던 거예요?"

케인의 얼굴이 어두워진다. 내가 겁먹지 않게 하려고 그가 얼마나 애를 쓰는지 모르겠지만 내 눈에는 처음으로 그가 불안해 보인다. 고통에서 완전히 벗어나지 못했다는 사실이 전해진다. 나는 손을 내밀어 케인의 손을 꼭 잡는다.

케인은 자기 손 위에 포개진 내 손을 내려다보더니, 거기서 눈을 떼지 않고 말을 이어간다.

"하루는 새아버지가 저녁 먹을 때까지 집에 오지 않다가 전화로 술집에 있다고 했어요. 그런데 나하고 솔직하게 할 이야기가 있다며 지금 집으로 갈 거래요. 그래서…… 그때 도망갔어야 했는데……. 그런데 엄마가…… 어쨌든, 집에서 기다렸어요."

케인은 내 손에서 눈을 떼지 않는다.

"새아버지가 왔는데 술에 잔뜩 취하고 화가 많이 나 있었어요. 곧바로 나를 내 방으로 끌고 들어갔죠. 평소와 다르다는 걸 전혀 눈치채지 못했어요. 보통은 내가 있는 곳 아무 데서나 때렸거든요. 새아버지는 내가 가출했던 일에 대해 소리를 지르며 정말 수치스럽다고, 경찰서에 내가 보스턴에서 돈을 받고 엉덩이를 내줬다는 소문이 다 났다고 했어요." 케인은 웃어보려 하지만 전혀 그러지 못한다. "내가 보스턴에서 그렇게 지내다 왔다고 생각할 줄은 꿈에도 몰랐어요. 너무 놀라서 사실이 아니라고 말도 못 하고……. 말을 했다고 하더라도 상황이 달라지진 않았겠죠. 그러더니 나를 때리기 시작했어요. 예상했던 대로요."

케인의 손이 차갑다. 어떻게든 따뜻하게 해주려고 손을 더 세게 잡는다.

"새아버지는 나를 침대 위에 쓰러뜨려 배를 대게 한 뒤 내 왼팔을 등 뒤로 꺾어 꼼짝 못 하게 했어요. 벨트 푸는 소리가 들리길래 벨트로 나를 때릴 거라고 생각했어요. 전에도 몇 번 그런 적이 있었거든요. 아마 벨트로 맞았으면 그냥 참았을 거예요. 그런데 새아버지가 허둥거리며 내 청바지를 벗기려 하는 순간 뭘 하려는지 알았죠."

내게서 목이 졸리는 듯한 이상한 소리가 난다. 가슴이 미어진다.

케인이 고개를 들어 나를 보고 손으로 내 뺨에 흐르는 눈물을 닦아주고서야 나는 내가 울고 있음을 알아차린다.

"나는 저항했지만 새아버지가 나보다 50킬로그램은 족히 더 나갔어요." 케인이 말을 멈추고 숨을 고른다. "아이작이 베개든 뭐든 베고 자는 것 밑에 칼을 두라고 가르쳐줬어요. 아이작은 그걸 '곰 인형'이라고 부르며 밤에 나오는 나쁜 것들을 쫓아내줄 거라고 말했죠. 나는 집으로 돌아온 뒤에 곰 인형을 베개 밑에 두고 잤어요. 새아버지가 내 청바지를 끌어 내리려고 할 때 내 왼팔을 잡은 새아버지 손의 힘이 약해지는 걸 느꼈어요. 그때 칼이 기억나더라고요. 그래서 오른 손을 뻗어 칼을 잡았어요. 그리고 몸을 틀며 칼을 휘둘렀죠." 케인이 기억을 떠올리며 몸을 움찔한다. "새아버지가 뒷걸음질 치면서…… 꼬르륵하는 소리가 났어요. 나는 칼이 어디로 갔는지도 몰랐어요. 새아버지가 쓰러졌고, 그제야 칼이 목에 꽂힌 걸 봤어요. 피가 뿜어져 나왔죠."

"죽었어요?"

케인이 고개를 끄덕인다.

"그러고 조금 있다가 경찰이 도착했어요."

"어떻게 아무도 정당방위라는 걸 안 믿었어요?"

"왜냐면 내가 베개 밑에 칼을 숨겨뒀으니까요. 그리고 새아버지는 훈장을 받은 경찰이었어요." 케인의 얼굴이 조금 편안해 보인다. 손도 다시 따뜻해졌다. "재판이 열릴 때 나는 열여섯 살이었어요. 유죄를 선고받고 소년 교도소에서 지내다가 열여덟 살에 성인 교도소로 옮겼어요."

나는 너무 놀라 케인을 뚫어져라 쳐다본다.

"거기서 5년을 보내고 가석방됐죠. 감옥에 있는 동안 고등학교를 끝내고 노스캐롤라이나 대학교의 도움으로 문학을 공부했어요. 출소 후에는 닥치는 대로 일하며 소설을 썼고요." 그러고 나서 케인이 내 손을 잡더니 내 눈을 똑바로 바라본다. "프레디, 당신이나 다른 친구들을 속일 마음은 없었어요. 하지만 꼭 말해야 하는 상황이 아니라면 사람들에게 내가 먼저 꺼낼 만한 이야기는 아니잖아요."

"우리에게 나중에는 말했을 것 같아요?"

"그건 모르겠어요. 언젠가는 했을지도요. 내가 한 일을 후회한 적은 없었던 것 같지만, 떳떳하지는 않아요. 사람들이 이해해주리라고 생각하지 않아요. 윗에게는 하버드 로스쿨 졸업을 피할 방법 같은 문제가 가장 골치 아프고, 마리골드가 값비싼 타투를 하면서 자기는 온실 속 장미가 아니라고 생각하는 것처럼요."

"나는 왜 빼먹어요."

"프레디요?" 케인이 슬프게 웃었다. "내가 잘 보이려고 애를 쓰고 있나 보죠."

"제이컵스 씨는 어떻게 찾았어요?"

"부가 자주 가던 곳을 다 가봤어요. 부와 술을 마신 적이 있는 할아버지께서 부가 매거진 강변공원에 있는 보트 보관소에서 가끔 잔다더라고요. 그래서 거기에 가봤죠." 케인이 숨을 천천히 내쉰다. "가서 보니 강변에 부가 엎드려 있었어요. 나는 부가 약에 취해 그냥 의식을 잃은 줄 알고 뒤집었는데 목이 그어져 있었어요."

"세상에!"

"부가 그렇게 죽다니 믿을 수 없었어요. 마약과 술에 취해 살았지만 그래도……." 케인이 말을 멈추고 어깨를 으쓱한다. "그래서 경찰에 신고했어요."

"그런데 경찰이 케인을 붙잡아두고 심문한 거예요?"

"그렇죠. 전과가 있으니까, 할 수 없어요."

"그래도 경찰이 보내줬잖아요. 그 말은, 케인이 부의 죽음과 아무 상관 없다는 걸 알았다는 거예요."

"나를 체포할 증거가 충분하지 않은 데다 정식으로 체포하지 않고 사람을 심문하는 데에는 시간제한이 있으니까 풀어준 거예요."

내 핸드폰이 울린다. 마리골드다. 나는 통화를 거절하고, 지금 글 쓰는 중이니 나중에 전화하겠다고 메시지를 보낸다.

"내가 왜 전화를 안 받는지 확인하려고 마리골드가 혹시 여기로 올지도 모르잖아요."

케인이 소리 없이 웃었다.

"마리골드에게 '혹시'는 없죠."

케인이 눈을 감았다가 다시 뜬다. 그의 눈 밑에 그늘이 져 있다.

"경찰이 윗과 마리골드에게도 말했을 거예요."

케인이 말을 마치고 하품한다.

"윗은 전부터 알고 있었어요."

나는 소파에서 조용히 내려와 난방기 옆 곡목 의자 위에 반듯하게 접어놨던 담요를 하나 가져온다.

"한 번도 말 안 했었잖아요."

"윗은 케인이 죗값을 다 치렀다고 굳게 믿으니까요."

"정말 마음에 드는 친구군요."

나는 피식 웃으며 담요를 케인 위에 덮어준다.

"지금 뭐 하는 거예요?"

케인이 나지막하게 묻는다.

"너무 지쳐 보여요. 눈 좀 붙여요."

"소파에서 일해야 하는 거 아니에요?"

"한두 시간은 괜찮아요. 어서 자요. 그러고 나서 뭘 할지 얘기해요."

해나에게,

해나에게서 연락이 다시 와서 얼마나 기뻤는지 몰라요. 겨우 두어 주였지만, 내가 해나 기분을 상하게 한 건 아닌지 걱정이 들기 시작했거든요. 무슨 일이 있어도 그런 행동은 하지 않을 것임을 해나가 알아줬으면 좋겠어요. 내게는 우리 우정이 정말 소중하고, 우리가 그리는 미래도 함께 만드는 작품도 소중하니까요. 해나 소식을 다시 듣지 못할 거라는 생각에 상심했고, 의도치 않게 해나를 모욕했거나 속상하게 했다는 생각에 안절부절못했어요. 전 세계적으로 시행된 봉쇄령만 아니면 시드니로 날아가 내 실수를 바로잡으려고 했을 거예요.

내가 소설 속 등장인물들의 삶에 성가실 정도로 관심을 보이고 지나치게 열정적으로 의견을 내놓았던 것 같다는 걱정을 많이 했어요. 하지만 연락이 없던 이유가 컴퓨터 고장 때문이었다고 해나가 나를 안심시켜주네요. 우리 관계에 변함이 없고 또 해나가 사이버 공간의 심연에서 소중한 원고를 되찾는 데 성공해서 정말 다행이에요. 클라우드에 백업해두지 않는다니 좀 놀랍기도 하지만 클라우드를 신뢰하지 못하는 사람이 해나 혼자는 아니니까요. 하지만 소설을 몽땅 잃어버릴 뻔했으니 이참에 인터넷 저장소 이용을 고려해보는 것도 좋을 것 같아요.

자, 19장 이야기예요! 미국인들은 경찰관을 폴리스맨policeman보다 폴리스 오피서police officer라고 하는 편인 것 같아요. 그냥 사소한 거예요.

해나가 케인 매클러드를 단순하게 괴물로 그려내지 않아서 정말 좋아요. 잔악무도한 사람이 실제로 있기야 하지만, 우리가 이해할 수 있는 상처가 살인 동기로서는 훨씬 더 흥미롭잖아요. 마리골드가 앞서 말했듯이 그런 인간에게도 이유가 있는 법이니까요. 어쨌거나 케인이 사람들의 동정을 살수록 그의 행위가 훨씬 더 충격으로 다가올 거예요.

어제 보스턴에서는 가두 행진이 있었어요. 그걸 핑계 삼아 외출해볼까 생각했었어요. 팬데믹 시대에 가장 괴로운 일은 삶을 지루하게 만든다는 거예요. 해나가 보내주는 이야기 토막들이 없다면, 미래를 기대해볼 만한 것이 내게는 하나도 없을 거예요.

벌써부터 받은 메일함을 확인하며 다음 장을 기다려요.

친구,

리오

케인은 오후 내내 잔다. 엎드린 채로 한 손은 베고 있는 쿠션 아래에 넣고 있다. 마치 지금 이 순간에도 칼을 잡으려는 것처럼. 나는 맞은편 1인용 소파에 앉아 책 읽는 시늉을 하며 그를 가만히 바라본다. 내 안에 느껴지는 긴장은 케인에 대한 두려움이 아니라 케인을 향한 염려 때문이다. 과거에 벌어진 끔찍한 일을 받아들이기가 쉽지 않은데, 케인은 어떻게 그렇게 침착했는지, 이성적이었는지, 그리고 '안' 억울했는지 궁금하다. 나였다면 비명을 멈추지 못했을 텐데. 지금 이 순간에도 케인은 너무나 곤히 자고 있다.

케인은 그가 내게 키스하던, 그리고 내가 그에게 키스하던 순간을 다 잊어버린 건지 궁금해진다.

그러다 그 이후에 벌어진 일들에도 불구하고 이런 생각을 하는 내가 한심스러워진다. 이기적이다.

마리골드에게서 문자가 온다.

아직도 글 써요?

답장을 보낸다.

앞으로 두 시간은 더요.

정말로 거짓말쟁이가 되지 않으려고 노력이라도 해야 할 것 같아 나는 노트북을 켠다. 놀랍게도 단어들이 나를 사로잡는다. 키보드를 두드릴 때마다 만들어지는 글을 내가 바라보는 것 이상으로 할 게 없다. 현실이 서서히 밝혀지며 색을 잃고 대수롭지 않게 된 이야기. 그런데 갑자기 잘생긴 남이 내게 비밀을 털어놓는다. 고통과 불의를 간직한 비밀. 잘생긴 남을 프로이트 결과 만화 주인공 턱으로 이어준 비명은 그의 머릿속에서 소리 없는 메아리가 되어 울린다. 나는 모든 실을 이어 이야기라는 거미줄로 만들려는 그의 욕구를, 저절로 흘러가는 상황에 대한 그의 불신을 알아차린다. 이야기가 언제든지 등을 돌릴 수 있음을 그는 잘 알고 있다. 아마도 나보다 더.

고개를 드니 케인이 눈을 떠서 나를 보고 있다.

내가 미소 짓는다.

"일어났네요. 피곤이 좀 풀렸어요?"

케인이 천천히 고개를 끄덕인다.

"몇 시예요?"

나는 재빨리 노트북 화면을 본다.

"5시쯤 됐어요.

케인이 일어나 앉는다.

"정말 미안해요, 프레디. 몇 분만 자려고 했는데."

케인이 멀게 느껴져서 내가 다가간다. 그와 가까워지고 싶다. 그의 옆에 앉자마자 케인이 몸을 돌려 내게 입을 맞춘다. 나는 흠칫 놀라지만 곧바로 빠져든다. 가슴이 뜨거워진다. 너무 열중해서, 너무 강렬하게 키스한 나머지 몸이 떨린다. 케인이 거친 숨을 몰아쉬며 입술을 떼자, 내가 싫다는 뜻으로 숨을 헉하고 들이쉰다.

케인이 내 눈을 들여다본다.

"진심이에요?"

내가 케인을 끌어당긴다. 다른 건 몰라도 내 감정에 대한 확신은 어느 때보다도 높다.

하지만 케인은 자기 주변에 처진 거미줄에 내가 걸려들까 봐 두려워한다.

나는 손으로 케인의 얼굴을 감싼 다음 그의 과거를 다 알면서도 나 스스로 이 순간을 선택했음을 어떻게 확실하게 보여줄 수 있을지 생각한다. 결국 진심을 담아 케인에게 키스하며 말로 하기에는 까다로우면서도 다 담아내지 못하는 모든 생각과 감정이 전달되기를 바란다. 입술이 맞닿은 시간이 길어지고, 맥박이 빨라지면서 몸이 뜨거워진다. 케인이 내 셔츠의 작은 단추를 더듬거리며 풀다가 맘대로 되지 않자 두어 개는 뜯어버린다.

"바늘과 실을 잘 다룰 줄 모르면 나한테 혼날 거예요."

마룻바닥 위에서 뱅그르르 돌다 멈춘 단추를 보고 내가 으름장을 놓는다.

"프레디를 위해서라면 배울게요."

케인이 내 목에 입을 대고 속삭인다.

나는 서두르지 않고 케인의 셔츠 단추를 푼 다음 조금 더 신경 써서 벨트를 푼다. 내 손가락이 그의 골반 위 흉터를 쓰다듬는다.

"이건 어쩌다 생긴 거예요?"

케인은 지금 이런 걸 묻는 게 재밌다는 표정을 짓는다.

"맹장 수술 흉터예요."

"여기도 있네요."

등 아래쪽에 살이 차올라 튀어나온 흉이 손끝에 느껴진다.

"지금 주제를 바꾸려는 거예요?"

아니라고 답하려 하지만 케인이 내 입을 막고, 나는 질문을 멈추기로 한다. 우리는 둘만의 분위기에 빠져든다. 살결과 온기, 숨소리와 심장 고동. 새로운 사랑을 알아가며 희열과 한껏 뜨거워진 갈급함을 채운다.

그 뒤에 나는 케인을 침대로 이끈다. 우리는 또 사랑을 나누며 서두르지 않고 서로의 몸을 알아간다. 케인 등에 있는 흉터에 입을 맞추다 또다시 궁금해진다.

"이건 맹장 수술 때문이 아닌 것 같은데요?"

"프레디, 나는 지금 프레디의 질문에 대답을 못 하겠는 걸요."

케인이 그렇게 말하며 나를 가슴 앞으로 끌어당긴다.

"내 심문 방식이 맘에 들지 않는가 보죠?"

"아니, 좋긴 한데…… 왠지 부작용을 초래할 것 같아서요." 케인이 내 가슴 아래쪽에 입술을 댄다. "프레디에게 이런 분위기에서 그 흉터에 왜 관심을 보이는지 물어봐야 할 테니까요."

나는 케인의 말이 끝나기를 기다린다.

"그렇군요. 거기가 윗의 상처와 정확히 같은 위치예요."

"그래요?" 케인이 멈칫한다. "나는 감옥에서 찔린 거예요……. 침대 뼈대를 이용해 만든 칼이었어요."

"다른 수감자가 케인을 죽이려 했던 거예요?"

"그런 목적은 아니었어요." 케인이 나를 품에 끌어안는다. "일종의 처벌 같은 거였어요……. 그리 대수롭지 않았어요. 안전한 위치에 찔렸으니까요."

"그게 가능해요?"

"칼을 쓰는 남자가 한때 외과 의사였다면 가능하죠. 장기 손상이나 영구적 장애 없이 일을 끝낸 다음 교도관을 불러 나를 의무실로 데려가게 했어요."

"왜 벌을 받은 거예요?"

"글쎄요, 사실 나도 잘 모르겠어요. 가끔은 현실을 받아들이고 직시하지 않는 게 가장 현명하잖아요."

"케인을 죽일 수도 있었어요!"

"아뇨, 자기들이 무엇을 하는지 잘 알고 있었어요. 그리고 아까 말했듯이 칼을 쓰던 남자가 외과 의사였고요. 움직이지만 않으면 목숨은 잃지 않아요. 몸부림이라도 쳤으면……."

"오, 하느님 맙소사."

케인이 내 머리 위에 입을 맞춘다.

"프레디가 끔찍한 상상을 하기 전에 덧붙이자면, 내가 성인이 된 후에 복역했던 교정 시설은 전반적으로 꽤 혁신적인 곳이었어요. 그렇다고 즐거운 여름 캠프 같은 건 아니었지만, 앨커트래즈 같은 악명 높은 곳도 아니었어요."

"하지만 케인이 말을 안 듣는다고 칼로 찔렀는데요?"

케인이 웃는다. 웃음소리가 귀가 아니라 나와 맞닿은 그의 가슴을 통해 느껴진다.

"교도소의 공식적인 징계가 아니었어요, 프레디."

"어쨌든 그런 일이 벌어졌잖아요."

"혁신적인 교도소라도 그곳만의 규칙과 위계질서가 있으니까요. 그리고 교도소에 있는 사람들이 반드시 공정하거나 합리적이지도 않고요."

"그럼 그 사람들에게는…… 아무런 조치가 없었어요?"

"정식 경위서에는 내가 부엌에서 미끄러져 혼자 다친 걸로 되어 있어요."

"하지만 칼로 찌른 사람을 케인은 알 거 아니에요?"

"뭐, 이제는 다 잊었어요."

"그래도……."

케인이 키스로 말을 막는다. 부드러우면서도 내 분노를 잠재우기에 효과적이다.

"걱정해줘서 고마워요, 프레디." 케인이 나와 손깍지를 낀다. "프레디의 그런 마음이 내게는 정말 특별해요. 하지만 오래전 일이에요. 나로서는 최선의 결정이었고…… 그리고 용케 살아남았잖아요."

나는 케인의 어깨에 머리를 기대고 앉아 지금 이 순간을, 케인과 함께하는 기분을 만끽한다. 그는 교도소에서 자신의 첫 소설에 관한 생각이 싹트던 때를 말해준다. 전과자를 고용하려는 사람이 거의 없다는 현실을 맞닥뜨릴 때까지 머릿속을 떠나지 않던, 그리고 자유가 주어진 세상에서 어떻게든 살아남으려고 애쓰며 써낸 이야기. 나는 케인의 품속에 이렇게 영원히 있고 싶다. 아니면 적어도 배고파지기 전까지만이라도 있고 싶다. 누군가가 문을 부서져라 두드려대지 않았다면 말이다.

내 이름을 부르는 목소리를 듣지 않아도 알 것 같다. 마리골드다.

내가 앓는 소리를 낸다.

"전화하겠다고 해놓고, 케인 때문에 깜빡했어요."

케인이 빙그레 웃는다.

"칭찬으로 생각할게요."

케인과 내가 허둥대며 옷을 입고 문을 열 때쯤에는 이웃 몇몇이 문을 두드려대는 소리에 무슨 일인지 보려고 고개를 내밀고 있다. 마리골드가 문이 열리자마자 나를 끌어안는다.

"프레디가 전화도 안 하고 내 메시지에 답도 안 하고, 혹시 무슨 일이 생긴 건 아닌지……"

"난 괜찮아요, 마리골드. 그보다 미안해요……. 내가 핸드폰을 꺼놨어요."

"왜요?" 마리골드가 케인을 보더니 흠칫 놀란다. "케인!"

"마리골드, 어서 와요."

케인이 바로 직전에 옷을 찾아 입고 거실에서 인사한다.

"케인이 여기 있다는 얘기는 안 했잖아요."

마리골드가 비난하듯이 말한다.

"말할 기회가 없어서……."

"글 쓰고 있다면서요."

나는 뭐라 해야 할지 몰라 머뭇댄다.

"아니었어요."

케인이 내 손을 잡으며 대신 대답한다.

"나 때문이에요."

마리골드가 우리를 보며 입을 딱 벌린다.

"지인짜요?"

솔직히 지금 상황이 나는 조금 어이없다. 우리는 다 큰 성인 아닌가. 그런데 마리골드는 진심 어리지만 조금은 달갑지 않은 걱정으로 나를 확인하겠다고 헐레벌떡 왔다.

"여기까지 어떻게 왔어요? 설마 걸어온 건 아니죠?"

"당연히 아니죠. 우버가 있잖아요." 마리골드가 케인에게서 눈을 떼지 않는다. "보아하니 경찰에게 오해가 있었던 것 같네요……. 그럴 줄 알았어요!"

내가 케인을 살짝 본다.

케인이 한숨을 쉰다.

"내가 최근에 사람을 죽였다고 경찰이 제기한 혐의를 말하는 거라면, 네, 맞아요, 오해였어요."

"최근요?"

내가 커피를 내리겠다고 큰 소리로 말한다.

케인은 마리골드와 부엌에 같이 앉아 내게 이미 했던 이야기를 더하거나 빼는 것 없이 털어놓는다. 마리골드가 한동안 침묵하다가 입을 뗀다.

"케인은 죽일 생각이 없었던 거예요? 새아버지 말이에요."

케인은 잠시 생각하더니 대답한다.

"네. 하지만 죽이지 않겠다고 생각한 것도 아니에요. 새아버지를 내게서 떨어뜨려놓고 싶었을 뿐이죠."

마리골드가 케인을 와락 껴안는다.

"정말 힘들었겠어요, 케인."

케인이 쏟아질 뻔한 커피를 가까스로 붙잡는다.

"케인을 맡은 재수 없는 변호사가 누구였어요?" 마리골드가 팔을 풀지 않은 채 묻는다. "변호사가 얼마나 돌머리였으면 그런 일로 감옥을 가게 하나요?"

"변호사가 몇 명 있긴 했는데, 얼굴을 제대로 본 적 없어요. 솔직히 말하면요." 케인의 얼굴에 어두운 빛이 스친다. "새아버지는 경찰이었어요. 내가 그를 죽인 것만으로도 충분히 나쁜 일이었죠. 그러니 새아버지의 명예마저 더럽혀지게 놔두지 않은 거예요."

마리골드가 고개를 절레절레 흔든다.

"지금이라도 고소해요! 어처구니없는 일이에요!"

"그럴 수도 있지만 난 그냥 넘어가고 싶어요."

"하지만……."

"부탁 하나만요. 윗에게는 마리골드가 말해줄래요? 내가 이 이야기를 또 하면, 같은 이야기를 반복해야 하는 노수부

(영국의 낭만주의 시인 새뮤얼 콜리지의 〈노수부의 노래The Rime of The Ancient

Mariner)에서 노수부는 자신의 죄를 참회하기 위해 반복해서 같은 이야기를 한다.—옮긴이)가 될 것 같아서요."

마리골드가 고개를 끄덕인다.

"네, 그럴게요." 이번에는 나를 본다. "둘 사이도 말해도 돼요?"

순간 당황한 케인이 답변을 내게 맡긴다.

나는 마지막 남은 팀탐 봉지를 뜯으며 테이블에 앉는다.

"그럼요. 단, 미화하지는 말아요."

"미화한다니요!" 마리골드가 억울해한다. "그건 소설가가 하는 일이잖아요!" 그러더니 눈에 눈물이 맺힌다. "둘이 잘돼서 정말 기뻐요."

내가 어색한 분위기를 조금 날려보려 소중한 초콜릿 비스킷을 나눠준다.

우리는 하나씩 먹기 시작한다. 내가 마리골드와 케인에게 팀탐에 커피를 빨아들여 먹는 방법을 보여준다. 호주 사람들 사이에서 음식 문화에 대한 가장 위대한 기여라고 자부하는 팀탐슬램이라고 부르는 방법이다. 비스킷이 부서지기 전에 커피를 완벽히 빨아들이는 기술이 필요한데, 마리골드와 케인 둘 다 팀탐을 맛있게 먹는 예술에는 초보다.

먹는 기술을 가르쳐주다 보니 심각하던 대화가 조금 가벼워진다. 파티까지는 아니지만 초콜릿과 커피, 그리고 두 가지를 우스꽝스럽게 먹는 방법이 주는 즐거움이 있다.

"마리골드, 집까지 태워줄까요?" 케인이 내 손을 잡으며 일어선다. "난 이제 가서 집을 원상 복구해야 할 것 같아요."

"집에 무슨 문제라도 있어요?"

"경찰이 집을 수색했거든요. 누가 내 물건을 더 많이 꺼내서 쌓아놓는지 경쟁하다시피 해놨을 거예요."

"그건 너무 심한데요. 그래도 되는 거예요?"

"되죠." 케인이 유감스럽다는 듯 고개를 끄덕인다. "경찰은 그래도 돼요. 철저하게 하지 않으면 경찰이 아닌 거예요."

"우리가 정리하는 거 도와줄게요!"

마리골드가 선포하듯 말한다.

"고맙지만 나 혼자서도 괜찮을 거예요."

케인이 사용한 커피 머그잔을 싱크대로 가져간다.

"아니요, 괜찮지 않아요." 마리골드가 굽히지 않는다. "케인이 괜찮을 리 없어요. 같이 해요……. 일손이 많으면 좋잖아요."

케인이 어쩔 줄 모르겠다는 표정을 짓는다.

내가 케인에게 혼자 있을 시간을 조금 주자고 말한다.

"우리가 필요하면 케인이 전화할 거예요."

하지만 마리골드는 마음을 바꿀 생각이 전혀 없다.

"케인이 홀로 엉망이 된 집을 정리한다고 생각하면 프레디도 나도 잠을 이룰 수 없을 거예요."

"이건 정말로 내가 혼자서 해야 할 일이에요, 마리골드."

"아뇨, 혼자는 안 돼요. 지금은 케인에게 친구가 필요하다고요!"

또다시 마리골드의 눈에 눈물이 차오른다. 내면에 잠재된 연약함에 나는 또 한 번 놀란다.

케인도 느꼈는지 마리골드의 뜨거운 동지애를 결국 받아들인다.

"알았어요. 고마워요."

내가 버튼이 전부 제대로 달린 셔츠로 갈아입고 코트를 챙긴 다음 우리 셋은 케인의 오래된 지프로 간다.

"미안해요." 마리골드에게 들리지 않을 만큼 멀어졌을 때 내가 속삭인다. "내가 마리골드에게 말해서……."

"아뇨, 됐어요. 나의 가장 큰 비밀은 이미 다 드러난걸요."

해나에게,

별일 없기를 바라요. CNN에서 뉴스를 봤는데 호주에 홍수가 났다던데요. 어제까지 산불이 나고 있지 않았나요? 아무튼 해나의 아름다운 나라를 맹렬히 휩쓰는 자연재해에는 영향을 받지 않는다 하더라도 무력해지지 않기를 바라요.

그건 그렇고, 우리의 여주인공께서 악당과 잠자리를 같이하는군요. 오래된 문학적 장치죠! 오래되었지만 독자에게 잘 먹혀요. 앞으로 해나의 기대가 산산조각 날 순간이 더더욱 강렬해지겠군요. 그리고 확실하지는 않지만, 마리골드와 윗에게도 마찬가지겠죠. 음, 어쩌면 마리골드는 아닐지도요. 케인에 대한 의심을 완전히 거두지 않은 것 같거든요. 하지만 윗은 확실히 엄청난 충격을 받을 거예요. 프레디와 케인의 정사 장면을 생각해봤는데, 이야기가 너무 잘 흘러가지 않으면 더 낫지 않을까 싶어요. 케인이 살인적 분노의 증상이나 원인으로 발기불능이거나, 아니면 굴욕을 주거나 받아야 하는 성욕을 가지고 있다거나요. 그런 장면이 전체 이야기에 어떤 원색적 강렬함을 더할 수도 있을 것 같아요.

내 주소 말이에요. 해나가 나한테 보내주고 싶은 게 있다는 말에 정말 감동했어요. 하지만 솔직히 말하자면, 해나, 호주와 미국 간 국제 우편 요금이 어느 정도인지 잘 알기 때문에 양심상 해나에게 그런 돈을 쓰게 하고 싶지 않아요. 뭘 보내려는지 모르겠지만 그냥 가지고 있어줘요. 언젠가 내가 직접 가서 받을게요.

해나를 아끼는 친구,

리오

21 •

케인의 아파트는 록스버리에 있는 오래된 건물로 보수공사를 하면 꽤 괜찮을 것 같다. 소년티를 벗은 남자 무리가 건물 입구 앞 인도에 몰려 있다. 우리가 지나가는데 그중 두어 명이 케인에게 인사를 한다. 가볍고 전혀 공격적이지 않은 비속어를 섞어가며 큰 소리로 말한다. 케인은 친숙하게 인사를 받아주지만 걸음을 멈추거나 우리를 소개하지는 않는다. 건물 안으로 들어가서 보니 여기저기 부서지기도 하고 페인트도 바랬지만 더럽지는 않다. 엘리베이터가 철커덩거리며 올라가 3층에 도착하고, 케인이 319호라고 적힌 문을 열어준다.

경찰이 왔다 갔다는 사실을 몰랐다면 우리가 경찰을 불렀을 것 같다. 집 안이 난장판이다. 선반이란 선반은 전부 비어 있고, 서랍들은 하나같이 다 뒤집혔고, 소파와 의자는 모두 뜯어졌다. 방 한가운데에 물건들이 산처럼 쌓여 있다. 눈앞에 펼쳐진 광경에 우리는 한동안 할 말을 잃는다.

"우리, 책부터 하죠." 내가 정리를 시작할 곳을 고른다. "책장에 꽂기만 하면 되니까요. 케인, 원래 어떻게 꽂아놨어요?"

"무슨 말이에요?"

"알파벳순으로 했었어요?"

"소설과 시는 이쪽에, 비소설과 조사 자료는 저쪽에요." 케인이 각각에 해당하는 책장을 손으로 가리킨다. "그리고, 맞아요, 저자명의 알파벳 순서대로요."

내가 싱긋 웃는다. 내 책들은 자리만 있으면 아무렇게나 꽂힌다. 그래서 정리하기는 쉬운데 찾기는 쉽지 않다.

"플롯 짜놓은 방은 어떻게 됐어요?" 불현듯 궁금해진다. "설마! 경찰이 그것도 다 뜯어놨어요?"

"대부분 가져갔어요. 내 노트북도요." 케인이 자제해보지만 목소리에서 좌절감과 화가 느껴진다. "내가 어떤 의도를 내비친 거라면 뭐라도 찾아보려는 거겠죠."

나도 모르게 기겁하는 표정을 지었는지 케인이 나를 팔로 감싸준다.

"그래도 아주 최악은 아니에요." 케인이 차분하게 말한다. "원고와 플롯을 짠 도표는 모두 백업해서 나한테 이메일로 보내놨어요."

내가 케인에게 기댄다. 케인이 내 눈을 바라보고, 우리는 잠시 둘만의 세상에 빠진다.

"저기요, 거기 두 분. 빨리 일하세요!"

마리골드가 소설책 한 무더기를 들고서 책장에 알맞게 꽂는다.

우리 셋이서 거실을 어느 정도 정리가 된 상태로 돌려놓는다. 나는 알파벳 순서에 맞게 책들을 하나씩 꽂으며 케인의 독서 취향을 알아가는 데에 재미를 느낀다. 지적이면서 다양하고 또 다방면에 걸쳐 있다. 여백에 메모를 끄적거린 손때 묻은 고전, 신간, 권위 있는 상을 받은 책과 삼류 소설, 간간이 보이는 만화 소설, 유의어 사전과 문법책 몇 권.

"젠장!"

마리골드가 침실 문에 서 있다.

내가 책장 앞을 잠시 떠나 무슨 일인지 보러 간다. 침실도 역시나 엉망진창이고, 옷과 이불부터 신발과 추가로 나온 책까지 커버를 완전히 벗긴 침대 옆에 가득 쌓여 있다. 매트리스는 날카로운 것으로 죽죽 베이고 폼과 천이 뜯겨 스프링이 드러나 보인다.

"경찰관 하나가 침대 커버에서 구멍이라도 찾았나 보네요." 케인이 한숨을 쉰다. "사람들이 매트리스 안에 종종 물건을 숨겨놓기도 하니까요."

"그래도 이렇게 해놓고 가버리나요?" 마리골드는 극도로 화가 나 있다. "케인은 어디서 잠을 자란 말인가요?"

"감옥에서 자기를 바랐겠죠."

"아무리 그래도 이렇게 해놓고……."

"내가 작성해야 할 서류는 잘 남겨놓고 갔네요."

"서류 뭉치 위에서 잘 수는 없어요, 케인." 마리골드의 분노가 걷잡을 수 없이 솟구친다. "오늘 일에 대해서 변호사에게 말해야……. 케인, 변호사는 있죠, 있는 거죠?"

"난 배가 너무 고픈데." 케인이 내 손을 꽉 쥔다. "배고프지 않아요? 피자라도 주문해요."

"나도 고파요." 화제를 돌리려는 케인의 의도를 눈치챈 데다 음식 얘기를 하니 정말로 배가 고픈 것 같아 얼른 덧붙인다. "자주 가는 피자 가게가 있어요?"

"여기서 두 블록 너머 피자집이 하나 있는데 배달도 해줘요." 케인이 주머니에 손을 넣더니 무언가를 깜빡했다는 듯이 얼굴을 찌푸린다. "젠장……. 프레디, 핸드폰 좀 빌려줄래요? 경찰이 내 전화기를 또 가져갔어요."

케인이 내 핸드폰을 받아 번호를 누른다.

"뭐 먹고 싶은지 말해줘요, 마리골드. 아니면 우리 모두 채식 피자를 먹게 될지도 몰라요."

마리골드가 페퍼로니에 안초비를 곁들인 피자가 있는지 묻고, 나는 파인애플과 할라페뇨가 들어간 채식 피자를 주문한다.

"피자에 과일을 올려달라는 거예요?"

케인이 속삭인다.

"날 믿어봐요, 진짜 맛있어요."

내가 장담한다.

케인이 의심을 거두지 않은 채 주문을 끝낸다. 우리는 피자를 기다리면서 혹시 접시가 필요할 수도 있으니 11자 형태로 된 부엌을 정리하기로 한다. 케인의 집에는 최소한의 조리 도구만 있어서 그리 오래 걸리지 않는다. 피자가 도착할 때쯤에는 부엌 정리가 거의 다 마무리된다.

우리는 거실 바닥에 앉아 피자 박스를 펼쳐놓고 그대로 먹는다. 나는 마리골드와 케인에게 파인애플이 더하는 묘미를 직접 알려주려고 채식 피자를 권한다. 마리골드는 반발하고, 케인은 한 조각을 다 먹지만 완전히 받아들였는지는 확실치 않다.

"윗이 좋아할 수도 있겠네요." 케인이 말한다. "그 이상한 도넛하고 비슷한 구석이 있어요."

나는 미국 사람들의 형편없는 미각을 놀리며 비트와 달걀 프라이를 넣은 햄버거의 완벽함을 설명한다.

얼마 동안 우리는 경찰이 범행 도구를 찾겠다며 샅샅이 헤집어놓고 간 집에 정리하러 와 있음을 애써 무시한다. 하지만 어쩔 수 없게도 대화는 현재로 돌아온다.

"경찰이 어떤 이유로 케인이 숀 제이컵스를 죽이고 싶어 했다고 생각하는지 모르겠어요." 마리골드가 피자에서 파인애플을 골라내며 말한다. "말이 안 돼요."

케인이 어깨를 으쓱한다.

"병으로 날 때린 걸 보복하려 했다고 생각하겠죠. 아마도요."

"하고 싶었어요?"

마리골드가 묻는다.

"네에?"

마리골드가 그런 걸 묻다니, 그런 생각을 했다니, 나는 믿어지지 않는다.

케인은 그저 마리골드를 가만히 본다.

"그러니까, 케인은 아주 조금이라도 그 사람에게 화가 나지 않았어요?" 마리골드가 질문을 분명하게 다시 한다. "케인이 죽이지 않았다는 거 알아요. 하지만 화는 안 났어요? 화가 나는 게 자연스러운 거예요."

나는 마리골드가 심리학을 공부하는 대학원생임을 기억한다. 실체로 현현한 프로이트 걸.

"부는 약에 취해 있었어요." 케인이 대답한다. "나는 그런 상황을 만들었던 나 자신에게 화가 나요. 내가 혹시 모를 위험을 잘 살펴야 했어요. 머리를 피하기만 했어도 됐을 거예요." 케인이 고개를 절레절레 흔들더니 뒤에 있는 책장에 기댄다. "프레디가 경찰에 전화하라고 했을 때 말을 들었더라면, 부는 감옥에 갔겠지만 죽지는 않았을 거예요."

"그건 모르는 일이에요."

내가 슬며시 케인 옆에 가서 앉는다.

마리골드가 동의한다.

"보스턴에서는 매일 밤 싸움과 폭행이 모르면 몰라도 열두어 건은 일어나요. 그러니 그 일은 보스턴 경찰이 던킨 글레이즈드 젤리 도넛에서 고개를 들고 쳐다볼 만한 축에 들지도 않았을 거예요."

내가 엉망이 된 집을 둘러본다.

"지금은 확실히 고개를 들었네요."

마리골드가 무언가를 생각하듯이 미간을 좁힌다.

"살인 사건이 되었으니까요."

케인은 마리골드를 애신즈 스트리트에 있는 집에 먼저 내려준다.

"케인을 자기 아파트로 돌아가게 하지 않을 거죠, 그렇죠?" 마리골드가 지프에서 내리려다가 내게 속삭인다. "침대 상태가……."

내가 웃는다.

"내 소파에서 자게 할게요."

마리골드는 뭔가 말을 하려다 생각을 바꿨는지 몸을 돌려 차에서 내리려 한다.

그러더니 내 쪽으로 다시 몸을 돌려 볼에 가볍게 입을 맞추고는 귀에 대고 작게 속삭인다.

"조심해요."

나는 그녀의 경고에 혼란스럽고 약간 놀라서 마리골드의 뒷모습을 멍하니 바라본다.

"무슨 문제라도 있어요?"

케인이 묻는다.

"마리골드가 오늘 밤 케인이 어디서 잘지를 걱정해서요."

"아, 그래요." 케인은 아까 내가 우리 집에서 자는 게 좋겠다고 조용히 제안했을 때 갈아입을 옷을 급히 챙겨 넣은 배낭을 힐긋 본다. "마리골드는 내가 어디서 잘까 봐 그렇게 걱정하는 건가요?"

"매트리스를 그렇게 무자비하게 만들어놓은 상황을 염려하는 거죠."

나는 마리골드가 마지막에 흘리듯 말한 충고는 꺼내지 않는다. 그 말의 의미를 나부터도 모르겠으므로.

"프레디는 진짜 괜찮은 거예요?"

내가 팔꿈치로 케인을 쿡 찌른다.

"우리가 오후를 어떻게 보냈는지 잊은 거예요?"

케인이 가볍게 웃는다.

"잊지 않았어요. 하지만 나 혼자 단정 짓고 싶지도 않아서요." 그러더니 기어를 바꾼다. "프레디에게는 나에 대해 알게 된 사실을 생각할 시간이 없었잖아요. 내가 한 짓을 어떻게 받아들일지 프레디 나름대로 정리할 시간이 있어야죠."

그 순간 퍼뜩 기억 하나가 떠오른다.

"그때 부가 케인이 한 일을 내가 알고 있는지 묻던 게 이거였던 거예요?"

운전대를 잡은 케인의 손에 힘이 들어간다.

"부가 그런 말을 했어요? 나도 잘 모르겠지만 아마 그럴 거예요."

"부가 그걸 왜 신경 쓰는 거예요?"

"그게 무슨 말이에요?"

"몹시 화가 난 것 같았거든요."

케인이 어깨를 으쓱한다.

"그건 아마 약 때문일 거예요." 케인은 캐링턴 스퀘어의 방문자 주차 구역에 차를 세운다. "내가 한 말 생각해봐요, 프레디. 만약 나하고 엮이는 것에 대해 생각할 시간이 더 필요하다면 그렇게 해도 돼요."

나는 케인을 쳐다보지 않는다. 그를 보면 내 안에 있는 신중과 이성의 끈을 놔버리게 된다는 걸 잘 알아서다. 대답을 기다리는 케인의 심장박동 소리가 내 귀에까지 들리는 것 같다. 아니면 내 심장 소리일지도. 나는 숨을 길게 내쉰 다음 고개를 든다.

"네, 생각해봤어요, 난 괜찮아요."

케인의 입은 웃고 있지만 깜짝 놀란 듯하다. 조금 당황하는 것 같기도 하다.

"프레디……."

"이미 엮인걸요. 우리가 연인이든 아니든 상관없이 말이에요." 내가 용기를 내서 물어본다. "케인은 생각이 다른 거예요?"

케인이 눈을 동그랗게 뜬다.

"아니요!" 그러더니 내 손을 힘주어 잡는다. "프레디와 함께하는 게 싫다는 말이 아니에요. 나는 이런 일을 한번 겪어봤잖아요. 게다가 유죄 선고를 받은 범죄자고요. 경찰이 한동안은 내 삶을 지옥으로 만들 텐데, 프레디까지 피해를 보는 건 원치 않아요."

나는 고개를 끄덕이며 날 지켜주려는 케인 때문에 뭉클해진다.

"알겠어요. 하지만 난 케인을 믿어요. 케인을 신뢰해요. 내 마음을 다 보이는 것 같아 쑥스럽지만, 케인을 사랑하게 된 것 같아요. 피해를 걱정 안 해도 되는 단계는 이미 지나간 거죠. 그러니 지금은 우리가 서로에게 어떤 존재인지 생각하고, 이후의 일은 미리 걱정하지 말고 그때 가서 해결해요."

케인이 내게 격렬하게 키스한다. 케인에게서 느껴지는 감정과 그에 반응하는 내 감정이 온몸을 강렬하게 훑고 지나간다. 우리는 지프에 조금 더 머물다가 차에서 사랑을 나눌 나이는 지난 관계로 집으로 들어가기로 한다.

로비를 지나가는데, 조가 나를 부르더니 컵케이크를 잘 먹었다고 인사한다.

"좀 더 가지고 올게요."

그제야 내가 컵케이크를 완전히 잊어버리고 있었음을 알아차린다. 내 기억이 맞다면, 커피 테이블 위에 그대로 올려져 있을 것이다.

"아, 아닙니다. 킨케이드 양 드세요. 저는 컵케이크를 적게 먹어야 해서요." 조가 풍만한 배를 두드린다. "그리고 오늘 근무도 어차피 끝났습니다." 그러더니 책상에서 명함 한 장을 집어 내게 내민다. "전에 왔던 여형사가 킨케이드 양이 외출한 사이에 다녀 갔어요. 자기에게 전화해주면 좋겠다고 했어요."

명함을 받아 주머니에 넣고 얼른 시계를 확인한다. 자정이 다 되어간다. 조가 분명 "좋겠다"고 했으니, 요청이지 명령이 아니다. 이 시간에 전화해야 할 만큼 급한 일은 아니라는 말이다.

"내일 아침에 전화할게요."

케인과 나는 컵케이크를 먹으며 이야기를 더 나눈다. 나는 물어보고 싶은 게 정말 많지만 케인을 심문하고 싶지도 않고…… 케인에게 심문하는 것처럼 보이고 싶지도 않다. 그래서 케인 매클러드라는 사람의 공손함이 어디서 나오는지를 궁금해한다. 그는 야단스럽지도 거칠지도 쌀쌀맞지도 않고, 교도소에서 몇 년을 살다 나오기까지 했다. 어떻게 그게 가능했을까?

"내가 출소한 지도 7년이나 지났어요." 케인이 상기시킨다. "감옥에 있던 시간만 내 인생에 영향을 준 건 아니에요."

"그렇다고 해도 케인에게는 아예 아무런 흔적이 남지 않은 것 같아요. 내가 5년 전에 몇 개월 동안 요가를 했었는데, 지금도 트라우마가……."

케인이 부드럽게 웃는다. 그의 웃음소리가 듣기 좋다. 웃음에서 신뢰와 친밀함이 느껴진다.

"내 첫 소설 읽어봤어요?"

그 순간 나는 머리를 한 대 얻어맞은 것 같다. 내가 왜 책 읽어볼 생각을 못 했을까.

"아직요, 하지만……. 아, 세상에나, 변명할 여지가……."

"말도 안 되는 소리 하지 마요, 프레디." 케인이 팔로 나를 감싼다. "작가가 쓴 책을 읽는 게 필수 조건이라면 우리 중 누구도 친구를 만들 수 없었을 거예요."

"아니에요……. 필수예요. 내 책이 나오면 필수 사항이 될 거예요."

케인이 웃는다.

"사실 프레디가 안 읽어봤다니 다행이라 생각해요. 겁을 먹고 멀어졌을지도 몰라요."

"왜요?"

"공손함과는 거리가 멀거든요. 분노와 상처와 고통에 관한 이야기예요. 딱 전과자가 쓴 소설 같아요."

"하지만 〈뉴욕타임스〉에서 눈부신 데뷔작이라고 소개했잖아요."

내가 기억을 더듬는다.

케인이 어깨를 으쓱한다.

"사람들이 좋아는 했죠……. 아니면 너무 싫어하다 보니 오히려 성공하게 된 걸지도요."

"그럼 더 이상 그런 글을 쓰고 싶지 않아요?"

"이미 다 뱉어낸 이야기니까……. 다시는 못 할 것 같아요."

"꼭 읽어봐야겠어요." 내가 혼잣말처럼 중얼거리다 케인을 쳐다본다. "혹시 케인이 내가 읽지 않기를 바라지 않는다면요."

"읽어봐요. 대신 악몽 꾸지 않게 마음을 잘 붙잡아요."

과거에 한 일을 아는데도 그를 찬찬히 살펴볼수록 나는 케인이라는 사람에 관한 확신이 든다.

"정말 그 정도일까요?"

해나에게,

아하, 그렇군요. 자서전 같은 첫 소설이라니! 내 첫 작품은 다행스럽게도 아직 서랍 속에 있어요. 그래도 소기의 목적은 달성했고, 내 안의 악마를 쫓아냈고, 말로 하기보다는 부르짖어야 한다고 느꼈던 것들을 전부 토해냈어요. 첫 책은 문학을 빙자한 감정 폭발 같은 거죠. 그나마 내가 사리 분별력이 있어서 아무에게도 보여주지 않은 게 다행이에요. 사람들이 날 체포하거나 입원시켰을지도 몰라요.

내면의 가장 어두운 비밀을 소설의 형태로 공개하겠다는 아이디어는 신의 한 수예요. 인정해요. 잘 보이는 곳에 숨는 것이랄까요. 하지만 말이 되죠. 살인자는 사람들에게 발각되고 싶지는 않지만 자기가 한 일에 대해, 들키지 않고 교묘히 빠져나간 데 대해 인정받기를 간절히 바랄 수밖에 없거든요. 자기 행위를 소설에 자세하게 집어넣는다면 완벽할 거예요.

나도 케인의 소설을 한번 읽어보고 싶네요!

자, 18장쯤에 우리가 살인 사건을 하나 언급했었어요. 해나가 잊어버렸거나 컴퓨터가 고장 나는 바람에 주의를 기울이지 못했을 거예요. 그때 내가 범죄 현장 사진을 몇 장 보냈었어요. 이번 이메일에는 또 다른 사건에서 찍은 사진을 첨부했어요. 범죄 현장을 발견하고 사람들 눈에 띄지 않게 사진을 찍는 기술이 나날이 좋아지고 있어요.

사진을 보면 알겠지만, 이번 피해자는 여성이에요. 머리 손상으로 죽었고, 벽돌이나 망치 같은 둔기로 맞은 것 같아요. 혹시 캐럴라인과 비슷한 피해자가 같은 방법으로 살해당한다면, 사건 간 연결점을 찾는 데에 도움이 되지 않을까 생각했던 적이 있어요. 그리고 처음에는 필요해서 살인을 저질렀지만 이후에는 살인을 그냥 즐기는 자신을 발견하면서 케인의 진화하는 모습을 드러낼 수도 있을 것 같았고요. 분명 그렇게 된 거라 확신해요. 타인의 목숨을 빼앗아보면서 어떤 존재를 손에 쥐고 있다가 촛불 끄듯이 죽여버릴 때의 그 어떤 것과도 비교할 수 없는 전율을 경험하기 전에 자기가 살인을 즐긴다는 사실을 어떻게 알 수 있겠어요? 나를 투영해서 해본 얘기예요, 당연한 말이지만.

아무튼 사진을 한번 보고 생각을 말해줘요.

이거 정말 점점 흥미로워지네요.

친구,

리오

22 ●

아침 9시, 나는 저스틴 드와이어 형사에게 전화한다.

"드와이어 형사님? 찾았다는 얘기 들었어요. 내가 경찰서로 갈까요?"

"아, 아니에요. 그럴 필요는 없어요. 그냥 한두 가지 확인만 할 거라서요. 지금 집인가요, 위니프리드?"

"네……."

"내가 법원으로 가는 길에 거길 지나가야 하거든요. 잠시 들를게요……. 한 30분 후에 볼까요?"

내가 머뭇댄다. 케인이 아직 자고 있다.

"글쎄요……."

"2~3분이면 돼요. 로비에서 만나도 괜찮아요. 그게 더 편하다면요."

"네, 알겠어요. 가능할 것 같아요."

내가 침대 옆 테이블에 핸드폰을 내려놓자 케인이 잠이 덜 깬 채로 나를 품으로 끌어당긴다.

"나 옷 입어야 해요." 내가 칭얼거리며 말한다. "드와이어 형사가 좀 있다 오겠대요."

"왜요?"

"모르겠어요……. 로비에서 만나기로 했어요."

케인이 얼굴을 문지른다.

"나도 가봐야겠어요. 지금 상황을 출판 에이전트에게 말해야 하고, 엄마에게 전화도 하고, 새 핸드폰도 사야 해요. 꼭

이 순서대로 하겠다는 건 아니지만……."

케인이 샤워하는 동안 내가 커피를 내리고, 내가 샤워하는 동안 케인이 토스트를 만든다. 커피를 두어 모금 마시니 벌써 9시 반이다. 아침은 아무래도 못 먹겠다.

"내가 로비까지 같이 갈게요."

케인이 선뜻 말하며 재킷을 입는다.

나는 메모지를 집어 들어 깨끗한 면에 내 전화번호를 적고 케인에게 건넨다.

"새 핸드폰 사고 나면 전화해줘요. 새 번호도 알려주고요." 나는 잠시 망설이다 불쑥 내뱉는다. "그리고 케인이 변호사에게도 연락하면 좋겠어요."

그의 얼굴이 조금 흐려진다.

"예전에 변호사가 있었어요, 프레디. 실력이 좋다 했죠. 비용을 대려고 엄마가 집도 팔았어요. 그런데도 난 7년이나 감옥에 있었어요."

나를 똑바로 보도록 케인을 돌려세운다.

"그렇다고 이번에도 변호사가 도움이 안 될 거라는 말은 아니잖아요." 팔로 케인을 꼭 껴안는다. "생각이라도 해봐요."

케인이 내 이마에 입을 맞춘다.

"알았어요."

"변호사에게 전화할 거죠?"

"음, 생각해볼게요."

"아니면 윗에게라도 말해봐요."

케인이 단호하게 말한다.

"변호사를 고용해야 하는 상황이 되어도 윗은 끌어들이지 않을 거예요. 이제 나 진짜 가봐야 해요."

"오늘 밤에 볼 수 있죠?"

내가 너무 매달리는 것처럼 보이지 않기를 바라며 묻는다.

"상황 봐서요."

"무슨 상황요?"

"프레디가 그때도 원한다면요."

케인과 내가 막 내려가려는데, 드와이어 형사가 계단을 올라오고 있다. 그녀가 흠칫 놀란다.

"혹시 약속을 잊어버렸는가 싶어서 올라왔어요." 드와이어 형사가 손목시계를 재빨리 확인한다. "9시 반이라고 했었죠?"

"네, 맞아요. 미안해요. 내가 좀 늦었어요."

케인이 내 손을 꼬옥 쥔다.

"그럼 난 가볼게요."

케인이 계단에 서 있는 드와이어 형사에게 고개를 살짝 숙이며 지나가더니 계단 밑에 이르러 내게 손을 흔든다.

내가 눈을 돌려 형사를 본다.

"우리도 내려갈까요?"

"이왕이면 집으로 가는 게 좋을 것 같아요. 우리끼리 조용히 얘기할 수 있으니까요."

나는 몇 가지 물어본다는 내용이 조용히 얘기해야 하는 사안인지 물어보려다가 마음을 바꾸고는 드와이어 형사를 집으로 안내한다.

드와이어 형사가 내부를 둘러보며 내 경제적 형편을 가늠한다.

멋쩍어진 나는 싱클레어 재단에 대해 설명한다.

"재단 후원이 아니었으면 이런 집에서 절대 살지 못했을 거예요."

드와이어 형사가 미소 짓는다.

"안 그래도 위니프리드가 상속녀인지 궁금하던 차였어요."

"그러면 정말 좋겠죠!"

커피를 마시겠냐는 내 질문에 드와이어 형사는 좋다고 답하더니 자기를 그냥 저스틴으로 불러달라고 한다.

"호주 사람들은 차를 마신다고 생각했어요."

부엌으로 향하는 내 등에 대고 저스틴이 말한다.

"차도 마시고 커피도 마셔요. 음료에 관해서는 고집을 피우지 않아요. 커피는 어떻게 해드릴까요?"

"블랙으로 진하게요."

나는 커피가 든 머그잔 두 개를 들고 거실로 가 블랙커피를 그녀 앞에 내려놓는다. 저스틴이 두 손으로 잔을 감싸 쥐더니 한 모금 마신다.

"아, 딱 좋네요. 오늘 아침은 이게 필요한 날이었어요."

나는 아무 말도 하지 않지만 형사에게도 인간적인 면이 있다는 생각에, 보스턴 경찰로서 권력을 행사하곤 있지만 평범한 인간이라는 생각에 별다른 이유가 없는데도 안도감을 느낀다.

"문득문득 마음이 힘들 때가 있을 것 같아요. 이런 곳에 산다고 해도요." 저스틴이 말한다. "집 생각이 간절하겠어요."

"가끔요." 나는 솔직히 말한다. "하지만 처음 생각했던 만큼은 아니더라고요."

드와이어 형사가 고개를 끄덕인다.

"케인 매클러드가 지난밤에 여기 있었나요?"

질문이 갑작스럽게 훅 들어온다.

"네."

저스틴은 별다른 반응을 보이지 않는다.

"친구라고 했었는데요."

"친구……였죠……."

"지금은 더 가까운 사이가 되었고요?"

"아마도요."

"그의 과거에도요?"

"네."

"그는 비정한 살인을 저질렀어요."

"자기방어를 했던 거예요."

"그렇게 말하던가요?" 저스틴이 고개를 절레절레 흔든다.

"케인은 겨우 열다섯 살이었고, 상대가 힘으로……."

내가 말을 멈춘다.

"그 '상대'라는 분은 좋은 아빠가 되기 위해서 무엇이든 하는, 훈장을 받은 경찰관이셨어요." 저스틴이 또박또박 확신에 찬 목소리로 말한다. "아벨 매너스는 새아버지가 잘 자고 인사하러 방으로 들어오기를 기다렸다가 목에 칼을 꽂은 거예요."

"케인은 새아버지에게서 벗어나려고 몸부림을 친 거예요. 심지어 그럴 의도가……."

"새아버지를 죽일 의도가 없었다면, 그런 계획을 세우지 않았다면, 왜 칼을 베개 밑에 뒀을까요?"

내 목소리가 커진다. 당연한 걸 이해하지 못하다니 믿을 수가 없다.

"왜냐면 안전하지 않다고 생각했으니까요! 보호하기 위해 넣어둔 거죠."

"오, 위니프리드." 저스틴이 동정 어린 투로 말한다. "그게 사실이라면, 새아버지를 죽이기 전에 아벨이 어머니를 다른 방에 가둬놓은 건 어떻게 설명하죠?"

내가 저스틴을 빤히 본다.

"뭐라고요?"

"아벨은 새아버지가 집으로 돌아오기 전에 어머니를 다른 방에 가둬놓았어요. 새아버지를 죽이려는 계획에 걸림돌이 되지 않도록요. 어머니가 자기를 가로막지 못하게 한 거죠."

"말도 안 돼요."

"위니프리드, 경찰에 신고한 사람이 아벨 어머니예요."

나는 할 말을 잊고 숨을 가다듬으며 생각하려 애쓴다. 케인이 내게 거짓말한 걸까? 갑작스러운 불안과 같이 따라오던 의심에 빠져들지 않게 스스로를 붙잡는다.

"케인 어머니가 방에 갇혀 있었다면 무슨 일이 벌어졌는지 볼 수 없었겠는데요." 놀랍게도 내 목소리는 확신에 차 있다. 나는 형사를 똑바로 바라본다. "그래서 나에게 확인해야 한다는 게 뭐죠, 저스틴?"

저스틴이 숨을 내쉰다.

"지난번에 케인 매클러드라는 남자가 어떤 사람인지 위니프리드가 전혀 모른다는 인상을 확실하게 받았어요. 그래서 위니프리드에게 경고를……."

"그런 인상을 받았다니 유감이네요. 하지만 전혀 아니에요. 나한테 경고해줄 필요 없어요."

저스틴이 고개를 갸우뚱한다.

"케인 매클러드가 위험한 사람임은 아는 건가요? 캐럴라인 펄프리와 숀 제이컵스 사건의 용의자라는 것도요?"

"캐럴라인이 살해당할 때 내가 케인 매클러드 바로 맞은편에 앉아 있었어요. 그리고 숀 제이컵스 때 케인은 공격을 받았지만 경찰에 신고할 생각조차 없었어요." 다시 한번 목소리가 차분해진다. 적어도 내가 듣기에는 그렇다. 어쩌면 내가 저스틴을 기만하는 게 아닐지도 모른다. "그래놓고 왜 죽이겠어요?"

"제이컵스 씨를 보호하려는 목적이 아니라 경찰을 끌어들이고 싶지 않은 이유가 있었는지도 모르죠."

"케인이 출소한 지 7년이나 지났어요, 저스틴. 왜 이제 와서 불특정한 사람을 죽이기로 마음을 먹겠어요?"

"캐럴라인 펄프리 이전에는 살인을 저지르지 않았다고 생각하나 보군요."

"케인은 캐럴라인 펄프리를 죽이지 않았어요. 그녀를 알지도 못해요."

"그럼 그녀의 할아버지가 1심에서 아벨 매너스에게 형을 선고한 재판관인 건 우연이란 말인가요?"

"네?"

내 목소리가 신경질적으로 변한다.

"캐럴라인 펄프리의 조부는 앤드루 키턴 판사로 아벨 매너스에게 10년 형을 선고했어요. 가석방 없이는 7년 형으로요."

저스틴은 시선을 내게 고정한 채 반응을 유심히 살핀다.

"케인이 그걸 알았나요?"

내가 목소리를 가다듬고 묻는다.

"알았을 거라고 생각해요. 그래서 캐럴라인이 살해당하도록 계획을 세워놓고, 동시에 반박할 수 없는 알리바이도 확실하게 만들었을 거라 보고 있어요."

"그 알리바이가 우리인가요? 나하고 윗, 마리골드요?"

"그렇죠."

"하지만 경찰한테는 그걸 입증할 증거가 없는 것 같네요. 아니면 케인을 진작에 체포했을 테니까요."

내가 숨을 내쉰다.

"위니프리드가 안전하길 바라요. 감당하지 못할 일에 말려들지 않았으면 좋겠어요." 저스틴이 팔짱을 끼고 무릎 위에 올려놓더니 몸을 앞으로 기울인다. "케인이 어떤 이야기로 동정을 구걸하며 새아버지를 죽인 이유를 설명했든 그건 살인이었어요. 자신을 스스로 케인 매클러드라고 부르는 자는 위험한 사람이에요."

내가 고개를 가로젓는다.

"난 그렇게 생각하지 않아요."

저스틴은 낙담한 기색이 역력하다.

"그 사람 소설 읽어봤어요?"

이제는 소설 이야기인가.

"아뇨, 아직요."

"내가 읽어봤는데 매클러드 씨와 우정을 유지할지 말지를 정하기 전에 위니프리드도 읽어보면 좋을 것 같아요."

내가 못마땅해하며 눈을 굴린다.

"케인이 이미 말해주기를……."

"전과자가 자신을 감옥에 보내버린 사람들을 찾아가 복수하는 내용이죠. 판사, 변호사들, 지방검사장, 증인들을요."

"아……. 정말요?"

"지금 놀란 건가요?"

저스틴의 목소리에서 아주 조금이지만 승리의 기운이 느껴진다.

나는 어깨를 으쓱한다.

"그거야, 소설에서는 지겨울 정도로 오래된 주제예요. 게다가 그 책은 베스트셀러였어요······."

"위니프리드, 이건 우스갯소리가 아니에요."

"나도 알아요. 하지만 케인이 자기 소설을 따라 하는 것 같다고 나한테 진지하게 말하려는 건 아니겠죠. 소설가는 이야기를 만들어내요. 그게 우리 일이에요." 나는 커피가 여전히 가득하지만 다 식어버린 머그잔을 테이블 위에 내려놓는다. "제게 원하는 게 도대체 뭔가요, 형사님?"

저스틴이 침을 삼킨다.

"내 전화번호를 가지고 있으니, 매클러드 씨가 위니프리드의 생각을 바꿀 만한 말이나 행동을 할 때 나한테 전화해주면 좋겠어요."

"나더러 케인을 감시하라는 말인가요?"

"위니프리드가 다음 피해자가 되지 않기를 바라서예요."

잠시 우리는 침묵 속에 서로를 마주 본다.

"알겠어요."

결국 내가 입을 연다.

"정말로요?"

저스틴이 놀란 듯하다.

"케인이 무고하다는 생각이 바뀌면 전화할게요."

그렇게 약속한들 내가 손해 볼 건 없다. 그리고 케인이 새아버지 외에 누군가를 죽였다고 믿게 되는 순간이 정말로 온다면, 경찰에 전화해야 할 테니까. 내가 조직폭력배의 정부가 된 건 아니지 않은가.

내 약속이 다행히 드와이어 형사를 만족시켰거나, 적어도 마음을 가라앉혔나 보다. 그녀는 법원에 가야 한다는 걸 기억해내더니, 내가 자기 전화번호를 가지고 있고 밤낮 상관없이 언제든지 전화해도 된다고 확실히 한 다음 떠나간다.

그 후 나는 한동안 몸을 움직일 수가 없다. 무얼 해야 하는지 아무 생각도 나지 않는다. 간신히 먹다 만 아침을 치우기로 한다. 분명 케인 품속에서 맞이한 아침이었는데 부당하게 빼앗겨버린 기분이다. 부엌 조리대를 닦고 설거지를 마치자 겨우 드와이어 형사가 한 말을 곰곰이 생각할 수 있게 된다.

케인이 새아버지를 죽인 날 그의 어머니는 어디에 있었는지 물어볼 생각을 못 했다. 어머니는 외출했으려니 하고 막연히 생각했던 것 같다.

핸드폰이 울리고 나는 케인이기를 바라며 전화를 받는다.

"여보세요, 프레디!"

"윗, 잘 지냈어요?"

"네, 의사가 이제 아무 이상 없다고 했어요. 그나저나 케인이랑 통화하고 싶어서요."

"그런데 왜 나한테 전화를 한 거예요?"

"케인한테 전화하니까 어떤 경찰관이 받더라고요. 그리고 프레디랑 같이 있을 거 같아서요. 마리골드가 그러던데 둘이…… 그렇다고…….."

"왜 그래요. 어린애가 된 거예요?"

"그럼 둘이 진짜로?"

내가 한숨을 쉰다.

"케인은 여기 없어요. 핸드폰도 다시 사고 만날 사람도 있다며 오늘 아침에 나갔어요."

"어떤 사람들요?"

"에이전트라고 했어요. 내 바람으로는 변호사도 좀 만났으면 좋겠지만요. 케인은 왜 찾는 거예요?"

"남자만의 일이에요."

"네?"

"들은 대로예요."

윗은 농담을 하고 있지만 케인과 통화를 원한다는 말은 장난이 아닌 것 같다.

"케인이 오늘 핸드폰을 또 살 거예요. 개통하고 나면 나한테 전화하겠다고 했거든요." 내가 덧붙인다. "내가 윗에게 문자로 알려줄 수도 있어요. 그렇게 못 하더라도, 케인이 오늘 밤에 여기로 올 거예요."

고맙다고 말하는 윗의 목소리가 조금 짜증스럽게 들린다.

"무슨 문제라도 있어요?"

내가 조심스럽게 묻는다. 윗이 짧게나마 앞서 내가 신경 쓸 일이 아니라고 말하긴 했다.

"없어요……. 그냥 가택 감금이 너무 길어져서요. 집에만 있다 보니 머리가 좀 이상해지나 봐요."

"혹시 친구가 필요하다면……."

"고맙지만 괜찮아요."

"꼭 케인이어야 해요?"

내가 어리둥절하며 묻는다.

"네."

그러고는 윗이 전화를 끊는다.

나는 오늘이 다른 싱클레어 회원들과 록포트에 가기로 약속한 날임을 리오가 현관문을 두드리기 전까지 까맣게 잊고 있다. 리오가 "걱정 마요. 눈 오는 거 나도 알아요. 그리고 이건 가는 동안 먹을 간식이에요"라고 말하며 소풍 바구니를 들어 보인다.

"아, 맙소사, 리오, 정말 미안해요. 완전히 잊어버리고 있었어요."

리오가 어깨를 으쓱한다.

"내가 5분 빨리 왔으니 아무 문제 없어요. 코트 입고 와요."

내가 고개를 가로젓는다.

"나는 못 가요."

리오의 얼굴빛이 흐려진다.

"왜요?"

"지금 상황이 아주 복잡해서요. 아무래도 집에 있으면서 혹시라도 케인이······."

"하지만 좀 전에 싱클레어 재단의 이사 한 분에게 점심 초대도 받았는걸요. 프레디가 가지 않으면 안 돼요."

"나 대신 정말 죄송하다고 말씀드려······."

"같이 가기로 한 분들이 아래층에서 기다리고 있어요. 프레디를 정말 만나고 싶어 했어요."

"내려가서 인사는 할게요. 직접 사과도 하고요." 마음이 몹시 불안하다. 리오를 바람맞히려는 생각은 추호도 없지만 내가 오늘 어떻게 교외로 나갈 수 있을까? 케인이 전화라도 하면······. 그러다가 정신을 가다듬는다. 한심하게 굴고 있다는 생각이 든다. 누가 날 필요로 할까 봐 마냥 기다리는 건 지금까지 살아온 삶의 태도가 아니다. "갔다가 오늘 다시 돌아오는 거죠?"

"그럼요. 록포트는 차로 겨우 한 시간 거리예요. 저녁 전까지 돌아올 거예요."

아주 잠깐 마음이 다시 흔들린다.

"5시까지는 올 거예요, 프레디, 진짜로요. 평소와 크게 다를 게 없어요." 리오가 바구니를 열어 내게 내용물을 보인다. "내가 쿠키도 만들었어요."

냄새를 맡으니 리오 말이 거짓이 아님을 알겠다. 어쨌든 적어도 쿠키가 들어 있긴 한가 보다. 나는 마음을 돌린다.

"코트 챙겨 올게요."

내 소중한 해나,

리오는 얼마나 훌륭한 친구인지! 그에게 내 이름을 붙여줘서 정말 기뻐요.

우선, 소소한 것부터 얘기할게요. 미국에서는 조리대를 '벤치bench'보다는 '카운터counter'라고 해요.

다음, 우리 케인은 단순히 전과자일 뿐만 아니라 캐럴라인 펄프리에 숀 제이컵스까지 죽일 동기를 갖고 있군요! 물론 목적을 이루려면 공범이 꼭 필요했을 텐데, 그게 또 아주 불가능한 일은 아니니까요. 궁금한 건 케인이 왜 하필 도서관에 있었냐는 점이에요……. 시내 건너편에 있는 어느 술집에서 알리바이를 만드는 게 훨씬 낫지 않았을까요? 하지만 조금 더 생각하면, 케인이 보스턴공공도서관에 있어야 희생자의 비명이라도 들을 수 있었을 것 같아요. 비명이 주는 만족이 있으니까요……. 물론 캐럴라인의 숨통을 끊어버릴 때의 완벽함과는 비교할 수도 없겠죠. 혹시 그런 이유로 케인이 윗을 칼로 찔러야 했던 건 아닐까요? 그럼 이제 궁금한 건 공범의 정체예요. 분명 소설 초반부터 나온 사람일 거예요. 도서관 경비원 중 한 명이거나 아니면…… 아, 설마, 맙소사, 리오군요!

내가 지금 기분 나빠해야 하는 건가 싶지만…… 그 반대예요. 아주 기뻐요. 갑작스러운 이야기 전개가 얼마나 멋진지! 내가 놀랄 이유도 없죠. 결국 그대는 해나 타이곤이고 나는 그대를 돕는 친구니까요.

친구,
리오

23 •

카트리나 월란스키는 런던에서 온 작가로 나이는 쉰 정도로 보이고 큰 키와 늘씬한 몸에 전체적으로 검은색 옷을 입었다. 나를 반기며 포옹하더니 왼쪽, 오른쪽, 왼쪽 순서로 볼에 입을 맞춘다. 그녀에게서 치자나무 향이 난다. 브라이턴 이버 박사라고 소개한 작가는 소말리아 출신으로 키가 작고 한쪽 다리가 불편해 보이지만, 밝은 노란색 패딩 점퍼에 코사크 모자를 쓰고 환하고 편안한 미소와 눈부시게 새하얀 치아를 가지고 있다.

둘 다 첫인상이 참 좋다.

리오가 우리를 소개하며 이름 외에 각자 작품에 대한 아주 짧은 설명을 곁들인다. 카트리나는 1000년 후 미래를 배경으로 한 사변 소설을 쓰는 중이고, 브라이턴은 식민지 시대 이후 외교의 위선에 대한 정치 풍자 소설을 쓴다고 한다. 두 사람은 미스터리 작가를 만나게 되었다며 들뜬 기색을 보인다.

리오가 캐링턴 스퀘어 주민에게서 빌려놓은 차로 우리를 안내한다. 전 좌석이 열선 시트에, 등받이를 기계적으로 조작하는 메르세데스 벤츠 SUV다.

"누가 이런 차를 빌려주나요?"

나는 차 문마다 붙은, 좌석의 알맞은 높이와 각도와 온도 조절 버튼들에서 눈을 떼지 못한다.

"웨인바움 부인이요."

리오가 빙그레 웃으며 답한다.

"웨인바움 부인이 이 차를 몰아요?"

부인의 조그마한 몸에 비해 SUV는 엄청나게 크다.

리오가 어깨를 으쓱한다.

"그렇더라고요."

브라이턴과 카트리나가 뒷좌석에 앉겠다고 해서 나는 리오 옆 조수석에 올라탄 다음 혹시 케인이 새 번호를 보냈는지 핸드폰을 확인한다.

리오는 내가 핸드폰을 주머니에 도로 넣을 때까지 기다려준다.

"괜찮아요?"

나는 고개를 끄덕이며 초조해하지 말자고 다짐한다. 케인과 이야기할 시간은 충분할 테니 그때 저스틴 드와이어 형사가 제기한 혐의에 관해서도 물어볼 수 있을 것이다. 그를 의심하지 않지만, 알고 싶다. 마음 같아서는 당장 케인과 이야기하고 싶다. 차라리 내가 더 물어봤더라면, 그래서 내가 형사의 질문에 대한 답을 다 가지고 있었다면 좋았을걸.

리오가 대화를 주도하며 작품과 삶 속에서 나타난 우리의 유사성을 절묘하게 끄집어낸다. 그래서 말을 하기도 편하고, 듣기는 더 편하다. 나는 머릿속에서 케인을 완전히 지우지는 못하지만, 사회적 기능을 충분히 다하며 오가는 이야기 가운데 내 몫은 해낸다.

리오가 분명히 말했듯이 록포트는 보스턴에서 한 시간 정도 거리이다. 오늘은 길이 눈으로 덮여 있는 데다 도중에 싱클레어 재단의 이사 체이스 퍼킨스, 부인 베카와 점심을 같이하러 스미스 포인트에 들러야 하기 때문에 시간이 조금 더 걸릴 예정이다. 더구나 우리가 체이스 씨의 집을 둘러보는 동안 골든리트리버가 완벽하게 차려진 식사를 재빨리 먹어치우지 않았다면, 음식이 아름답게 준비된 자리에서 맛좋은 핑거 푸드를 먹으며 우리에게는 은인과도 같은 분과 수다를 떠느라 사실상 더 오래 머물렀을 터였다.

우리는 배가 고픈 채로 길을 떠나며 밥을 다 먹어버린 골든리트리버 이야기를 각자 원고에 집어넣겠다고 결심한다. 그러다 올해 싱클레어 재단 수혜자들의 공통 모티프로서 꼭 쓰기로 맹세까지 한다.

그렇게 웃다 보니 어느새 록포트에 도착한다. 나는 부두에 있는 유명한 붉은색 어부 오두막 앞에서 내 동지들의 사진을 찍는다. 추위 때문에 관광객이 많지 않아서 사진 속 세 명은 군중 사이에 서 있지 않아도 된다. 몸에 열을 내리고 폴짝폴짝 뛰는 브라이턴에게 내가 우스갯소리를 한다. 카트리나는 추위를 별로 느끼지 않고, 겨울 도시 풍경에도 나만큼 마음을 빼앗기지 않는다. 나는 눈을 본 적이 있지만 겨우 스키장에서였다. 아티스트 로의 돛 제작에 용이한 층고 높은 다락 건물과 어부 오두막 위에 내려앉은 눈은 마법을 부려놓은 듯이 신비하다. 그림엽서 같기도 하고 시간이 멈춰버린 것 같기도 하다. 내가 미국에서 글을 쓰며 살고 있다는 생각에 가슴이 벅차오르고, 지금이 내 삶의 일부란 사실에 새삼 기쁨이 넘친다.

　나는 제럴딘 이야기로 재단 후원금을 받았다. 충격이 가고 난 자리에 남은 비통의 파괴성, 동생을 잃은 가족이 다시 일어서는 긴 여정, 엄마의 위로할 길 없는 분노, 아빠의 침잠, 어떻게 해서든 의미와 목적을 찾아보려는 나의 결심. 그렇게 세상에 나오게 된 중편소설은 일종의 비명이었고, 고통과 죄책감과 희망이 어우러지다 결말에 이르러서는 희망이 절망이 되고 모두 사라져버리는 이야기다. 싱클레어 재단에서 내 소설을 선정했다는 소식에 다른 사람들만큼이나 나도 깜짝 놀랐다. 그리고 지금, 그때를 돌이켜보니 그게 나의 전부였다는 걱정이 든다. 이제는 더 이상 끄집어낼 고통이 없다. 어쩌면 케인에게도 첫 소설이 이런 의미가 아니었을까. 온 힘을 다해 쏟아낸 이야기들을 그도 분명히 다시 이용하고 싶지 않았을 것이다.

　리오가 카트리나와 브라이턴을 기념품 가게로 안내하는 동안 나는 밖에서 주위를 찬찬히 둘러보며 내가 보고 듣고 느끼는 모든 것을 머리에 새긴다. 리오는 내게 따뜻한 데로 같이 가자고 말해볼 생각일랑 전혀 없는지 작은 목소리로 이렇게 말한다.

　"내게 선택권이 있었다면 밖에서 프레디와 같이 있었을 거예요. 하지만 브라이턴이 저렇게 계속 동동대다간 척추가 나갈 것 같아요."

"어서 가봐요." 내가 리오에게 말한다. "나는 이곳을 내 안에 기록하고 싶어요……. 잊지 않으려고요."

리오는 눈앞의 풍경을 글 속으로 가져가고 싶은 내 마음을 이해한다는 듯이 고개를 끄덕이더니 브라이턴과 카트리나를 가게 안으로 데려간다.

나는 건물 뒤쪽 자동차 진입로를 따라 부두로 내려간다. 누군가 땅에 소금을 뿌려놔서 걷기가 그리 위험하지 않다. 바다에서 불어오는 거센 바람이 살갗을 엔다. 제리가 내 옆에 서서 내가 보는 걸 보고, 함께 추위를 느끼며 공기 중 소금기를 맛보는 것만 같다. 미국에 온 이후로 그녀의 존재를 가끔 느꼈었다. 제리가 준 이야기로 나는 싱클레어 재단의 후원을 받고, 제리는 내 눈을 통해 세상을 보게 된 격이랄까. 거창한 이유를 대면서까지 여동생을 떠올리며 행운과 운명에서 의미를 찾으려는 나를 제리가 비웃는 것 같다.

핸드폰이 울린다. 화면에 케인 이름이 뜬다. 드디어 새 핸드폰을 샀구나. 내가 혼자일 때 전화를 받게 되어 다행이라는 생각이 든다. 재빨리 장갑을 벗고 전화를 받는다.

"여보세요, 케인?"

비명 소리. 캐럴라인의 비명…… 아니, 제리의 비명인가. 이제는 나도 모르겠다.

"당신 누구야? 왜 이러는 거야!"

내가 전화기에 대고 소리친다.

일순 정적이 흐른다. 상대가 말을 할지도 모른다는 생각이 들자 덜컥 겁이 난다. 하지만 전화는 끊긴다.

딩, 메시지 알림 소리. 케인에게서 왔다. 캐링턴 스퀘어의 내 현관문 사진. 그 자리에 서서 사진을 쳐다보는데, 공포와 분노가 밀려오고 어떻게 해야 할지 아무 생각도 나지 않는다. 두 번째 메시지 알림이 울린다. 이번에는 케인 집 현관문이다……. 아마도. 모양과 색이 똑같을 뿐 케인네 문이라고 말할 만한 특징은 딱히 없다. 하지만 맞는 것 같다.

메시지에 정신이 팔려 있느라 나는 리오가 걸어오는 것도 알아채지 못한다. 어느샌가 리오가 핫초코를 들고 내 옆에 와 서 있다.

"프레디? 핫초코 좀……. 무슨 일 있어요?"

리오에게 무슨 말을 해야 할지 몰라 그냥 메시지를 보여준다. 그리고 전화에서 들은 비명과 예전에 비명을 들었을 때 무슨 일이 있었는지도 설명한다.

"리오, 나는 돌아가봐야겠어요……. 당장요."

리오가 침을 삼킨다.

"내가 오늘 계획한 일이 몇 가지 있는데…….'

"버스라도 있지 않을까요?"

리오가 재빨리 손목시계를 본다.

"한두 시간 안에는 없을 거예요……. 그냥 같이…….'

"나 정말 돌아가야 해요."

갑자기 덫에 걸린 기분이 든다. 어떤 미치광이가 케인을 스토킹하는 동안 나는 강제로 록포트를 구경해야 할 판이다.

그리고 비합리적이고 부당하게도 나를 이곳까지 데려온 리오에게 화가 난다.

"브라이턴과 카트리나에게 클램차우더를 먹기로……."

내가 말을 자른다.

"난 가야 해요, 리오!" 분노로 눈물이 차오르면서 이성이 완전히 끊어지려 한다. "제발요. 내가 일정을 망치고 있다는 거 알아요. 하지만 우리의 처지가 바뀌었다면, 난 리오를 도왔을 거예요!"

리오가 나를 내려다보더니 천천히 고개를 끄덕인다.

"네, 맞아요. 프레디는 그랬을 거예요." 리오가 핫초코를 내 손에 쥐여준다. "일단 마시고 있어요. 내가 브라이턴과 카트리나를 데려올게요. 가는 길에 경찰에 전화해요."

리오에게 소리를 질렀다는 생각에 너무 부끄러워진다. 리오가 없는 동안 눈물을 닦아내고 마음을 가라앉힌다.

리오가 브라이턴과 카트리나에게 어떤 말을 했는지 모르겠지만, 두 사람은 나 때문에 오늘 여행을 급히 마무리해야 하는 상황이 속상하거나 불쾌하지 않은 듯하다. 손에 붉은색 어부 오두막 티셔츠, 기념품 펜, 꽃게가 떠다니는 스노글로브를 들고 나타난다. 나를 보는 시선에 동정이 어려 있다.

리오가 돌아가는 도중에 점심을 먹기 위해 설 생각이 없으므로 그 대신 샌드위치를 사서 가면 좋겠다고 굉장히 머뭇머뭇하며 제안한다. 나는 세상에서 제일가는 얼간이가 된 기분이다.

"내가 살게요." 내가 간곡히 부탁한다. "오늘 일정을 엉망으로 만든 데에 사과하는 뜻으로요. 혹시 안 먹는 음식이라도 있어요?"

알고 보니 브라이턴은 채식을 하고, 카트리나는 달걀을 좋아하지 않는다. 나는 모퉁이에 있는 식당으로 뛰어가 조개튀김 샌드위치 두 개, 호밀빵으로 만든 달걀샐러드 샌드위치 두 개, 손으로 잘라 두툼한 감자튀김 4인분을 포장해달라고 한 다음 차로 돌아온다.

록포트를 떠나며 나는 저스틴 드와이어 형사에게 전화해 좀 전에 있었던 일을 말한다. 지난번에 비슷한 메시지와 전화를 받았을 때 일어난 사건도 덧붙인다.

저스틴이 내게 구체적으로 묻는다.

"비명이 지난번과 똑같았나요?"

"네, 완전히 똑같았어요. 여자 비명이요."

"그리고 두 번째 문은 매클러드 씨 집이 확실한가요?"

"그건 아니에요." 내가 솔직하게 답한다. "하지만 맞는 것 같아요. 사실 내가 케인네 현관문을 주의 깊게 본 건 아니고, 문 자체에 특별히 기억할 만한 특징이 있는 것도 아니에요. 그냥 평범한 문이에요."

"알았어요. 보스턴에 도착하는 대로 핸드폰을 가지고 와요. 내가 순찰차를 보내 매클러드 씨에게 이상이 없는지 확인해볼게요."

내가 전화를 끊고 나자 차 안에 어색한 침묵이 흐른다. 그러고 보니 내 동지들은 통화 중에 적어도 내가 하는 말은 다 듣고 있었다. 브라이턴과 카트리나는 도대체 내가 무슨 일에 얽혀 있는지 궁금할 것이다. 그래서 간단히 설명하기로 한다……. 캐럴라인 사건, 이상한 전화, 윗이 칼에 찔린 사건 정도만.

브라이턴과 카트리나는 이야기를 들으며 간간이 놀라기도 하고 쯧쯧 혀를 차기도 한다. 나는 왠지 케인 이야기는 가능한 한 하고 싶지 않아서 부 이야기는 꺼내지 않는다. 나와 눈이 마주친 리오가 눈썹을 위로 올린다. 내가 말하지 않는 부분이 있음을 안다는 뜻이다. 브라이턴과 카트리나가 질문도 하고 앞일을 염려해주는 덕에 그 순간은 얼른 지나갔지만, 나는 리오가 눈치챘음을 느낀다. 하지만 아무 말도 하지 않는다.

우리는 곧장 경찰서로 간다. 내가 동지들과 작별 인사를 하는 동안 리오가 차를 돌아 내 쪽으로 와서 문을 열어준다.

"같이 들어갈게요."

내가 차에서 내리자 리오가 말한다.

"고맙지만 안 그래도 돼요." 내가 미소 짓는다. "경찰서잖아요……. 여기보다 더 안전한 곳이 어디 있겠어요."

리오가 동의할 수 없다는 듯이 한숨을 쉰다.

"두 사람을 집에 데려다주고 다시 올게요. 프레디는 완전히 녹초가 되어버릴 거예요."

내가 웃는다.

"나 신고하러 온 거예요, 자수하러 온 게 아니라." 리오를 껴안는다. "오늘 고마웠어요……. 내가 다 망쳐버려서 미안해요. 리오는 다시 안 와도 돼요. 시간이 얼마나 걸릴지도 모르고, 저스틴이 차로 데려다줄 수 없다고 하면 지하철이나 우버 타고 가면 돼요."

리오가 눈살을 찌푸린다.

"저스틴이라고요?"

"드와이어 형사요."

"친한 사이인지 몰랐어요."

"아니에요. 그냥 이름으로 부르는 정도예요."

리오가 결국 받아들인다.

"데리러 와줄 사람이 필요하면 나한테 전화 줘요."

"고마워요, 리오."

안내 데스크에 있는 경찰관이 나를 심문 조사실로 데려가더니 기다리라 한다. 5분 후 드와이어 형사가 들어온다.

"케인은 괜찮아요?"

그녀를 보자마자 내가 대뜸 묻는다.

"케인 아파트 주위에 순찰차를 보내놨어요. 하지만 현재까지 아무 기척도 없어요."

안심……해야 하나…….

"혹시 케인이 갈 만한 데가 있을까요, 위니프리드?"

"오늘 새 핸드폰을 사서 집에 전화할 거라고 했어요, 출판 에이전트에게도요……. 에이전트를 직접 만날 생각이었을 수도 있고요. 지금 만나고 있는지도 모르겠네요."

"에이전트 이름을 알아요?"

"아뇨, 하지만 출판사는 알 거예요."

그리고 내가 메시지로 온 현관문 사진을 보여주자 저스틴이 내 핸드폰을 가져간다.

나는 저스틴에게 메시지를 복사한 다음 핸드폰을 돌려주면 좋겠다고 간곡히 부탁한다.

"내 친구들과 가족이 다 알고 있는 번호예요. 이미 한 번 바꾼 거라서요."

저스틴은 동료와 이야기를 나누더니 내 부탁을 들어주겠다고 한다. 경찰이 내 핸드폰을 가지고 할 일을 하는 동안 나는 한 시간가량을 기다린 다음 돌려받는다.

"저기, 위니프리드, 우리가 확인한 바로 그 메시지와 전화는 케인 매클러드가 잃어버렸다고 말한 핸드폰에서 온 거예요."

"그렇군요." 내가 신중하게 대답한다. "그 전화기를 가져간 사람이 누군지 모르겠지만 지난번에도 경고를……."

"경고요? 이걸 경고라고 생각하는 거예요?

내가 어깨를 으쓱한다.

"그럼 이게 뭔가요?"

"위협이죠."

나는 수긍한다. 지금은 누구의 말이 맞는지 따지고 싶지 않다.

"상황을 봐요. 위니프리드는 전화번호를 이미 한 번 바꿨어요." 저스틴이 말하며 나를 똑바로 바라본다. "단순히 애들이나 장난 전화일 거라는 생각은 버려야 해요."

"장난이라고 생각한 적 없어요."

"오늘 전화를 건 자는 위니프리드의 번호를 두 번 다 알았어요. 처음에는 매클러드 핸드폰에 저장되어 있었다고 해도, 이번에는 달라요. 위니프리드 번호를 알고서 전화를 한 거예요."

나는 천천히 고개를 끄덕인다. 반박할 수 없는 논리다. 갑자기 소름이 끼친다.

저스틴이 메모지와 펜을 내민다.

"위니프리드, 새 번호를 아는 사람을 모두 적어줘요. 한 명도 빼놓지 말고요. 정말 말도 안 되는 사람이 잠재적 용의자가 될 수도 있어요."

나는 순순히 따른다. 목록 길이에 스스로 놀란다. 지난 몇 주 동안 이렇게나 많은 사람에게 내 번호를 알려줬다고는 전혀 생각지 못했다. 일단 가족과 호주에 있는 지인들. 윗, 마리골드, 당연히 케인도. 여기에 더해 윗 아빠, 리오, 재단 후원금 관리자, 조, 캐링턴 스퀘어 청소부, 웨인바움 부인을 비롯한 몇몇 이웃, 부인의 변호사들, 보스턴공공도서관, 배달 주문했던 피자 가게 두 곳, 호주 대사관과 영사관. 끝으로 보스턴 경찰과 저스틴 드와이어 형사.

저스틴이 목록을 훑어본다.

"혹시 더 생각나면……."

"바로 알려줄게요."

저스틴이 일어난다.

"내가 집까지 태워줄게요. 만약을 위해 집 안도 확인하고, 아파트 경비원도 만나봐야겠어요."

나도 일어선다. 조사가 드디어 끝났다는 생각에 마음이 홀가분해진다. 생각을 정리하고 싶은데 형사의 날카로운 눈빛 아래에서는 할 수가 없다.

"위니프리드 아파트 주위에 순찰차를 배치할게요." 저스틴이 이어 말한다. "그리고 매클러드 씨에게서 연락이 오면, 그의 안전을 위해서라도 우리에게 알려주면 좋겠어요."

"그건……."

"사진을 경고든 위협으로든 받아들이기는 나름이지만, 메터스 씨에게 생긴 일을 생각해보면 매클러드 씨도 위험에 빠질 수 있어요."

해나,

내가 보니 해나는 이 소설에서 전 세계적으로 일어나는 팬데믹 상황을 단 한 번도 언급하지 않았군요. 물론 이해는 해요. 넌더리가 나고, 필연적으로 뒤따라오는 상황들이 지긋지긋하죠. 하지만 희망뿐 아니라 암흑에 대해서도 증인이 되는 것이 작가의 역할이라고 생각해요. 바이러스를 언급하지 않으니 해나의 소설은 출간되기도 전에 자칫하면 구시대적이 될 판이에요.

물론 해나가 이 소설의 배경을 미래로 정할 수도 있어요. 지금 상황이 전부 과거가 되어버린 때로요. 이렇게 말하는 게 어떨지 모르겠지만, 그건 비약적으로 낙관하는 거예요. 질병이 없는 세상이라면 차가 하늘을 날아다니고 레이저 총으로 사람을 죽이거나 해야 하지 않을까요. 현시대 이야기를 쓰면서 팬데믹이 들어가지 않는다면 그건 확실히 미스터리가 아니라 판타지 소설에 더 가까울 거예요.

해나가 전체 이야기를 새로 써야 한다는 말이 아니라, 중간중간에 지금 세상이 예전과 같지 않다는 사실을 슬쩍 보여주면 돼요. 예를 들어, 이전 장에서 프레디와 동료들이 마스크를 써서 조심한다는 식으로요. 프레디가 재킷이 아니라 어떤 마스크를 쓸지 고민하거나요. 아니면 프레디 일행이 마스크 때문에 일어난 말다툼을 목격하는 장면으로 마스크 착용 찬성파와 반대파 간의 심화된 갈등을 보여줘도 되고요. 게다가 지난번 편지에 내가 제안한 아이디어를 따르면, 말다툼이 치명적인 결과를 초래할 수도 있겠죠. 내가 장담하는데, 반대파 사람에 의해 마스크 찬성파가 자기가 쓴 마스크에 목이 졸려 죽게 되는 일은 실현 가능성이 없는 이야기가 아니에요.

프레디가 그런 정도의 폭력을 목격하면 자기가 사랑에 빠진 남자가 어떤 사람인지를 아주 똑똑히 깨닫게 될 테죠. 케인이 새아버지의 경정맥에 칼을 꽂는 장면을 머릿속에서 떠올리며 비교해볼 수도 있고요. 분명히 머릿속에서 계속 맴돌 거예요. 틀림없이 생각하게 될 거예요. 그때 프레디는 겁을 먹을까요, 낯선 흥분을 느낄까요, 혹시 황홀감은 없을까요? 이 이야기가 프레디 내면의 독백에서 더 많이 나와야 해요.

이야기를 어둠 속으로 끌고 가는 걸 두려워하지 말아요, 내 소중한 해나. 세상은 어두워지고 있고, 살인뿐 아니라 이제는 질병, 무관심, 인간의 타고난 이기심에도 위협을 받고 있어요.

친구,

리오

집 수색은 케인 때와 같은 대변동을 초래하지는 않지만 철저하게 이뤄진다. 모든 생활공간과 벽장, 침입자가 숨을 수 있을 만한 곳까지 샅샅이 살핀다. 리오가 고개를 들이밀고 보길래 내가 드와이어 형사에게 소개한다. 리오는 내 어깨를 팔로 감싸며 괜찮은지 물어볼 뿐 별다른 말도 하지 않고 오래 머물지도 않는다.

저스틴이 도어맨과 몇 마디 나눈다. 조가 아닌 오늘 근무자에게 캐링턴 스퀘어에 무단으로 방문하는 사람이 없도록 특별히 신경을 써야 한다고 주의를 주고, 수상하게 행동하는 사람을 보면 바로 전화해달라는 말도 덧붙인다. 이름이 기억나지 않는 도어맨은 바람직하지 못한 누군가가 자기를 통과할 수도 있다는 생각에 기분이 상한 듯하다.

저스틴이 간 다음 나는 집으로 돌아와 문을 닫고 빗장을 건다. 케인에게서 지금까지 전화가 없다는 사실에 너무 불안해하지 않으려 애쓴다. 케인이 전화를 못 하는 경우를, 연락이 늦어지는 이유를 전부 생각해본다. 나는 소파에 웅크리고 앉아 혼란스럽고 약간 겁도 난 마음을 진정시킨다. 케인 곁에서 눈을 뜬 게 오늘 아침이었다. 내 어깨 위에서 무게가 느껴지던 그의 왼팔, 베개 밑에 집어넣은 오른팔, 잠든 그의 소년 같은 얼굴 윤곽이 기억난다. 그러다 생각이 그의 몸에 있는 상처에 머무른다. 심판, 폭력, 맹장 수술이 남긴 상처들. 그가 너무나 손상되지 않았다는 것에 경외심이 생긴다. 그에게는 분노나 원망이 없다.

이러다가는 남은 하루를 케인 생각만 하며 보내게 될 것 같아 나는 얼굴을 문지르며 생각의 고리를 끊어낸다. 노트북을 켜고 애써 원고에 집중해본다. 나는 저스틴 드와이어를 이야기에 집어넣는다. 그동안 경찰을 언급하지 않으리라 마음먹고 있었는데, 그건 경찰 업무에 대한 전문 지식이 요구되기 때문이었다. 그런데 요새 나는 좋든 싫든 습득하는 중 아닌가. 내 소설 속 여경을 대강 그려본다. 그녀는 야심 차고, 헌신적이고, 정석을 따르면서도 인간적이다. 얼굴은 훈련에도 불구하고 시원시원하고 생기가 있다. 그녀는 인사할 때 웃는다. 그리고 취미로 판타지 작품 속 등장인물의 피규어를 색칠하는 남편, 샴 고양이 세 마리와 함께 산다.

오후는 조금씩 저녁이 되어가고, 나는 케인에게서 전화가 올까 봐 귀를 쫑긋한다. 그러다 도어맨이 울린 버저에 심장이 떨어질 뻔한다.

"손님 두 분이 오셨는데요, 킨케이드 양. 친구라고 합니다. 윗 메터스 씨와 마리골드 아나스타스 양이요. 올라가라고 할까요, 아니면 경찰을 부를까요?"

"올려보내주세요…… 크리스."

비정규직으로 가끔 근무하는 도어맨의 이름을 드디어 기억해낸다. 고장 난 기억 속을 헤집다가 살짝 크게 튀어나와버린다. 나는 얼굴을 찡그리며 너무 노골적으로 티가 나지 않기를 바란다.

"무슨 일이 있는 거예요?" 내가 현관문을 열자마자 마리골드가 묻는다. "비밀경찰이라도 된 것마냥 캐링턴 스퀘어로 오는 사람을 왜 일일이 확인하는 거예요?"

나는 두 사람을 안으로 들인 후 케인의 옛 핸드폰에서 온 전화와 메시지에 대해 들려준다.

윗이 팔로 내 어깨를 감싼다.

"괜찮아요?"

내가 고개를 끄덕인다.

"지난번에 이런 일이 있었을 때, 윗의 집이었잖아요. 그러고 나서 윗이 다치고……."

"케인은 어디 있어요?"

마리골드가 묻는다.

"나도 몰라요. 새 핸드폰을 사면 바로 전화해주기로 했는데 아직 아무 연락이 없어요."

윗과 마리골드가 서로 마주 보더니 조심스럽게 무언의 눈빛을 주고받는다.

"케인이 프레디 번호를 잊어버린 걸 수도 있어요."

윗이 무심하게 말한다.

"내가 궁금한 건 어머니가 경찰을 불렀다는 사실을 케인이 왜 말하지 않았느냐는 거예요." 마리골드가 천천히 말한다. "어머니가 있었다는 걸 왜 말하지 않았을까요?"

"그걸 어떻게 알았어요?"

내 목소리가 날카로워진다. 드와이어 형사가 해준 이야기는 아직 꺼내지도 않았는데.

"마리골드가 재판 기록을 찾아서 다 읽어봤어요."

윗이 괴롭다는 듯 내뱉는다. 법원 기록을 읽는 것과 두 사람이 제시한 의문 중 어느 쪽이 괴롭다는 건지 모르겠다.

나는 마리골드를 똑바로 바라본다.

"그런 눈으로 보지 말아요." 마리골드가 말한다. "케인이 자신을 방어하다가 감옥에 갔다는 사실이 이해가 안 되어서 그랬어요. 케인을 도울 만한 걸 찾아보려고 했던 거예요."

"변호사가 놓친 게 있을까 봐서요?"

내가 말꼬리를 잡는다.

마리골드가 희미하게 미소를 지어 보인다.

"내가 좀 천재라고 말했잖아요?"

나는 마리골드가 분위기를 띄우게 놔두지 않는다.

"케인이 공격당하는 동안 어머니는 스스로 문을 잠그고 들어갔어요. 케인은 우리에게 어머니에 대해 안 좋은 인상을 주고 싶지 않았을 거예요."

"그게 아니에요. 새아버지가 집으로 오기 전에 케인이 어머니를 방에 가두고 열쇠를 숨겼어요." 마리골드가 침착하게 말한다. "케인의 진술에 따르면, 그는 새아버지의 기분이 안 좋다는 걸 알았고, 어머니가 자기를 보호하려다가 더 심하게 다칠까 봐 걱정했어요. 케인과 어머니 모두 매너스 경찰관이 난폭하다고 주장했어요."

"주장했다는 게 무슨 뜻이에요?" 나는 화가 나기 시작한다. "새아버지는 난폭한 사람이었어요."

마리골드가 내 손을 잡는다.

"알아요. 내 말은……." 마리골드가 숨을 천천히 내쉰다. "저, 프레디. 나는 케인을 담당한 변호사라면 그가 그렇게 가혹한 처우를 받은 이유를 말해줄 수 있을 것 같아서 변호사를 찾아봐야겠다 싶었어요. 재판 기록에 의하면 피고인의 변호인은 하키 콜이라는 회사의 진 르 마르크 변호사였어요."

"그래서 찾았어요?"

또다시 마리골드의 시선이 윗과 만난다.

"결국에는 찾았어요. 시간이 좀 걸렸지만요."

"그래서요."

"진 르 마르크는 여전히 변호사로 활동하고 있는데 결혼한 이후 남편 성을 따랐어요. 그래서 지금은 진 메터스 변호사예요."

나는 숨이 턱 막힌다. 곧바로 윗에게 고개를 돌린다.

"윗의 엄마라고요? 케인을 맡았던 변호사가요?"

나는 도저히 가만히 앉아 있을 수 없어 일어선다.

윗은 아무 말도 하지 않는다.

"네, 맞아요." 마리골드가 대신 대답한다. "케인이 말하지 않은 사실이 또 있었던 거죠."

"윗 엄마 역시 말하지 않았어요."

이번에도 마리골드가 대신 대답한다.

"15년 전 일이에요, 프레디. 케인은 윗의 엄마가 맡은 수천

건의 사건 중 하나였고, 게다가 이름도 바꿨어요. 그러니 어떻게 보면 당연하게도 윗의 엄마는 케인을 못 알아본 거예요. 오히려 케인이 자기 변호사를 알아보지 못했다는 사실이 조금 더 믿기 어려워요."

"그래서 무슨 말을 하려는 거예요?"

마리골드가 방 안을 서성대는 나를 본다.

"우리가 도서관에서 그렇게 만난 게 정말로 우연이었는지 의문을 품게 돼요. 어쨌거나 케인과 윗이요."

눈앞이 빙글빙글 도는 것 같다. 내 버스가 박살 나버렸다.

"윗 엄마하고 얘기해봤어요?"

내가 겨우 입을 연다.

윗이 고개를 가로젓는다.

"아뇨. 엄마가 케인의 정체를 눈치채면 날 칼로 찔렀다고 바로 체포해버릴 거예요."

"케인은 안……."

"알아요. 나도 케인이라고 생각 안 해요."

윗이 단호하게 말한다. 지나치게 단호하다 싶은 건 그만큼 확신하지 않는 마리골드더러 들으라는 거겠지. 나는 그녀의 일관성 없는 태도에 화가 북받쳐 오른다.

"날 미워하지 마요, 프레디." 마리골드가 애원한다. "나도 케인이 좋은 사람이라 생각해요. 프레디는 날 알잖아요. 난 그저 케인이 이런 이야기를 왜 우리에게 하나도 하지 않았는지 이해가 안 돼서 그래요. 윗 엄마가 담당 변호사였다잖아요. 아, 젠장! 그런데도 케인은 아무 말도 하지 않았어요."

난 앉아서 잠시 이유를 생각해보려 애쓴다. 하지만 어깨를 으쓱하는 것 외에 할 수 있는 게 없다.

"나도 모르겠어요. 케인은 자기 인생에서 그 시절을 과거에 묻어두고 싶어 했어요. 윗 엄마가 자기를 못 알아보니, 케인도 굳이 입 밖에 낼 이유가 없다고 생각했을지도 몰라요. 아니면 케인 역시 못 알아봤거나요."

윗이 나를 거든다.

"엄마는 지난 5년 동안 얼굴에 조금씩 손을 댔어요. 한번은 아빠가 이렇게 말했어요. 엄마가 결혼할 때의 그 여자가 아니라 고양이처럼 보인다고요."

나는 힘없이 웃으며 고맙게 생각한다. 윗은 변함없이 케인 편이다. 덕분에 조금 진정이 되고, 그러자 생각이 더 또렷해진다. 저스틴은 이 이야기를 언급하지 않았다. 캐럴라인 펄프리와 케인의 관계는 설명했지만, 이건 안 했다.

"경찰은 알아요?"

"우리만큼은 몰라요." 마리골드가 말한다. "경찰이 알아냈으면 보나마나 윗의 엄마를 보호하려 들었겠죠." 그녀가 우물거리며 덧붙인다. "아무에게도 말 안 했어요."

"왜요?"

"사실대로 말하자면." 마리골드가 면도칼로 잘라 부스스한 머리를 손으로 쓸며 대답한다. "윗이 못 하게 해서요."

"우리가 케인하고 먼저 이야기를 해야 한다고 봐요." 윗이 몸을 뒤로 기대며 여유를 보인다. "이게 우연일지도 모르잖아요. 우연은 정말로 있거든요."

"그건 그래요."

내가 자신 없이 대답한다.

"항상 듣는 이야기 있잖아요." 윗이 이어 말한다. "출생 시 헤어진 쌍둥이가 나중에 알고 보니 같은 거리에 살고 있더라, 뭐 그런 거요."

마리골드가 믿을 수 없다는 듯이 우리 둘을 처다본다.

"명백한 사실을 받아들이지 않는다고 해서 케인을 돕는 게 아니에요."

"나는 사실을 부인하는 게 아니에요. 결론이 아니라는 거죠." 나는, 우리 네 명이 특별하고 우리 우정은 영원하며 그 자체로 운명이라고 확신했던 마리골드에게 호소한다. "케인이 살인을 할 수 있는 사람이란 생각은 할 수가 없어요."

"나도 그렇게 생각 안 해요." 마리골드가 황급히 대답한다. "하지만 내 판단에도 오류는 없어요. 케인은 매력 있고 재밌고 잘생겼지만 테드 번디도 그랬어요."

"번디라고요!" 비교 대상에 나는 충격을 받는다. "지금 케인을 연쇄살인범으로 생각하는 거예요?"

마리골드가 한숨을 쉰다.

"아니요." 그러더니 참을성 있게 말을 이어간다. "꼭 그렇다는 게 아니라요. 내가 하려던 말은 우리가 호감을 느끼느냐 아니냐로 한 사람의 유무죄를 판단할 수 없다는 거예요.

소시오패스에게도 매력이 있어요. 어떻게 하면 상대방이 자기를 좋아하게 만들지 다 알아요. 하지만 일반 사람들처럼 생각하고 행동하지 않죠. 그들에게는 후회나 죄책감이 없어요. 사람과 상황을 조종하는 방법을 알 뿐이에요."

내게서 낮은 신음이 터져 나온다. 정말 말도 안 된다.

"케인은 자신을 보호하려다가 감옥에서 7년을 보냈어요. 조종의 대가가 만들어낸 결과라고 보기는 어렵군요!"

"우리가 어떻게 하면 좋겠어요?" 윗이 내게 차분히 묻는다. "난 기꺼이 프레디의 직감을 따를게요."

내가 고개를 가로젓는다.

"상황이 좋지 않다는 건 나도 알아요. 하지만 분명 이유가 있을 거예요. 무슨 일이 벌어지는 건지 모르겠지만, 케인은 아니에요." 내 목소리가 크다. 내가 들어도 크다. 목소리 크기 이면에는 외고집처럼 억지스러운 주장 뒤에 숨어서 자신 없어 하는 내가 있다. 그러다 케인을 의심하게 될지도 모른다는 생각에 소스라치게 놀란다. 난 변함없이 그를 사랑한다.

마리골드가 침묵을 깨고 입을 연다.

"좋아요, 그렇게 해요." 그녀가 웃는다. 예의 충성스럽고 따뜻한 웃음. "나 배고파요. 저녁 먹었어요?"

나는 그녀의 갑작스러운 입장 번복에 정신을 못 차리고 고개를 절레절레 흔든다.

"뭐라도 만들게요. 부엌에 들어가서 뒤져봐도 돼요?"

"네, 당연히 돼죠. 내가 도울……."

마리골드가 고개를 젓는다.

"내가 요리할 때는 같은 공간에 있고 싶지 않을 거예요. 좀 엉망이라서요."

그래서 마리골드가 부엌에서 분주하게 움직이는 동안 나는 윗과 함께 거실에 앉아 있다. 윗이 내가 알려준 대로 책장에서 포트와인을 가져와 우리에게 한 잔씩 따라준다. 마리골드는 콧노래를 부르며 여전히 달그락달그락 분주하다.

"케인은 어디에 있을까요?" 윗이 내게 묻는다. "나가서 찾아볼까요?"

"어디서부터 찾아야 할지 모르겠어요."

대답하고 보니 그 무엇보다도 케인이 가장 많이 걱정된다. 기소될지도 모른다는 위협보다 그의 물리적 안전에 더 마음이 쓰인다. 내가 케인에게 전화를 요구할 권리는 없다. 그가 전화하겠다고 말했을 뿐이다. 나는 내게 힘이 되어주고 케인을 믿어주는 윗에게 다시 한번 고마워하며 미소 짓는다.

"그냥 집에서 기다리는 게 나을 것 같아요."

윗이 고개를 끄덕인다.

"저녁 먹고 내가 케인 집에 가볼까요? 어떤 기척이라도 있는지 한번 보고, 있으면 프레디에게 전화 줄게요."

나는 팔을 뻗어 윗의 손을 잡는다.

"고마워요."

✉

해나,

프레디의 산산조각 난 마음을 설마 윗이 수습하게 하려는 건가요? 그럼 마리골드는 어쩌고요! 그게 아니라고 말해요!

진지하게 한마디 하자면, 내 친구 해나, 범죄 소설은 일반적 도덕률을 따라야 하는 거예요. 등장인물들은 뿌린 대로 거두어야 하고요. 프레디는 살인자와의 사랑을 선택했어요. 다 알면서도 선택한 거죠. 그러니 그에 따른 결과를 감당해야 해요. 적절한 타이밍에 등장하려고 큐 사인을 기다리는 대역처럼 윗을 사용하는 건 부정행위라는 생각을 떨쳐버릴 수가 없군요. 어쩌면 우리는 모두 로맨스 소설을 쓰는 거라고 했던, 나와 동명인 친구의 말이 맞는 것 같아요. 정당하게 사랑하기 위한 모든 규칙에 따르면 프레디는 자기의 선택에서 구원받아서는 안 돼요.

현재 보스턴 거리에는 경찰이 부쩍 많아요. 최근 경찰 이외의 사람들에 의해 빈번하게 일어난 살인 사건보다 시위 때문인 것 같아요. 자연 질서 회복을 위해 지루하게 이어지는 광분, 마스크를 쓴 시민들과 수적으로 늘어난 경찰. 정말로 이상한 신세계예요. 어떨 때는 우울해지기도 하고 또 어떨 때는 신이 나기도 해요.

프레디에게는 아직 크리스마스 전이고, 또 해나가 원하는 대로 바이러스와의 공존 전야죠. 하지만 나는 해나가 정말 실수하는 거라고 생각해요. 이 이야기를 옛 질서의 최후 단계에서 시작했다고 해도, 새 질서에서 영감을 얻지 않고, 이 이야기의 시간적 배경을 뒤로 조금 밀지 않아서, 곳곳에서 느껴질 공포와 우리가 부정하는 시대상을 책 속으로 가져오지 않은 건 정말 큰 낭비가 될 거예요. 내 생각에는요. 현 상태의 세상은 케인 같은 성향을 띤 자에게 이상적인 망토가 되어주고, 다른 방법이 가져온 죽음을 가리는 완벽한 커튼이 되어줘요. 어쩌면 프레디의 공모에 사람들이 더 공감할 수도 있고요. 한두 구 시체가 더 나오는 게 뭐 대수인가요? 해나가 우정, 사랑, 불신에 관한 이야기를 원한다는 것, 프레디의 버스에 팬데믹을 태우기 싫어한다는 것 나도 알아요. 하지만 바이러스가 운전대를 잡아야 해요!

그리고 프레디한테 윗에게 꼬리 치지 말라고 말 좀 해줘요!

친구,

리오

마리골드가 반죽이 아닌 플랫브레드로 만든 피자를 저녁으로 차려준다. 피자 틀을 못 찾는 바람에 일반 오븐 틀을 써서 모양이 직사각형이지만 맛은 좋다. 우리는 샐러드와 와인을 곁들여 먹고 일상 대화를 나누며 케인의 빈자리를 느낀다……. 불완전하고 불균형해진 우리 4인방. 다 먹고 설거지를 하는데 윗이 케인을 찾으러 가보겠다고 말한다.

마리골드가 같이 가고 싶어 하는 눈치다.

"마리골드랑 같이 가요." 내가 권한다. "회복된 지 얼마 되지 않았잖아요. 마리골드가 같이 있다는 걸 알면 내 마음이 놓일 것 같아요."

"프레디는 어쩌고요?"

마리골드가 묻는다.

"난 괜찮을 거예요. 일 좀 하면서 케인 전화 기다리려고요."

마리골드가 결정을 못 내리길래 내가 등을 떠민다.

"가요."

"아까 내가 했던 말은 걱정을 안 한다는 게 아니라……."

"말 안 해도 알아요. 그러니 어서 가봐요. 나 일할 거예요."

"우리가 케인을 꼭 찾을게요."

마리골드가 진심을 담아 말한다. 나는 마리골드를 품에 안으며 내게 언짢은 감정이 전혀 없음을 보여준다.

사실 정말로 없다. 마리골드가 한 말은 이성적, 논리적이었고 선의의 것이었다. 내가 케인에게 심장을 빼앗기긴 했지만 정신까지 잃지는 않았다.

나는 일로 돌아가 내 버스가 다시 달릴 수 있게 해보려고 애를 쓴다. 하지만 집중이 흐트러지고, 홀로 고요 속에 있으니 내가 그동안 속고 있었고 사랑에 눈먼 바보가 되었다는 두려움을 비로소 마주한다. 울음이 터지고 한동안 좌절과 수치와 불안이 섞인 눈물을 흘린다. 그러면서도 케인을 그리워하는 마음은 흔들리지 않는다.

내 안에 가득한 고통에 사로잡혀 처음에는 노트북에 걸려 온 전화 알림을 알아차리지 못한다. 확인해봐야 하나, 지금은 누구와도 이야기하고 싶지 않은데. 그래도 일단 앱을 열어본다. 상대 프로필에 이름도 사진도 없는데 세 번이나 나와 전화 연결을 시도했다. 전화를 받자 화면에 케인의 얼굴이 나타난다. 밖에 있다. 적당히 밝은 불빛이 쏟아지는 곳에 있는지 케인과 그 뒤의 나무와 더 먼 배경에 있는 사람들이 눈에 들어온다.

"프레디! 정말 다행이에요." 그의 표정이 바뀐다. "울고 있군요. 아, 프레디. 정말 미안해요."

"케인이 전화를 안 했잖아요."

"프레디, 내가 설명할게요. 오늘 아침에 프레디 집에서 나온 후 경찰이 체포를 시도했어요."

"체포를 시도했다고요?"

"졸지에 도망자 신세가 되어버렸어요. 경찰이 프레디 핸드폰을 도청할까 봐 전화도 못 했어요."

"무슨 이유로 체포하려는 거예요?"

"경찰은 내가 캐럴라인 펄프리를 죽이고 윗을 칼로 찔렀다고 생각해요." 케인이 숨을 천천히 들이쉰다. "알고 보니 캐럴라인이 내게 형을 선고한 판사의 손녀였어요. 난 몰랐어요, 프레디. 맹세코 몰랐어요."

"그럼 윗 엄마는요?"

케인이 깜짝 놀란 얼굴이 된다.

"난 병원에서 알아봤지만, 나를 알아보지는 못하는 것 같았어요. 전부를 설명하지 않고서는 아무것도 말해줄 수가 없어서 아예 말을 안 했던 거예요." 케인이 눈을 감는다. "그게 실수였어요."

"케인, 이제 어떻게 할 거예요? 경찰을 피해 달아날 순 없어요."

"무슨 일이 벌어지는 건지 알아봐야 해요, 프레디. 누군가가 나를 함정에 빠뜨리려고 해요. 누가 무슨 이유로 이러는 건지 알아내고 나면 곧바로 자수할게요. 약속해요."

나는 물어볼 게 있었다.

"케인, 어머니는 왜 방에 가뒀던 거예요?"

케인이 눈을 껌뻑인다.

"그날 새아버지가 나한테 매질을 할 거라 생각했어요. 엄마는 분명 새아버지를 막으려 했을 테고, 그러다 많이 맞았을 거예요. 나는 엄마를 보호하려고 했어요."

"어머니가 경찰을 불렀잖아요."

"나를 구하려고요. 새아버지 때문이 아니라요."

나는 마음을 다잡는다.

"난 뭘 할까요?"

케인이 지친 미소를 보인다.

"모르겠어요. 내가 뭘 해야 하는지도 모르겠어요."

"누가 케인에게 이러는 걸까요? 케인이 감옥에 있을 때 알던 사람일까요?"

"내 기억이 맞는다면 나는 적을 만들지 않았어요. 대체로 얌전히 지냈거든요."

"케인을 찔렀던 사람은요?"

"죽었어요, 프레디."

나는 케인에게 어디에 있는지 묻는 대신 윗과 마리골드가 그를 찾고 있다고 알려준다.

"두 사람도 다 알아요?"

케인이 묻는다.

"네. 조금 전까지 여기 있었어요…… 윗은 완전히 케인 편이에요."

"마리골드는 아니에요?"

"캐럴라인이 죽던 날 케인과 윗이 만난 게 우연이라기엔 의심스럽다고 생각해요."

케인은 잠시 아무 말이 없다가 "마리골드 말이 맞아요"라고 대답한다. 그러더니 자신의 눈이 잘 보이도록 카메라를 정면으로 응시한다.

"프레디, 병원에서 윗 엄마를 보기 전까지 윗이 누군지 몰랐어요. 진심이에요."

나는 케인을 믿는다. 그를 사랑하기 때문이고, 내가 살인범을 사랑할 수 있다는 사실을 받아들이고 싶지 않은 것도 있겠지만 그보다도 케인이 그냥 믿어지기 때문이다.

이런 상황이 믿기지 않아 내 눈에서 다시 눈물이 흐른다.

"하느님 맙소사, 케인, 우리는 이제 뭘 해야 해요?"

케인은 내가 진정되기를 기다린다.

"캐럴라인 펄프리에 대해 알아봐줄 수 있겠어요?" 케인이 생각 끝에 묻는다. "거기서 전부 시작된 거예요……. 그녀의 비명에서요. 캐럴라인이 죽기를 원한 사람을 알아낸다면 혹시……."

"그렇네요. 내가 한번 알아볼게요." 어떻게 해야 하는지도 모르지만 아무 상관 없다. 방법이야 찾아내면 된다. "우리가 캐럴라인의 비명을 듣던 날 케인은 도서관에 그냥 갔었던 거예요?"

"나는 도서관에 꽤 자주 가요." 케인이 얼굴을 찡그리며 기억을 더듬는다. "그날은 요청해놓은 책을 받으러 일부러 갔었어요. 아침에 도서관 사서가 전화로 책이 도착했다고 했었거든요."

"책이 있었어요?"

"아뇨, 없더라고요. 안내 데스크로 갔는데 사서가 책을 못 찾더라고요. 그래서 책을 확인하는 동안 나는 열람실에 있었어요. 왜 묻는 거예요?"

"캐럴라인의 비명이 들렸을 때 케인과 윗이 열람실에 우연히 있던 게 아니라면, 누군가가 두 사람이 거기 있도록 일을 꾸민 거예요."

케인이 한숨을 내쉰다.

"그렇군요. 누군가가 윗 역시 보스턴공공도서관에 오게 했고요."

"오늘 어디서 잘 생각이에요?"

케인이 미소를 보인다.

"잘 데는 있어요, 프레디. 내 걱정 마요……. 나 괜찮아요."

나는 거기가 어디인지 묻지 않는다. 케인이 어디 있는지 모른다고 말할 수 있어야 하니까.

"브래틀 극장에서 내일 9시에 상영하는 영화가 있어요. 내가 프레디를 찾을게요."

케인이 말한다.

"위험하지 않을까요?"

"만약 내가 안 보이면 경찰을 봤기 때문이라고 생각해요."

나는 고개를 끄덕이며 그를 마주 보고 그의 얼굴을 만져볼 수 있는 순간을 벌써부터 기다린다.

"이제 뭘 할 거예요? 내 말은, 내일 말이에요."

"부를 조금이라도 아는 사람들을 찾아볼 생각이에요. 누가 죽였을지, 원한을 품고 있었는지 보려고요. 이 모든 일을 하나로 연결하는 무언가가 있어요……. 어떤 이유가요. 그걸 찾아내야 해요."

"내일 내가 가져다줄 건 없어요?"

케인이 난처한 얼굴을 한다.

"경찰 추적 때문에 신용카드를 못 써서……."

케인이 마저 말하기 전에 내가 자른다.

"알겠어요……. 나한테 은행에 입금 안 한 돈이 꽤 있어요."

케인이 얼굴을 찡그린다.

"미안해요, 프레디."

"괜찮아요." 내가 웃는다. "벼랑 끝에 선 도망자와 야밤에 밀회라니……. 직업 정신이 투철한 작가라면 그만한 글감을 얻기 위해서 무슨 짓이라도 하지 않겠어요?"

케인이 활짝 웃는다.

"원고 내용이 무서워지겠는데요. 책은 어떻게 돼가요?"

그렇게 잠시 내 소설 이야기를 하는데, 평소와 다름없는 이 순간이 꿈같다. 케인이 낮은 목소리로 잘 자라고 인사한 다음 내게 조심하라고 주의를 준다. 화면이 꺼지고, 나는 그대로 앉아 케인의 품에 안겨 있는 듯한 기분을 느끼며 이런 상황에도 내 안에 차오르는 온기에 몸을 맡긴다. 케인 매클러드라는 사람에 대한 신뢰와 그가 결백하다는 확신은 스스로 놀랄 정도로 완전하다. 작가로서의 내가 얼마간 거리를 두고 내 안에서 일어나는 반응을 살핀다. 이 믿음은 케인이라는 사람에 대한 직감적 판단에서 나오는가? 그렇다. 이치를 따져보면 내가 신뢰하는 남자니까 사랑하게 되는 것이다. 그렇다면 사랑이라는 감정이 판단을 흐리게 하는가? 약간 닭과 달걀의 순서를 따지는 상황 같다. 답이 없고 무의미한 문제다. 틀림없는 사실은 내가 케인을 믿고 그를 사랑한다는 점이다. 신뢰와 사랑이 인과적 관계일 수도 있지만, 그렇다고 둘 중 하나가 덜 진실한 것은 아니다.

거실에 있는 책상 위 선반에서 잘 사용하지 않는 일본 공책을 꺼낸다. 각 장을 하나로 이어 붙여 아코디언 형태로 접은 공책이다. 보통 때는 소설을 다 쓰고 나면, 이야기 흐름을 도식화해서 전체를 한눈에 보며 이야기 가닥이 서로 엉켜야 하는 부분에서 제대로 되어 있는지 확인하는 용도로 사용한다. 하지만 지금은 비명 사건 전후로 내가 아는 모든 것을 재구성하며 사건과 사람 사이를 선으로 연결해본다. 케인과 부, 케인과 캐럴라인, 케인과 윗, 윗과 캐럴라인, 마리골드와 윗. 점점 케인의 이야기 거미줄을 닮아간다.

부가 케인을 공격했던 날의 세부 사항을 쓰고 그 옆에 상자를 하나 그려 부가 내뱉은 말을 생각나는 대로 써넣는다. 내 머릿속을 계속 맴도는 말들. "네가 무슨 짓을 했는지 저 사람은 알아?"라고 했었지. 이건 케인이 새아버지를 죽인 일을 말하는 게 틀림없다. 물론 당시에는 몰랐지만. 그리고 다른 말을 더 했었는데…… 뭐였더라? "내가 또 했다" 같은 뭐 그런 비슷한 말이었는데. 그러다 부가 보스턴공공도서관 주변에서 잔다던 케인이 말이 기억난다. 부가 캐럴라인을 죽였을 수도 있나?

가능성은 있다. 하지만 부가 케인을 병으로 때린 것처럼 캐럴라인을 갑자기 공격했다고 쳐도 용의주도하게 살인을 저지르는 그의 모습은 잘 그려지지 않는다. 아주 짧은 시간 동안 시체를 숨기고 부 자신도 숨는 게 가능했을 것 같지 않다. 게다가 윗의 엄마를 어떻게 알았겠으며, 어떻게 윗과 케인이 열람실에 있도록 계획을 세울 수 있었을까?

내 생각이 마리골드에게로 옮겨 간다. 마리골드도 케인의 과거와 어떻게든 연결점이 있을까, 아니면 나처럼 그냥 스쳐 지나가는 임의의 사람인데 가까이 다가오는 혼돈을 모른 채 그 자리에 우연히 앉아 있던 걸까? 내 생각은 계속해서, 우리 네 명은 친구가 될 운명이었다는 그녀의 확고한 믿음을 지나 케인을 도와 아이작 하먼을 조사해주겠다는 그녀의 제안, 케인을 조사하던 그녀의 태도로 옮겨 간다. 내 마음 한구석에 궁금증이 인다. 마리골드의 관심이 천성적으로 활기찬 참견치고는 지나친 건 아닌가? 내가 신의 없는 사람이 된 것 같다. 아니겠지. 마리골드 역시 케인과 관계가 있는 거라면, 윗과 케인처럼 그날 열람실에 있도록 누군가가 계획을 꾸몄다는 말이다.

나는 그 당시에 끄적거린 노트를 열어서 잘생긴 남, 만화 주인공 턱, 프로이트 걸에 대해 써놓은 첫 메모를 훑는다. 아, 이거다. 만화 주인공 턱이 프로이트 걸을 스토킹하거나 혹은 반대의 경우가 아닐까 했던 추측. 나는 어지러운 마음을 가라앉히고, 첫날의 직감을 믿어보기로 한다. 그러니까 마리골드가 도서관에 온 이유는 윗을 따라왔기 때문이고, 대화라도 나누거나 친구 혹은 그 이상의 관계를 시작할 수 있기를 꿈꾸며 윗과 가까운 자리에 앉은 것이다. 결과적으로 어느 정도는 성공했다.

밤이 깊었다. 자야 하는데, 계속 떠오르는 생각에 뜬눈으로 뒤척이겠지만, 그래도 일단 누워보기로 한다. 현관문 아래로 누가 밀어 넣고 간 쪽지가 눈에 들어온다. 리오다. 그의 평소 매력과 옛날 사람 같은 배려심을 담아, 오늘 있었던 일의 충격에서 벗어나 마음이 편안하기를 바란다는 내용이다. 이야기할 사람이 필요하면 들을 준비가 된 귀와 레드와인이 자기에게 있다고 마지막에 덧붙였다.

나는 엄마 아빠에게 전화를 걸기로 한다. 우리 가족은 언제부터인가 삶의 가치와 주변에서 일어나는 일의 의미에 대해 길게 대화를 나누지 않는다. 제럴딘 사고 이후 어색한 거리감이 자리 잡았다. 그렇다고 우리가 서로를 사랑하지 않는 것은 아니다. 사랑하지만 더는 삶이 특별히 서로 연결되거나 서로를 의지하지 않는다고나 할까. 우리는 희망이나 꿈을 이야기하려 하지도 않고, 실망이나 두려움을 지나가는 말로라도 언급하지 않는다. 우리 대화는 적당한 거리에 있는 안전한 중간 지대에 머물고, 누가 우리 얘기를 듣고 있는 듯이 조심스럽다. 부모님이 날씨를 묻고, 나는 추위에 대해 말한다. 부모님이 새 차를 샀다고 하자 내가 어느 회사, 무슨 모델,

어떤 색깔인지 묻는다. 특별한 것 없는 평범한 대화가 주는 편안함이 있다. 혼란 속에서도 일정하고 변함없이 째깍거리는 시계의 초침처럼.

해나,

프레디가 케인에게 돈까지 주나요? 내 친구 마리골드의 말을 빌려야겠네요. 아아아, 세상에!

해나 요청에 답을 하자면, 맞는 말이에요. 나는 해나가 어떤 모습인지 잘 알죠. 당연한 말이지만 오랫동안 알고 있었어요. 해나는 유명하니까요! 이제, 한쪽으로 기울어져 있던 저울의 균형을 맞출 때가 온 것 같네요. 그래서 요즘 사람들이 말하는 셀카라는 걸 이메일에 첨부했어요. 마스크를 쓴 영광의 모습이에요. 야구 모자를 써서 약간 레드넥 느낌도 나고, 미국 영화에서처럼 타인의 눈에 쉽게 띄지 않게 되어버렸어요. 나의 은행털이 복장이라고 불러야겠어요.

다음 장이나 빨리 보내줘요!

친구,

리오

26 •

다음 날 아침, 아직 8시도 안 된 시간에 나는 리오의 집 문을 두드린다.

리오가 조깅 복장으로 문을 연다.

"프레디! 이른 아침부터 반갑네요. 들어와요."

나는 집 안으로 들어가 머그잔을 꺼내 커피를 붓는 리오의 등에 대고 입을 연다.

"리오, 도움이 좀 필요해요."

"네, 뭐든지요. 어떤 도움이 필요해요?"

"리오가 날 데리고 매거진 강변공원에 갔을 때 기억나요? 거기서 사진 찍던 기자가 있었는데……."

"로런요."

"네. 〈래그〉에서 일한다고 했었죠?"

"넵, 맞아요. 거기서 일해요."

"혹시 나를 로런과 만나게 해줄 수 있나 해서요."

"로런하고요? 왜요?"

나는 살짝 숨을 들이쉰 후 미리 준비한 대답을 내놓는다.

"캐럴라인 펄프리가 〈래그〉에서 일했어요. 내가 호주 어느 신문에 그녀 사건에 관한 글을 쓰기로 했거든요. '호주인의 미국 살기' 같은 종류의 글인데요. 캐럴라인과 같이 일했던 사람이라면 그녀에 대해 조금 더 말해줄 수 있지 않을까 싶어서요."

"미국에서의 경험을 글로 쓰는데 캐럴라인에 대해서는 왜 알려고 하는 거예요?"

"나는 도서관에 있다가 그녀의 비명을 들었고, 그 이후로 미국에서의 삶이 완전히 달라졌어요. 이곳에서 잔뜩 부풀었던 내 꿈이 사회 곳곳에 만연한 폭력에 꺾여버렸음을 보여주는 상징으로 캐럴라인을 사용하고 싶어서요."

나는 숨을 참으며 그럴듯하게 들렸기를 바란다.

리오가 천천히 고개를 끄덕인다.

"요즘 소설이 잘 안 써져요?"

"좀 진척이 없긴 해요. 이 글을 쓰고 막힌 데가 조금이라도 뚫렸으면 좋겠어요……. 그리고 괜찮은 신문에 기고하면 작가로서 인지도도 생길 거고요."

리오가 어깨를 으쓱한다.

"어리석은 생각은 아니에요."

"그런데 한 가지 문제가 나한테는 아무런 '관련' 정보가 없다는 거예요. 캐럴라인을 단순히 사건 피해자가 아니라 실재했던 인간으로 쓰고 싶거든요. 그러려다 보니 그녀가 어떤 사람이었는지 알고 싶어서요."

리오가 내 얼굴을 살핀다. 제발 죄책감이 드러나지 않기를. 솔직하게 털어놓으면 리오가 도와주지 않을 거라고 생각해서가 아니다. 리오는 틀림없이 도와줬을 것이다. 하지만 그렇게 되면 그도 이 사건에 휘말리게 된다. 나야 내 의지로 위험을 감수하면서까지 케인을 도우려는 거지만, 끌려 들어온 리오에게는 공평하지 않은 일이다.

"그래서 로런이 내게 이야기를 들려줄 수 있는지 리오가 물어봐주면 좋겠다 싶었어요."

"넵, 못 할 것도 없죠. 로런은 만나줄 거예요. 하지만 프레디도 뭔가를 말해줘야 할 거예요. 로런이라면 왠지 프레디가 도서관에서 들었던 비명에 관심이 많을 것 같아요."

"당연히 그래야죠, 그게 공평하겠네요."

나는 케인에게 괜한 의심이 돌아가지 않게 잘 말할 수 있을 거라 자신하며 대답한다.

"나중에 전화해볼게요."

내가 겸연쩍게 웃는다.

"혹시 지금 전화해볼 수는 없겠죠?"

"지금요? 이 시간에요?"

나는 고개를 끄덕이며 설명을 덧붙인다.

"영감의 여신이 연기처럼 훅 사라지기 전에 시작하고 싶어서요."

리오가 소리 없이 활짝 웃으며 핸드폰을 집어 든다.

"로런? 리오예요. 이른 아침에 전화해서 미안해요……. 오늘 아침에 시간 있어요? ……내 친구가 로런을 만나보고 싶다 해서요. 아침을 같이 먹으면 어떨까 하는데. 물론이죠. 로런이 골라요. 프렌들리 토스트요? 넵, 좋습니다. 9시에 볼까요? 거기서 봐요."

리오가 성공을 기뻐하며 과장된 동작으로 전화를 끊는다.

"고마워요, 리오. 은혜는 잊지 않을게요."

"전화 한 통 한 건데요, 프레디."

"그래도요. 고마워요."

리오가 손목시계를 본다.

"코트 입고 와요. 지금 출발해야 해요."

프렌들리 토스트는 백베이에서 인기 있는 아침 식당이다. 내부는 삼원색을 이용해 세련되고 현대적으로 꾸몄다. 도착하고 보니 로런 펜폴즈가 먼저 와 있다. 청바지와 무늬를 넣어 짠 스웨터의 간편한 옷차림에 털모자 아래로 어두운색 긴 머리칼이 보인다. 의자 등받이에는 카키색 패딩이 걸려 있다. 로런은 미소를 띠며 리오와 볼 키스로 인사한 다음 내게 다정하게 악수를 청한다. 리오가 나를 싱클레어 재단의 수혜자이며 호주 문학계의 현존하는 희망이라고 멋들어지게 소개한다. 나는 로런에게 리오 말은 잊어버리라며 그냥 프레디라고 부르라고 말한다. 우리는 로런의 적극적인 추천으로 프렌치토스트를 주문하고, 뒤이어 내가 캐럴라인 펄프리에게 관심이 있다고 입을 열며 미리 생각해둔 이유를 말한다.

"서로에게 도움이 될 수 있을 것 같아요." 리오가 말한다. "로런, 프레디는 보트 보관소에서 살해당한 노숙자와 맞닥뜨린 적 있어요. 그리고 로런은 캐럴라인에 대해 말해줄 수 있을 테고요."

나는 리오의 정보 교환 제안에 살짝 당황하지만 티를 내지는 않는다.

"좋아요." 로런이 답한다. "뭐가 궁금한 거예요?"

"캐럴라인은 〈래그〉에서 어떤 종류의 기사를 썼나요?"

로런이 못마땅하다는 듯이 눈을 굴린다.

"캐럴라인은 특집 기사에 집착했어요……. 자기는 나중에 퓰리처상에 도전할 거라고 큰소리를 치곤 했죠."

"특별히 맡은 기사가 있었나요?"

"윗이랑 어떤 비밀스러운 기획을 맡았었는데……. 둘의 마음이 딱딱 잘 맞았을 거라는 생각은 안 들어요."

윗이랑?

"그게 무슨 말이에요?"

"그 기획에 캐럴라인은 윗보다 훨씬 더 진지했어요. 그렇지만 윗은 사실 진지한 구석이 하나도 없잖아요."

로런이 윗의 이름을 말하면서 자기도 모르게 환한 미소를 보인다.

"두 사람이 잠시 사귀기도 했죠, 아닌가요?"

내가 조심스럽게 찔러본다.

"맞아요. 하지만 캐럴라인의 야망이 윗에게는 버거웠을 거예요." 로런이 목소리를 낮춘다. "윗이 좀 선수예요. 〈래그〉에 전화를 걸어 윗을 찾는 여자애들이 대여섯 정도는 항상 있었어요. 윗은 걔네들을 떼어내려고 가끔 캐럴라인과 사귀는 것처럼 굴기도 했고요……. 그중 몇몇은 좀 제정신이 아니었거든요."

나는 별다른 반응을 보이지 않는다. 리오 역시 윗이 만화 주인공 턱이자 내 친구라는 사실을 알면서도 아무 말도 하지 않는다. 그의 신중함이 고맙다.

"그 여자들이 누군지 알아요?"

로런이 코웃음을 친다.

"그건 윗에게 직접 물어봐야 할 것 같아요. 하지만 장담하건대, 걔는 기억 못 할 거예요. 윗은 인기가 많아 여자애들이 따라다니는 타입이에요. 동물적으로 타인을 끌어당긴다고나 할까요. 강아지가 집까지 따라오는 남자아이처럼요."

"캐럴라인이 윗에게 여전히 마음이 있지는 않았을까요?"

"딱히 그렇지는……." 로런이 말을 멈추고 곰곰이 생각한다. "그럴지도요. 윗이 말썽을 일으키면 캐럴라인이 나서서 도와줬어요."

"어떤 말썽이요?"

"그냥 바보 같은 일들이요. 윗은 언제나 이런저런 터무니없는 일들을 하려고 했어요……. 그러다 〈래그〉에서 잘릴 뻔한 적도 엄청 많고요. 캐럴라인이 나서서 대변해주고, 편집장을 설득해서 윗에게 한 번 더 기회를 주자고 말하고는 했어요."

"그럼 윗과 캐럴라인은 적어도 좋은 친구였군요?"

나는 질문하면서 이런 얘기를 우리에게 하지 않은 윗 때문에 혼란스러운 감정을 느낀다.

"그렇겠죠." 로런이 눈살을 찌푸린다. "나는 걔네들하고 잘 어울리지 않았어요. 캐럴라인은 좀 거만하고, 윗은 잘 나타나지 않고……. 그 바람에 진정한 사랑이라는 착각에 빠진 불쌍한 여자애들의 전화를 우리가 그렇게나 받았던 거죠."

"캐럴라인을 죽이고 싶어 했을 만한 사람이 있을까요?"

"캐럴라인을요? 윗 때문에요?" 로런이 말도 안 된다는 듯이 눈썹을 치켜올린다. "사람 속을 누가 알겠어요? 마음이 끌리는 대로 따라가는 거잖아요."

마리골드가 똑같이 말했던 기억이 떠올라 내 가슴이 철렁한다. 그러면서 동시에 이것이 의미하는 바가 있다는, 어딘가로 연결될지도 모른다는 생각이 점점 커진다.

"경찰이 로런에게 이런 것을 물었나요?"

"이렇게 자세히는 아니고요." 로런이 대답하며 나를 날카로운 눈빛으로 본다. "경찰은 캐럴라인이 〈래그〉에서 어떤 기사를 쓰고 있었는지, 마약 범죄 조직이나 살인을 부를 만한 사건을 다루고 있었는지를 궁금해했어요. 윗하고도 직접 이야기했어요. 물론 윗은 자기가 바람둥이였고 캐럴라인은 눈가림용 여자 친구였다는 말은 안 했겠죠."

귀에 거슬리는 표현이다.

"윗을 좋게 생각하지 않나 봐요?"

로런이 어깨를 으쓱한다.

"그 여자애들이 좀 안쓰러웠거든요."

이제 내가 답할 차례다. 나는 로런에게 부에 대해서, 그의 외모와 말투와 변덕스러운 성격에 대해서 말해주고, 보스턴공공도서관 주변에서 잠을 자곤 했는데 정확한 위치까지는 모른다고 덧붙인다. 케인 이야기는 생략한다. 리오는 눈치를 다 챘을 텐데도 아무 말도 하지 않는다.

로런이 메모를 하면서 리오와 잠시 보트 보관소와 범죄 현장의 세부 사항을 이야기한다. 리오는 나보다 확실히 기억력이 좋다.

"그래서 정확히 무엇을 쓰려는 거예요, 로런?"

리오가 대화 끝에 묻는다.

"부자에서 부랑자가 된 이야기의 교훈이요." 로런이 말한다. "아주 최근에 부라는 이름으로 알려진 숀 제이컵스는 원래 의사였어요. 외과 의사요. 진통제를 한두 알 먹기 시작한 게 나중에는 돌이킬 수 없는 습관이 되었죠. 모든 것을 다 잃고 감옥에서 약을 끊었지만 다시 손을 대다가 찰스강 둑에서 시체로 발견됐어요."

"프레디?" 리오가 나를 보고 있다. "괜찮아요? 얼굴이 창백해요."

"네⋯⋯. 괜찮아요." 나는 간신히 정신을 붙잡는다. "오늘 커피를 좀 많이 마셔서 그런가 봐요." 당연히 헛소리다. 나는 커피를 혈관에 직접 넣어도 아무렇지 않을 거다. 내가 미소를 보인다. "훌륭한 글이 될 것 같아요, 로런. 책으로 내도 되겠어요, 정말로요."

로런이 눈살을 찌푸린다.

"말했다시피 나는 소설만 써요."

내 말이 로런의 아이디어를 훔치려는 것처럼 들릴 수 있어 얼른 덧붙인다.

리오가 비웃는다.

"훌륭한 기사가 될 거라는 데에는 나도 동의해요. 타락한 외과 의사 이야기라……. 하지만 책이라뇨? 로맨스는 어디에 있고, 성적 긴장감은 어디에 있나요?"

로런이 웃음을 터뜨리고, 영역 침범이 불러온 어색함이 사라진다. 식사를 끝내는 동안 나는 새로 알게 된 사실들에 자꾸 마음이 쏠려서, 눈에 띄게 말수가 줄지 않도록 애쓴다. 생각을 제대로 하려면 혼자 있어야 한다. 그래야 내가 느끼는 감정을 다른 사람에게 들킬 염려 없이 드러낼 수 있다.

11시가 가까워서야 우리는 캐링턴 스퀘어로 돌아오고, 무례하거나 은혜를 모르는 사람처럼 보이지 않기 위해 리오와 헤어지기까지는 30분이 더 걸린다.

나는 현관문을 걸어 잠근 다음 숨을 최대한 길게 내쉬었다가 다시 크게 들이쉰다. 숀 제이컵스가 외과 의사였다니. 케인을 칼로 찌른 외과 의사가 그일 수도 있지 않을까? 케인의 과거에 타락한 외과 의사가 두 명이나 등장하는 건 분명 아닐 텐데? 내가 틀릴 수도 있다……. 외과 의사는 범죄에 빠지기 쉬운지도 모른다. 그들이 감옥에서 동료 수감자를 폭행하는 일이 흔치 않은 게 아닐지도 모른다. 하지만 부가 맞다면, 케인은 왜 말해주지 않았을까? 말을 하면 안 되는 이유라도 있는 걸까?

 나는 커피를 내린다. 다른 이유가 있어서가 아니라 잠시 평범한 일상으로 돌아가 생각의 속도를 늦추기 위해서다. 앞서 벌어진 일들을 정리해놓은 일본 공책을 찾아 케인과 내가 숀 제이컵스를 맞닥뜨린 날의 페이지를 펼친다. 눈을 감자 그날의 기억이 머릿속에 여전히 선명하게 떠오른다. 케인은 시종일관 침착했다. 부가 등에 칼을 꽂을 수 있는 사람이라고 생각했다면 케인은 절대로 그렇게 행동할 수 없었을 것이다.

 뒤이어 케인의 흉터를 떠올린다. 손가락 끝에서 느낌이 되살아나는 것 같다. 살이 차올라 튀어나와 있던, 5센티미터 정도의 일직선으로 난 흉터. 상처는 깔끔했고, 정확한 위치에 찔린 다음 아무런 감염 없이 아물었다. 그리고 윗이 칼에 찔린 곳과 정확히 일치한다.

 나는 고개를 젓는다. 숀 제이컵스에게 윗을 찌를 이유가 있었을까? 생각을 너무 깊게 하나 보다. 그냥 우연한 일인데.

 나는 노트북을 열고 지금까지 쓴 것들을 다시 읽으며, 이후 두 시간 동안 오자도 고치고 탈자도 바로잡고 빠뜨린 쉼표도 집어넣는다. 엄청난 집중력이 필요하지 않으면서도 내가 쓸모 있는 일을 하고 있다는 기분이 든다. 어느 정도는 맞는 말이다.

 3시쯤 마리골드가 들른다.

 홍조 띤 얼굴에 눈은 반짝이고 입가에서 미소가 떠나지

않는다.

"무슨 일 있어요?" 내가 덩달아 웃으며 묻는다. "좋은 일 있는 거예요?"

"모르겠어요……. 그런 것 같아요."

마리골드가 내 손을 잡더니 소파로 끌고 가 자기 옆에 앉힌다.

마리골드가 왜 이렇게 행복해하는지 이유는 모르겠지만 나도 웃으며 같이 기뻐한다.

"왜 그러는 거예요, 마리골드?"

"지난밤에 윗하고 내가 케인 찾으러 갔었잖아요."

"케인을 찾은 거예요?"

"그게 아니라요. 그거라면 전화했을 거예요."

"임무에 실패한 것치고는 기쁨이 넘치는데요."

"프레디, 윗하고 내가요, 그러니까 우리가…… 그 이후에 내 집으로 갔어요."

"아……."

갑자기 10대가 되어버린다. 마리골드는 내게 첫 키스부터 보답받은 사랑이 주는 비길 데 없는 황홀함과 종종 꿈속에서 그리던 순간이 현실이 될 때의 찬란함을 털어놓는다. 아주 많이 행복해 보인다. 그녀의 격하게 밀려드는 흥분에 나도 잠시 휩쓸린다.

"이제 두 사람은……?"

마리골드가 고개를 힘차게 끄덕인다.

"정말 잘됐어요."

내 귓가에 윗을 찾는 여자들의 전화가 많았다고 이야기하던 로런 펜폴드의 목소리가 맴돈다. 상처 입은 마음들이 〈래그〉에 전화를 걸었다가 그의 동료들에게서 동정만 샀다고 했지. 하지만 내가 무슨 자격으로 마리골드의 행복에 괜한 의심을 심을 수 있을까?

나는 그녀와 윗이 서로를 품에 안게 되기까지 그날 저녁 주고받던 의미심장한 눈빛과 말들을 자세하게 듣는다. 아이처럼 꾸밈없이 신이 난 모습에 매력을 느낀다. 마리골드는 조심스러워하거나 품위를 지키려고 무엇을 감추는 것도 없고, 빼는 것도 없다. 윗도 분명히 이 모습을 보고, 지금 나처럼 마음을 빼앗겼겠지. 그녀의 순전한 사랑은 불행한 결말로 이어지지 않을 것이다.

"윗은 어디 있어요?"

쉴 새 없이 쏟아지는 윗 칭찬이 마침내 충분히 줄어들어 내가 한마디 할 수 있게 되었을 때 묻는다.

"케인을 찾으러 다시 가보겠대요." 마리골드가 어깨를 으쓱한다. "혼자 가겠다고 하면서 나는 프레디에게 가보래요."

마음 같아서는 케인에게서 전화가 왔고 그는 무사하고 당장은 안심해도 되니까 괜찮다고 말해주고 싶지만, 그냥 가만히 있는다. 나는 지금 케인의 도피를 방조하는 셈이고, 지금이 아니라도 앞으로 하게 될 게 분명하다. 하지만 마리골드와 윗까지 법을 어기게 할 필요는 없다. 아직은 말이다. 그래서 나는 아무 말도 하지 않는다.

"케인에게서 전화 왔었어요?"

마리골드가 묻는다.

"내 핸드폰이 하루 종일 조용하네요."

"오, 프레디, 어떡해요. 남자들이 개만도 못하다니까요!"

내가 화제를 돌린다.

"마리골드, 그날 도서관에요, 우리가 처음 만날 날……."

"캐럴라인이 죽은 날이요?"

"네. 도서관에 왜 왔어요? 솔직하게 말해줄래요?"

"무슨 말이에요?"

"그날 도서관에 우연히 왔던 거예요?"

마리골드가 얼굴을 붉힌다.

"이제는 말해도 상관없겠죠. 윗을 따라왔어요." 마리골드가 고백하면서 쿠션을 껴안는다. "윗을 따라온 거예요……."

"스토킹처럼요?"

"아니요……. 뭐, 어쩌면요……. 윗하고 마주쳐보려고 했어요." 마리골드가 침을 삼킨다. "열람실까지 따라가서 맞은편에 앉았어요. 혹시라도 내게 말을 걸거나 아니면 내가 말을 걸 기회라도 생기길 바라면서요."

"그리고 나서 캐럴라인의 비명이 들렸고요."

"네. 그 일이 없었다면 우린 서로 말을 걸지 않았을 거예요."

"그날 윗이 왜 열람실에 있었는지 알아요?"

마리골드가 고개를 젓는다.

"그건 몰라요……. 〈래그〉에 실을 기사를 쓰는 중이었는지도 모르죠. 사실 그 전에는 윗이 보스턴공공도서관에 가는 걸 한 번도 본 적 없었어요. 그날 내가 놀랐던 기억이 나네요."

나는 소파 팔걸이를 톡톡 두드린다. 그날, 역시 윗도 열람실로 올 수밖에 없는 어떤 계획에 휘말렸다는 말인가? 하지만 열람실에 오게 하는 정도로는 부족하다. 윗과 케인은 나란히 앉아 있었다.

"마리골드, 케인이 열람실에 먼저 와 있었나요, 아니면 윗과 마리골드보다 나중에 왔나요?"

마리골드가 미간을 찌푸리더니 머리를 가로젓는다.

"기억 안 나요. 프레디가 맨 마지막에 와서 천장을 보며 시간을 한참 보냈던 건 기억나는데."

나는 미소를 지으며 이 모든 일의 시작을 떠올린다.

"그런데 왜 물어봐요?"

"윗과 케인이 만나게 된 게 정말 우연이었는지…… 아니면 누군가의 계획이었을지 생각해보는 거예요."

"이런 일을 어떻게 계획하겠어요?"

"예를 들자면, 윗과 케인에게 열람실에서 만나자고 하는 거죠."

내가 적당히 대답한다.

"하지만 왜요?"

"이유는 몰라요. 그렇지만 내가 작가라서 그런지, 무언가를 설명하는 데에 우연은 없다고 생각해요."

마리골드가 동의한다.

"그럼 오늘 저녁 먹으면서 윗에게 물어봐요."

"저녁이요?"

"네. 윗이 록스버리에 도미니카 음식을 파는 괜찮은 식당이 있다고 했어요. 오늘 저녁에 다 같이 가면 좋을 것 같아요. 간 김에 케인 집을 한 번 더 확인할 수도 있고요."

"나는 안 가요."

내가 분명하게 말한다.

"왜요?"

"마리골드랑 윗만 가야죠."

"왜요?"

"이제 막 서로를 발견한 사이잖아요. 두 사람의 데이트를 방해하고 싶지 않아요."

"그렇다고 프레디를 혼자 남겨둘 순 없어요!"

"마리골드, 난 괜찮아요. 할 일도 있고 케인이 여기로 올지도 몰라요. 만에 하나를 생각해서 난 집에 있을래요."

마리골드가 나를 연민에 찬 눈으로 바라본다.

"아아아, 여기 이렇게 앉아서 케인을 영원히 기다릴 순 없어요."

내가 웃는다.

"영원이 아니라 하룻밤이에요. 오버하지 마요. 마리골드하고 윗이 잘되어서 기뻐요. 하지만 오늘은 정말 빠지고 싶어요. 두 사람만의 시간을 보내야죠."

마리골드가 나를 뚫어져라 보길래 혹시 평소처럼 고집을 꺾지 않고 끝까지 같이 가자고 하려는 건가 싶었는데, 이번에는 그러지 않는다.

"생각이 바뀌면 말해줄 거죠?"

"꼭 말할게요."

"좋아요……. 그런데 나 부탁이 하나 있어요." 마리골드가 수줍어한다. "옷 좀 빌려줄 수 있어요? 내가 옷이 별로 없는 데다 오늘은 원피스라도 입어야 할 것 같은데…… 그게……. 내가 사도 되지만……."

나는 마리골드의 손을 잡으며 말을 끊는다.

"당연히 되죠. 하지만 마리골드. 꼭 원피스를 입지 않아도 돼요. 윗은 마리골드의 지금 모습을 좋아하는 거예요."

"윗에게 보여주고 싶어요. 나의 덜…… 유별난 모습을요."

마리골드가 진심을 담아 말한다. 나는 그녀가 스물세 살밖에 되지 않았다는 사실을 떠올린다.

"윗은 마리골드의 다른 사람과 같지 않은 모습에 끌렸을 거예요. 하지만 마리골드의 마음이 조금이라도 편해진다면 내 옷장에 가서 같이 봐요."

마리골드는 한 시간가량 내가 가진 옷을 다양하게 조합해서 입어보더니 최종적으로 가장 보수적인 스타일의 모직 스커트 정장을 고른다. 취업 면접용으로 가지고 있던 거라 나도 평소에 잘 입지 않는 옷이다. 마리골드의 아주 짧게 자른

머리, 피어싱, 쇄골에 살짝 보이는 타투와 어우러져 이상하리만치 어울리지 않으면서도 신비롭게 매혹적이다.

"빈말이 아니라 진짜로 이 옷이 나한테는 이렇게 멋져 보인 적 없었어요."

"공주가 된 것 같아요."

마리골드가 제자리에서 빙그르르 돌며 말한다.

내 눈에는 그녀가 유행을 앞서가는 도서관 사서처럼 보이지만, 마리골드가 공주가 된 기분이라 하니 그거면 됐다고 생각한다.

"지금이라도 같이 안 갈래요?"

마리골드가 문 앞에서 묻는다.

"정말로 안 가요. 둘이 좋은 시간 보내요."

내 소중한 해나,

몸 둘 바를 모르겠군요. 도대체 무슨 생각으로 해나 작품의 도덕성에 의문을 품었던 걸까요? 마리골드 때문에 정말 기쁘고, 윗에게는 약간 질투가 나네요. 이번 장은 내가 평소에 "당연히 그래야지"라고 말하는 순간이었어요. 윗은 당연히 마리골드와 사랑에 빠져야 하는 거죠. 어떻게 안 그럴 수가 있겠어요? 이제야 이야기가 더 진정성 있게 들리네요. 내가 해나를 의심하면 안 되는 거였어요.

미안한 마음을 가득 담아,

리오

추신 1. '들르다call by'는 호주 영어예요. 미국에서는 'drop in'이라고 해요.

추신 2. 마리골드가 대학원생임을 고려해서 나이를 조금 올렸군요.

27 ●

마리골드가 떠나자 문득 경찰 생각이 난다. 드와이어 형사가 케인이 여기서 나가는 걸 봤었다. 경찰이 케인을 찾고 있다면 캐링턴 스퀘어를 주시하고 있을 것이다.

욕이 나온다. 가슴이 터질 정도로 케인이 보고 싶다. 그렇지만 내가 8시 반에 집을 나서서 브래틀 극장으로 가면, 내 손으로 경찰을 케인에게 곧장 이끄는 셈이 된다. 그럴 수는 없다. 내가 눈에 띄지 않고 캐링턴 스퀘어를 빠져나갈 방법은 없다. 여기가 아니라 아예 다른 장소에서 나가는 거면 모를까. 나는 화장실에 들어가 재빨리 외출 준비를 한다. 이를 닦고 머리가 너무 부스스하지 않은지 확인한 다음 립글로스를 바른다. 침실로 가서 양말 서랍에 숨겨둔, 미국 오기 전에 환전해놓고 안 쓰고 있던 500달러 조금 못 되는 현금을 꺼내 짙은 감색 오버코트 안주머니에 찔러 넣는다. 장갑, 스카프, 지갑을 챙기다가 옷걸이에 걸린 보스턴 레드삭스 모자에 눈길이 간다. 최근 나오는 모든 미국 영화 속 등장인물은 사람들 눈에 잘 띄지 않으려면 야구 모자를 쓴다는 생각이 머릿속을 스치고 지나간다. 정말로 그렇게 된다면야 얼마나 좋을까. 하지만 그보다 내가 미행을 당하지 않도록 신경 쓰는 일이 조금 더 어려우리라는 것에 생각이 미친다. 그래서 핸드폰은 경찰이 나를 추적하는 데에 이용할지도 모르니 집에 두고 가기로 한다.

계단으로 향하는데 리오가 집에서 막 나온다.

"프레디, 저녁에 어디 가요?"

나는 얼굴에 미소를 띠고 리오가 가까이 오길 기다린다.

"쇼핑 좀 하려고요."

"기분 전환하려요? 아주 좋은 생각이에요. 나도 같이 갈래요."

"아뇨, 안 돼요!"

동행을 거절하는 내 대답이 갑작스레 튀어나오는 바람에 리오가 깜짝 놀라며 뒤로 물러난다.

"속옷 사러 가는 거예요. 여자 혼자 해야만 하는 일이에요."

"저녁 내내 팬티를 살 생각인 거예요?"

"내가 매우 까다롭거든요. 그리고 브래지어도 사야 하고…… 이런 건 입어봐야 하잖아요. 친구와 같이 갈 만한 용무가 아니에요."

리오가 항복한다는 의미로 두 손을 든다.

"뭐, 그렇다면 프레디가 뜻한 바를 성공적으로 이루길 바랄게요." 리오가 잠시 주저하다가 묻는다. "신문 기사는 어떻게 돼가요?"

"기사요?"

"캐럴라인 펄프리요."

"아, 그거요……. 그런대로요. 머리를 좀 식히러 나왔어요……. 그리고 속옷도 필요하고……. 일석이조인 셈이죠."

"글 검수해줄 사람이 필요하면 말해요."

"그럴게요." 내가 리오를 무시하고 있다는 생각에 갑자기 미안해진다. "로런을 만나게 해준 데 더해서 리오에게 정식으로 감사를 표해야 할 것 같아요……. 토요일에 점심 살게요."

리오가 웃는다.

"프레디와 빵을 나누는 일은 언제든 좋아요. 하지만 이미 나한테 고맙다고 말했어요. 그리 대단한 일도 아니었고요."

"리오는 정말 좋은 사람이에요. 토요일에 봐요. 우리의 로맨스 원고가 어떻게 되어가고 있는지 이야기도 하고요."

리오가 몸을 돌려 집으로 걸어간다.

"조심해요, 프레디. 살인자가 돌아다니고 있어요."

캐링턴 스퀘어를 나서는데 길 건너편에 주차된 경찰차가 눈에 들어온다. 근처 어딘가에는 경찰관 한두 명이 잠복해 있을 것이다. 나는 배낭을 가지고 있다. 안에는 케인이 다른 옷으로 갈아입은 다음 벗어두고 가서 내가 전날 빨아놓은 옷을 비롯해 여분의 목도리, 면도기, 기본 세면도구와 초콜릿 여러 개가 들어 있다.

나는 자연스럽게 행동하며 다트머스 스트리트에 있는 백베이 지하철역으로 간다. 일과가 끝난 후 집으로 가거나 저녁을 먹으러 번화가로 오는 사람들로 특히나 붐비는 시간이다. 나는 역 정문 앞에 있는 작은 가게들을 돌아보며 시간을 보낸다. 아주 작은 채소 가게에서 사과를 몇 개 산 다음 여느 사람들처럼 인파 속에 섞인다. 도중에 걸음을 멈추고 역 주변을 배회하는 노숙자 한 명에게 돈을 준다. 고마워하는 노숙자를 보며 케인도 여기서 구걸했을지 궁금해한다. 다시 발을 옮기는데 내가 그렇게 지나쳐 간다는 사실에, 그 외에 해 줄 수 있는 일이 없다는 사실에 죄책감이 든다.

다시 사람들 사이에 섞여 역 안으로 들어간 다음 나는 조금 더 빨리 걷는다. 교통 카드를 역 개표구에 바로 갖다 댈 수 있게 손에 쥔다. 내 뒤에 따라붙은 사람이 있다. 약간 살집이 있고 가죽 재킷을 입은 중년 남자. 열두어 걸음 정도 떨어져 있는데 나를 놓치지 않으려다 보니 엄폐는 진작에 포기했다. 심장이 빠르게 뛴다. 미행당하는 기분은 이런 거구나. 쫓아오는 사람에게 악의가 없다는 사실을 아는데도 도망가고 싶게 만든다. 하지만 걷는 속도를 높여봤자 사람들의 관심을 끌고 눈에 더 잘 띌 뿐임을 알기에 나는 본능을 억누른다. 에스컬레이터를 타고 오렌지 라인 열차가 들어오는 트랙으로 내려간다. 승강장은 사람들로 가득하고 나는 그 사이를 비집고 지나간다. 살집 있고 가죽 재킷을 입은 남자가 에스컬레이터를 뛰어 내려오는 모습을 슬쩍 본다. 나는 가만히 서서 승강장으로 들어온 열차가 완전히 서기를, 남자의 눈이 열차를 타려는 사람들에게 집중하게 되기를 기다린다. 그다음 순간 나는 겉옷을 벗어 던지고 계단을 뛰어 올라가 버스 타는 곳 출입구 쪽을 통과해 지하철역 건물을 완전히 빠져나간다. 단숨에 코플리 지하철역까지 뛰어간다. 남자를 따돌린 것 같지만, 신중을 기하려고 나는 다음에 온 그린 라인 열차에 올라탄다.

씰룩대는 입꼬리를 진정시키기가 쉽지 않다. 내가 경찰을 따돌리다니! 괜스레 뿌듯하다.

나는 파크 스트리트 역에서 내려 레드 라인으로 갈아타고, 다시 하버드 광장에서 내린다.

브래틀 극장이 북적거린다. 9시 상영 영화는 캐리 그랜트가 나오는 〈러브 어페어〉다. 상영관 안에는 다양한 연령대의 커플들이 가득하다. 그 사이를 나 혼자 걸어가려니 기분이 조금 이상하다. 나는 팝콘을 들고, 케인을 찾느라 두리번거리지 않으려 애쓰며 사람들이 별로 없는 줄에 가서 앉는다. 코트를 벗어 내 옆자리에 올려놓고 애먼 사람이 와서 치워달라고 하지 않기를 바란다. 다행히 아무도 오지 않는다. 극장에 온 대다수가 커플인 듯하다. 나는 가만히 앉아 있다. 상영관 불이 꺼진다.

"여기 앉아도 될까요?"

나는 자리에서 벌떡 일어나 케인을 와락 끌어안고 싶지만 꾹 참는다. 케인이 내 코트를 집어 들고 자리에 앉는다. 영화가 시작하고, 우리는 서로의 손을 찾고 입술을 찾는다.

"30분 후에 나갈 거예요."

케인이 내 귀에 대고 속삭인다. 나는 고개를 끄덕이며 케인이 곁에 있다는 생각에 행복해진다. 물어보고 싶은 말은 나중에 해도 된다. 여기, 극장의 어둠 속에 몸을 숨기고 있는 동안은 안전하다.

영화가 시작되고 40분 정도 지나서 케인과 나는 눈이 부실 만큼 불빛이 환한 로비로 나간다. 케인은 내가 코트 입는 걸 도와준 다음 가져온 배낭을 멘다. 우리는 극장 계단을 올라가 브래틀 스트리트로 나간다. 밤공기가 차고 습하다. 케인이 내 손을 꼭 쥔다.

"이쪽으로 가요. 이야기할 수 있는 적당한 곳을 알아요."

우리는 브래틀 극장에서 800미터 정도를 걸어 매사추세츠 애비뉴에 있는 조이스에 도착한다. 식당 안은 넓고, 손님이 많다. 빨간색 합성 섬유로 된 부스석이 한쪽에 줄지어 있고, 열 명 남짓한 남녀 종업원이 바삐 움직이고, 메뉴도 다양하다. 우리는 창가에서 멀리 떨어진 부스석에 앉는다. 케인은 버거를, 나는 베이글과 크림치즈를 주문한다. 우리는 여종업원과 대화를 나누며 그녀에게 특별히 기억할 만한 것이 남지 않게 적당히 상냥하게 대한다. 조금 후에 주문한 음식과 언제든지 리필해주는 커피와 마실 물 한 병이 나온다.

식당의 환한 불빛 아래에서 보니 케인은 많이 지쳐 보인다. 나는 테이블 위로 오른손을 뻗어 케인 왼손 손가락을 엇갈리게 잡는다. 잠시 동안 우리는 서로의 눈만 바라본다. 내가 먼저 입을 연다.

"괜찮은 거예요? 피곤해 보여요."

케인이 미소 짓는다.

"잠을 좀 못 잤어요. 괜찮아요."

나는 어디서 자느냐고 묻고 싶지만 참는다. 대신 로런 펜폴드를 만난 일과 캐럴라인이 〈래그〉에서 하던 일을 말한다.

"캐럴라인과 윗은 공동 프로젝트를 하고 있었어요. 윗은 우리 생각보다 캐럴라인과 잘 아는 사이였어요."

"경찰이 윗에게 맨 처음 찾아갔던 게 이해가 되네요." 케인이 미간을 찌푸린다. "윗이 칼에 찔린 이유와 관계가 있을지도 모르겠군요. 두 사람을 모두 위험에 처하게 할 만한 사건을 다루고 있었던 걸까요?"

"윗이 병원에 있을 때 FBI가 왔었잖아요. 그럴지도 모르죠." 내가 침을 삼킨다. "케인, 로런 펜폴드가 이런 말도 했는데, 숀 제이컵스가 과거에 외과 의사였대요."

케인이 나를 가만히 보다가 "맞아요"라고 대답한다.

"사실이에요. 내가 성인 교도소로 옮기고 보니, 부가 왜 노스캐롤라이나에 있는지 어쩌다 교도소에 오게 되었는지는 모르겠지만 하여튼 거기 있었어요. 그때 부는 1년이 넘었었고, 상태도 멀쩡했어요."

"하지만 케인을 칼로 찔렀어요."

"지시대로요." 케인이 내 손을 더욱 꽉 쥔다. "부는 콘로이라고, 바깥에서 물건을 들여오는 죄수와 어울렸어요. 그가 나를 없애라고 지시했고, 패거리들이 나를 구석으로 몰아넣었어요. 그때 부가 나한테 그랬죠. 몸부림치지 않고 가만히 있으면 자기가 등을 찌를 거고 그러면 죽지는 않을 거라고요. 많이 아프겠지만 괜찮아질 거라고요. 하지만 내가 맞서 싸우면, 무슨 일이 벌어질지 모른다고 했어요."

"그래서 칼로 찌르게 놔둔 거예요?"

"아뇨, 난 미친 듯이 싸웠어요. 하지만 일당이 나를 꼼짝 못 하게 붙잡을 때까지 부가 기다렸죠." 케인이 낮게 웃는다. "부는 자기가 내 목숨을 살렸다고 항상 말하고 다녔어요."

"하지만 왜요? 그 콘로이라는 자가 왜 부한테 케인을 찌르라고 한 거예요?"

"솔직히 나도 정말 몰라요, 프레디. 내가 기분을 상하게 했거나…… 나 때문이 아니었을 수도 있고요."

"그게 무슨 말이에요?"

"내가 오고 나서 부가 나를 보살펴줬어요……. 아이작을 생각해서요. 아이작이 2주 동안 보호해주던 아이였다는 걸 알아봤거든요. 콘로이는 부의 충성심을 시험하려던 건지도 몰라요."

"오, 하느님 맙소사!"

케인이 내 손을 자기 입술에 갖다 댄다.

"이미 다 지나간 일이에요, 프레디."

"부였다고 왜 나한테 말해주지 않았어요?"

"왜냐면 프레디 마음을 훔치는 중이었으니까요." 케인이 미소 짓는다. "감옥에서 생긴 흉터 이야기를 하고 싶지 않았어요."

나는 고개를 가로저으며 손을 뺀다.

"프레디, 미안해요……. 프레디…… 날 봐요, 제발요." 케인의 눈이 반짝인다. "캐럴라인 사건 이후로 내 과거가 나를 수렁에서 끌어당기고 있는 것만 같아요. 하지만 프레디에게 거짓말할 생각도 없었고, 한 적도 없어요······."

"나한테 숨긴 얘기가 너무 많아요."

"내게는 가능하다면 과거에 묻어두고픈 이야기가 많아요." 케인이 내 손을 다시 잡는다. "하지만 미안해요. 프레디가 나를 믿을 수 없는 사람이라고 생각하게 되는 건 원치 않아요. 믿어줘요."

내가 천천히 숨을 내쉰다.

"난 케인을 믿어요. 하지만 케인도 나를 믿어줬으면 좋겠어요. 아무리 끔찍한 일이라도 내게 있는 그대로 말해줄 수 있게요."

케인이 망설이다가 고개를 끄덕인다.

"알겠어요. 뭐가 궁금해요?"

내가 잠시 생각한다.

"남은 칩 좀 먹어도 돼요? 배가 안 차서요."

아주 잠깐 케인이 멍하니 있다가 한숨을 쉰다.

"여기서는 프렌치프라이라고 하죠."

내가 감자튀김을 먹는다.

"이제 어떡할 생각이에요? 앞으로 얼마 동안 피해 다닐 수 있을지······." 나는 말을 멈춘다. 우리 이야기가 들릴 수도 있고, 수많은 대화가 만들어내는 웅성거림 중에서 '경찰'이라는 단어가 누군가의 귀를 쫑긋 세우게 만들지도 모른다. "글래디스 말이에요. 앞으로 얼마 동안 글래디스를 피해 다닐 수 있겠어요?"

케인이 곧바로 눈치챈다.

"모르겠어요. 글래디스를 만나기 전에 내가 최대한 알아내고 싶어요."

"그럼 나는 윗하고 이야기해볼게요. 캐럴라인과 같이 진행하던 프로젝트가 무엇이었는지요." 내가 감자튀김 하나를 더 먹는다. "그런데 윗이 캐럴라인과 가까웠다는 사실을 말하지 않은 건 좀 이상하지 않아요?"

"같이 일만 한 거지 가까운 사이가 아니었을 수도 있어요." 케인이 대답한다. "그…… 글래디스가 윗을 찾아온 데다 캐럴라인과 관계가 있었다고 말하면 자기가 의심받을지도 모르니 겁이 났겠죠."

"그건 말도 안 돼요. 우리 모두 열람실에 앉아 있었잖아요, 캐럴라인이…… 그때…… 밖으로 나갔을 때요."

"글래디스는 내게 공범이 있었을 거라고 의심해요……. 윗에게도 똑같은 의심을 했을 거예요."

"무슨 공범요?"

케인이 목소리를 낮춘다.

"내가 이해한 바로는 부가 내 지시에 따라 캐럴라인에게 밖으로 나가달라고 했다는 거죠. 그러고 나서 내가 부를 밖으로 내보냈고요. 왜냐면 부가 윗을 제대로 처리하지 못해서 내가 화가 났으니까요."

케인이 말을 마치며 우리만의 암호를 성공적으로 이용했다는 데에 안도한다.

"좋은 추리네요……."

"뭐라고요?"

"……캐럴라인이 몇 시간 동안 발견되지 않았다는 점만 제외하면요." 나는 도서관과 아름답고 장엄한 열람실을 떠올린다. "부 같은 외모에 몸에서 냄새까지 풍기는 사람이 보스턴공공도서관 안으로 들어와 캐럴라인을 죽이고 2분도 채 안 되는 시간에 시체를 숨기면서 사람들의 주의를 끌지 않을 수 있었을까요?"

"캐럴라인을 죽인 사람은 보안 카메라 위치도 정확히 알고 있어요." 케인이 덧붙인다. "아무것도 찍힌 게 없으니까요."

"밀실의 역발상이 필요해요." 내가 케인을 가만히 쳐다본다. "케인이 그리워요. 윗과 마리골드도 정말 좋지만, 케인이 내 옆에 있으면 좋겠어요."

케인이 테이블 위로 몸을 굽혀 내게 키스한다.

우리는 한동안 아무 말도 하지 않는다. 눈물이 나올 것 같아 윗과 마리골드 이야기를 꺼낸다. 로런에게 들은, 윗의 매력에 푹 빠져버린 여학생들 이야기도. 케인은 두 가지 다 처음 듣는 이야기일 텐데도 전혀 놀라지 않는 기색이다.

나는 마리골드도 〈래그〉에 전화를 걸어 윗을 찾던 여학생들처럼 될까 봐 걱정된다고 솔직히 털어놓는다.

"그 걱정은 안 해도 될 거예요." 케인이 답한다. "마리골드는 윗이 어디 사는지 알잖아요."

나는 웃다가 그 말에 오히려 걱정이 더 많아진다. 캐럴라인 사건이 있던 날 윗이 누군가를 만나러 도서관에 왔을지도 모른다고 했던 마리골드의 말을 꺼낸다.

"누군가 케인과 윗이 그날 같은 시간에 도서관에 있도록 일을 꾸민 건 아닐까요?"

케인이 얼굴을 찌푸리며 가능성을 생각해본다.

"글쎄요. 하지만 무슨 이유로요?"

"혹시 케인에게 겁을 줘서 쫓아버리려고요?"

"어디에서요? 도서관에서요?" 케인이 고개를 가로젓는다. "그 비명은 우리가 서로에게 말을 거는 계기가 되었을 뿐, 그 외엔 아무것도 아니었어요." 케인이 계산서를 달라고 손짓한다. "그리고 그때는 누가 죽었는지도 몰랐고요."

나는 코트에서 현금 뭉치를 꺼내 식사비와 팁으로 20달러 지폐 두 장을 내고, 나머지는 케인의 재킷 주머니에 아무 말 없이 집어넣는다. 우리는 조용히 식당을 나온 다음 조이스 주변의 북적이는 사람들에게서 벗어나 강 쪽으로 향한다. 날씨가 매섭게 추운 데다 비까지 내려 기분이 가라앉지만, 그걸 생각하고 있을 경황이 없다. 케인이 내게 핸드폰 하나를 건넨다. 지금도 이런 핸드폰을 만들어내나 싶을 정도로 아주 기본 모델이다.

"이 핸드폰에 대해선 아무에게도 말하지 말아요." 케인이 내 어깨에 팔을 두르며 조심스럽게 말한다. "임시로 개통한 선불폰이에요. 이걸로 내가 프레디에게 전화할 수 있어요. 거기에 저장된 번호가 하나 있는데, 이거예요." 케인이 비슷하게 생긴 다른 핸드폰을 들어 보인다. "프레디도 나한테 전화할 수 있어요. 일이 있거나…… 그냥 하고 싶을 때나요."

"경찰이 추적할 수 있는 거 아니에요?"

"이 핸드폰이 있다는 걸 모르면 못 해요."

나는 핸드폰을 코트 안주머니에 집어넣는다.

"알겠어요."

"무음 모드로 설정해놨어요. 좋지 않은 타이밍에 내가 전화해서 들키지 않게요."

내가 고개를 끄덕인다.

"가까이 둘게요." 바람이 내 코트를 뚫고 지나가자 나는 케인에게 몸을 기댄다. "오늘 밤은 어디서 보낼 거예요?"

"모르겠어요. 찾아봐야죠."

"길에서 자는 건 아니죠?"

"아니에요. 방을 잡을 거예요. 경찰이 모든 숙박업소를 감시하지는 못할 테니까요. 그보다 먼저 더플백을 사야 해요."

"더플백이요? 왜요?"

"남자가 아무 짐 없이 방을 잡으면 무조건 수상하게 보일 거예요." 케인이 나를 자기 쪽으로 끌어당긴다. "갈아입을 옷도 사야 하고요."

"그건 나한테 맡겨요." 나는 케인이 메고 있는 내 백팩 안에 든 것들을 말해준다.

케인이 웃는다.

"내가 프레디를 모르는 사람이었으면, 프레디가 예전에 누군가의 도피를 도운 적 있는 줄 알았을 거예요."

"부디 몸조심해요." 내가 머뭇거리며 말한다. "케인, 보스턴을 떠나는 게 나을지도 몰라요. 매사추세츠주를 벗어나요."

"내가 여기를 떠나면 누가 이런 일을 벌이는지 밝혀내지 못해요." 케인이 부드럽게 말한다. "그걸 못 밝혀내면 내 인생을 영영 되찾지 못할 거예요."

"그렇지만 경찰이 쏜 총에 맞을 확률은 낮아지잖아요."

케인이 나를 더 가까이 끌어당긴다.

"난 감옥에 갔던 적이 있어요, 프레디. 이유가 무엇이었든 내가 사람을 죽인 건 사실이니까 그에 대해 불평하지 않았어요. 하지만 내가 하지 않은 일로 감옥에 갈 수는 없을 것 같아요……. 적어도 죽을 정도로 싸우지 않고서는요."

나는 케인을 꼭 붙잡는다. 그를 보내고 싶지 않다.

"알았어요. 우리 같이 싸워요."

✉

해나,

솔직히 말하면, 프레디가 리오에게 거짓말하는 부분이 조금 불편해요. 내가 속은 기분이 들어요……. 해나가 내게 거짓말할 수도 있다는 생각이 들어서요. 당연히 터무니없는 소리죠. 리오는 소설 속 인물이고 진짜 내가 아니라고 나를 타일러야겠어요. 내가 이렇다는 게 바로 해나의 재능을 증명해 보이는 거예요!

이번 장 끝부분을 읽다가 이런 생각이 들었는데요. 케인이 흑인인가요? 그래서 록스버리에 사는 거고요? 지금까지 케인이 백인이라고 생각했어요. 흑인이라면, 경찰이 쏜 총에 맞을 확률이 아주 높고, 법망을 피해 도망다니는 범죄 행위가 훨씬 더 위험해지는 거예요. 이제는 프레디가 흑인인지도 궁금해요. 마리골드하고요. 윗은 '옛날 만화에 등장하는 남자 주인공' 같은 외모라 하니 백인이 확실한데요. 하지만 지금 생각해보니 원고에서 프레디, 케인, 마리골드가 어느 쪽인지 전혀 언급이 없었군요. 흑인이라는 언급이 없어서 나는 자연적으로 백인이라고 생각해버렸어요. 해나가 백인이 아니라는 건 알아요. 그러면 해나 소설의 등장인물들도 백인이 아닐 수 있겠네요. 해나가 뭐라 말해주지 않는 이상 내가 가진 선입견 때문에 그들을 백인이라고 생각하게 돼요.

와우! 머리가 핑핑 돌아 어지러워요!

친구,

리오

추신. 리오가 거짓말을 들었지만 그래도 다시 등장해서 반가워요. 근데 설마, 리오도 흑인인가요? 해나가 내 자존감에 혼란을 주고 있어요. 리오는 아무래도 다른 몸을 찾아야겠어요.

해나,

해나 질문에 답을 하자면, 네, 등장인물의 피부색은 당연히 중요해요. 내가 앞서 말했듯이 케인이 흑인이면, 미국 경찰은 케인에게 훨씬 더 위험해져요. 케인이 두 손을 들고 경찰서로 걸어 들어가더라도 총에 맞을 수 있어요. 줄거리에 어떤 식으로든 영향을 끼칠 수 있는 다른 요소 때문에도 중요해요.

피부색을 신경 쓰지 않겠다는 해나의 결정을 높이 사지만, 그건 마치 바이러스를 무시하는 것과 같아요. 현실적이지 않아요. 등장인물이 흑인이냐 아니냐는 에피소드를 따라 흘러가는 이야기의 궤적에 영향을 줄 거예요······. 하지만 어떻게 보면 그것이야말로 피부색을 무시함으로써 해나가 원하는 의도일 수도 있겠군요. 독자들이 이런 일은 흑인에게 일어날 수 없다고 말하다가 다음 순간 안 될 이유라도 있나 생각하게 만들려는 건가요? 그게 해나가 말하려는 바인가요?

그렇군요, 알겠어요. 하지만 이건 위험해요. 독자가 미처 이르지 못한 자기 성찰 수준에 모험을 거는 거예요. 등장인물들이 백인이라고 으레 생각한 사람들은 지금껏 마음을 쏟은 인물이 흑인일 수도 있다는 사실에 배신당하고 속임수에 넘어간 기분이 들지도 몰라요. 심지어 어떤 사람들은 자기와 비슷한 사람들이 나오는 이야기만 읽고 싶어 한다고요. 인물이 흑인일 가능성이 있다는 말은 어쨌거나 백인이 아니라는 말과 같은 거예요. 그냥 그런 거예요. 내 말 들어요. 그런 사람들의 성질을 건드리지 않는 게 좋아요.

나라면 이렇게 안 했을 거예요. 하지만 이건 해나 책이니까요.

친구,

리오

28

캐링턴 스퀘어 로비로 들어서는데 마리골드가 기다리고 있다. 눈물범벅인 얼굴로 화가 잔뜩 나 있다.

"어디 갔던 거예요?"

내게 따지듯이 묻는다.

조가 동그랗게 뜬 눈으로 나를 보더니 어깨를 으쓱한다.

"기다린 지 두 시간 정도 됐어요." 조가 낮은 목소리로 말한다. "친구분이 안 가겠다고 해서 경찰을 불러야 하나 생각하고 있었어요."

마리골드가 입고 있던 재킷을 벗더니 내게 던진다.

"이건 돌려줘야 할 것 같았어요."

나는 그녀가 치마도 벗어버릴까 봐 조금 불안해져서 얼른 말한다.

"집으로 올라가요. 할 말이 있는 것 같네요."

마리골드가 눈을 부릅뜬다. 그러다가 나를 따라 계단을 오른다.

집으로 들어와 내가 문을 닫을 때까지 우리는 한 마디도 하지 않는다. 그러다 마리골드가 폭발한다.

"어디 갔던 거예요? 집에 있을 거라고 했잖아요."

울음을 터뜨린다.

"내가 외출해서 화가 난 거예요? 마리골드, 무슨 일이에요?"

그녀를 안으려 하지만 마리골드가 나를 밀어낸다.

"날 가지고 논 거예요? 윗하고 둘이서?"

"윗하고요? 마리골드, 무슨 얘기를 하는 거예요? 윗은 어디 있어요?"

"가버렸어요!" 마리골드가 소리를 지른다. "프레디가 안 온다는 말을 듣더니, 갑자기 뭐가 생각났다고 이유를 대고는 가버렸어요."

"내가 지금 배를 떨어뜨린 까마귀가 된 것 같은데요?

마리골드를 어리둥절하게 만든 게 속담을 살짝 비틀어 한 말 때문인지 아니면 윗이 마리골드를 버리고 간 이유를 내가 모른다는 사실 때문인지 모르겠다. 내가 손을 내민다.

"부엌으로 가요. 핫초코 만들어줄게요. 이 문제를 같이 생각해봐요."

마리골드는 어린아이처럼 내 손을 잡더니 순순히 따라온다. 나는 그녀를 부엌 조리대 앞에 앉히고 우유에 코코아를 섞어 데우기 시작한다.

"어떻게 된 건지 말해줘요."

마리골드가 손등으로 눈물을 닦는다. 내가 화장지를 갑째로 그녀 앞에 놔준다.

"식당에서 윗을 만났어요. 내가 프레디는 같이 올 생각이 없다고 말하자 윗이 언짢아했어요. 프레디에게 전화를 걸어서……" 마리골드가 울먹거린다. "데이트가 아니라고 말하겠다고 했어요."

내가 잠시 멈칫한다. 추적당하지 않도록 핸드폰을 집에

뇌두고 나갔었다. 실제로 추적할 수 있는지는 모르지만 괜한 위험을 만들고 싶지 않았기 때문이다. 만약 내가 전화를 받았다면 윗에게 얼간이처럼 굴지 말라고 말해줄 수 있었겠지.

"프레디가 전화를 받지 않자 윗은 적당히 핑계를 대고는 가버렸어요. 전채 요리를 주문하기도 전이었어요."

눈물이 다시 쏟아진다.

나는 김이 나는 핫초코가 담긴 머그잔을 마리골드에게 건네고 마시멜로 봉지를 연다.

마리골드가 고개를 들고 나를 본다.

"나는 바보처럼 그대로 앉아 있었어요. 그러다 윗이 프레디 아파트로 갔을지도 모른다는 생각이 들었어요. 그래서 여기로 왔는데 도어맨이 프레디가 외출했다고 하더라고요. 나한테는 집에 있을 거라고 말했잖아요. 그래서 프레디가 윗을 만나러 나갔다고 생각했어요."

나는 마리골드를 똑바로 본다.

"본인 입으로 직접 말했으니 지금 한 이야기가 얼마나 어리석은지 스스로 알아차렸으리라 생각해요. 나는 영화관에 갔던 거고 그게 다예요. 핸드폰은 깜빡했어요. 지금 거실 커피 테이블 위에 있네요."

"무슨 영화요?"

마리골드는 의심을 완전히 거두지 않는다.

"〈러브 어페어〉요. 브래틀 극장에서 9시에 상영했어요."

"도어맨 말로는 프레디가 8시 전에 나갔다고 하던데요."

불쌍한 조! 분명 마리골드에게 추궁당했을 것이다.

"맞아요. 솔직히 말하면, 마리골드와 윗의 관계를 생각하니 케인이 보고 싶어졌어요. 비참한 기분으로 집에 있고 싶지 않아서 밖으로 나갔어요."

"케인을 찾으러요?"

"쇼핑하러요."

"뭘 샀는데요?"

"산 건 없어요. 케인을 찾고 싶은 마음도 있었겠죠. 어쨌거나 소득은 없었어요."

마리골드가 부엌 조리대를 돌아와 나를 끌어안는다.

"미안해요. 내가 윗을 너무 오랫동안 기다렸다가…… 그래서 머리가 어떻게 되었나 봐요."

"맹세해요, 마리골드. 나는 윗을 만나지 않았어요. 윗에게 아무 마음도 없고, 설사 윗을 친구 이상으로 생각했다고 하더라도 나는 절대……."

"알아요……. 내가 히스테리를 부렸어요." 마리골드는 스툴에 다시 앉더니 마시멜로를 한 움큼 집어 핫초코에 넣는다. "어제는 진짜 행복했는데 오늘은 뭐가 뭔지 모르겠어요. 그래서 잠시 실성했던 것 같아요……. 하지만 이제는 괜찮아요." 마리골드가 나를 살핀다. "프레디는 어떻게 더 속상해하지 않아요?" 마리골드가 묻는다. "케인 말이에요. 나라면 마음이 너덜너덜해졌을 거예요."

"나는 나이가 더 많잖아요."

"그러면 덜 신경 쓰게 돼요?"

"천만에요. 좀 더 기다리면서 상황을 지켜보게 되죠." 내가 말을 돌린다. "이제 윗하고 어떻게 할 거예요?"

"무슨 말이에요?"

"윗이 그렇게 가버렸잖아요, 마리골드." 〈래그〉에 전화를 걸었다는 여학생들의 모습이 머릿속에 그려진다. 나는 마리골드가 윗의 매력에 빠져들었다가 버림받은 여학생 중 한 명이 되는 걸 보고 있을 수가 없다. "윗이 적어도 해명은 해야죠."

마리골드가 숨을 들이쉰다.

"그 말이 맞아요. 지금 전화해볼게요."

통화가 짧다. 마리골드가 한 말이라고는 "여보세요, 윗, 나야, 나 지금 프레디 집에 있어"가 전부다. 그러고는 통화가 끝난다.

"어떻게 된 거예요?"

그렇게 묻는데, 혹시 마리골드가 싸워놓고 나한테 말하지 않은 건가 하는 생각이 든다.

"윗이 여기로 오겠다더니 전화를 끊었어요."

"아……"

자정이 지난 시간. 정말 자고 싶은데 젊은 연인을 중재하려면 같이 있어야 할 듯하다.

20분 후 윗이 도착한다. 새벽 1시에 핫초코는 어울리지 않아 나는 커피를 내려놓는다.

내가 현관문을 열자마자 윗이 나를 끌어안는다.

"프레디, 정말 다행이에요!"

나는 윗을 밀어낸다. 왜 이러는지 영문을 모르기 때문이지, 마리골드가 이 행동을 어떻게 생각할지 신경 쓰여서가 아니다.

"도대체 어떻게 된 거예요, 윗?"

윗이 눈을 돌리더니 마리골드도 껴안는다.

"안녕, 공주님. 아까 저녁 일은 미안해."

"자." 시간이 늦어지는 탓에 마음이 급하다. "윗, 앉아서 설명해봐요. 둘이 화해하고 나면 나는 가서 자야겠어요. 아니, 그러지 말고……." 나는 생각을 바꾼다. "나한테는 설명할 필요가 없으니 나는 지금 자러 가야겠어요."

윗이 고개를 젓는다.

"아뇨, 프레디, 같이 있어요. 프레디와도 관련 있어요."

두 사람이 소파에 같이 앉을 수 있게 나는 1인용 소파에 앉는다. 윗은 진지하다. 처음으로 그에게서 평소의 가벼운 모습이 전혀 보이지 않는다.

윗이 입을 연다.

"오늘 저녁 7시쯤에 엄마가 습격을 받았어요. 사무실에서 혼자 일하는 중이었고 다른 사람은 아무도 없었대요. 자료 보관실에 들어가려던 사람이 엄마에게 들켰고, 엄마를 공격한 후 도망갔어요."

"아아악, 세상에!"

"엄마가 잘못된 건 아니죠?"

나는 물으면서 어떤 대답을 들을지 몰라 겁이 난다.

"네. 그냥 기절만 했었어요. 엄마가 의식을 차린 후 경찰에 신고했고요." 윗이 마리골드에게 고개를 돌린다. "내가 식당에 막 도착했을 때 전화를 받았어. 왜 너한테 말을 안 했는지 모르겠어……. 정신이 없었나 봐."

마리골드가 윗을 안아준다.

"괜찮아." 멋쩍어하며 나를 슬쩍 본다. "그럴 만한 이유가 있을 거라 생각했어."

"엄마는 어때요? 괜찮으세요?"

내가 묻는다.

"아주 멀쩡해요. 그냥 넘어가지 않겠다고 난리죠." 윗이 나를 쳐다본다. "그런데 엄마는 케인이었다고 생각해요."

내가 윗을 빤히 쳐다본다.

"불가능해요."

"왜요? 왜 불가능해요?"

내가 멈칫한다. 브래틀 극장에 케인이 모습을 드러낸 건 9시 이후였다. 불가능한 일이 아니다. 내가 케인의 알리바이를 증명할 수는 없다.

"왜냐하면 케인은 그럴 사람이……."

"오늘 저녁에 어디 있었어요, 프레디?"

"그걸 왜 물어요?"

"마리골드가 프레디는 집에 있기로 했다고 말했을 때 나는 프레디가 위험에 처할까 봐 걱정을……."

"케인 때문에요? 터무니없는 말이에요."

"프레디, 케인이 엄마를 습격했어요!"

"확실해요? 틀림없대요?"

"엄마는 확신해요."

"케인이 법률사무소에 어떻게 들어가겠어요? 말이 안 되는 소리잖아요."

윗이 어깨를 으쓱하더니 손으로 얼굴을 문지른다.

"엄마가 맹세코 케인이었다고 했어요. 프레디는 어디 갔었어요?"

"쇼핑하러 갔다가 브래틀 극장에서 영화 봤어요."

"경찰은 케인을 찾는다면서 여긴 왜 안 오는지 모르겠어."

마리골드가 말한다.

"프레디가 도망자를 숨겨주면서까지 재단 회원 자격을 위태롭게 하지는 않을 거라고 생각하기 때문이겠지."

"그보다는 경찰이 이 시간에도 건물을 지켜보고 있기 때문이죠." 내가 도망자를 숨겨줄지 어떨지에 대한 언급은 피해 간다. "웨인바움 부인과 조에게도 벌써 말해놨을 거예요. 경찰 눈을 피해 케인이 여기로 올 방법은 없어요……. 게다가 경찰이 내 뒤를 따라오니까 난 안전해요."

마지막 말은 내가 빠져나갈 구멍을 만들려고 덧붙인다.

"오늘 밤에는 프레디를 놓쳤죠."

윗이 답한다.

"누가 그래요?"

"프레디가 전화를 안 받아서 내가 확인하러 여기 왔었어요. 문을 두드려도 답이 없어서 경찰에 전화했는데 지하철역에서 프레디를 놓쳤다고 하던데요."

"경찰이 그런 걸 말해줬어요?"

"보스턴 경찰에 엄마랑 친한 사람이 있어서요."

"나를 따라올 거라고 말이라도 해줬으면 노란색 옷을 입고 천천히 걸었을 거예요."

말이 퉁명스럽게 튀어나온다. 화가 나는데 누구를 향한 건지는 모르겠다.

마리골드가 자리에서 일어나 내게 온다.

"정말 안타깝게 됐어요, 프레디. 우리 모두 케인을 좋아했어요."

"케인은 죽은 게 아니에요." 내가 낮은 소리로 말한 다음 고개를 돌려 윗을 본다. "케인을 더 이상 믿지 않게 되었군요?"

"우리 엄마를 습격했어요, 프레디."

퍼뜩 드는 생각 하나.

"케인이 보안 카메라에 잡혔어요?"

윗이 눈살을 찌푸린다.

"아뇨. 자료 보관실에는 보안 카메라가 없는데…… 엄마가 거기서 습격당했어요."

"케인은 보스턴공공도서관 보안 카메라에도 안 잡혔어요."

마리골드가 덧붙인다.

내 눈이 분노로 움찔하고 만다.

"프레디, 나도 케인의 이런 모습을 믿고 싶지 않아요. 하지만 달리 선택의 여지가 없어요."

나는 입술을 꽉 다문 채 고개를 끄덕인다. 생각을 해야 한다. 마리골드가 내 손을 잡고 있고, 윗이 나를 뚫어져라 보고 있다.

"미안해요. 지금 이야기가 좀 충격이었나 봐요." 내가 침을 삼키고 윗과 눈을 마주친다. "윗이 캐럴라인하고 뭘 같이 하고 있었다는 얘기를 들었어요."

윗이 눈을 가늘게 뜬다.

"그걸 어떻게 알았어요?"

"〈래그〉 기자 중 한 명이 말해줬어요."

"프레디가 〈래그〉 기자를 왜 만난 거예요?"

"여기자가 숀 제이컵스에 관한 기사를 쓰고 있어요……. 또 난 그를 만난 적이 있으니까……. 어쨌든, 윗하고 캐럴라인이 프로젝트를 같이했다고 말했어요."

"네, 맞아요."

윗이 조심스럽게 답한다.

"잘 모른다고 했었잖아!"

마리골드의 비난은 캐럴라인의 죽음을 향한 것이 아니다.

윗이 한숨을 쉰다.

"우리 부모님 때문이야. 캐럴라인과의 관계를 별것 아닌 것처럼 말하라고 시켰어."

"왜?"

"부모님은 이런 일이 어떻게 흘러가는지 잘 아니까. 메터스라는 자랑스러운 이름이 회사 고객 자녀의 살인 사건 조사에 얽히는 걸 원치 않았어. 그리고 우리가 하던 프로젝트와 아무 관련도 없고. 그래서 말을 안 한 거야."

"뭐에 대한 거였는데? 그 프로젝트 말이야."

"딱 정한 게 아니었어. 캐럴라인은 온갖 바보 같은 아이디어를 가지고 있었는데…… 아무것도 구체화하지 않고 그냥 조사한 내용을 바탕으로 장문 형식의 특집 기사를 같이 쓰자는 생각이었어. 솔직히 말해서 난 그렇게 끌리지도 않았고."

"그날 도서관에는 왜 왔어요?" 내가 묻는다. "캐럴라인을 만나려고 왔어요?"

"네, 그랬어요." 윗이 차라리 후련하다는 듯이 솔직하게 대답한다. "열람실에서 만나기로 했었어요. 안 오길래 짜증이 났었는데……. 그러다가 우리가 서로 말을 걸게 되었잖아요. 그 덕분에 오후가 완전히 헛되지는 않았다고 생각했어요." 윗이 침을 삼킨다. "그러다 캐럴라인에게 무슨 일이 벌어졌는지 알게 되었고……."

윗의 얼굴이 순식간에 일그러진다.

마리골드가 윗에게 돌아간다.

"네 잘못이 아니야, 윗. 캐럴라인이 어디 있었는지도 몰랐잖아. 네가 할 수 있는 일은 없었어."

"그건 케인도 마찬가지예요." 내가 지적한다. "캐럴라인의 비명이 들렸을 때 우리는 다 같이 있었어요. 케인도 그녀를 죽일 수 없었어요."

윗이 머뭇한다.

"지금 경찰은 캐럴라인이 지른 비명이 아니라고 생각해요. 청소부나 혹은 테이블 아래를 보다가 시체를 발견한 다른 누군가일 거라고 보고 있어요. 캐럴라인은 우리가 비명을 듣기 전에 살해당했고요."

"그렇다면 시체를 발견한 사람이 왜 다른 사람에게 알리지 않은 거죠?"

"겁을 먹었거나 아니면 살인자가 누구인지 알고는 도망가 버렸을 거라고 경찰은 생각해요. 그래서 케인과 관련이 있을 만한 여자를 찾고 있어요."

나는 눈을 감고 냉정을 잃지 않으려 애쓴다. 눈을 다시 뜨려는데 정말 고단하다.

"가서 자요, 프레디." 윗이 말한다. "오늘 밤은 내가 소파에서 잘게요. 만일을 생각해서요."

"나도 그럴게요."

마리골드가 말한다.

나는 미소를 짓는다.

"바보 같은 소리 마요. 경찰이 이 건물을 감시하고 있어요. 난 더할 나위 없이 안전해요. 마리골드를 집에 데려다주고 윗도 집으로 가서 엄마 곁에 있어요. 엄마 챙겨드려야죠."

우리는 몇 분간 옥신각신하다 결국 내가 두 사람을 쫓아내겠다고 딱 잘라 말하는 지경까지 이른다. 마리골드가 점심을 같이 먹자고 제안하고, 나는 두 사람을 빨리 보내려고 그 제안을 받아들인다. 혼자 있어야 이 혼돈 속에서 내가 앞으로 해야 할 일을 생각할 수 있다. 마침내 그들이 나가고 문을 닫고 나자 마음이 놓이면서 동시에 충격이 몰려온다. 나는 불을 다 끄고, 옷을 갈아입고, 케인이 준 핸드폰을 손에 쥐고 침대에 들어간다. 이유는 모르겠지만 왠지 이렇게 해야 할 것 같아서 머리끝까지 이불을 뒤집어쓰고 전화를 건다. 케인이 잠기고 졸린 목소리로 전화를 받는다.

"프레디?"

해나,

어우! 문학적으로 나를 한 방 먹인 건가요? 프레디가 윗에게 꼬리 친다는 내 염려를 마리골드 머릿속에 심어서요? 그래서 그게 얼마나 터무니없는 생각인지 나한테 보여주려고요? 하긴, 맞을 짓을 한 것 같기는 해요.
해나는 전염병 언급을 하지 않겠다는 태도를 고수하려는가 보군요. 기회를 날리는 것은 물론이고 심각한 실수를 저지르는 거예요. 케인과 다른 사람들이 모두 마스크를 쓰고 있다면 그가 경찰을 피해 빠져나가기가 얼마나 더 쉬워질지 생각해봐요. 그 누구도 알아볼 수가 없어요. 게다가 사회에 만연한 불안이 더해지면, 그것이야말로 범죄 소설 작가의 꿈이잖아요! 이 시기, 이 공포는 신이 주는 선물이에요, 해나. 그걸 거부하는 건 오만하고 무례한 거예요.

이 작품의 방향성을 보여주려는 마음으로 내가 이전 장 몇 개를 현 재앙의 한가운데 분명하게 놓이도록 고쳐봤어요. 첨부파일은 해나 원고의 개정판이에요. 어떤지 보기만 하는 거죠. 꼼꼼히 읽어본 다음 눈을 감고 내가 말하려는 바를 느껴봐요. 분명히 생각이 바뀔 거예요.

그나저나 윗 엄마의 습격을 집어넣은 건 아주 좋았어요! 윗이 정신을 차리고 친구에 대한 사춘기적 충성에서 벗어나 마침내 한쪽 편을 선택하게 했어요. 그런 목적이었다면, 진 메터스가 케인에게 습격당하는 걸로 그치지 않고 잔인하게 고통받다가 살해당했다면 더 좋지 않았을까 싶어요. 물론 해나가 진 메터스를 살려놓은 건 케인을 지목하기 위해서겠죠. 하지만 다른 방법도 있었을 것 같아요. 살인자는 발전하는 경향이 있어요. 케인의 범죄가 더욱 잔혹해지는 것이 당연한 거예요. 소설의 지금 단계에서 위험이 빠르게, 가까이 온다는 기분도 끌어올릴 테고요.

내가 중년 여성이 살해당한 사진을 몇 장 첨부했어요. 해나가 보면 알겠지만, 그녀는 목이 그어지기 전에 지독한 고통을 받았어요. 가슴과 음부 부위의 상처가 그녀가 받은 공격에 성적 요소가 있었음을 말해줘요. 어쩌면 그녀가 쓴 마스크가 살인자의 일을 쉽게 만들어줬을지도 모르겠어요. 마스크 뒤의 그녀는 아무도 아닌 사람이었을 테니까요.

이메일을 쓰다 보니 마리골드가 충분히 이용되지 않고 있다는 생각이 들어요. 심리학 전공생이잖아요. 해나가 마리골드에게 윗 엄마의 시체를 직접 보게 했다면, 마리골드는 살해 방식에서 범인이 케인임을 가리키는 단서를 피해자 진술만큼 분명하게 찾아냈을 거예요.

이 제안들로 해나가 앞으로 어떻게 할지 기대돼요. 기억해요. 나 교정본을 정말 읽고 싶어요.

친구,

리오

29 •

집에 혼자 있는데도, 창문도 현관문도 다 잠그고 이불까지 뒤집어쓰고도 나는 속삭인다. 울 때도 숨 죽여서 베개를 적시는 내 눈물을 케인은 알아차리지 못한다. 나는 케인에게 브래틀 극장에서 만나기 전에 어디에 있었는지 묻는다.

"생쥐라고 불리는 여자를 찾고 있었어요. 부와 친구 같은 사이였다고 해서요. 부를 해칠 만한 사람이 있었는지 알 것 같았거든요."

"그래서 찾았어요?"

"아뇨."

"그럼 케인이 초저녁에 어디에 있었는지를 증언해줄 사람이 아무도 없는 거잖아요."

"네……. 그런데 왜요?"

나는 윗의 엄마가 습격받은 일과 케인이 범인이라는 그녀의 주장을 털어놓는다.

잠시 케인은 아무 말이 없다.

"프레디, 맹세코 난 절대……."

"알아요. 하지만 윗 엄마가 케인이라고 말하는 데다 우리는 그것을 반박할 수도 없어요."

"윗 엄마의 주장을 뒷받침할 지문이나 DNA가 나오지 않을 거예요. 왜냐면 난 거기 가지 않았으니까요, 프레디."

"그럼 왜 케인이라는 거예요?"

"나도 몰라요. 실수로요? 아니면 내가 누군지 알아차리고 나니 그녀 가족을 공격했던 사람도 당연히 나였을 거라고……." 케인이 욕을 내뱉는다. "이런 상황까지 오리라고 누가 생각이나 했을까요?"

"케인, 이제는 정말로 변호사가 필요해요."

"자수하기 전에는 구할게요. 약속해요. 하지만 아직은 아니에요."

나는 정신을 가다듬고 눈물을 닦으며 내가 울고 있었다는 사실을 케인이 모르기를 바란다. 그에게 아무런 도움이 되지 못하는 나 자신이 속상하고 원망스럽다.

"내가 진 메터스와 이야기해볼게요." 내가 결연하게 말한다. "케인 말대로 그 사람이 실수한 걸지도 몰라요. 아니면 거짓말하는 걸지도요. 만약 후자라면, 그 이유를 알아내야 해요."

"프레디, 프레디가 나서면……."

"걱정 마요, 케인. 다 생각이 있어요. 내가 어떻게든 알아서 해볼게요."

"이런 일, 진짜 해봤던 거죠?"

그의 목소리에 웃음기가 배어 있다.

"적어도 열 번은요."

"프레디, 농담이 아니라 부디 조심해요. 누군가가 사람을 두 명이나 죽였어요……. 프레디를 눈여겨볼 이유를 조금도 주면 안 돼요."

"누군지만 알면 문제가 훨씬 쉬워지는데 말이에요."

"내가 멀지 않은 곳에 있어요." 케인이 말한다. "전화하면 몇 분 안에 그리로 갈 수 있어요. 프레디에게 무슨 일이 일어나게 두지 않을 거예요."

내가 꼭 그러겠다고 말한다. 우리는 서로에게 잘 자라고 인사한 다음 전화를 끊는다. 나는 케인이 가까운 곳에 있다는 생각을 하며 잠이 든다.

아침 9시까지 푹 자고 일어나 오늘 달성해야 하는 목표를 생각한다. 지난밤 어느 순간 진 메터스를 만나 이야기를 나눌 방법이 떠올랐고, 아침에 눈을 뜨자 해야 할 일이 명확해진다.

마리골드의 아파트에서 윗과 마리골드를 만나 점심을 먹으러 가기로 약속했다. 나는 11시에 캐링턴 스퀘어에서 나가 근처 꽃집에서 온실 재배한 장미 한 다발을 산다. 잠시, 장미가 피어나고 있을 할머니 집이 떠올라 그리움에 잠긴다. 지금쯤 마당에는 형형색색의 장미가 만발해서 화려한 색들을 뽐내고 있을 텐데. 할머니는 매년 새로운 장미를 모아 심었다. 노랑, 빨강, 주황, 파랑 등 어떤 계획이랄 것도 없이.

나는 손에 장미 꽃다발을 들고 택시를 잡은 다음 기사에게 윗 부모님네 주소를 말한다. 멀지는 않지만 꽃을 잘 들고 가야 한다. 메터스 씨네 집은 아름답다. 백베이에 있는 저택 중 하나로 주변이 조경 계획에 따라 손질되어 있다. 윗은 부모님이 해외에 나가 있는 동안 집을 봐주기 위해 몇 개월 전에 여기로 이사했고, 다시 자기 아파트로 돌아가려고 할 때쯤 칼에 찔렸다. 불미스러운 사건에 몸조리의 필요성이 더해졌다가 그 이후에도 어째서인지 아직 여기 있다.

고딕 양식의 문 고리가 달린 현관에 보안 요원과 카메라가 있다.

나는 보안 요원에게 이름을 말하며 윗의 친구인데 오늘 점심 약속이 있어서 왔다고 덧붙인다. 〈래그〉에 전화해서 윗을 찾던 여자 중 하나로 보는 건가 싶은 시선으로 그가 나를 살핀다. 어딘가로 전화를 하더니 내게 문을 두드려도 좋다고 말한다.

문이 열리고 진 메터스가 나와서 나는 깜짝 놀란다. 오른쪽 관자놀이 위에 멍이 들었지만 출근하는 복장에 티 없이 완벽한 화장을 하고 있다.

"메터스 부인." 내가 꽃을 건넨다. "크게 다치지 않아서 정말 다행이에요. 윗에게서 무슨 일이 있었는지 들었어요……. 많이 놀라셨겠어요."

나를 향하던 그녀의 시선이 꽃으로 옮겨 가더니 자기가 이해하지 못하는 이상한 관습인 것마냥 쳐다본다.

"윗하고 점심을 같이하려고 마리골드와 여기서 만나기로 했어요." 내가 설명하며 손목시계를 슬쩍 본다. "너무 일찍 와서 폐가 된 건 아닌지 모르겠네요."

"들어올래요?" 윗 엄마가 눈살을 찌푸리며 말한다. "윗은 벌써 나갔어요. 윗에게 전화해서 뭐가 어떻게 된 건지 물어보죠."

윗 엄마는 꽃다발을 현관 테이블 위에 올려놓더니 나를 데리고 집을 가로질러 수영장이 있는 뒷마당으로 간다. 걸어가면서 윗에게 전화를 건다. 그녀의 말이 내 귀에 들린다.

"그래. 혼선이 있었는지 네 친구가 여기 와 있어. 솔직히, 아들, 많고 많은 날 중에 오늘 네가 꼭 나가야 하는지 잘 모르겠다……. 그리로 가라고 할까? 그래, 알았어. 나는 노닥거릴 시간이 없으니 가능한 한 빨리 와서 데려가렴."

내 안에 후회가 몰려오기 시작한다. 그리 좋은 계획이 아니었나 보다.

윗 엄마가 수영장 건너 손님용 별채로 보이는 건물의 문을 열어준다.

"만나기로 한 장소에 대해 서로 오해가 있었던 것 같군요." 윗 엄마가 말하며 내게 거실 의자에 앉으라고 권한다. "윗이 금방 데리러 오겠다고 하니 여기서 기다려요. 난 꽃병을 찾아야 해서 이만."

지금이 아니면 이런 기회가 다시 없을지도 모른다. 그래서 나는 용기를 낸다.

"윗에게 들으니 메터스 부인을 공격한 사람이 저희 친구 케인이었다고요. 그 얘기가 제게 얼마나 큰 충격과 유감이었는지 몰라요."

"케인 매클러드는 매우 위험한 사람이에요." 윗 엄마가 매몰차게 말한다. "인명 피해가 더 생기기 전에 내가 그를 알아봐서 정말 다행이죠."

내가 고개를 끄덕인다.

"그 이후로 저도 줄곧 겁이 났어요. 도대체 케인이 어떻게 사무실로 들어왔나요?"

그녀의 날카로운 시선이 내게 꽂힌다.

"메터스 부인의 사무실 보안에도 걸리지 않았다는데 제 아파트의 보안이 충분한지 걱정이 되어서요."

내가 얼른 덧붙인다.

"지나친 걱정은 할 필요 없어요. 매클러드는 예전에 수감된 일과 관련 있는 사람 혹은 그 사람의 가족을 목표로 삼으니까요." 윗 엄마가 문 쪽으로 걸어간다. "하지만, 맞아요. 그는 보안 요원을 피하고 카메라에도 잡히지 않는 데에 능숙한 것 같네요."

"케인이 부인을 그렇게 내리치다니 믿어지지 않아요."

"날 죽이려 한 거죠, 위니프리드."

"분명히 말씀드리자면 케인이 그렇게 폭력적인지는 몰랐어요."

"하지만 위니프리드도 그의 과거를 알지 않나요?"

윗 엄마가 냉소를 띠며 되묻는다.

"나중에 들었어요. 하지만 얘기를 들어보니 자기방어 같던데요."

윗 엄마가 못마땅하다는 듯이 눈을 굴린다.

"그렇죠. 언제나 자기방어와 불행한 어린 시절 타령이죠."

그러고는 나를 위아래로 훑어본다. "아벨 매너스는 열다섯 살에 이미 삐뚤어진 불량아여서 아버지의 훈계가 듣기 싫다고 죽일 목적으로 손이 닿는 곳에 숨겨놓았던 칼을 불쌍한 아버지 목에 찔러 넣었어요. 그러고는 바닥에서 피를 흘리며 죽어가는 모습을 지켜봤고요. 그를 변호할 방법이 없었어요. 나이가 그렇게 어리지만 않았다면 그는 사형감이에요!"

나는 케인을 옹호하고 싶지만 지금은 아니다. 그래서 아무 대꾸도 하지 않는다.

"부탁할게요. 내 아들을 위해서 그자를 또 보게 되면 경찰에 전화해줘요."

"윗을 위해서요?"

"나는 윗의 엄마예요, 위니프리드. 내게는 윗이 가장 중요해요. 게다가 매클러드는 이미 한 번 윗을 칼로 찔렀어요. 자기가 무죄를 받도록 내가 노력하지 않았다고 생각해서, 내게 직접 위해를 가하는 건 물론이고 내 외동아들까지 공격할 정도로 비열하고 악랄한 자예요."

"죄송해요. 저는······."

"그만 가봐야 해서요. 이쯤에서 인사할게요. 손님용 별채는 출입구가 따로 있어서 윗이 집 안을 통과할 필요가 없어요. 금방 온다고 했으니 거실 창문으로 윗이 보일 거예요."

나는 윗 엄마가 뒷마당을 다시 가로질러서 본채로 들어갈 때까지 꼿꼿하게 앉아 있는다. 별채 내부가 사내의, 남학생 사교 클럽 같은 분위기를 풍기는 것으로 보아 윗이 지내는 곳인 것 같다. 살짝 어질러져 있지만, 먼지 자국이 없으니 자주 청소한다는 말이다. 희미하게 윗의 향수 냄새가 배어 있다. 액자에 넣은 사진들, 벽에 간단히 핀으로 붙인 사진들이 눈에 들어온다. 윗이 축구하는 모습, 손에 음료를 들고 있는 모습, 활짝 웃는 여자에게 어깨동무하고 있는 모습. 그리고 하버드 기념품과 여러 가지 전자 기기들. 책장에 꽂힌 윗의 소장 도서들이 인상적이다. 보기와 다르게 책을 많이 읽네, 주로 소설과 퓰리처상 수상자들의 자서전이지만. 한 액자에는 〈래그〉 기사가 들어 있다. 윗의 첫 기사인가 보다. 대학 스포츠에서의 스테로이드 사용에 대해 직접 조사하고 쓴 기사다. 역시나 인상적이다. 글을 꽤 잘 쓰잖아. 기사의 내용으로 보아 윗은 위장 수사도 했다.

그러다 안락의자 옆 테이블에 쌓인 책 중 책등에 쓰인 이름 하나가 내 눈길을 끈다.

케인의 첫 소설이다. 나는 책 더미에서 조심스럽게 책을 꺼낸다.

검은색 표지에는 하얀색으로 철창이 달린 교도소 감방이 그려져 있다. 감방 문은 열려 있다. 제목은 《청산》, 그보다 작은 글씨로 적힌 케인의 이름. 첫 장을 열어본다. '글로 쏟아낸 원초적 분노'라는 〈뉴욕타임스〉의 추천사도 있고, '투옥과 보복에 얽힌 날것 그대로의 이야기'라고 소개한 〈월스트리트저널〉의 추천사도 있다. 출판업계지 별점 리뷰에서는 '눈부신 데뷔작' '역작'이라는 단어가 눈에 띈다. 수상 목록도 있다. 여러 번 읽었는지 손때가 묻었다. 초판이네. 윗은 우리를 만나기 전에 케인의 책을 읽었거나, 아니면 누군가가 다 읽고 난 후 중고를 건네받았나 보다.

윗의 하얀색 SUV가 손님용 별채 옆 진입로로 들어온다. 내가 문을 열고 나간다. 마리골드가 앞좌석에 있어서 나는 뒷좌석에 올라탄다.

"미안해요, 윗. 여기서 만나기로 했다고 생각했어요. 어찌나 민망하던지. 윗 엄마가 칠칠맞다고 생각했을 거예요."

윗이 어깨를 으쓱한다.

"신경 쓰지 마요. 엄마는 나도 칠칠맞다고 생각해요. 칠칠이 클럽 하나 만들죠 뭐."

"그래도 엄마가 괜찮아 보여서 다행이에요."

"네. 엄마를 죽이려면 미사일 정도는 있어야 할 거예요. 몸 일부가 터미네이터거든요."

"일하는데 내가 방해해서 죄송하네요."

"엄마가 프레디가 꽃을 가져왔다고 하던데요. 고마워요. 엄마는 고맙다는 말도 안 했겠지만 좋은 생각이었어요."

나는 마리골드의 시선을 피한다. 그녀의 눈빛에 의심이 가득하다. 내가 무얼 하려 했는지 알아차린 걸까?

"나 배고파요. 점심 먹으러 어디 갈지 정했어요?"

"윗이 케임브리지에 있는 멕시칸 식당을 안대요." 마리골드가 대답하면서 나를 유심히 살핀다. "프레디가 싫어하지 않는다면요?"

내가 활짝 미소를 지어 보인다.

"멕시코 음식 좋아해요. 가요."

과달루페는 케임브리지에 있는 고급 멕시코 식당이다.

"내가 사는 거예요." 테이블보가 드리워진 테이블에 앉으며 윗이 말한다. "어제 바람맞혀서 사과하는 의미로요."

"나하고는 아니었죠." 내가 바로잡는다. "마리골드만요."

윗이 내 말을 그냥 넘긴다.

"두 사람에게 내가 좋아하는 음식을 모두 맛보게 해줄게요. 매사추세츠주에서 가장 맛있는 타코를 소개하는 기쁨을 누리기 위해 이건 내가 사는 거예요." 그러더니 웨이터를 불러 딸기마르가리타 한 병을 일단 주문한 다음 메뉴를 보지도 않고 여러 음식을 줄줄이 말한다. 마리골드가 내가 채식주의자라고 일러주자 윗이 한두 가지를 더 주문한다. 멕시코 식당에서 주문하는 것치고 무모하게 많은 양이라는 생각을 했지만 막상 나오는 음식을 보니 소량씩 우아하게 먹기에 알맞은 정도다. 테이블에는 접시들로 빈자리가 없고, 우리는 윗의 지시에 따라 이것저것 먹어보느라 바쁘다. 맛이 정말 훌륭하다. 우리는 주로 음식에 관한 대화를 한다.

디저트를 뱃속에 넣으려고 애쓸 때쯤 화제가 케인으로 옮겨 간다.

"케인은 어디 있는 걸까요?"

마리골드가 묻는다.

"보스턴을 떠났을지도 몰라요."

나는 뭐라도 말해야 할 것 같아 적당히 대답한다.

"아뇨." 윗이 단호히 말한다. "아직 여기 있다고 봐요."

"왜요?"

"엄마도 멀쩡하고 나도 멀쩡하잖아요. 케인은 복수를 위해 오랜 시간을 기다렸어요. 그러니 일을 끝내기 전에는 여기를 떠나지 않을 거예요."

"죗값을 다 치렀다고 말한 사람은 어디 갔나요?"

케인을 생각하니 마음이 아파 내가 따지듯 묻는다.

"케인이 엄마를 죽이려 한 날 이후로 더는 없어요." 윗이 얼굴을 찡그린다. "미안해요, 프레디. 난 케인을 믿었어요. 프레디도 알잖아요. 엄마가 그렇게 확실하게 알아보지만 않았어도 난 끝까지 케인을 믿어주려 했을 거예요……. 하지만 엄마가 확실하다 하니까요."

나는 동의의 의미가 아니라 분위기를 진정시키려고 고개를 끄덕인다.

"이번 사건이 있기 전에 엄마는 케인이 누군지 알았어요?"

"무슨 말이에요?"

"엄마가 변호했던 아벨 매너스라는 남자아이가 케인이란 걸 알고 있었어요?"

"경찰이 엄마에게 며칠 전에 말했어요." 윗이 눈을 가늘게 뜬다. "그건 왜요?"

"사람은 실수하기도 하니까요. 특히 갑자기 놀라거나 극심한 공포에 빠지면요." 내가 조심스럽게 설명을 덧붙인다. "엄마가 케인이 누군지 알고 있었다면, 그가 자신을 찾아와서 어떤 형태로든 복수를 가하리라고 생각하고 있었을 거예요. 그러다 습격을 받자, 케인이었다고 '인식'하는 거죠."

마리골드가 먼저 대답한다.

"프레디, 지금 지푸라기라도 잡아보려고……."

"아냐, 프레디 말도 일리가 있어." 윗이 말을 끊는다. "엄마가 보통 사람이었다면 말이야. 하지만 엄마는 전문가 증인이에요……. 마치 경찰처럼요. 엄마는 사람을 어떻게 식별하는지, 무엇을 봐야 하는지 알아요."

"그렇다고 해서 엄마는 겁을 먹지 않는다, 실수하지 않는다는 말은 아니잖아요." 나는 계속 차분하게 말한다. "케인을 범인으로 지목할 만한 다른 증거가 더 있나요? 보안 카메라 영상, 지문, DNA는요?"

"자기 옛 사건, 아벨 매너스 재판에 관한 자료를 빼내려 했어요."

윗이 대답한다.

나는 아주 잠깐 흔들리지만 곧바로 평정을 되찾는다.

"케인이 자료가 어디 있는지를 어떻게 알고서요? 자그마치 15년 전 사건이에요. 분별 있는 사람이라면 15년 전에 다른 주에서 열렸던 재판의 자료가 여태 남아 있을 거라 생각하지도 않을뿐더러, 어디에 있는지도 몰랐을 거예요. 이상하다는 생각 안 들어요?"

윗이 발끈한다.

"그래서 무슨 말을 하는 거예요, 프레디? 엄마가 거짓말이라도 한다고요?"

"그게 아니라…… 실수했을 수도 있다고요. 머리를 맞았잖아요……. 그러니 정신이 없었을 수도 있어요."

"프레디," 마리골드가 끼어든다. "프레디가 케인을 믿고 싶어 한다는 거 알아요. 하지만 말도 안 되는 소리예요. 케인은 위험해요. 케인이 이 모든 일을 엮는 공통의 연결 고리라는 사실이 너무나도 분명하잖아요? 그러니 그가 어디 있는지 알면……."

"나도 어디 있는지 몰라요."

나는 정직하게 말한다.

"당분간 내 아파트에 와서 지내는 게 어때요?" 마리골드가 묻는다. "지낼 방이 있어요. 프레디 혼자 있는 게 걱정돼요."

내가 미소 짓는다.

"걱정은 넣어둬요. 난 괜찮아요. 캐링턴 스퀘어는 경찰의 감시 아래 있어요. 또 자체 보안도 있고요."

"누군가가 그 보안을 다 통과해 프레디네 현관문 사진을 찍었어요." 윗이 기억을 되살려준다. "핸드폰을 잃어버렸다는 케인의 말을 프레디는 그대로 믿겠지만요."

한숨이 나온다. 대화 분위기가 갈수록 팽팽해진다. 상황이 돌이킬 수 없이 나빠지기 전에 내가 화제를 돌린다.

"〈래그〉 기사 봤어요. 액자에 넣어 벽에 걸어둔 거요. 잘

썼던데요. 그렇게 글을 잘 쓰는지 몰랐어요, 윗."

윗과 마리골드가 깜짝 놀란다. 마리골드는 조금 언짢은 것 같기도 하다.

"읽었어요?"

윗이 묻는다.

"아까 기다리는 동안에요. 윗은 아주 훌륭한 기자예요."

"가짜 뉴스와 황색 언론의 노예인걸요."

윗이 씁쓸해하며 말한다.

"언론 쪽에서 일하는 걸 엄마가 허락하지 않나 봐요."

"인생에서 훨씬 더 많은 일을 할 수 있는데 그런 건 왜 하니, 윗. 너는 뉴스를 만들어낼 운명이지 전하려고 태어난 게 아니야."

윗이 엄마를 비웃는 듯이 흉내 낸다.

"윗이 퓰리처상을 받고 나면 엄마도 생각이 바뀔 거예요." 내가 답한다. "캐럴라인이 없지만 원래 하던 프로젝트를 계속할 거예요?"

"아마도요. 원래 내 아이디어였어요. 캐럴라인이 어쩌다 같이하게 되었는지 진짜 모르겠어요. 흉을 보면 안 되겠지만 걔는 퓰리처상을 훔쳐서라도 다른 사람에게 상이 가는 걸 막으려 했을 거예요."

"그래요?"

내 목소리가 지나치게 관심을 보이는 것처럼 들리지 않게 조심한다. 캐럴라인의 죽음이 케인 때문이라고 윗과 마리골드는 이미 결론을 내린 상태니까.

"그럼요. 캐럴라인은 자기가 인정받을 기회만 있으면 어디서든 가장 먼저 나타나 설치던 애예요. 정말로 누구의 재능이나 노력 덕분인지는 개의치 않고요."

"저런. 캐럴라인을 모두 좋아하는 줄 알았어요."

"죽고 나니까…… 그렇죠. 그 전에는 별로 안 그랬어요."

"아……. 유독 싫어한 사람이 있었나요?"

윗이 나를 날카롭게 바라본다. 내가 자기를 심문하고 있단 걸 알아챈 듯하다.

"로런 펜폴드요."

나는 겉으로는 아무 반응도 보이지 않는다.

"펜폴드라……. 글 쓰는 사람에게 어울리는 이름이네요."

"본인도 그렇게 생각해요." 윗이 내게서 눈을 떼지 않는다. "케인이 관련 없었다면 난 로런을 의심했을 거예요."

해나,

로런 펜폴드를 끌어들일 생각을 하는 거예요? 케인의 공범으로요?

로널드 녹스가 남긴 추리 소설의 십계명을 최소 한두 개는 어기게 되는 거 아닌가요? 로런은 소설 초반부터 나오지 않아 그녀의 관여가 독자에게 공평하게 받아들여지지 않을 것 같아요. 물론, 규칙은 어기라고 있는 거지만요!

보아하니, 해나는 진 메터스를 죽일 생각이 없는 것 같군요. 안타까워요. 하지만 이건 해나 책이고, 내가 이 소설의 집필 과정에 어느 정도로 참여하는지는 상관없으니까요. 그게 아니라면 케인이 다시 시도하게 하려는 건가요? 윗이 집으로 돌아갔을 때 엄마가 내가 앞서 설명한 대로 죽어 있는 모습을 발견하는 식으로요. 케인이 선사하는 고통의 일부는 윗이 엄마를 꼭 발견하게 만드는 거죠.

언제나처럼 다음 장을 기다릴게요.

친구,

리오

30 •

나는 윗에게 캐링턴 스퀘어로 바로 가는 대신 보일스턴 스트리트에 있는 반스 앤드 노블 서점에 내려달라고 부탁한다.

"기다릴게요."

윗이 선뜻 말한다.

내가 고개를 가로젓는다.

"모든 걸 잊어버리고 책을 천천히 둘러보고 싶어서 그래요. 몇 시간이 걸릴 수도 있어요."

"정말로요?"

"정말, 정말로요. 점심 고마웠어요."

마리골드가 팔을 뻗어 내 손을 잡는다.

"마음이 바뀌어서 내 아파트에 올 거면 언제든 전화해줘요. 루카스에게는 프레디가 와 있는 동안 옷을 입고 있어야 한다고 말해놓을게요."

내가 웃음을 터뜨린다.

"그 말을 어떻게 받아들여야 할지 모르겠지만 난 괜찮을 것 같아요. 그럼, 잘 가요."

나는 손을 흔들며 두 사람을 떠나보낸 다음 서점 안으로 들어간다. 책을 둘러보기로 마음만 먹으면 남은 하루를 정말로 그렇게 보낼 수도 있다. 하지만 지금은 그럴 여유가 없다. 나는 서점 직원에게 케인 매클러드의 《청산》을 찾는다고 말한다. 그 책의 팬이라고 밝힌 직원은 소설에 '마음을 완전히 빼앗겨'버릴 거라는 이야기를 계산하는 내내 즐겁게 쏟아낸다. 표지가 윗이 가진 초판본과 다르다. 배경은 여전히 검은색이지만, 그림은 표지 오른쪽 위에 창살이 달린 작은 창문으로 바뀌어 있다. '〈뉴욕타임스〉 베스트셀러'라는 문구가 제목 위에 추가되고, 케인 이름이 초판보다 커졌다.

책을 사고 아파트로 돌아와 내게 할 말이 있다고 손짓하는 조와 잠시 이야기를 나눈다.

"프레디 양에게 컵케이크를 보낸 사람을 알아냈어요." 조가 의기양양한 미소를 띠며 말한다. "주문자가 리오 존슨 씨였어요."

"리오였군요."

"네. 프레디 양을 남몰래 흠모하고 있었을지도 모르죠...... 뭐, 이제는 다 들통났지만요."

내가 웃는다. 이런 이런. 왜 진작 눈치채지 못했을까.

"리오는 그냥 정이 많은 거예요."

고맙다고 인사하러 리오 집에 가보지만 그는 없다. 나중에 다시 오기로 하고 집으로 간다.

혼자가 되니 마음이 한결 편해진다. 침대에 들어가 《청산》을 읽을 작정으로 잠옷을 입는다. 그러고는 책가방에서 일본 공책부터 찾아, 시간 순서대로 정리하고 있는 사건 기록에 최신 정보를 추가한다. 로런 펜폴드라고 써넣고 그녀가 말해준 윗 이야기, 윗이 말해준 그녀 이야기도 쓴다. 로런을 만나던 순간을 머릿속에서 떠올리며 거짓말하는 기색이 있었는지, 자기에게 유리한 쪽으로 말하는 낌새가 있었는지 되짚어본다. 솔직히, 없는 것 같다. 나는 사건 기록의 시간을 연장해서 진 메터스가 습격받은 일과 범인이 케인이라는 그녀의 주장을 써넣는다. 진 메터스는 어떤 이유로 거짓말을 하는 걸까? 나는 정말로 거짓말이라고 생각한다. 분명 거짓말이다. 하지만 왜 거짓말을? 케인을 감옥으로 다시 보내려고? 그래야 하는 이유가 있을까? 혹시, 애초에 직무 태만으로 케인을 감옥에 보낸 것이 아니었음을 증명하려고……? 이건 좀 멀리 간 것 같다. 그럼 보호하려는 사람이 있어서? 내 사건 기록이 가능성을 제시하는 선들로 점점 어지러워지지만, 아무런 관계가 없어 보인다.

문득 캐럴라인 펄프리 부모가 진 메터스의 고객이라는 사실이 생각난다. 고객의 이익을 보호하기 위해서라는 말인가? 나는 공책을 원래 모양대로 다시 접는다. 머리가 핑핑 돌아버리기 전에 수수께끼는 잠시 내려놓자.

나는 케인 책을 들고 이불 속으로 들어간다.

케인이 준 핸드폰은 베개 아래에 있다. 손만 뻗으면 닿을 거리에 항상 놔둔다. 케인에게 전화를 걸어볼까 하다가, 한마디로 설명할 수 없는 비이성적 이유로 밤에 하는 게 안전할 것 같다고 생각한다.

드디어 《청산》을 읽기 시작한다. 책 커버의 뒷날개에는 작가 사진이 없다. 미국에서 출간되는 견장정치고 드문 일이다. 케인의 결정이었을까?

나는 그 이후로 일곱 시간 동안 책을 읽는다. 시간이 그렇게 지나가는 줄도 모른다. 이야기가 어떤 면에서는 확실히 자전적이다. 한 소년이 부당하게 감옥에 가고 그 안에서 성장하며 어른이 된다는 이야기. 간결한 문체 속에 가까스로 억누른 분노가 지면에서 끓어오르다가 때때로 특정 장면에서 폭력의 형태로 폭발한다. 감옥에서 나온 후에는 자신의 빼앗긴 자유에 대해 책임을 져야 하는 자들을 향한 주인공 케일럽 세인트 존의 복수 여정이 시작된다. 소설 곳곳에서 웃음기 없는 블랙 유머가 느껴진다. 보복이 행해질수록 폭력성도 거세지지만, 그 와중에도 케인은 케일럽을 바라보는 동정의 시선을 잃지 않게 한다. 거칠면서도 진실하고, 어떻게 보면 서정적이기도 한 표현 방식이 내가 아는 케인과 완전히 다르다. 하긴 케인이 내게 미리 경고했었지.

9시 반을 조금 넘긴 시간, 나는 기운이 다 빠진 채 흐느끼며 마지막 장을 덮는다. 소설은 어둡지만 벨벳처럼 부드럽고 깊이도 있다. 복수가 전부가 아니라 심판 앞에서 심판을 하는 자와 받는 자가 어떻게 달라지는지를 보여준다. 케일럽 세인트 존의 분노는 정직했고, 그의 안간힘은 파괴 본능을 한층 높은 수준으로 끌어올려 복수를 명예 회복의 수단으로 위장하려는 사회적 발악을 그대로 보여줬다.

일곱 시간 동안 나는 다른 것은 전혀 생각하지 않았다.

하지만 지금은……. 케인과 대화하고 싶다. 책에 대해서, 진 메터스와 캐럴라인 펄프리와 윗에 대해서, 우리에 대해서. 케인 내면에 있던 것에 흥미와 충격을 느끼고 나니, 이제 그가 보고 싶다.

나는 일어나 샤워를 하고 새 잠옷으로 갈아입은 다음 침대 밖에 나가 있는 시간이 고작 몇 분밖에 안 되어도 이불을 정리한다. 점심 먹은 배가 완전히 꺼지지 않아서 저녁으로 콘플레이크를 먹을 생각이다. 미국 콘플레이크는 뭘 더 넣지 않아도 그 자체로 달다. 나는 그냥 선 채로 먹으면서 핸드폰으로 뉴스를 가볍게 넘겨본다. 숀 제이컵스 살인은 더 최근에 일어난 다른 사건들에 밀렸다. 반면 캐럴라인 기사는 여전히 나온다. 진 메터스 습격에 관한 보도는 없지만, 소설가 케인 매클러드가 캐럴라인 펄프리의 사망과 관련 있는 것으로 보고 소환 조사를 위해 소재 파악 중이라고 한다.

문 두드리는 소리에 깜짝 놀란다. 잠옷 바람이라 문을 아주 조금만 열어본다. 전혀 문제 될 게 없는 옷차림인 데다 대개는 그렇게 수줍어하지 않는데, 요즘에는 경찰이 올지도 모르니까……. 그런 경우라면 옷을 제대로 입고 있어야 할 테고, 이왕이면 머리 위로 뒤집어쓸 수 있게 카디건을 입고 있어야 할지도 모른다.

리오다. 내가 문을 활짝 연다.

"문 아래 틈으로 불빛이 새어 나오길래 프레디가 아직 안 자고 있을 것 같더라고요."

"맞아요. 커피 마실래요? 아니면 시리얼 한 사발은 어때요?"

리오가 내 손에 든 사발 안을 빤히 들여다본다. 먹다 남은 우유 속에 눅눅해진 시리얼 몇 조각이 담겨 있다.

"시리얼은 됐어요. 차를 마시면 모를까."

"차도 있어요."

내가 티백을 우리는 동안 리오가 스툴에 앉는다.

"그동안 프레디한테 잠깐 들러서 경찰이랑 어떻게 하고 있는지 물어보고 싶었어요." 리오가 입을 연다. "록포트에서 올 때 좀 많이 놀랐잖아요."

문자 속 나와 케인의 현관문 사진. 거의 잊어버리고 있었다.

"몇 주 전에 잃어버린 케인의 핸드폰에서 발송되었다는 사실 외에는 경찰이 알아낸 게 없어요."

"케인이라 하면 잘생긴 남을 말하는 거예요?"

내가 웃는다.

"맞아요."

"경찰이 펄프리 사건으로 소환 조사하려는 사람이고요."

"네. 하지만 참고인으로 부르는 걸 거예요."

거짓말이다. 리오라면 눈치챘을 수도 있다.

"그 사람은 지금 어디 있어요?"

"네?"

"경찰이 찾고 있다는 기사를 봤어요……. 그 말은 그 사람이 어디 있는지 모른다는 뜻이죠."

"나도 그건 몰라요……. 케인이 뭣 좀 알아볼 게 있다고만 했어요."

"연락도 안 되고요?"

"그게, 경찰이 케인 핸드폰을 가져가버려서요."

"그럼 자진해서 출두해야겠네요." 리오가 단호하게 말한다. "본인을 위해서가 아니면 프레디를 위해서라도요."

"나는 위험한 상황에 처하지 않았어요."

내가 대수롭지 않다는 듯이 대답한다.

리오가 내 눈을 본다.

"확실해요?"

지금 리오는 다른 누구도 아닌 케인에게서 비롯된 위험을 말하고 있다.

"네. 확신해요."

리오가 고개를 절레절레 흔든다.

"프레디, 우리 친구죠?"

"그럼요, 당연하죠."

"그럼 친구로서 한마디만 할게요. 프레디가 좀 걱정돼요."

"정말로 그럴 필요 없어요, 리오."

"그래도 걱정돼요. 프레디의 분별력이 사랑에 빠졌다는 이유로 흐려졌어요."

"안 그래요……."

"흐려졌어요. 아닌 척 말아요. 사랑에 빠지는 건 신을 찾는 것과 비슷한 구석이 있어요. 맹목적 믿음에 따라 시작하거든요. 프레디가 광신도가 되어 목숨을 기꺼이 바치려고 하기 전에 내가 현실을 일깨울 목소리가 되려고요."

내가 얼굴을 찌푸린다.

"알았어요. 현실을 일깨우는 자의 소리여, 어떤 지혜를 내게 줄 건가요?"

"프레디, 잘생긴 남 주위에서 사람들이 계속 의문스럽게 죽어니기는 것 같아요. 그러니 당연히 그와 가까워지면 안 된다는 결론이 나와요."

"케인 주위에서 죽은 사람들은 곧 내 주위에도 있던 사람들이에요."

내가 지적한다.

"그렇다면 프레디가 살인자가 아닌 경우만 걱정하면 되겠네요. 프레디가 아니라면 주위에 있는 누군가라는 말이니까요." 리오가 차를 마저 마신다. "현실을 봐요. 프레디가 그 사람을 믿고 싶기 때문에 믿어지는 거예요. 무슨 이유인지 모르겠지만 아름답고 지적인 여성들이 위험한 남자에게 끌리……." 리오가 말을 뚝 끊는다. 방금 한 말이 아차 싶은가 보다. "프레디가 그렇다는 게 아니라…… 아니, 프레디도……. 내 말을 알아들었으리라 믿어요. 웃지 마요!"

하지만 이미 늦었다. 큭큭거리는 웃음이 터진다. 내가 사랑하는 사람이 살인자일지도 모른다는 대화 중에 무심코 튀어나온 칭찬이 이 상황을 이렇게 어색하게 만들 거라고 누가 생각이나 했을까?

"그만 웃을게요." 말은 그렇게 하면서도 내 입은 계속 활짝 웃고 있다. "리오, 진심으로 말하는 거예요. 나는 죽을 걸 알면서 불 속으로 뛰어드는 거 아니에요. 케인은 위험하지 않아요."

"그렇겠죠. 위험한 사람이 아니겠죠. 살인으로 유죄 판결 받은 사실을 무시하면요."

"그걸 리오가 어떻게 알아요?"

내 말투가 날카로워진다.

"〈보스턴글로브〉에서 일하는 내 친구가 캐럴라인 펄프리 사건을 담당하고 있어요. 조만간 온 세상이 다 알게 될 거예요. 그러니 프레디의 확고한 믿음대로 잘생긴 남이 부당한 판결의 피해자라고 해도 자진 출두해야 해요."

젠장! 내가 리오의 시선을 의식한다.

"케인이 어디에 있는지 정말 몰라요."

리오가 천천히 고개를 끄덕인다.

"만약 프레디가 혼자 감당하기 어려운 지경에 처한다면 나한테 도와달라고 해도 돼요. 내가 잘생긴 남처럼 눈에 띄게 늠름한 외모는 아니지만 프레디의 안전을 위해서라면 뭐든지 할게요. 필요한 거면 뭐든지요. 그러니 말만 해요."

리오의 진심이 느껴져서인지 아니면 자정이 지나서인지 모르겠지만, 마음이 울컥하며 목이 멘다. 눈물을 흘리지 않으려고 시선을 다른 데로 돌려 눈을 깜빡인다.

"고마워요. 리오는 정말 좋은 사람이에요."

내가 울음을 터뜨릴 거라 생각하는지 리오가 얼른 자리에서 일어나더니 그만 가보겠다는 말을 덧붙인다.

"너무 밤늦게 오는 게 아닌데……. 프레디가 많이 피곤해 보여요." 리오가 문 앞에서 걸음을 멈추고 뒤를 돌아본다. "프레디, 조심해요. 케인 매클루드는 자신의 폭력성을 입증한 사람이에요. 프레디가 직접 본 적은 없겠지만 그가 무슨 짓을 할 수 있는지는 알잖아요. 프레디에게 접근해 오면 경찰에 바로 전화해요. 미국에서는 죄가 없는 사람이라면 변호사를 구하지 도망가지 않아요."

나는 논쟁이 무의미하다고 생각해 아무 말도 하지 않는다. 리오는 케인을 모른다. 그러니 제기된 혐의가 맞는지 틀린지를 비교해서 생각해볼 만한 것도 없고, 정황 증거를 뒤집을 만한 것도 없다.

리오가 가고 현관문을 닫고 나자 그의 염려에 조금 기운이 빠진다. 마음에 짜증이 일어나려다가, 리오는 그저 내게 나쁜 일이 일어나지 않도록 챙겨주는 것뿐이라고 생각한다. 겉으로는 케인에 대한 내 믿음이 정상이 아니게 보이겠지. 아차, 리오에게 컵케이크 고마웠다고 인사를 해야 했는데 완전히 깜빡했다. 오늘은 적절한 때가 아니었나 보다. 감사 표시로 내가 직접 베이킹을 해서 줄까. 내일쯤.

나는 불을 다 끄고 침대로 들어간 다음 이불을 머리끝까지 뒤집어쓴다. 신기하게도 마침 핸드폰이 진동한다.

"케인?"

"여보세요." 어제 전화했을 때와 달리 오늘은 졸린 목소리가 아니다. "지금 통화 괜찮아요? 시간이 좀 늦었지만."

"네. 완벽한 타이밍에요. 케인에게 말해줄 것도 있고요. 나

지금 막 침대에 누웠어요."

"알아요."

"어떻게요?"

내가 깜짝 놀라서 묻는다.

"불이 꺼지는 거 봤어요."

"케인에게 보인다고요?"

"네……. 불이 다 꺼질 때까지 기다렸어요. 그래야 프레디가 확실히 혼자일 거라는 생각이 들어서요."

내가 웃는다.

"아니면 어쩌려고 그래요." 케인이 내 집 창문을 통해 불빛을 볼 수 있을 만큼 가까운 데에 있다고 생각하니 기분이 묘하다. 감질나고 초조하다. "어디예요?"

"근처예요."

"경찰이 캐링턴 스퀘어를 감시하고 있어요."

"알아요. 다 보여요."

너무 궁금하면서도 조금 불안하다.

"어디에 있는 거예요? 아니, 말하지 말아요. 케인이 어디에 있는지 내가 모른다고 해야 하니까요. 하지만 케인, 그렇게 가까이 있으면 위험하지 않아요?"

"다 염두에 두고 있어요."

케인 말소리 뒤로 다른 소리가 전혀 들리지 않는다. 어디 조용한 곳에 있나 보다.

이러다 내가 케인이 있는 곳을 정말 알아내게 될 것 같아

그만 생각하자고 스스로 타이른다.

"오늘 진 메터스 부인하고 얘기했어요."

"그런 일을 어떻게 한 거예요?"

내가 세웠던 계획과 진 메터스와 나눈 대화 내용을 들려준다.

"분명히 거짓말하는 거예요. 실수가 아니에요, 케인. 확신해요."

"왜 거짓말을 할까요? 나는 아무것도 아닐 텐데요……. 그저 패소한 옛 사건 중 하나인데."

"케인이 자신을 고소하려 한다고 생각하나 보죠."

케인이 웃는다.

"진 메터스는 변호사예요. 고객의 반은 그녀를 고소하고 싶어 할 걸요. 내가 정말로 고소한다고 해도 본인 경력이 위태로워지고 혐의 조작으로 감옥에 갈 수 있을 만큼 위협적으로 받아들이지 않을 것 같아요."

"하지만 혐의를 조작한 건 사실이잖아요……. 분명히 이유가 있을 거예요."

"이유가 있어야 해요. 또 뭐라 하던가요?"

"나더러 케인을 보면 경찰에 전화해달래요. 아들을 보호하는 건 엄마의 의무이고, 나 자신을 위해서가 아니라면 윗을 위해서라도 케인을 경찰에 신고해야 한대요."

"엄마의 의무라……." 케인이 중얼거린다. "윗을 내게서 보호하겠다는 말인가요?"

"그런 것 같아요. 경찰을 통해 케인이 누구인지 알게 됐으니까요. 나한테 이런 말도 했어요. 케인이 보스턴에 와서 자기에게 보복하기 위해 윗을 이용하는 거라고요."

"그건 너무 영화 같은 이야기 아닌가요?"

"그건 모르죠. 칼에 찔린 아들과 슈퍼 악당 엄마, 딱인데요."

"하긴 변호사니까……. 프레디 말이 맞아요. 말이 되긴 하네요."

나는 케인에게 윗, 마리골드와 점심을 먹은 일과 로런 펜폴드에 대한 윗의 이야기를 털어놓는다.

"그게 가능하다고 생각해요?"

케인이 묻는다.

나는 코를 찡긋한다. 케인에게는 보이지 않겠지만.

"윗의 말이 사실이라면, 로런에게 캐럴라인을 죽일 만한 이유가 있었을 수도 있어요. 윗을 공격할 만한 이유도요. 하지만 부는 왜 죽였을까요? 또, 진 메터스 부인은 왜 습격하고요?"

"프레디는 확실히 이 사건들이 전부 연결되어 있다고 보는 거예요?"

"연결되어 있어요. 그리고 그 중심에는 케인이 있고요. 나는 케인이 살인자가 아니라고 믿으니까, 틀림없이 누군가가 배후에 있어요."

"그래야죠."

케인이 조용하게 말한다. 목소리에 기운이 없다.

케인을 품에 안고 토닥이며 괜찮아질 거라고 말해주고 싶은 마음이 간절하다.

"경찰이 잠깐이라도 눈을 떼지 않고 감시하는지를 알면 좋을 텐데요."

나는 말하면서 좌절한다. 케인이 이렇게 가까이 있는데.

"이따금 커피를 사러 몇 분간 자리를 뜨기는 해요. 하지만 정확히 언제라고는 말 못 해요. 게다가 프레디네 도어맨을 통과하는 게 거의 불가능하고요."

"케인이 여기로 올 수는 있는데, 조를 지나가지는 못해요?"

"그럴 것 같아요."

"그럼 내가 경찰 모르게 이 건물을 나갈 수는 있겠군요."

"하지만 도어맨은 프레디가 나가는 걸 보면 바로 연락하도록 지시를 받았을 거예요."

"비상계단을 이용하면 돼요……. 비상계단으로는 들어오지 못하지만 나갈 수는 있어요." 내가 흥분하며 벌떡 일어나 앉는다. "나 금방 준비할 수 있어요. 경찰이 다음번 커피 사러 갈 때 나한테 전화해줘요. 그러면 그냥 걸어 나갈게요."

침묵. 잠시 후 케인이 입을 연다.

"알았어요. 전화하면, 아파트에서 나와 한 블록 아래 있는 골목으로 와요. 내가 프레디가 있는 곳으로 갈게요. 만약 내가 몇 분 내로 나타나지 않으면 기다리지 말고 돌아가요."

나는 알았다고 대답하며 핸드폰 불빛에 의지해 옷을 주섬 주섬 챙겨 입기 시작한다.

"프레디, 정말 이렇게 해도 괜찮겠어요?"

"완전 괜찮아요."

"그럼 옷을 따뜻하게 입어요."

해나,

나 진심으로 감동했어요. 우리 우정을 프레디와 소설 속 리오의 관계에다가 투영했군요. 그는 정직하고 진실한 조언자예요. 그러니 해나가 내게 의지해도 되듯이 프레디도 리오에게 의지해도 돼요. 해나가 어떤 마음인지 알게 되어 감동의 눈물이 나요. 해나처럼 유명한 작가와 편지를 주고받는 일이 특권임을 절실히 느끼고 있어요. 해나에게서 아주 많은 것을 배웠거든요. 해나도 내게서 조금이라도 배운 게 있기를 바라요. 그동안 나는 단순히 베타테스터의 역할을 헌신적으로 수행하는 데에 만족해왔어요. 하지만 우리가 그 이상이 될 수 있다고, 그렇게 될 거라는 꿈을 꿔요. 아, 이 망할 팬데믹 때문에. 이것만 아니면 해나는 미국에 와 있을 거예요. 나는 해나의 가이드가 되었을 테고요. 내가 해나에게 상상 그 이상의 세계를 보여줬을 거예요.

영원한 우정을 위해,

리오

31 •

미국행 비행기 안에서 덮으려고 샀던 여행용 담요를 배낭에 집어넣는다. 믿기 어려울 정도로 작게 말아진다. 그 위로 크래커 한 상자, 치즈, 쿠키 여러 개, 사탕 한 봉지, 커피를 넣은 작은 보온병, 내가 사건을 기록하고 있는 공책, 갈아입을 속옷 두어 개, 칫솔을 던져 넣는다. 가방을 꾸리다 보니 최소 2~3일 정도는 돌아오지 않을 계획을 하고 있다는 생각이 든다. 어느 순간 그런 결정을 내렸나 보다. 노트북도 파우치에 넣는다. 노트북을 가져가는 게 상황에 어울리지 않아 보이지만, 차마 집에 두고 갈 수가 없다.

예전에 찾아놓은 현금을 꺼내 안주머니 깊숙이 넣고 혹시 몰라 여권도 챙긴다.

내가 이제부터 하려는 일이 불법인지는 잘 모르겠다. 범행을 방조하는 일은 맞겠지. 하지만 내가 지금껏 해오고 있었던 거 아닌가. 나는 평소 쓰는 핸드폰에 등록된 부재중 자동 응답 메시지를 바꿔, 내 책의 중요한 장면을 쓰는 데 집중하느라 며칠 동안 전화를 잘 받지 않을 예정이니 메시지를 남겨달라고 한다. 가족과 마리골드에게서 시간을 벌 수 있을 거다. 핸드폰이 내 위치를 추적하는 데 사용될 수도 있으니 충전기에 꽂아 침대 옆에 둔다.

숨을 쉬자, 위니프리드! 나는 침대에 걸터앉는다. 여덟 살 때 집에서 나가겠다고 가방을 꾸렸었다. 뒷마당까지 간 게 전부였지만, 모험을 계획하는 흥분은 충분히 느꼈다. 하지만 지금은 어린아이의 장난이 아니다. 여기에는 대가가 따를 것이다. 그래도 경찰의 감시에서 벗어나 케인을 만날 생각에 기분이 들뜬다.

한 시간 후 케인에게서 전화가 온다.

"5분 정도 여유가 있어요."

나는 복도로 살며시 나가 건물 내부에 있는 비상계단 쪽으로 발걸음을 옮긴다. 이 시간에는 복도 조명을 어둡게 해 둔다. 비상계단 출입문이 리오 집과 가깝다. 나는 리오가 고개를 내밀지 않게 소리를 죽이려고 특히 더 신경 쓴다.

그대로 계단을 내려가 건물 밖으로 나간다. 너무 쉬워서 오히려 이상하다. 거리가 조용해서 그런지 가로등이 무척 밝게 느껴진다. 나는 달리지도, 케인을 찾으려고 두리번거리지도 않고 그저 일정한 속도로 다음 블록까지 걸어간다. 케인이 말한 골목은 4미터 정도 폭에 어둡고 인기척 하나 없다. 불쾌한 냄새도 풍긴다. 대형 철제 쓰레기통들이 골목 양쪽에 자리한 가게 후문 앞에 놓여 있다. 그제야 내가 무슨 일을 하는 건지 실감이 나며 흥분이 가라앉는다. 사람 소리가 들려 혹시나 하는 마음으로 고개를 돌린다. 케인이 아니다. 할아버지가 내게 욕설을 내지르며 쓰레기통 하나를 뒤진다. 도망가고 싶다. 하지만 어떻게 해야 하는지 몰라 그대로 서 있는다. 무엇을 하기가 겁난다. 케인은 도대체 어디 있는 거지?

거리에서, 또 할아버지와 쓰레기통에서 멀어질 생각으로 골목 안쪽으로 더 들어가니 내 모습은 어둠 속에 거의 가려진다. 골목 어귀에서 소리가 난다. 고함, 발소리, 다시 고함. 아, 다행이다. 내가 케인의 이름을 부르려는데 갑자기 손이 내 입을 막고 나를 뒤로 끌어당긴다. 버둥거려 보지만 내 몸을 감싼 팔이 힘으로 나를 꼼짝 못 하게 붙잡는다. 피가 얼어붙는 것 같다. 얼굴이 보이지 않지만 분명 케인인데.

그가 나를 끌고 간다. 할아버지가 다시 큰 소리로 욕설을 내뱉는다. 또 다른 목소리가 무어라 말을 한다.

내 귀에 속삭임이 들린다.

"프레디, 나예요. 놀라게 할 생각은 아니었어요. 경찰이 지크하고 이야기하고 있어서요."

나는 몸부림을 멈춘다. 사실 안도감이 몰려와 기운이 다 빠져버렸다.

"저 할아버지가 내가 여기로 오는 걸 봤어요."

"지크는 아무 말도 안 할 거예요. 경찰이 그냥 그에게 다른 곳으로 가라고 하는 것 같아요."

몇 분 후 경찰관이 지크를 골목에서 쫓아낸다. 우리가 몸을 낮게 웅크리고 있는 쪽으로 경찰관이 손전등을 한 번 휙 돌리며 대충 둘러보더니 돌아간다.

마침내 내가 얼굴을 돌려 케인을 마주 본다. 케인이 다정하게 입을 맞춘다.

"반가워요."

"케인 때문에 간 떨어질 뻔했어요!"

"미안해요. 경찰이 프레디를 볼까 봐 그랬어요." 케인이 내 손을 잡는다. "혹시 돌아가겠다 해도 뭐라 하지 않을게요."

내가 고개를 가로젓는다.

"여기에 계속 숨어 있었던 거예요?"

케인이 눈을 농그랗게 뜬다.

"여기요? 맙소사, 아니요! 프레디더러 골목에서 지내자고 할 수는 없죠."

우리는 골목의 반대쪽 어귀로 나가 뒷길을 이리저리 지나간다. 케인은 가려는 목적지를 아는 것 같은데 나는 아무것도 모른다. 걷다 보니 아까 왔던 길을 되돌아가 캐링턴 스퀘어 너머 반대쪽 블록에 와 있다. 우리는 작은 공원을 가로지른 다음 울타리를 하나 넘는다. 그러자 어느 집의 뒷마당에 들어와 있다. 케인이 거침없이 문을 열고 집 안으로 들어간다. 나는 주거 침입에 화가 난 집주인한테 총이라도 맞을까 봐 겁이 난다.

케인이 문을 잠근다. 내 눈이 어둠에 천천히 익숙해지면서 우리가 부엌을 통해 들어왔음을 알아차린다.

"이 집의 주인은 추운 겨울 동안 바하마에 가 있어요. 여름에도 잘 안 오고요."

"그걸 케인이 어떻게 알아요?"

"나한테 말해줬으니까요. 3년 전에 여기서 파티가 있어서 내 에이전트가 나를 데리고 왔었어요."

"열쇠는 어떻게 가지고 있는 거예요?"

"집주인이 꽃밭에 있는 비너스 동상 안에다가 여분 열쇠를 넣어두거든요. 비너스 가슴을 누르면 동상 안 공간이 드러나요. 그가 그걸 너무 재밌어하며 나한테 보여줬어요. 사실 그날 파티에 온 남자는 전부 열쇠 위치를 아는 셈이죠." 케인이 얼굴을 찡그린다. "솔직히 좀 얼간이 같기는 했어요."

"그럼 그동안 줄곧 여기에 있었어요?"

"아뇨. 어젯밤에 이 집과 열쇠가 기억나서 되든 안 되든 한번 와봤어요. 벌써 몇 년이나 지났으니 집을 다른 사람에게 팔았을 수도 있을 것 같았거든요. 어두워진 이후에 와서 해가 뜨기 전에 나갔어요. 창문이 있는 방은 불을 안 켜서 아무도 내가 여기 있었는지 모를 거예요. 이 일이 다 끝나고 나면 집주인에게 말하고 사과해야죠."

"경찰이 여기를 찾아볼 생각은 하지 않을까요?"

케인이 고개를 젓는다.

"집주인은 나와 친분이 없는 사람이에요. 내가 책 관련 투어를 돌면서 참석했던 수백 곳의 파티 장소 중 하나였을 뿐이에요. 래리라는 사람인데, IT 분야의 거물이래요. 그런데 이 집을 거의 방치하다시피 해서……. 보안 장치도 안 해놨어요. 여기에 들어와서 몰래 사는 사람들이 없는 게 더 신기해요." 케인이 내 손을 잡는다. "따라와요. 보여줄 게 있어요."

그가 2층으로 올라가 복도를 가로질러 침실로 간다. 커튼이 모두 닫혀 있는데 내게 천의 작게 찢어진 부분을 들여다보라고 한다.

이럴 수가. 이 집 위치를 대강 짐작은 했는데, 길 건너 캐링턴 스퀘어를 거의 바로 마주 보고 있다. 내 집 창문이 보인다. 아파트 밖에 서 있는 경찰차도 보인다. 케인은 여기서 내게 전화를 건 게 틀림없다.

케인이 나를 더 안쪽에 있는 방으로 데려간 다음 불을 밝힌다. 영화나 방송 시청을 위한 방으로, 한쪽 벽에는 텔레비전이 걸려 있고 다른 쪽 벽에는 엄청나게 큰 소파가 있다. 소파 위에 담요가 개어져 있는 걸로 보아 케인이 여기서 잠을 잔 것 같다. 충전 중인 노트북과 핸드폰이 바닥에 놓여 있다. 방은 썰렁하지만 바깥의 매서운 한기는 피할 수 있다.

나는 미소 지으며 배낭을 내려놓는다.

"건물 입구나 공원 벤치에서 지낼 줄 알고 짐을 챙겼어요. 음식도 좀 가져왔어요."

케인이 날 보며 웃는다.

"음식은 잘 생각했어요. 이 집 찬장에는 보드카와 트러플 오일밖에 없거든요. 그렇다고 우리가 피자를 주문할 수도 없으니까요."

내가 가방에서 물건들을 꺼낸다. 케인이 보온병을 보며 날 놀리지만 내가 커피를 건네자 거절하지 않는다. 우리는 담요 아래 몸을 옹송그리고 소파에 앉아 내 공책을 펼친다. 우리 기억을 합쳐 혹시 어떤 관계성을 발견할 수 있기를 바라며 내가 성실히 만든 메모를 하나씩 되짚어간다. 마리골드와 윗과 진 메터스에 관한 이야기를 나누는 동안 나는 내 뺨에 맞닿은 케인의 단단한 가슴과 그의 온기를 느낀다. 그러다 누가 먼저랄 것도 없이 우리는 잠이 든다.

케인이 일어난 기척에 나도 눈을 뜬다. 방이 얼음장이다. 시간상 밖은 아직 어둡다.

"날이 밝아오기 전에 여기서 샤워하고 나가려면 서둘러야 할 거예요."

"샤워가 가능해요?"

"그럼요. 안방에 있는 욕실을 써요. 따뜻한 물도 나와요. 몸이 좀 데워질 거예요."

마지막 말은 덜덜 떠는 나를 보고 덧붙인다.

"설마 수건도 있는 건가요?"

내가 기지개를 켜며 묻는다.

"욕실 수납장에 깨끗한 수건들이 있어요." 케인이 일어나더니 손을 내밀어 나를 일으켜준다. "프레디가 먼저 씻었어요. 나는 뒤에 할게요."

욕실이 아주 넓고 호화롭다. 하얀색 타일에 무광 크롬으로 꾸며져 있다. 나는 수납장에서 수건 두 장을 꺼낸 다음 빨리 샤워를 끝낸다. 비누에서는 꿀 향이 나고 샴푸는 잘 모르는 고급 브랜드다. 방으로 돌아오니 케인이 우리 흔적을 치우고 짐도 다 싸놓았다. 그가 씻는 동안 나는 창으로 가 찢어진 커튼 틈으로 밖을 살핀다. 여전히 길에 서 있는 경찰차 한 대가 눈에 들어온다. 밤에 봤던 차와 똑같은지는 모르겠지만. 경찰이 나의 부재를 의심하기까지 시간이 얼마나 걸릴까. 오늘 저녁 내 집에 왜 불이 켜지지 않는지 궁금해하기 전까지는 괜찮을 것 같은데……. 아니면 충분히 가능한 경우인데……
내가 연락이 안 된다고 마리골드가 경찰에 신고하거나.

내 소중한 해나,

잘 지내요? 지난 며칠 동안 우리 소설을 줄곧 생각했어요. 어제는 코플리 광장에 있는 임시 검사소에 가서 검사를 해봤어요. 증상이 있는 건 아니고, 그냥 한번 해보고 싶더라고요. 사람 콧구멍에다가 뾰족한 것을 찔러 넣으면 흥미로운 죽는 장면이 만들어질까요? 아마 그런 방법으로는 사람을 못 죽이겠죠. 뇌엽 절제술(lobotomy, 중증 정신병 치료를 위해 날카로운 송곳을 눈 위로 삽입하여 뇌 조직 일부를 제거하는 수술. 현재는 금지되었다.─옮긴이) 말고는 그럴 위험이 없을 것 같긴 해요. 그렇게 비슷하게 죽은 모습을 사진에 담을 수 있는지 내가 한번 볼게요. 순수하게 관심이 생긴 것뿐이에요. 해나는 바이러스라는 소재를 확고하게 쓰지 않으려는군요. 나도 더 이상 말 안 해요.

이번 장은 정말 좋았어요. 아주 잠깐이었지만, 드디어 케인을 향한 프레디의 말도 안 되는 믿음이 흔들렸어요. 골목 장면에서 케인이 프레디를 조금 더 거칠게 다루도록 그렸다면 인상을 더 강하게 남길 수 있었을 것 같아요. 주먹으로 때리거나 목을 살짝 조르거나 해서요. 그리고 나서 케인이 프레디를 다른 사람으로 착각했다고 설명하는 거죠. 독자는 그 짧은 순간에 케인의 참모습을 엿볼 수 있을 테고요.

생각하면 할수록 케인이 흑인이라는 확신이 강하게 들어요. 이건 정말로 해나가 책 초반부터 사람들이 알 수 있게 해줘야 해요. 직접적으로 말하고 싶지 않으면, 케인이 시종일관 후드티를 입고 있게 하든가요.

한번 생각해봐요, 해나. 그리고 나를 생각해줘요.

영원히 함께하고픈,

리오

날이 아직 밝아지기 전에 우리는 집을 나선다. 케인이 문을 잠그고 열쇠를 주머니에 넣은 다음 들어왔던 방법대로 나간다.

"이제 어디로 가요?"

내가 후드티 주머니에 손을 푹 찔러 넣으며 묻는다. 보스턴 지리에 밝다고 절대 말할 수 없는 나라서, 골목을 지나가고 가로지르고 되돌아가고 하다 보니 방향 감각을 완전히 잃어버린다.

하지만 케인은 어느 길로 가야 하는지, 우리가 지금 어디로 가는지를 정확히 알고 있는 듯하다. 그가 내 손을 잡는다.

"아침 먹으러요."

"아, 좋아요……. 그리고 커피도요."

"당연하죠. 나중에 내가 여자를 즐겁게 해주는 방법을 모른다고 말하기 없기예요."

올드메이트는 호주 사람이 운영하는 식당이다. 드립커피만 주는 미국 식당과 달리 카페라테와 카푸치노를 제공하고, 호주의 국민 잼 베지마이트를 바르고 그 위에 으깬 아보카도를 올린 토스트도 있다. 서빙하는 직원들은 전부 주머니에서 고개를 내밀고 있는 캥거루 새끼가 수놓인 갈색 후드티를 입고 캥거루 귀가 달린 머리띠를 하고 있다. 그 모습이 조금 민망하지만, 식당은 아침을 먹으러 온 사람들로 북적대고 손님 중 대다수가 호주 사람들이다.

케인이 구석진 테이블로 가서 내 의자를 빼준다.

"여기라면 프레디 억양을 신경 쓰지 않고 우리가 편하게 이야기할 수 있을 것 같았어요."

제대로 된 커피를 마신다는 생각에 빠져 있느라 케인에게 감동할 타이밍을 놓친다.

케인이 웨이트리스에게 주문하겠다는 손짓을 보낸다. 나는 에스프레소 샷이 두 잔 들어간 라테와 미국답게 프렌치프라이를 곁들여 나오는, 아보카도가 올라간 베지마이트 토스트를 주문한다. 케인은 베이컨과 달걀을 주문하는데, 호주 요리처럼 만들려고 여기에 바나나튀김이 곁들여진다. 나는 살짝 기분이 언짢지만, 배가 고파서 음식에 대한 분노는 너그럽게 내려놓는다. 우리는 캐럴라인 펄프리 사건부터 이야기한다. 이후에 벌어진 모든 일이 거기서부터 시작되었다는 생각이 든다. 나는 케인과 윗이 그날 만나게 된 일을 우연이라는 말로 설명하고 싶지 않다.

"만약 그렇다고 치면." 케인이 접시에 있는 바나나튀김을 먹어도 되는 음식인지 보려는 것처럼 포크로 찌른다. "우리를 도서관으로 오게 만든 사람은 나에 대해서, 또 내 사건과 윗, 캐럴라인 가족의 연관성에 대해서 다 알고 있어야 해요."

"그중 알려지지 않은 내용이 있나요?"

"그렇진 않아요. 하지만 프레디도 알다시피 나는 내 이야기를 입에 잘 올리지 않아요. 어디든 기록에서 다 찾아낼 수는 있겠지만, 찾아보려면 먼저 알아야 해요."

"진 메터스라면 찾아볼 필요조차 없었을 거예요."

내가 지적한다.

"그렇지만 캐럴라인을 왜 죽이고 싶었을까요……. 심지어 자기 아들을 직접 칼로 찌른다고요? 말이 안 돼요."

"혹시 다른 누군가가 캐럴라인에 대한 복수로 윗을 공격한 건 아닐까요? 메터스가와 펄프리가 사이에 무언가 있어서요."

케인이 빙그레 웃는다.

"여기는 서로 죽고 죽이는 오자크(Ozark, 2017~2020년에 방영한 범죄 드라마로 오자크라는 도시가 주무대다.—옮긴이)가 아니라 보스턴이에요."

나는 케인이 내 이론을 일축하게 놔두지 않는다.

"한 가지 확실한 점은 진 메터스가 케인에게서 습격받았다고 거짓말을 한다는 거예요. 착각이 아니라 거짓말이에요. 자신이 연루되지 않았다면 왜 그러겠어요?"

케인이 얼굴을 찌푸린다.

"나를 두려워하나 보죠."

"이해가 잘 안돼요."

"그녀나 윗에게 내가 위협이라고 믿는다면, 경찰이 내게 불리한 증거를 찾게끔 '돕겠다'고 마음을 먹었을 수도 있겠네요." 케인이 바나나를 먹어보기로 한다. "경찰이 내가 누군지 그녀에게 말하고 며칠 후에 습격 사건이 일어났어요. 타이밍이 딱 맞아요."

"케인이 왜 위협이 된다고 생각할까요?"

"당시 나를 형편없이 변호했다는 걸 깨달았나 보죠. 그러고는 프레디에게 말한 것처럼 내가 앙심을 품었다고 생각하나 봐요." 케인이 고개를 들고 내 눈을 똑바로 본다. "나 안 그래요."

"알아요. 내가 어떻게 아는지 모르겠지만요. 그냥 알겠어요." 라테를 한 모금 마시고 카페인이 내 몸에 퍼지는 첫 느낌을 만끽한다. 커피가 너무 맛있어서 멜버른에서 만들어 온 게 아닌가 싶을 정도다. "케인, 경찰은 케인의 유죄를 입증 못 하지 않을까요? 혐의를 두고 심지어 체포한다고 하더라도, 케인이 살인을 저질렀다는 실제 증거를 하나도 확보하지 못했잖아요. 재판에서 분명히 기각되겠죠?"

"미국 사법 제도에 아주 큰 신뢰를 보이는군요, 프레디."

"내 말이 틀렸나요? 경찰이 가진 거라고는 정황 증거밖에 없고, 케인은 범인이 아니니까 더 직접적인 증거를 찾아내지도 못할 거예요." 이렇게 말하고 보니 정말 확신이 든다. "결국 아무것도 없는 셈이에요."

"경찰은 자백을 받아내면 증거는 필요 없다는 생각으로 움직이고 있을 거예요."

"그래도 증거가…… 설마 케인이……."

"아뇨, 난 아무 말도 안 했어요. 내 말은, 구체적 증거가 없다는 사실을 프레디 생각보다 경찰이 크게 걱정하지 않는 이유라는 거예요. 경찰은 내게서 자백을 받아낼 수 있을 거라 생각할 거예요."

"그럼 더더욱 케인에게 변호사가 필요하군요."

내가 분명하게 말한다.

케인이 고개를 끄덕인다.

"내가 변호사를 구하는 순간, 자진 출두해야 할 거예요. 하지만 구치소에 들어가기 전에 내가 알아낼 수 있는 것을 확실하게 다 알아내고 싶어요." 케인이 나이프와 포크를 내려놓는다. "부에게 최근에 돈이 생겼었대요. 약을 실컷 했다고 하는데, 누군가에 대한 뭔가를 알고 있었던 것 같아요."

"부가 누군가를 협박해서 돈을 받았다고요?"

"그런 것 같아요."

"부가 그렇게 했을까요?"

"충동적으로 그랬을 거예요. 부의 도덕적 잣대가 다소 실리를 추구하는 쪽으로 움직인 거죠." 케인이 미간을 모은다. "부 친구 중 하나가 그러는데 부가 캐럴라인 펄프리 살인에 관해 뭔가 알고 있는 것 같았대요."

"정말요?"

케인이 어깨를 으쓱한다.

"어쩌면요. 부는 보스턴공공도서관을 좋아했어요. 사건 날 도서관에 와 있었을 수도 있어요."

"그럼 부가 정말로 뭔가를 목격하고 살인자를 협박했다면, 살인자는 틀림없이 부를 없애고 싶었을 거예요."

"네, 그랬을 것 같아요." 케인이 머뭇거린다. "대럴 레오노

프스키라는 사람이 있어요. 이스트 보스턴 지역에서 무료 급식소를 운영한대요. 알고 보니, 부가 거기 자주 갔었더라고요. 대럴하고 체스도 하고요."

"그 사람하고 이야기해봤어요?"

"생각 중이에요."

"그가 경찰에 신고할지도 몰라요."

"그럴 가능성도 있어요."

"내가 얘기해볼게요. 경찰이 나는 아직 찾고 있지 않을 거예요."

"그래줄래요? 하지만 프레디를 끌어들이려니······."

"함께하기로 얘기를 다 끝냈다고 생각했는데요." 내가 배낭에서 공책을 꺼낸다. "뭘 물어보면 돼요?"

이것저것 질문거리를 상의하다가 내가 묻는다.

"그 사람이 경찰에게 자기가 아는 내용을 이미 다 말하지는 않았을까요?"

"어쩌면요. 하지만 내 경험상 무료 급식소에 경찰이 자꾸 나타나는 건 운영에 도움이 안 돼요. 대럴 입장에서는 프레디와 이야기하는 편이 더 나을 거예요."

"호주 억양을 쓰지 말까요? 혹시라도 나를 쉽게 알아보지 못하게요?"

케인 말투를 최대한 흉내 내며 물어본다.

케인이 웃음을 터뜨린다.

"아뇨······. 하지 마요. 시도할 생각도 하지 마요."

"어머, 너무 무례해요! 케인은 잘 모르겠지만 본인 말투가 평소 이렇다고요!"

우리는 음식값을 계산한 다음 버스를 타고 다리를 건너 이스트 보스턴으로 향한다. 케인은 줄곧 주변을 둘러보며 경찰 제복이 보이는지, 우리 둘을 유심히 살피는 사람이 있는지 관찰한다. 나는 가능한 한 말을 적게 한다.

무료 급식소는 오래된 교회 안에 있다. 케인은 밖에서 기다리기로 하고 나 혼자 안으로 들어간다. 넓은 공간에 가대식 테이블들이 놓여 있는데, 빈자리가 거의 없다. 밥을 먹는 사람들 대다수가 노인이지만 간혹 10대로 보이는 사람도 있다. 사람들이 모여 있어도 조용하다. 밥을 먹으면서 대화하는 사람은 거의 없고, 하더라도 작게 속삭인다.

나는 음식을 나눠주는 곳으로 걸어간다. 젊은 남자가 소스가 묻은 후드티를 입고 내게 접시를 내민다.

"안녕하세요. 저는 대럴이라는 분을 만나고 싶어서 왔어요. 죄송하게도 대럴 씨 성함을 정확히 모르겠네요. 하지만 매우 중요한 일이라 꼭 만나서 이야기를 해야 해요. 혹시 대럴 씨이신가요?"

"아뇨, 난 잭이에요."

젊은 남자가 가슴에 달린 큰 명찰을 손으로 가리키며 대답한다. 아차, 바보같이 그걸 못 보다니.

잭이 주위를 둘러본다. 줄을 서 있는 사람이 아무도 없다.

"여기서 기다리세요. 내가 대럴을 데려올게요. 누가 와서 음식을 달라 하면 내가 금방 온다고 말해주세요."

나는 아무에게도 눈길을 주지 않으려 애쓰며 기다린다.

다행히 잭이 금방 돌아온다.

"대럴은 창고에 있어요." 손으로 문 하나를 가리킨다. "저기로 들어가면 돼요."

나는 고맙다고 인사한다. 문을 여니 어둡고 긴 복도가 나타나고, 양쪽으로 방이 여러 개 있다.

복도 끝에서 목소리가 들려온다.

"여기 있어요……. 왼쪽 맨 끝 방이요. 조심해요……. 불이 안 들어와요."

내 머리가 쭈뼛 선다. 바보같이 굴지 말자. 그저 오래된 교회일 뿐이다.

나는 제일 끝 방에서 대럴을 만난다. 그는 허리둘레가 상당하지만 나이를 쉽게 가늠할 수 없는 외모의 소유자다. 연한 붉은빛이 감도는 금발 머리가 활기 넘치는 젊은 기운을 뿜어낸다. '그리스도를 알면 영생을 얻는다'라고 적힌 검은색 후드티를 입고 땀을 비 오듯 흘리며 통조림 음식들을 상자에서 꺼내 선반에 쌓는 중이다.

나는 내 이름을 말하며 인사한다.

대럴이 악수를 청한다.

"만나서 반가워요, 위니프리드 씨. 나하고 이야기를 하고 싶어 한다고 잭이 전해주던데요."

"네, 맞아요. 숀 제이컵스에 관해 묻고 싶은 게 있어서요."

대럴의 눈빛이 날카로워진다.

"숀이요? 저기 숀은……."

"알아요, 저도 알아요. 그거 때문에 여기 온 거예요."

"숀과 아는 사이였나요?"

"만난 적은 있지만 잘 아는 사이라고 말할 정도는 아니에요. 하지만 대럴 씨는 숀을 잘 알거라 생각해서요."

대럴이 눈빛을 누그러뜨리고 미소 짓더니 한숨을 쉰다.

"네. 숀은 성격이 괴팍한 편이었지만 체스를 정말 잘했어요. 심지어 약기운에 취해서도요." 그러더니 나를 쳐다본다. "숀에게 왜 관심을 가지는 거죠?"

이 질문은 케인이 예상하고 "노숙자와 함께 일하는 사람들에게 거짓말을 하면 안 돼요. 다 알아차릴 거예요"라고 일러줬다. 그래서 나는 솔직하게 털어놓는다.

"숀을 죽였다고 경찰에게 의심받는 사람이 제 친구예요."

"그가 아니라고 생각하는군요."

"그 사람은 정말 아니에요."

"그걸 어떻게 아나요, 위니프리드 씨?"

나는 대럴에게 케인과 내가 숀 제이컵스를 맞닥뜨렸던 이야기를 들려준다.

"케인이 부를 죽이고 싶었다면, 그날 죽일 수도 있었어요. 그러고는 자기방어였다고 하면 그만이었겠죠. 하지만 케인은 그렇게 하지 않았어요. 경찰에 신고도 하지 않고, 혹시라도 숀이 체포될까 봐 병원에도 가지 않았어요."

대럴이 미심쩍어한다.

"대럴 씨, 나는 어쨌든 케인을 믿어요. 그리고 숀이 죽기 얼마 전에 우연히 돈이 생겼다고 알고 있어요……. 캐럴라인 펄프리 살인 사건에 대해 아는 게 있다고 하던데요."

대럴이 눈을 가늘게 뜬다.

"캐럴라인 펄프리라……. 도서관에서 죽은 여자 말인가요?"

내가 고개를 끄덕인다. 대럴이 분명 뭔가를 기억해낸 듯하다.

"숀이 한번은 어떤 여자가 비명을 질러서 자기가 죽은 것처럼 사람들을 속였다는 이야기를 했었어요."

"도서관에서요?"

"장소는 말 안 했어요. 그때 당시 나는 숀이 평소 떠드는 '여자는 만악의 근원이다' 따위 이야기로만 생각해서 별로 신경을 안 썼어요."

나는 흥분을 가라앉히려 애쓴다. 이건 중요한 내용이다.

"비명 지른 여자에 대해 다른 얘기는 더 안 했나요?"

"그녀는 그녀 몫을 받았고, 자기는 자기 몫을 받을 거라고 말했어요."

"그게 무슨 말인가요?"

"나도 몰라요. 숀은 제정신이 아닐 때도 많고, 두서없이 말하기도 하잖아요. 그러니 그냥 감안하고 들어야죠."

"혹시 숀이 비명 지른 여자를…… 죽인 건 아닐까요?"

대럴이 곰곰이 생각하더니 고개를 절레절레 흔든다.

"글쎄요. 난폭하긴 하지만 젊은 여자를 살해하고 시체를 숨기는 건 숀답지 않아요."

케인도 부가 난폭해진다는 비슷한 말을 했었는데. 혹시 실제로는 숀이 살인을 충분히 저지를 만한 사람 아니었을까?

"숀의 행동이나 말에서 평소와 다르다고 생각되는 점은 없었나요?"

"숀이 하는 말이나 행동이 대부분 다 이상했죠……. 그런데 한번은 도넛 한 상자를 가져왔어요. 예전에는 그런 적 없었거든요."

"도넛이요?"

"네, 고급이었어요. 도넛 종류가 누가 봐도 약에 취한 사람이 만들어낸 것 같았는데 맛은 훌륭하더라고요." 대럴이 쑥스러워하며 웃는다. "솔직히 말하면 그 이후로 내가 직접 사먹기도 했어요."

"가게 이름이 뭔가요? 어느 가게 도넛이었어요?"

"어라운드 더 홀이요."

머리가 멍해지며 이게 어떤 의미인지, 어떻게 생각해야 하는지 모르겠다. 갑자기 그간의 모든 일이 꺼림칙하다.

나는 대럴에게 시간을 내줘서 고맙다고 인사한다. 그가 어깨를 으쓱한다.

"대단한 일도 아닌걸요. 숀은 좋은 사람은 아니었지만 그렇다고 그렇게 나쁜 사람도 아니었어요. 위니프리드 씨 친구 분에 대한 생각이 맞기를 바랄게요. 살인자와 사랑에 빠지는 건 아무래도 받아들이기 힘드니까요."

순간 나를 두고 한 말인지 본인 얘기인지 궁금해진다.

케인이 교회에서 두 블록 떨어진 곳에서 내게 팔을 두른다. 교회 밖에서 나를 기다리고 있었지만, 혹시 대럴이나 다른 누군가가 보고 있을까 봐 우리는 서로 아는 체를 하지 않았다. 케인에게 말을 걸어도 괜찮을 때가 되자, 알아낸 사실을 말해주고 싶어 심장이 쿵쾅거린다. 우리는 강에 맞닿은 로프레스티 공원까지 걸어가 이야기하기로 한다. 살을 에는 추위에도 굴하지 않고 산책로를 조깅하는 사람과 간혹 개를 산책시키는 사람이 있지만…… 그 외에 다른 사람은 없다. 날은 춥지만 상쾌하고 평화롭다. 강 너머 보이는 보스턴 스카이라인이 멋지다. 강에서 불어오는 바람으로부터 케인이 나를 막아주며 우리는 잔교를 따라 천천히 걷는다. 내가 대럴에게서 들은 이야기를 꺼낸다.

"캐럴라인이 비명을 질렀다고요? 왜요?"

"모르겠어요. 하지만 경비원들이 둘러봤을 때 아무것도 발견하지 못한 이유는 설명이 돼요. 캐럴라인이 비명을 질렀지만 그때 죽은 건 아니었으니까요."

케인이 생각에 잠긴 채 고개를 끄덕인다.

"그게 맞는 것 같군요. 하지만 그렇게 되면 더 이상 내 알리바이가 성립하지 않아요."

"우리 다 마찬가지예요."

내가 지적한다. 뒤이어 어라운드 더 홀 도넛 이야기를 꺼낸다.

"마리골드가 가는 도넛 가게요?"

"네." 내가 침을 삼킨다. "마리골드는 우리를 만나기 전부터 윗을 좋아했어요. 로런 펜폴드가 말하기를 윗이 캐럴라인하고 연인인 척해서 다른 여자들을 바람맞혔다잖아요."

"마리골드가 윗을 찔렀다고 생각하는 거예요?"

"만약 캐럴라인과 같이 있는 윗에게 배신당했다고 느꼈다면요? 마리골드는 윗이 어디 사는지도 알았고, 경찰이 케인에게 눈을 돌리기 전에 유력 용의자는 처음부터 마리골드였어요. 기억 안 나요?"

케인이 길게 숨을 내쉰다.

"으음, 충분히 가능성 있는 얘기예요. 하지만 부는요? 마리골드는 부를 만난 적이 없어요."

"있을 수도 있어요. 마리골드가 캐럴라인을 죽이는 걸 부가 우연히 목격하고 그녀를 협박했는지도 몰라요."

케인이 내 얼굴을 본다.

"마리골드가 그 정도로 윗을 사랑하는 거예요?"

"그건 모르겠어요. 나는 케인을 사랑하지만 케인의 마음을 얻으려고 누구를 죽이지는 않을 것……."

내가 입을 다문다. 지금 무슨 말을 하는 거지. 나는 자동차 불빛에 놀란 토끼처럼 케인을 쳐다본다.

케인이 빙그레 웃으며 나를 품에 끌어안는다.

"나도 못 할 것 같아요."

그러고는 내게 키스한다.

우리는 지금 이 순간의 기분을 깨지 않으려 말없이 발걸음을 옮긴다.

"윗에게 말해야 해요."

내가 먼저 입을 연다.

"왜요?"

"마리골드가 범인이라면, 윗이 위험해요. 그를 이미 한 번 공격하기도 했고, 만약 또 실망하게 되면……."

"프레디 말이 맞아요. 윗에게 전화합시다."

해나,

해나가 프레디를 너무 순진하게 만드는 것 같아 좀 염려스러워요. 프레디가 사랑에 빠져 있다고 해도 지금쯤이면 케인이 살인자임을 깨달아야 하잖아요. 그리고 나 솔직히 말할게요. 프레디가 마리골드에 대한 신의를 저버리는 모습은 정말 끔찍한 충격이에요. 케인이 다른 사람에게 의심을 드리우려는 건 이해가 가요. 하지만 프레디는 마리골드의 친구잖아요, 젠장!

내 항의가 귀에 거슬린다면 미안해요. 하지만 나는 배신을 혐오해요. 배신은 타인에게 휘두르는 가장 낮은 수준의 폭력이지만, 가장 가혹한 방법으로 처벌받아야 한다고 생각해요. 해나가 이렇게 하면 안 된다고 충고하는 것 외에는 내가 할 수 있는 게 없군요. 해나는 내가 앞서 내놓은 제안들 대다수를 묵살했어요. 마리골드를 최후에 드러나는 범인으로 그려야겠다는 게 정말 해나 생각인지 궁금해요.

어쩌면 내가 마리골드를 좋게 생각하니 해나가 질투를 느낀 건지도 모르겠군요. 걱정은 접어둬요. 해나가 이렇게만 하지 않으면 그녀에게 위협을 느낄 필요가 없어요. 나는 배신을 용납하지 않으니까요.

친구,

리오

추신. 이번 장에서 후드티 언급이 급증했더군요. 내가 놓치지 않았죠. 하지만 그 불손함에 마음이 상했어요. 나는 해나를 도와주려고 한 건데요. 해나가 소설 배경을 미국으로 삼고 있는 한 인종을 무시할 수 없어요. 분명히 말을 해야 해요. 등장인물이 백인이 아닌데 백인인 것마냥 다룰 수는 없어요. 그냥 말이 안 되는 거예요. 반대로, 백인이라면서 록스버리에 살고 있다면 이유를 설명해야 해요. 내가 많은 시간을 들여 해나가 앞에서 쓴 부분을 고치고 또 사회의 병든 모습을 집어넣어 다시 썼는데, 이제 보니 해나는 내 노력을 알아주지도 않고 빠뜨린 부분을 바로잡지도 않았더군요. 내 실망이 극에 달했어요. 여기에도 질투가 작용하고 있나 보군요. 해나 소설을 내가 더 잘 써서 노심초사하는 거예요? 두 번 말 안 할 테니, 후드티 어쩌고는 다 지우고 마스크로 싹 바꿔요! 빌어먹을!

FBI

해나 타이곤 귀하

저희와 앞서 나눈 통화에서 말씀드렸듯이 귀하가 리오 존슨으로 알고 있는 남성의 신원을 확인했습니다. 입국 제한 조치가 시행 중임에도 불구하고 그가 귀국을 희망하는 호주 시민, 의료 자문 위원, 외교 관계자 등으로 행세하며 최근 시드니에 입국했을 가능성이 있습니다. 외교 관계자의 경우라면 해외 입국자 격리 의무를 면제받았을 수도 있습니다. 저희는 당연히 저희 측 요원과 호주 연방경찰을 동원하여 귀하의 안전에 만전을 기하고 있습니다.

리오 존슨으로 알려진 남성의 사진을 첨부했습니다. 본명은 윌 손더스이고, 법 집행 기관에 몸담았던 경험으로 지금까지 수사 당국을 피할 수 있었던 것으로 생각됩니다. 현재 그는 보스턴 지역에서 발생한 몇몇 살인 사건의 용의자입니다. 이 남성을 보게 되면 접근하지 마시고, 귀하에게 접근하지 못하게 하면서 저희 쪽으로 즉시 연락해주시기 바랍니다.

가까운 시일 내에 사건이 종결되리라 확신합니다.

마이클 스미스 특수 요원
미국 연방수사국

33 ●

나는 공책에 휘갈겨 써놓은 전화번호를 찾아 전화를 건다.

"프레디! 나하고 말을 하는군요."

"내가 왜 윗하고 말을 안 하겠어요?"

"케인 때문에 나한테 마음이 상했을 것 같았거든요. 프레디, 내 솔직한 심정을 말하자면 케인이 우리 엄마를 공격하지만 않았어도 나도 그를 끝까지 믿었을 거예요. 하지만 때로는 더 큰 피해를 보기 전에 손을 떼야 하고 그러다 보면 사람에 대한 마음도 접어야 하잖아요."

"윗, 지금 어디예요?"

"집이요."

"혼자예요?"

"네. 마리골드가 집을 지켜보고 있기는 하지만요."

"네? 마리골드가 염탐하고 있다고요? 경찰에 전화해요."

윗이 코웃음 친다.

"그냥 마리골드인걸요. 신경이 좀 쓰이지만 약간 섹시하기도 해요."

"윗, 그건 스토킹이에요. 그렇게……."

"마리골드에게는 이게 전희 같은 거예요. 저러다 마음의 준비가 되면 들어올 거예요."

"안 돼요. 윗, 마리골드와 단둘이 있으면 안 돼요!"

"프레디, 호주에서는 데이트를 어떻게 하는지 모르겠지만, 단둘이 있는 게 일종의 핵심이라서요……."

"윗, 마리골드가 캐럴라인을 죽인 것 같아요."

순간, 정적.

"뭐라고요? 머리가 어떻게 된 거예요?"

"내 말 들어요, 윗. 캐럴라인의 비명은 그녀가 죽은 시각과 아무 관련이 없어요……. 사건은 그 이후에 일어난 거예요. 내 생각에는 숀 제이컵스가 무언가를 보고 마리골드를 협박하고 있었던 것 같아요……. 그래서 마리골드가 숀을 그 도넛 가게에서, 어라운드 더 홀에서 만났던 것 같아요. 지금까지 전부 마리골드의 소행이었어요."

다시 정적. 그러다 윗이 입을 연다.

"프레디, 애 많이 쓰네요. 케인이 범인이 아니기를 바라는 마음은 잘 알지만 이건 좀……."

"젠장, 윗, 아무튼 마리골드를 집에 들이면 안 돼요! 경찰에 도움을 요청해요."

"프레디야말로 도움이 필요한 것 같아요." 윗의 말투가 싸늘하고 분노에 차 있다. "케인 때문에 마음 상한 건 알겠는데, 이런 식으로 친구에게 등을 돌리고 죄를 덮어씌울 수는 없죠." 또 정적. 다시 입을 여는 윗이 조금 누그러진다. "정 그러면 일단 여기로 와요. 프레디가 지금까지 알아낸 사실을 다 들어볼게요. 그리고 프레디 말이 맞다면, 나를 마리골드에게서 보호해주면 되겠네요."

마지막 문장에서 어이없다는 듯이 눈을 굴리는 윗의 모습이 연상된다.

지나가는 개가 짖는다.

"개 짖는 소리예요?" 윗이 묻는다. "지금 어디예요?"

내가 당황해서 전화를 끊는다.

통화 내용을 잘 이해할 수 있을 정도로 내 뒤에 가깝게 서 있던 케인이 핸드폰을 조심스럽게 가져가 SIM 카드를 빼고 핸드폰 전원을 꺼버린다.

"가요." 케인이 말한다. "서머 스트리트에서 택시 타면 될 거예요."

"어디로 가려고요?"

내가 묻지만 대답을 듣지 않아도 알 것 같다. 이 상황에서 우리가 달리 할 수 있는 일이 뭐가 있을까?

케인이 단호한 얼굴로 답한다.

"윗을 보호하러 가야죠."

택시 안, 케인의 손을 꼬옥 잡고 앉아 있는데 이제부터 일이 어떻게 되더라도 케인은 경찰에 자진 출석하게 될 것이라는 생각이 머릿속을 떠나지 않는다. 경찰이 메터스가 주변을 경계하고 있다면 우리가 도착하는 즉시 케인은 체포될 가능성이 크다. 나만 내리고 케인은 그냥 가는 게 어떻겠냐고 말해보지만 케인이 동의하지 않는다.

"윗이 괜찮은지 확인한 다음 경찰에게 대럴에게서 들은 이야기를 전달하는 걸로 해요." 케인이 조용하게 말한다. "뭔가 또 다른 설명이 있을지도 모르니까요."

내가 수긍한다. 마리골드에게 자기 입장을 해명할 기회는 줘야겠지.

윗의 집 앞에서 택시를 내린다. 그런데 경찰이 한 명도 보이지 않아 도리어 이상하다고 생각한다. 적어도 한두 명은 집을 지키고 있으리라 생각했는데, 우리 때문에 차를 밤낮으로 집 앞에 배치하기에는 보스턴 경찰 인력이 매우 부족한 건가. 내가 지난번에 왔을 때 문에서 본 보안 요원도 없다.

케인이 나를 한번 쳐다본다. 틀림없이 케인도 경비가 전혀 없어서 이상하다고 생각하는 것 같다. 특히나 진 메터스가 최근에 습격받은 일도 있었는데 말이다.

"어쩌면 윗 엄마와 같이 있도록 지침이 내려진 건지도 몰라요, 사무실이나…… 어디든요."

케인이 말하며 이마를 찌푸린다.

나는 케인에게 집 뒤편에 있는 진입로로 가야 한다고 말한 다음 본채와 수영장을 돌아 손님용 별채에 다다른다.

똑똑, 내가 문을 두드린다.

조용하다.

"윗, 프레디예요."

그래도 대답이 없다.

케인이 혹시나 하고 문손잡이를 돌리니…… 문이 열린다. 그 순간 우리 머릿속에서 경보가 울린다.

케인이 먼저 들어가고 내가 뒤따른다.

그 이후, 순식간에 일이 벌어진다. 순식간이라 하지만 시간이 느려진 듯 각각의 일들이 공포스럽게 펼쳐진다. 탕, 총알이 총열을 빠져나갈 때 생기는 폭발음. 퍽, 케인 몸에 맞는 소리. 내 앞에 있는 케인이 몸을 비틀면서 쓰러지고, 그다음 순간 내 시선이 손에 총을 들고 있는 윗과 잿빛 얼굴로 벌벌 떨고 있는 마리골드에게 가닿는다. 내가 황급히 케인 옆에 주저앉고, 누군가 비명을 지른다. 내 소리인가, 모르겠다. 나는 피가 나는 곳을 찾아 총알이 들어갔다고 생각되는 자리를 손으로 세게 누른다.

그리고 소리 지른다.

"윗을 해치려고 온 게 아니에요, 멍청하긴! 도와주러 온 거예요!"

마리골드가 다른 방에서 수건을 가지고 오더니 내 옆에 무릎 꿇고 앉는다.

"손 치워요, 프레디."

"안 돼요."

"손보다 수건이 더 나을 거예요."

마리골드가 말하며 수건을 동그랗게 만다.

내가 천천히 손을 치우자 마리골드가 수건을 얼른 갖다 대고 세게 누른다. 케인은 아직 의식이 있고 분명 고통이 심해 보이지만 놀라울 정도로 침착하다.

"그에게서 떨어져." 윗이 아직 총을 내리지 않았다. "케인은 위험해……. 살인자라고."

마리골드가 움찔하며 뒤로 물러난다. 나는 윗의 말을 무시하고 마리골드가 놓아버린 수건을 다시 누른다.

"프레디, 떨어지라고요!"

윗이 고함친다.

"내가 손을 떼면 케인이 과다 출혈로 죽을지도 몰라요."

"우리를 죽이러 온 자예요!"

"윗을 도와주려고 나하고 같이 온 거예요!"

"프레디!" 케인이 이를 악물고 내 이름을 부른다. "프레디, 윗이 마리골드를 도넛 가게로 보냈잖아요……. 기억나요?"

케인 입에서 욕이 튀어나온다. 아마도 고통 때문이겠지만 진실을 깨달았기 때문인지도 모른다.

그러자 기억이 떠오른다. 마리골드에게 어라운드 더 홀을 알려준 사람이 윗이었다……. 원래는 마리골드보다 윗이 자주 가는 가게였다. 윗이 케인에게 총을 쏘지 않았다면 전혀 생각하지 못했을 것이다. 내가 윗에게 얼굴을 돌린다.

"하느님 맙소사, 윗이었군요. 처음부터 전부 다요."

"뭐라고요?" 마리골드가 내 말에 먼저 반응한다. "완전히 맛이 간 거예요?"

하지만 윗은 한결 후련하다는 표정이다. 거실을 가로질러 오더니 나와 케인을 내려다본다.

"그동안 알고 있었던 거죠, 케인? 다 알고 있다는 느낌이 줄곧 들었거든요."

케인이 수건을 직접 꽉 잡고는 옆으로 돌아누워 몸을 일으켜 벽에 등을 기대고 앉는다. 숨을 잠시 고르더니 말을 쏟아낸다.

"전혀 몰랐다가 이제 알았다, 이 빌어먹을 머저리 자식아. 네가 도넛 먹는 거 말고 더 어려운 일을 하기에는 돌머리라고 생각했거든!"

"케인……."

케인의 심정은 이해하지만 안 돼. 윗은 여전히 총을 손에 쥐고 있다.

윗이 케인을 발로 찬다.

케인이 욕을 하고, 나는 몸으로 케인을 보호하려 애쓴다.

"그에게서 떨어져요, 프레디."

윗이 총을 흔들며 말한다.

"캐럴라인을 왜 죽인 거예요, 윗?"

나는 시간을 벌려고 질문을 던진다. 분명 이웃 중 누군가가 총소리를 들었을 테고 지금쯤이면 경찰에 신고가 들어갔을 것이다.

"그냥 바보 같은 말다툼이었어요." 윗이 대답한다. "전혀 그럴 생각이 없었는데…… 서로 말을 하다가…… 그러다가 죽어버렸어요."

마리골드가 훌쩍거린다.

"무슨 일로 싸웠는데요?"

"걔가 관두겠다고 해서요. 자기가 계획을 다 세워놓고는 손을 떼겠다고 하잖아요."

"무슨 계획이요?"

"베스트셀러 작가 이전에 살인자였던 케인 매클러드의 숨겨진 이야기요." 윗이 고개를 절레절레 흔든다. "걔 생각이었어요……. 전부 걔가 다 계획한 거라고요. 케인을 도서관으로 유인하고 우리가 말을 걸 이유를 만들고……."

"그래서 캐럴라인이 비명을……."

"낯선 사람들이 유대감을 형성할 때 미스터리를 공유하는 것만큼 좋은 방법이 없대요. 간단했지만 걔 말이 맞았어요. 갑자기 우리가 친구가 되었잖아요." 윗이 흥분하며 다시 분노를 터뜨린다. "그걸 걔가 견딜 수 없었던 거예요. 자기여야 하는데 나라서요. 내가 이야기를 얻고 인터뷰를 따게 될 거니까요. 소감을 쓰는 사람도, 살인자와 우정을 쌓는 사람도 내가 될 테니까요. 걔가 갑자기 나 대신 '자기'가 케인과 친해지는 게 더 좋겠다고 마음을 바꾼 거예요." 윗이 역겹다는 얼굴로 고개를 절레절레 흔든다. "내가 쓴 메모를 검토하려고 그날 저녁에 보스턴공공도서관에서 다시 만났어요. 그런데 계획을 바꾸겠대요. 그래서 내가…… 걔가…… 난 그럴 의도가 아니었어요. 하지만 걔가 갑자기 끼어들어서 내 새 친구를 다 빼앗아 가는 걸 도저히 참을 수가 없었어요."

마리골드가 손에 핸드폰을 들고 있다. 윗은 케인과 나만 신경 쓰고 있다. 그래서 내가 계속 말을 건다.

"하지만 윗이 캐럴라인을 죽이는 걸 숀 제이컵스가 어쩌다가 봤고……. 윗을 협박했군요."

"하아, 도서관에 그런 사람을 들어오게 놔두리라고 누가 알았겠어요?" 과장된 말투와 다르게 윗의 눈에는 눈물이 고인다. "지독한 악취를 풍기는 그 사람이 없었으면 경비원이 나를 주목했을 거예요……. 캐럴라인하고요. 하지만 경비원이 그를 쫓아내려고 했고, 그동안 나는 시체를 테이블 아래로 굴려 넣고 그냥 걸어 나올 수 있었던 거예요."

"그러고는 제이컵스가 윗이 사는 데를 알아낸 다음 윗을 칼로 찔렀고요?"

"무슨…… 배트맨 행세를 하는 건지 캐럴라인을 위해 정의를 실현해야겠다고 마음을 먹었더라고요. 그때 이 사람을 돈으로 쉽게 해결하지 못할 수도 있겠다고 깨달았어요."

"그래서 부를 죽였군."

케인이 노기를 띤 목소리로 말한다.

"그거야 뭐, 내가 먼저 칼에 찔린 걸 고려하면 자기방어였다고 해야겠죠." 윗의 목이 멘다. "고통은 없었어요. 깨어나지도 않았으니까."

"윗." 내가 부드럽게 부른다. "다 알겠어요. 캐럴라인은 돌발 사고였고, 숀 제이컵스는 자기방어라고 부를 만한 일이었고요. 그런데 지금은 왜 이러는 거예요? 케인에게는 윗을 해칠 의도가 없다는 걸 잘 알잖아요."

"위협이 되잖아요!" 윗이 이제는 흐느낀다. "프레디하고 케인이…… 마리골드도…… 멍청한 스쿠비 두 일당이라도 된 것마냥 자꾸 사건을 파고들고. 그냥 놔두지를 않았잖아요. 사람들을 만나고, 조사하고…… 무언가를 알아내는 것은 시간문제였어요. 왜 그냥 내버려두지 못한 거예요?"

"케인이 하지도 않은 일로 체포당하게 되었으니까요."

"어차피 아무것도 증명하지 못했을 거예요. 케인이 한 짓이 아니니까요!"

윗이 다시 소리 지른다. 원하는 대로 되지 않아서 투정 부리는 아이처럼.

"윗, 케인 때문에 구급차를 불러야 해요." 수건이 완전히 젖었는데도 피가 멈추지 않는다. 케인의 의식이 흐려지고 있다. "이번에는 케인을 테이블 밑에 숨기고 걸어 나가지 못해요."

"자기방어라고 할 거예요." 윗이 자포자기한 심정으로 말한다. "케인은 살인으로 수배 중이에요! 누가 나를 비난하겠어요?"

"내가 하죠. 내가 전부 다 말할……."

"프레디, 그만!" 케인이 숨을 헉헉대며 윗에게 사정한다. "프레디는 아무 말도 안 할 거예요. 어차피 경찰이 믿지도 않을 거고요. 어제부터 나하고 경찰을 피해 도망 중이에요. 그리고 마리골드는 친구로서 신의를 지킬 거예요. 저 두 사람은 걱정할 필요가 없어요. 그러니 제발, 윗, 저들은 그냥 보내줘요."

윗이 머뭇거린다.

사이렌 소리. 케인이 욕을 내뱉는다.

"너무 늦었어요." 윗이 다시 흐느낀다. "케인이 내 총을 손에 넣어 두 사람을 죽인 다음 내가 몸싸움 끝에 총을 힘겹게 빼앗아 이 상황을 끝낸 거예요. 아이 씨, 젠장!"

윗이 내 머리에 총을 겨눈다.

또 한 번 시간이 느려지는 것 같다. 죽음이 가까워져 그런 걸까. 나는 케인에게 얼굴을 돌리고 마지막 순간을 기다린다. 케인이 내 쪽으로 손을 뻗는다. 그때 마리골드가 뒤에서 윗에게 달려든다. 윗에 비해 체구는 작지만 맹렬하게 매달린다. 윗이 몸을 돌려 마리골드를 떼어낸다. 내가 벌떡 일어나 윗의 팔을 잡는다. 닥치는 대로 발로 차고 주먹으로 때리고 손으로 움켜잡는다. 내가 손목을 깨물자 윗이 총을 떨어뜨린다. 다시 집어 들려는 윗을 막으려고 마리골드와 내가 괴성을 지르며 격렬하게 몸싸움을 벌인다.

그러다 나는 피를 밟고 미끄러진다.

바닥으로 쓰러지는데 총소리가 울린다. 어디서 나는 소리지. 한 발 더 울린다. 나는 케인에게 기어가서 겨우 의식을 붙잡고 있는 그를 끌어안고 눈을 질끈 감는다. 이제 진짜 죽는 건가.

세 번째 총소리 대신 고함이 들린다.

누가 나를 케인에게서 떼어낸다. 내가 얌전히 죽지 않으려 몸부림친다. 누가 내 등을 무릎으로 누르고 내 손을 등 뒤로 돌려 수갑을 채운다. 아, 경찰이구나. 보스턴 경찰이 범인에게서 고맙다는 인사말을 들은 적이 있는지 모르겠지만, 나는 머리가 어지러울 정도로 안도감이 몰려오면서 고맙고 동시에 겁이 난다. 내가 케인을 죽게 내버려두지 말라고 애원한다. 어디선가 마리골드가 욕을 하며 저항하는 소리가 들린다. 윗은 크게 상심한 어린아이처럼 울고, 진 메터스는 법적 권리를 요구하며 자기 아들이 왜 구속되어 있는지 묻는다.

해나,

안타깝게도 내가 그동안 연락이 닿지 않았어요. 교도소 규칙이 매우 엄격한 편이고, 지금까지 내가 이용할 수 있는 통신 수단에 제약이 꽤 심했어요. 하지만 케인이 말했던 것처럼 교도소에는 교도소만의 규칙이 있더군요. 그걸 이용해 우리가 편지를 다시 주고받을 수 있게 됐어요. 내가 보낸 컵케이크 바구니를 해나가 잘 받았기를 바라요. 부엌 조리대 위에 올려져 있었을 거예요. 해나의 최근 소설이 어떻게 되었는지도 궁금해요. 멋진 4인방이 모두 마지막까지 살아남았나요? 프레디는 자기가 사랑하는 사람이 살인자라는 사실을 어떻게 받아들이고 있나요? 책이 출간될 때 교도소 도서관에 구입해달라고 신청해야겠어요. 그럼 결말이 어떻게 되었는지 알 수 있겠죠. 도서관도 좋아할 거예요.

내가 가까운 미래에 호주로 다시 가기는 어려울 거예요. 체포될 때 잠깐이었지만 우리가 처음으로 서로를 눈에 담았네요.

하지만 내가 인도되기 전에 해나가 나를 보러 오지 않아서 섭섭했어요. 호주에 이틀 동안 구금되어 있으면서 해나를 여러 번 찾았는데도요. 서로 작품과 삶을 이야기하며 우리가 함께할 수 있는 기회를 놓쳐버렸어요. 그래도 상관없어요. 나는 신의가 두텁고 인내심이 많거든요. 언젠가는 얼굴과 얼굴을 마주하게 될 거예요. 그날을 간절히 기다릴게요.

그때까지는 해나가 나를 필요로 할 때 내가 언제나 함께할 것을 잊지 말아줘요.

해나와 함께하는,

리오

경찰서에서 드와이어 형사가 내게 차 한 잔을 가져다준다. 나는 케인 안부를 틈만 나면 묻는다.

"지금 수술 중이에요."

저스틴이 말한다.

"죽을까요?"

"그건 몰라요. 의사가 최선을 다하고 있어요."

저스틴이 누가 내게 먹을 것을 챙겨줬는지 묻는다.

"별로 생각 없어요."

내게 감자칩 한 봉지를 건넨다.

"혹시 몰라서 가져와봤어요. 지금 몇 가지 물어보고 싶은 게 있는데 대답할 수 있겠어요?"

나는 그냥 다 말한다. 경찰 조사라는 생각도 들지 않는다. 저스틴이 질문을 하는지도 모르겠고…… 내가 계속 이야기한다. 케인이 더 이상 용의자가 아니라고 생각하니 나 역시 적대적 증인이나 사람들이 흔히 말하는 용의자의 무죄를 확신하는 사람이 될 필요가 없다. 저스틴은 윗과 캐럴라인이 탐사 기사를 쓰기 위해 어떤 일을 꾸몄는지 설명해준다.

"가족끼리 가깝다 보니 두 사람은 케인 매클러드의 과거를 알고 있었어요. 물론 탐사 보도를 하는 기자라면 누구든 매클러드의 유죄 판결과 투옥에 관한 기사를 써낼 수 있었을 거예요. 대중이 다 아는 내용은 아니지만 국가 기밀도 아니니까요. 캐럴라인과 윗은 그것보다 한 걸음 더 나아가고 싶었어요. 그래서 의도적으로 케인에게 접근한 다음 압박을 느끼게 해서…… 과거에 살인을 저질렀던 사람이 정말로 교화되었는지를 기사로 쓰려고 했어요."

"케인에게 어떻게 압박감을 준다는 거예요? 캐럴라인이 비명을 지른 게 그 때문인가요?"

"아뇨. 비명은 윗에게 케인과 친해질 기회를 제공하려는 목적이었어요. 캐럴라인이 생각해냈다고 하더군요. 그런 다음 비슷한 장난으로 케인을 가스라이팅해서……."

"살인을 저지르는지 보려고 했다고요?"

나는 믿을 수 없다는 듯이 묻는다.

저스틴이 고개를 끄덕인다.

"그런 비슷한 계획이었어요."

"하지만 문자, 현관문 사진은 전부 나한테 왔어요, 케인이 아니라요."

"윗이 불신을 심으려고 그렇게 한 거였어요. 케인 핸드폰을 줄곧 가지고 있었더군요."

"그렇다면 윗이 자기 집 현관문 사진을 보낸 날 칼에 찔렸는데……."

"그건 계획에 없던 거였어요. 메시지는 불안을 조성해서 프레디가 사진을 보낸 사람이 케인일 거라고 의심하게 만들려는 의도였고요. 내 동료는 윗이 의도적으로 자기 엄마를 습격했을 거라고 생각해요." 저스틴이 고개를 절레절레 흔든다. "캐럴라인 없이 윗이 혼자서 일을 꾸몄어요. 그러다…… 자기가 발각될까 봐 겁이 났고, 유리한 기회가 될 거라 생각한 일을 행동으로 옮긴 거죠. 윗은 자기를 칼로 찌른 사람이 누군지 모른다고 말했던 이유에 대해 제이컵스가 체포되면 경찰에게 다 털어놓을지도 모른다고 생각해서였다고 자백도 했어요."

내가 얼굴을 문지른다.

"윗이 이걸 다 말했다는 거군요."

"윗의 변호사이자 그의 어머니 되는 분이 윗에게 아무 말도 하지 말라고 하자마자요." 저스틴이 어깨를 으쓱한다. "참 대단한 가족이에요."

마리골드와 내가 경찰서에서 나올 때까지 케인의 수술은 끝나지 않는다. 경찰은 우리가 기다릴 수 있게 병원으로 데려다주기로 한다. 우리 둘 다 말이 없다. 그러다 차 안에서 마리골드가 내 손을 꼭 잡는다.

응급센터로 걸어가는 동안 마리골드가 케인을 범인이라고 생각해서 미안하다고 말한다. 나는 마리골드를 의심했던 일을 미안해한다. 윗의 일은 안타깝게 생각한다고 덧붙인다.

마리골드의 입은 웃지만 눈에는 눈물이 고인다.

"내가 살인자를 사랑했어요."

"윗의 그런 면을 사랑한 게 아니잖아요."

우리는 에스코트를 받으며 병원 밖에 몰려든 기자들 사이로 지나간다. 붐비는 대기실에서 마리골드와 내가 자리를 찾아 앉아서 기다린다. 한 외과 의사가 와서 어느 노부부에게 말을 건다. 여자는 케인의 어머니이고 남자는 동행인 듯하다. 문득 지난 며칠 동안 있었던 일에도 불구하고 내게는 케인의 수술이 어떻게 되었는지, 심지어 수술이 끝났는지조차 물어볼 자격이 없다는 생각이 든다.

여자가 울음을 터뜨리고 남자가 토닥인다. 그 모습에 내 가슴이 철렁한다. 설마 케인이? 하느님 맙소사, 이야기의 끝이 이렇게 되는 건가?

마리골드가 낮게 욕을 한마디 내뱉으며 자리에서 일어나더니 노부부에게 걸어가 말을 건다. 나는 마리골드의 행동을 보면서도 머릿속이 하얗게 되며 아무 생각도 나지 않는다. 그들이 모두 내 쪽으로 고개를 돌리더니 마리골드가 나더러 오라고 손짓한다.

나는 다리에 힘을 주고 일어나 걸어보려 한다. 내가 힘겨워한다는 걸 알아차렸는지 마리골드가 버럭 소리친다.

"케인 안 죽었어요. 지금 회복실에 있대요!"

주위에 있는 몇몇 사람들이 고개를 돌리며 안도한다. 케인 때문에 여기 와 있는 사람들인가 보다.

내가 가까이 다가가자 마리골드가 덧붙인다.

"총알은 빼냈대요." 그러더니 나를 와락 끌어안는다. "케인은 괜찮아질 거예요."

나는 환성이 터지고 눈물이 쏟아지려 하지만, 마리골드처럼 표현에 자유롭지 않아서 참는다. 물론 아주 힘겹게.

부인이 내 손을 잡는다. 생각한 대로 케인 어머니다.

"경찰에게 들었어요. 두 아가씨가 범인을 막아내지 않았으면 내 아들이 목숨을 잃었을 거라고요."

감사를 표하는 목소리가 부드럽다.

나는 케인이 피를 흘리며 누워 있는 동안에도 윗에게 마리골드와 내가 위협이 되지 않는다고 설득하며 우리를 보호하려 했다고 말한다.

마리골드가 케인이 나를 사랑한다고 덧붙인다. 맥락 없이, 마치 다섯 살 아이가 비밀을 불쑥 털어놓는 것 같다.

"케인과 프레디는 서로 사랑하는 사이예요."

나는 아직 정식으로 이름도 모르는 케인의 어머니를 당황한 얼굴로 쳐다본다.

그녀도 마리골드의 공개 선언에 깜짝 놀라지만 이내 평정을 찾는다.

"케인에게 누가 있다는 느낌을 받긴 했어요." 여전히 내 손을 꼭 잡고 있다. "나는 세라 매너스라고 해요. 이쪽은 내 오빠 빌이에요. 이렇게 만나게 되어 정말 반가워요."

그녀가 손을 놓자 케인의 외삼촌이 내게 악수를 청한다.

"두 분에게 우리가 큰 신세를 졌습니다. 아벨이 신변에 문제가 생겼다는 얘기를 우리에게 안 했어요. 그러다 경찰이 세라 집으로 찾아와 아벨을 찾을 때 알게 되었어요."

"두 분께 걱정을 끼치고 싶지 않았을 거예요." 내가 조심스럽게 케인을 대변한다. "그리고 모든 일이 너무 갑작스럽게 벌어졌어요."

"아벨은……." 케인의 어머니가 미소 짓더니 다시 말한다. "'케인'은 언제나 자기 손으로 문제를 해결하려 했어요."

"그렇지. 그러다가 어떤 일이 벌어졌는지 똑똑히 보라고."

외삼촌이 퉁명스럽게 말한다.

"오빠 말에 마음 쓰지 말아요." 어머니가 나를 보며 말한다. "말은 저렇게 해도 케인을 친자식처럼 아껴요."

케인이 한동안 회복실에 있어야 해서 우리 넷은 병원 구내식당으로 자리를 옮긴다. 커피를 마시며 마리골드와 나는 케인 어머니와 외삼촌에게 그동안 있었던 일을 들려준다. 마리골드는 윗과의 관계를 숨기지 않고 고해성사하는 사람처럼 털어놓는다.

"우리 모두 윗을 좋아했어요." 내가 설명을 덧붙인다. "케인도요. 그러다 전부 속은 거죠."

"말썽꾸러기 타입인가 보군요."

어머니가 말한다.

외삼촌이 으흠 하고 헛기침한다.

이윽고 케인이 마취에서 깨어나 일반 병실로 옮겨진다. 어머니와 외삼촌이 병실에 들어가도 좋다는 허락을 받는다.

마리골드와 나는 어떻게 해야 할지 몰라 대기실에서 기다리기로 한다.

병실에서 나온 어머니와 외삼촌이 마리골드와 나도 케인을 만나볼 수 있게 의사 허락을 받았다고 한다. 감사하다고 인사하는 내게 "케인이 아가씨를 찾았어요"라고 어머니가 속삭인다.

마리골드가 병실 문 앞에서 걸음을 멈춘다.

"프레디에게 케인하고 단둘이 있을 시간을 먼저 줄게요."

그러면서 나를 떠민다. 그녀의 거침없는 솔직함을 당해낼 재간이 없다.

케인의 몸에 수액과 여러 의료 기기가 연결되어 있다. 내 쪽으로 고개를 돌려 미소 짓는 케인을 보니 셀 수 없이 많은 감정이 몰려온다.

"마취가 완전히 다 안 풀렸어요." 목소리가 잠겨 있다. "내가 하는 말을 너무 귀담아듣지 말아요."

"귀담아들은 적 없어요."

내가 대답하며 케인 손을 잡는다. 링거가 꽂혀 있어 매우 조심스럽다.

"엄마 말로는 우리 모두 살아서 나왔다던데요."

"모두 살았어요."

내 손을 약하게 쥐는 힘이 느껴진다.

"다행이에요."

마리골드가 들어온다.

"아아, 하느님 맙소사!"

케인을 보자마자 작게 탄식을 내지른다. 그러더니 갑자기 얌전해진다.

우리는 잠시 조용하게 대화를 나눈다. 말이 많이 오가지 않는다. 무슨 할 말이 있을까? 마음 깊은 곳에서 행복을 느낄 뿐이다. 지금까지의 일로 고통스럽고 앞으로 어떤 일이 기다리고 있을지 몰라 불안하지만, 그래도 행복하다. 조금 후에 간호사가 들어와 마리골드와 나를 병실에서 부드럽게 쫓아낸다. 나는 케인에게 입을 맞추고 다시 오겠다고 약속하며 그의 손을 놓는다. 손끝에서 허전함이 느껴지지만, 케인을 다시 잡고 싶은 충동을 억누른다.

병실을 나서자 간호사가 케인 주위를 활발하게 오가며 바이탈 사인을 확인한다.

"어휴, 우리 둘이 저 기자들을 어떻게 지나가죠?"

엘리베이터를 기다리면서 마리골드가 묻는다.

모습을 보니 내 재킷과 셔츠에는 피가 묻어 있다. 마리골드에게도 피가 튄 자국이 있다. 기자 무리의 눈에 띄지 않고 몰래 지나가기란 불가능해 보인다. 그렇다고 그 사이를 씩씩하게 뚫고 지나갈 기운도 없다.

우리가 탈출 계획을 진지하게 이야기하는 중에 엘리베이터 문이 열린다. 그리고 문이 다시 닫힐 때까지 마리골드와 나는 한쪽 구석에 있는 남자를 보지 못한다. 그러다, 어엇?

리오다.

내가 눈을 껌뻑이며 눈앞에 있는 리오를 쳐다본다.

"여긴 어떻게……?"

리오가 활짝 웃는다.

"프레디에게 도움이 필요할 것 같아서요."

살인 편지

초판 1쇄 인쇄 2025년 5월 14일
초판 1쇄 발행 2025년 5월 30일

지은이 설라리 젠틸
옮긴이 최주원
펴낸이 최순영

출판2 본부장 박태근
스토리 팀장 김소연
편집 김다인
디자인 김태수

펴낸곳 ㈜위즈덤하우스   **출판등록** 2000년 5월 23일 제13-1071호
주소 서울특별시 마포구 양화로 19 합정오피스빌딩 17층
전화 02) 2179-5600   **홈페이지** www.wisdomhouse.co.kr

ISBN 979-11-7171-426-1 03840

- 이 책의 전부 또는 일부 내용을 재사용하려면 반드시 사전에 저작권자와 ㈜위즈덤하우스의 동의를 받아야 합니다.
- 인쇄·제작 및 유통상의 파본 도서는 구입하신 서점에서 바꿔드립니다.